MICHAEL ROBOTHAM

守護妳

WATCHING YOU

邁可・洛勃森 著　陳靜妍 譯

獻給夏洛特

第一部

昨天，在樓梯上
我看到一名不在那裡的男子
他今天也不在那裡
我希望，真希望他走開
我昨晚三點回家時
那名男子在那裡等著我
可是當我環顧走廊時
我完全看不到他
走開，走開，不要再回來了！
走開，走開，拜託不要甩上門……

——威廉・休斯・邁恩斯（1875–1965）

你們只需要知道一件事就夠了：我墜入愛河，形影不離地跟蹤她。她的髮色有如瓶裝蜂蜜，每天繫著不同顏色的緞帶上學去，但其實她這個年紀的女孩早已因年齡增長而不再綁緞帶了。冬天的她有種蒼白的美麗，冷冽的天氣使她臉頰紅通通。她將頭髮撥到耳後，書包從右肩換到左肩。

她沒看到我，甚至連我的存在都不知道。我沒有突然躲到門口或緊緊靠在牆上，她放慢腳步時我沒有隨之減速，或在她轉過路口時加速跟上。我如影隨形，透過她的眼睛看世界。她穿著深藍色西裝外套，蘇格蘭裙貼著大腿搖擺著，黑皮鞋閃閃發光，腳踝露出一小段白襪。

我們在東迪斯柏利站搭上火車，在柏內基站下車，再搭公車沿著霧巷路來到威斯洛路。她在克雷蒙樹林路上的滿盛咖啡店買了熱騰騰的炸薯條，吸吮著指尖的鹽和醋，指甲都被她咬光了。

激發我一陣陣想像力的，是瑪妮．羅根；在我最晦暗、完全看不見希望的日子裡，為我的人生注入意義的也是瑪妮．羅根。

我還保留著紀念品──她的幾絡髮絲、一條鍛帶、一支用過的唇蜜、一只耳環以及一條摩洛哥皮手鐲──全都被我收在一個擦得晶亮的木盒裡。這些東西堆在一起，看起來就像家裡過夜的客人隨機留下的零碎物品，或沙發縫隙裡發現的小東西。可是它們各自見證了不同的故事：擦身而過、小小的勝利、短暫飛逝但純然的興奮。看著它們的感覺無法言喻，那種驕傲、羞恥、溫柔與快樂。

我是瑪妮人生中最重要的人，不過她還不知道這一點。我是她照片邊緣那個只有一半的身影，眼角瞥見的影子，每次轉頭就消失無蹤。我是她閉上眼睛時跳著舞的魅影，當她眨眼時也跟著晃動的黑暗。我是她無名的擁護者、意外的英雄，她人生交響樂的指揮。我是守護者。

1

十四歲時，瑪妮．羅根夢想和強尼．戴普或傑森．普里斯特利那樣的對象結婚，住在《亂世佳人》裡那種有豪華樓梯的大宅，雙門冰箱裡塞滿巧克力棒，從此過著幸福美滿的日子。二十五歲時，她想住在一棟貸款不多、有大花園的房子，現在，她願意接受水管沒問題、沒有老鼠肆虐的一樓公寓。

她在樓梯轉彎處停下腳步，手上兩個裝著日用品的塑膠袋換手提，活動一下手指再繼續爬樓梯。伊萊亞在她前面數著樓梯。

「我會數到一百。」他臉上帶著認真的表情告訴她。

「那一百〇一呢？」

「不會。」

「為什麼？」

「太多了。」

伊萊亞知道從公寓一樓到頂樓有幾層樓梯（七十九層），自動計時器幾秒鐘會關掉電燈，使整個樓梯間頓時陷入一片黑暗（六十四秒），得動作很快才能倖免；他也知道怎麼用兩支鑰匙打開家門，金色那支開上面的鎖，大支的銀色鑰匙開下面的鎖。

他推開家門，穿過走廊跑到廚房大叫柔伊的名字，可是沒人回應。柔伊不在，應該在圖書館或朋友家，希望是在寫功課，不過不太可能。

瑪妮注意到腳墊上躺著一個沒貼郵票也沒寫地址的信封，是房東布默爾夫婦放的。他們住在三樓，在梅達維爾區另外坐擁四間公寓出租，收入豐厚，可是布默爾太太還是照樣蒐集優惠券，在超市結帳時拿出可重複使用的小塑膠袋，一個一個數著裡面的銅板付帳，影響結帳速度，讓排隊人龍愈來愈長。

瑪妮把那封信和其他最後付款通知與警告信一起放進抽屜，開始整理剛買的東西，把需要冷藏的食品塞進冰箱。伊萊亞用手指輕輕敲著魚缸，裡頭孤單的金魚原本慵懶地巡視著牠的世界，這會兒受到驚動而停下來休息。接著伊萊亞跑到前面的房間裡。

「媽咪，電視呢？」

「電視壞掉送修了。」

「這樣我不能看湯瑪士小火車了。」

「那我們來看本書吧！」

從前放電視的角落現在空蕩蕩的，瑪妮很好奇自己什麼時候變得這麼會說謊。當鋪給了她九十鎊，買菜、繳電費後就沒了。她收好買回來的東西，用抹布擦擦從冷凍庫漏到地板上的水，機械式嗶聲要她關上冰箱門。

「冰箱門開著。」正在衣櫃裡玩的伊萊亞大叫。

「知道了。」她回答。

她把污漬點點的灰色流理臺擦乾淨，坐下來脫掉涼鞋，揉揉腳丫子。她該怎麼張羅房租？她已經欠了兩個月的房租了，不但這裡住不起，也無其他地方可去。自從丹尼爾失蹤後，她靠著有限的存款以及朋友的接濟過日子。十三個月後，存款用光，人情也用盡。布默爾先生不再對她眨眼或叫她「小美人兒」，每星期五到家裡走來走去，要求她付清欠款或搬家。

瑪妮翻找皮包數數剩下的鈔票和銅板，只有三十八鎊和一些零錢，連付瓦斯費都不夠。柔伊的手機需要儲值，還得買上學穿的鞋子，下星期去大英博物館校外教學也要繳錢。

瑪妮條列出待繳款項，可是，這些都比不上欠派翠克．韓尼希的三萬鎊，這是丹尼爾的債務，他失蹤前賭博欠下的。韓尼希這個北愛爾蘭人輕快而有韻律的口音裡總是帶著惡意，根據他的說法，這筆債務並不因為丹尼爾的失蹤而跟著消失。不論瑪妮怎麼哭窮、哀求或威脅報警，都無法一筆勾消，反而像ＤＮＡ裡的基因特徵一樣傳了下來：藍眼珠、酒窩、粗大腿、三萬鎊，父傳子、夫傳妻……在瑪妮最慘的噩夢裡，那北愛爾蘭人如遠處的燈光般沿著狹窄冗長的隧道朝她猛衝過來，從遠方逼近，她感覺得到腳下隆隆作響，隧道裡的氣壓改變，她卻困在原地，動彈不得。

韓尼希兩週前來家裡找丹尼爾，指控瑪妮把他藏了起來。他強行進了瑪妮家，解釋這門生意的經濟學，眼珠子咕嚕咕嚕打量著她的身體曲線。

「想要活在過去是一種基本人性，」他告訴她，「花幾個小時的時間假裝一切如常，這無傷大雅。可是瑪妮拉，牙仙子和復活節兔子不是真的，妳這個大女孩也該長大負起責任了。」

韓尼希拿出丹尼爾簽署的合約，上頭指明瑪妮為共同債務人。她以不知情為由苦苦哀求，試圖爭辯，可是那北愛爾蘭人眼裡只有黑白而已——白紙黑字的簽名，以及瑪妮不付錢的話將會蓋在她屍體上的白布。

「從現在開始，妳為我工作，」他張開手指抓住瑪妮的脖子，把她壓在牆上，她看到他齒縫間殘留的菜渣。「我在貝斯渥特區有一家經紀公司，妳去登記名字，用一半的薪水還我。」

「你說經紀公司是什麼意思？」瑪妮沙啞地問。

韓尼希似乎覺得她的天真很有意思，「繼續裝下去，客戶很吃這一套。」

瑪妮懂了，她搖搖頭，韓尼希舉起另一隻手，用大拇指壓住下顎骨後方耳垂下方的頸部，找到神經。

「這叫下顎角，」他一面解釋，瑪妮右半邊身體爆發一陣使人頭昏眼花的疼痛，令她視線模糊、差點大便失禁，「這是武術老師找到的穴道，警方用來壓制人，連瘀青都不會留下。」

那股痛楚使瑪妮喪失所有感官知覺，無法專心聽他說話。他終於鬆開手，「我明天派人來接妳去拍一些照片，聽起來怎麼樣？」他強迫她上下擺動頭部，「別妄想報警，我知道妳父親住哪一家安養院，妳的小孩上哪所學校。」

瑪妮拋開這些記憶，在熱水壺裡裝了水，打開冰箱取出一個保鮮盒，裡面裝著不含麩質的義大利肉醬麵，伊萊亞最近幾乎只吃這一樣。他很快樂、不哭不鬧，臉上經常掛著笑容，只是體重怎麼也不增加。醫生稱之為「發育遲滯」，更專業的醫生說他患有乳糜瀉，不吃東西就不會長大，不長大就……

「我今晚得出門，」她告訴他，「柔伊會照顧你。」

「她在哪裡？」

「她馬上就回來了。」

瑪妮的女兒十五歲，獨立、固執、漂亮、叛逆、心靈受創。青春期和荷爾蒙本身已經夠難熬了，加上家庭悲劇簡直難以面對。所有的小孩都太希望快快長大，因而毀了自己的童年。

瑪妮今天晚上會有五百鎊收入，韓尼希拿走一半，剩下的拿來付帳單，明天下午就會全部花光。她是過路財神，手上的現金總留不久。

她站在水槽前低頭看著樓下，花園裡放著一個小型塑膠泳池和一座壞掉的鞦韆；一陣強風吹動樹枝、樹葉飛舞。這棟集合式住宅的鄰居瑪妮大多不認識，在這樣的居住環境裡，和鄰居就只是上下左右的關係，沒有互動也沒有交流。她也許從未見過一牆之隔的鄰居，可是聽得到他們用吸塵器時撞到踢腳板的聲音、為了小事爭吵、最喜歡的電視節目，還有床頭撞在共用牆上的聲音。為什麼炒飯的聲音聽起來總像有人在DIY？

花園盡頭的巷子和倉儲式車庫後方有另一座花園以及一模一樣的公寓，獾先生就住在五樓。這個名字是伊萊亞取的，因為對方夾雜的灰髮使他想起《柳林風聲》裡的獾先生。瑪妮看過獾先生光著身子站在廚房窗戶前，眼睛半閉，一手使勁上下擺動之後，給他取了另一個名字。

前幾天隔壁有人去世，救護車來載屍體時瑪妮正好看著窗外。根據梅達維爾區消息最靈通的布默爾太太說，那位老太太已經病了好一陣子。瑪妮不禁覺得，我不是該認識她嗎？她是否就像那些被遺忘的老人一樣孤單老去，幾個月後鄰居抱怨臭味時，已經部分腐爛的屍體才被發現？

伊萊亞出生時，丹尼爾在他的床邊放了一個嬰兒監視器，他們隨即發現附近有新生兒的父母也買了同一款監視器，而且還用同一個頻道。他們聽到搖籃曲、音樂盒的旋律、餵母乳、父親在嬰兒房裡睡著。瑪妮覺得好像在偷窺陌生人，卻又詭異地覺得和這些不知情而與她分享生活經驗的人們產生了連結。

伊萊亞吃到一半就不吃了，瑪妮想哄他再吃一口，可是他嘴巴緊閉成一條線。她把伊萊亞從兒童椅抱下來，他跟著她走進臥室，看著她打扮。他對著燈光舉起她的內衣，手放在布料下方。

「看得到另一邊，」他說。

「本來就該這樣。」

「為什麼？」

「沒有為什麼。」

「我可以幫妳拉拉鍊嗎？」

「這件洋裝沒有拉鍊。」

「媽咪妳看起來好漂亮。」

「真的嗎？謝謝！」

她對著鏡子側著身子，縮小腹屏住呼吸，胸部挺出。

還不錯，還沒開始下垂或長皺紋。胖了一點，不過不要緊。

別的時候她看著鏡子裡同樣的自己，卻討厭毫不留情的燈光，並對自己嚴加批評。

她聽到走廊傳來大門開關的聲音，柔伊把書包丟在臥室一角，踢掉鞋子，到廚房打開冰箱拿起牛奶直接喝。她喝完了擦擦嘴，光著腳丫子走到客廳，大聲尖叫。

「他媽的電視機跑哪兒去了？」

「注意妳的用詞。」瑪妮說。

「壞掉了。」伊萊亞說。

柔伊還在大叫：「才沒有壞，有嗎？」

「幾個星期沒有電視不會怎麼樣。」

「幾個星期？」

「妳每次都說等保險理賠金，我們根本就拿不到。」

「我保證一拿到保險理賠金就買一臺新的大螢幕液晶電視，有第四臺還有所有電影頻道。」

瑪妮拎著鞋子走出臥室，柔伊還瞪著以前放電視的那個角落，金色捲髮四散飛舞，彷彿在陽光下舞蹈。

「妳怎麼可以這麼做？」

「很抱歉。」瑪妮想給女兒一個擁抱。

柔伊聳肩掙脫，「妳才不抱歉，妳真的很沒用！」

「不要用這種口氣跟我說話。」

「我們家沒有電腦、沒有網路，現在連他媽的電視都沒了！」
「請不要罵髒話。」
「竟然要等幾星期？」
「我已經道歉了。」
柔伊不齒地轉身用力甩上臥室房門，原本靜下來的伊萊亞咳得全身顫抖不止。他整天肺部都不舒服，瑪妮摸摸他的額頭，「喉嚨會痛嗎？」
「不會。」
「叫柔伊幫你量體溫。」
「我可以晚點睡嗎？」
「今天不行。」
「妳要去多久？」
「不會很久。」
「妳回來的時候我睡了嗎？」
「希望如此。」
門鈴響了，瑪妮按下對講機按鈕，小螢幕亮起，昆恩站在大門口。
「馬上來。」她對他說，拿了皮包和鑰匙，敲敲柔伊的門，臉湊在上漆的木門上。
「我要出門了，晚餐在爐子上。」
她等了一會兒，房門打開，柔伊穿著短褲和背心出現，一邊耳朵塞著耳機，另一條線晃來晃去。她們互相擁抱，比平常久了那麼一點點，算是道歉。
伊萊亞鑽過瑪妮奔向姐姐的懷裡，柔伊輕而易舉地把他抱起來，用臀部撐著，在他脖子上噗噗噗噗用力吹氣。她把他抱到客廳，站在凸型窗前看著外面的馬路。

「妳一定是倫敦唯一一個有高級轎車接送的餐廳服務生。」

「是酒吧，不是餐廳。」瑪妮說。

「附帶司機？」

「他負責門口。」

「保鏢？」

「我猜可以這麼說。」

瑪妮檢查包包裡的東西：手機、唇膏、睫毛膏、防狼噴霧劑、鑰匙、緊急電話號碼、保險套。

「幫伊萊亞量體溫，發燒的話給他喝感冒糖漿，一定要讓他先上完廁所再上床。」

瑪妮把裙襬拉高到臀部以方便下樓，來到一樓大廳再拉好。一扇門打開一絲縫隙，崔佛從公寓裡探出頭，看到瑪妮後把門開得更大。

「嗨，瑪妮。」

「嗨，崔佛。」

「出門嗎？」

「對。」

「上班？」

「沒錯。」

崔佛三十來歲，胸部皮包骨、腰圍卻日漸寬廣，鼻子臉頰都有雀斑。他的耳機掛在脖子上，耳機線在膝蓋間搖晃著。

瑪妮看了大門一眼，昆恩不喜歡等人。

「我買了新的音樂，」崔佛說，「妳想聽嗎？」

「我現在沒時間。」

「也許晚點。」

瑪妮來到門口，「也許。」

「祝妳有個美好的夜晚。」他大聲說。

「你也是。」

她覺得很內咎，崔佛常常邀請她一起聽音樂或看DVD，有時她會借用他的電腦寄電子郵件或查資料，可是都待不久。崔佛是公寓管理員，負責整理花園和維修工作。以前丹尼爾都說他這種人是把房間裡的能量吸光光的「吸熱者」，和散發溫暖、讓身旁的人覺得愉快而充滿活力的「發熱者」剛好相反。

昆恩用擦得晶亮的雕花皮鞋踩熄煙蒂。他不幫瑪妮開門，而是繃著臉，不發一語，直接坐上駕駛座發動引擎。瑪妮肚子餓得咕嚕咕嚕叫，經紀公司的派遣人吩咐她工作前不可以吃東西，否則看起來很腫。

快到哈洛街時，昆恩橫衝直撞穿梭在車陣裡。

「我跟妳說七點整的。」

「伊萊亞感冒了。」

「不關我的事。」

瑪妮知道昆恩三件事：他一口北英喬地口音，他在駕駛座車門的置物格裡放了一把輪胎鐵撬，他為派翠克．韓尼希工作。這是瑪妮第三次上工，每次都覺得胃部翻騰，掌心冒汗。

「他是常客嗎？」

「菜鳥。」

「查過背景了嗎？」

「當然。」

瑪妮最要好的朋友潘妮有這類經驗，交代她記得問這些問題。潘妮大學畢業後擔任模特兒，但收入不足以支付信用卡帳單或購買名牌服飾，所以她才兼差當伴遊小姐。當時瑪妮很震驚，問潘妮伴遊小姐和妓女有什麼差別。

「大概每小時差個四百鎊。」潘妮回答時一臉理所當然。

瑪妮拉下遮陽板，用鏡子檢查臉上的妝，不禁忖度：這就是我的人生嗎？張腿賺錢，和富有的商人聊天，假裝傾心於他們的魅力與機智，再用每次賺的錢還派翠克・韓尼希。她在柔伊的年紀時，她嫁給丹尼爾或突然失去他時，都沒有預期或想像過這樣的人生。她十七歲時打算當記者，幫《尚流》或《時尚》雜誌寫特稿，後來勉為其難接受了廣告界新進撰稿人的工作，也很喜歡，但懷孕後就離職了。

她在最艱難的時候都沒有想像過當伴遊小姐。不論她多常告訴自己這只是暫時的，再撐幾個星期就好，等她拿到保險理賠金就好，還是無法阻止胃部翻騰不休。

這件事只有兩個人知道：一個是潘妮，另一個是瑪妮在看的心理諮商師歐盧林教授。親戚朋友以為她找到新工作，在高檔餐廳當兼職經理。當同一批朋友用陳腔濫調的比喻抱怨自己在大企業「賣肉」為生時，瑪妮只是點頭表示同情，心裡卻想著：「你們這些白癡。」

車子在布希大廈對面的奧德維奇大道停下，一名門房穿過步道打開瑪妮的車門。瑪妮舉起兩根手指示意他等待，門房退後時看了她的腿一眼，視線從她的腳踝往上移到洋裝裙襬。

昆恩打電話。

「喂，先生，只是要確認瑪妮拉馬上就過去了……很抱歉遲到……三〇四號房……先付現金……一小時五百……是的先生，祝您有個美好的夜晚。」

瑪妮再檢查一次儀容，用手指梳理頭髮，覺得應該洗過頭再來的。

「他聽起來幾歲？」

「超過十八歲。」

「你會在哪裡等？」

「附近。」

瑪妮點點頭，低頭屏息穿過人行道，門房護送她進了飯店大廳，祝她有個美好的夜晚。高級飯店並不歡迎伴遊小姐，不過，只要她們穿著得體，不在大廳或酒吧攬客，還是予以容忍，不過得知道一些規矩：不要逗留、如果電梯不好找也不要停下腳步，而是假裝知道要去哪裡。昆恩交代她這些守則以及其他的規矩：先拿錢，手機放在隨手可得之處，除非客戶是被綁的那一個，否則別玩綑綁遊戲，加時間一定要加錢。

瑪妮出了電梯依照房號尋找，在三〇四號房門口停下腳步，努力放鬆，告訴自己她做得到。她用指節輕輕敲門，房門立刻打開。

她露出端莊靦腆的微笑，「嗨，我是瑪妮拉。」

客戶年近五十，窄臉，有點古怪的老式髮型右分，打赤腳，穿著便服。

「我是歐文。」他有點遲疑地說，將房門整個打開讓瑪妮進入。

瑪妮脫掉外套，開始扮演她的角色。昆恩教她展現自信，主導場面，別讓客戶知道她很緊張或者是新手。歐文努力不瞪著她看，用顫抖的雙手接過她的外套，笨手笨腳找到衣架掛上，卻忘了關上衣櫃。

「妳要喝點什麼嗎？」

「氣泡水。」

他蹲著打開小酒吧，她看到他腳跟上方蒼白的皮膚及一條條血管。

「我永遠找不到杯子在哪裡。」

「在最上面那一層。」瑪妮說。

「啊，有了，」他高高舉起，「妳一定對這種地方很熟悉。」

「什麼意思？」

「飯店房間。」

「喔對，我是專家。」

「很抱歉，我不是指……」

「我知道你的意思，」她對他露出假笑，喝了一口水，「歐文，是這樣的，按規矩我得先收錢。」

「當然。」

他伸手拿出表面磨得光滑的皮夾，由於長期放在褲子口袋而彎曲變形。

瑪妮一陣反胃，因為這是她最討厭的環節。上床那部分她還能假裝只是單純的性行為，可是金錢交易把它變得俗氣、粗俗、老套。牽涉到體液和飯店房間的事不該涉及金錢交易。歐文數鈔票給她，瑪妮走到房間另一頭，把鈔票塞進外套口袋裡。她注意到衣櫃裡吊著一個乾洗店的塑膠袋。

她撫平洋裝前襬，轉身面對歐文，等他主動。他一口喝掉手上的飲料，提議放點音樂，打開CD播放器，傳出一首老歌。他回頭看時，瑪妮正在寬衣解帶。

「妳不用這樣。」

「我們只有一個小時的時間，」她說。

「我知道，可是我們可以先聊一下。」

她點點頭，在床緣坐下，由於只穿著內衣而覺得很不自在。歐文在她身旁三十公分處坐下，他很瘦，手很大。

「這是我的第一次，」他說，「我不是說我沒做過這個……我不是同志什麼的，我是直男，我跟很多女人在一起過。我有小孩，所以跟妳在一起才會這麼……尷尬。」

「當然。」瑪妮說。

「我母親剛過世，」他脫口而出。

「我很遺憾，她是病逝的嗎？」

「拖了很久……癌症。」

瑪妮並不想聽他的人生故事或交換意見。

歐文瞪著自己的手背，彷彿在數上面的雀斑。「我一直很想做這件事，可是我母親不會諒解的，她似乎總是看得出我在說謊。照顧病人並不容易。」

「我了解。」瑪妮說。

「真的嗎？」

瑪妮拍拍身旁的床面，示意他靠近一點。

「妳願意和我共舞嗎？」他脫口而出說。

「我跳得不好。」

「我可以教妳。」

歐文起身伸出雙手，瑪妮把左手放在他的肩膀上，感覺他一手攬住她的腰部。接下來，他們跳起貼面舞，她修長的粉紅色指甲握在他掌心。他們旋轉、舞動，房間不大，不過他們沒有撞到家具。

瑪妮在他懷裡覺得自己變得好年輕，像長大後的姪女和叔叔跳舞。

「我上次跳舞是婚禮那一天，」她笑著說，「可是我父親也不太會跳舞。」

歐文以華麗的動作讓她往後下腰，以微笑回應她臉上的笑容。

瑪妮站起來，兩人四目相望，不確定接下來該怎麼辦。瑪妮撥開肩上的襯裙肩帶，落下的襯裙在腳踝堆成一團。通常這時她會聽到客戶讚美她的胸部，可是歐文卻沒有反應，他皺起臉，雙眼似乎被皺紋淹沒。他轉過身去，氣氛改變了，他也臣服於自己的緊張。

「請穿上衣服。」

瑪妮尷尬地遮住身體，走到小酒吧前倒了一杯威士忌，直接喝下。

「妳不用留下。」歐文說。

「你已經付錢了。」

「我知道，可是妳不用留下。」

「你要不要去浴室沖個臉？會感覺好一點。」

他關上浴室門之後，瑪妮拉開床罩，從皮包裡拿出保險套放在床頭櫃。這是她的第三次，她已經學到每個客戶都有所好。她的第一個客戶是個生意人，從中部地區來倫敦參加公爵府展覽中心貿易展。第二個客戶是三十來歲的金融區人士，一口高級口音，哈德福郡的家裡有老婆和兩個小孩。此刻她眼前的客戶是個充滿罪惡感、有戀母情節的中年男子。更糟的是，他的內咎感染了她，讓她感到更加羞恥。

她注意到床底下塞著一個塑膠購物袋。她用腳趾撥開，看到一雙黑皮鞋和兩個信封。第一個信封上寫著：遺囑。第二個信封上寫著：敬啟者。

兩個信封都沒有黏上。瑪妮撥開信封蓋，看到一行字。

很抱歉我用這懦弱的方式離開，可是我失去了摯愛的親人，想不到任何方法脫離這個痛苦。請照顧我的孩子……

瑪妮環顧房內，想到那套乾洗西裝、皮鞋。

歐文站在浴室門口。

「妳在做什麼？」

瑪妮手上拿著那封信，「這是遺書嗎？」

「妳不該打開別人的信件，妳看了多少？」

「足夠知道你想幹嘛了，」瑪妮說，把信放回去，「你打算自殺嗎？」

「不關妳的事。」

「你錯了，情況永遠沒有你想像的那麼糟。」

他苦笑著說：「我居然淪落到要妓女教我怎麼處理情緒問題。」

瑪妮聽了全身僵硬。

「妳可以走了。」他說。

「除非你答應我不會做傻事，否則我不走。」

「妳認識我不到一個小時，」歐文說，「怎麼可能會懂？」

瑪妮想尋找恰當的字眼說服他，告訴他生命是特別的恩賜，不該浪費，情況可以改善。

「明天又是個嶄新的開始。」他嘲諷道。

「你的孩子呢？你這麼做會讓他們怎麼想？我曾經有過跟你相同的感覺，」她說，「我也曾經考慮過自殺。」

「我們並不是在比誰的人生比較悲慘。」

「我沒有放棄，我活下來了。」

她告訴他丹尼爾失蹤以及獨力撫養兩個孩子的事。他背對她，站在窗前看著滑鐵盧大橋的燈光。

「你打算怎麼做？」她問。

「跳河。」

「所以，你打算上了我之後再從橋上一躍而下？」

「不，我打算等到母親的葬禮結束。」

瑪妮震驚地張大嘴。

「我不會游泳。」他解釋。

「這種死法很難受。」

「本來就不應該好受。」

瑪妮的手機響起，是昆恩，她不接的話他會上來敲門。

「妳還好嗎？」昆恩問。

「沒事，只是耽擱了一點時間。」

「他多付錢了嗎？」

「沒那麼單純。」

「妳是照時間計費的，叫他付錢。」

他掛掉電話。瑪妮看著床鋪另一邊的歐文，他們一陣沉默。在這尷尬的時刻，她覺得彷彿是自己把他拉回來，又或許是他把她拉近。她想到丹尼爾，怒火燃起。

「答應我你不會這麼做。你不會消失，不會自殺。你會留下來，奮鬥，你會活下來……答應我。」她說。

「跟妳有什麼關係？」

「因為我失去了丈夫，而且兒子還小，我不希望他以為這個世界很可怕。」

「妳這麼在乎？」

「對。」

他露出微笑，幾乎是大笑，「我只付了一小時的錢。」

「那不是重點。除非你答應我，否則我不走。」

「妳要留下來陪我？」

「不是為了上床，只是等你答應。」

歐文帶著欽佩與渴望的眼神凝視著她，瑪妮穿上洋裝和鞋子，把內衣揉成一團放進外套口袋裡，摸到那疊鈔票。

「錢還你。」

「什麼？」

「用這筆錢對自己好一點。」

他沒有馬上接過去，瑪妮扳開他的手指，把那疊鈔票放進他的掌心。

「錢妳留著。」他說。

「不要。」

「妳需要這筆錢。」

瑪妮搖搖頭，「這樣我才知道你不會想不開，因為你欠我。同意嗎？」

他點點頭。

歐文坐在床上，腳張開成八字形，胳膊放在膝蓋上。不論在金錢、階級、教育程度、年齡或與趣上，瑪妮和這個人全無共同點，連他姓什麼都不知道，可是她卻觸動他的內心，兩人有了連結。眼看著一個男人因為她而做了什麼事，這種感覺很奇妙。

「葬禮是什麼時候？」

「明天早上。」

「幾點？」

「九點。」

「我留電話號碼給你，我要你在葬禮結束後打電話給我。」

瑪妮在飯店的便條紙上寫下她的號碼，歐文頭也不抬接過去，「妳可以陪我去嗎？」

「出席葬禮？」

「對我意義重大。」

「明天我有事。」

他點點頭。

「歐文，聽我說，你會撐過去的，我會幫你。明天打電話給我。」

他看了瑪妮的紙條一眼，「我還以為伴遊小姐用的都是假名。」

「我不算是很優秀的伴遊。」

歐文自顧自發笑。

「有什麼好笑的？」

「妳讀過那種故事吧？」

「故事？」

「有黃金般高尚品格的妓女。」

「才不是什麼黃金。」她說。

「妳說得對，」他回答，「比黃金還寶貴。」

瑪妮走近旋轉門時已經開始驚慌失措，不知道昆恩會怎麼說。那輛黑色奧迪違規停靠在飯店後方靠近科芬園的小巷子裡，昆恩靠在引擎蓋上抽煙，背後高處的燈光將他變成一道剪影，像條黑暗小徑般從他擦亮的皮鞋往石板地上延伸而出。

瑪妮站在汽車另一頭，外套緊緊抱在胸前，似乎這樣就能保護她。

「他多付錢了嗎？」昆恩問。

「出了點問題，他打算自殺。」

「妳信這一套？」

「是真的。」

昆恩走向她，倒影掠過奧迪的引擎蓋。她努力不後退，可是喉嚨卡緊，想躲起來。他把香煙彈到一旁，用力推了瑪妮一把，把她壓在車上。

「他媽的錢在哪裡？」

「我沒拿。」

「所以妳讓他上免費的？」

「我們沒做。」

他又笑了，這次嘲諷的意味更濃。他用膝蓋扳開她的雙腿，一手抓住她的喉嚨，另一手伸進她的雙腿之間尋找證據。他手指的粗糙使她退縮、羞辱、憤怒。

「滿意了嗎？」

她的語調惹火了他，一拳往下打在她的小腹上，瑪妮彎下腰。她想倒下，可是被他抓著靠在車上。第二拳來臨時她的肺部已擠不出任何空氣。他不打她的臉，有瘀青的女性身體兜售起來可不討好。他先收回拳頭再往她的腹部重擊，她四肢抽搐，眼裡的世界上下浮動。

昆恩的動作帶有一股殘暴的詩意，每一拳都以最小的力氣造成最大的傷害。他一把抓住瑪妮的頭髮，嘴巴湊到她的耳邊。

「妳害怕嗎？」他低聲說，似乎很享受這一刻。他看著路口，一輛黑色計程車正轉進巷子裡，經過減速丘時車燈上上下下。計程車停下，司機搖下車窗。

「還好嗎？」他問。

「好得很，」昆恩說，雙手撐著瑪妮的腰部，「她多喝了點香檳。」

司機看看瑪妮，「小姐，妳還好嗎？」

她點點頭。

計程車開走，昆恩打開奧迪車門，把瑪妮推進後座，她的皮包掉了，裡面的東西散落在車內地板上，她撿起來。

「老闆會很不爽，」昆恩說，「妳知道的吧，對不對？」

2

瑪妮天還沒亮就痛醒了。也許昆恩下手太重了，不知道肋骨有沒有斷。可是她不敢動，只能微微張眼一瞧。她繼而睜大眼睛，努力對焦在床頭櫃一張裱框的照片上。照片裡的她穿著結婚禮服，坐在丹尼爾的大腿上，丹尼爾讓她往後仰，她大笑著，他一手扶住她的頭，她雙唇微開，兩人正要接吻。

她的結婚照大多很不自然且太過正式，賓客被簇擁著就位，男人急著想喝一杯或解開最上層的鈕釦，女人厭倦了收小腹。但這一張是隨興拍下的，充滿熱情與感情，快門捕捉了幸福的瞬間。

瑪妮想到丹尼爾時，讓她哽咽的是同樣零碎而偶然的記憶。看著他刮鬍子，淋浴後聞他的髮絲，在沙發上蜷曲在他的臂彎裡，星期天早上看他穿著花邊圍裙做煎餅……

如今他走了，從她生活缺席、消失，已經一年多音訊全無。沒有電話、沒有電子郵件、沒人看到他、沒有簡訊、沒有銀行提款記錄，護照、信用卡、健身房會員和手機也都沒動過……

那段時間裡她還懷抱希望，認為他還活著。每一次電話鈴聲她都急著去接，頻繁地檢查簡訊，每幾天就跟警方聯絡。她祈禱，還會研究經過的車輛、滿心期待地打開信箱。可是，如今她再也無法繼續懷抱希望了。她需要錢，想動用丹尼爾留下的資產，唯一的方式就是他本人出現，或找到他的屍體，沒有模糊空間，沒有妥協或折衷方法。

直到這刻，她的渴望都淹沒了內在理性的聲音。她讀過報導，有人從不放棄希望，始終相信碎石堆下、殘骸裡的親人還活著，或在某處由他人撫養。瑪妮曾經努力仿效，可是現實狀況不斷介入。在這個手機、網路銀行、護照、臉書帳號的時代，沒有人能這樣憑空消失，完全不留下絲毫蹤跡。警方花了好幾個月尋找丹尼爾的行蹤，尋找他的電子足跡，透過國際刑警組織、歐洲刑警組織和各個失蹤人口機構把他的照片送往世界各地，可是音訊全無。

十三個月來，瑪妮想了很多理由。丹尼爾一定是在醫院裡昏迷不醒、也許被綁架了。也許他失去記憶，或加入證人保護計畫，等著出庭作證。她還無法接受最顯而易見的事實──丹尼爾還沒回家，是因為他回不了家。她用力吞嚥，張開嘴巴，努力說出這個句子：我的……丈夫……死了。

伊萊亞還在睡，一整團小男生的味道和氣息包在棉被裡。她答應早餐要讓他吃鬆餅，然後她會陪他走路上幼稚園，再趕十一點去見歐盧林教授。

丹尼爾失蹤後，瑪妮每週二、五和教授有約，由國家衛生服務負責買單。也許他們撥了特別經費給丈夫失蹤的女人，否則她根本負擔不起臨床心理學家。

她的焦慮發作頻率已經降低，可是還是會昏倒、或暫時喪失意識，完全失去某段時間的記憶，有時候只有幾分鐘，有時候好幾個小時，宛如從夢中醒來，不記得發生了什麼事。歐盧林教授不用「治癒」這種字眼，而是用「處理」，彷彿她最多只能期望做到這樣。可以治癒很好，能處理就不錯。

她小時候接受過心理醫師的諮商和治療，後來那位醫生變成像第二個父親，可是她沒有告訴教授這件事，也不是很清楚原因。也許是難為情，覺得不相關，不希望他以為她是個無可救藥的個案。

喬．歐盧林很擅長傾聽。大部分的人並不知道如何傾聽，通常只是等著另一個人住嘴，自己就可以繼續說話。可是教授很仔細聽她的每一句話，彷彿她拿著聖經在講道。當她無法流利表達，找不到適當的字眼時，他不會催促，而是耐心等待。

瑪妮的目光回到照片上，丹尼爾的頭髮用髮膠塑型，金色婚戒反射著光線，他的眼角笑意滿盈，她幾乎感覺得到他的吻。她把手指放到唇邊，想重現那個時刻，如此無憂無慮、無牽無掛，沒有恐懼與憂慮，也不用為小事拌嘴。其實當時她已懷著伊萊亞，不過要再過幾個星期，在她對著驗孕棒小便之後才會知道。那時她幸福無比、意氣風發、深陷愛河。只要他們在一起，就能征服世界。

她移動雙腿下床，皺著眉頭、小心翼翼地移動，蹣跚走到浴室，瞪著自己脆弱的倒影。瘀青變明顯了，蒼白的皮膚上出現斑駁的黃色和藍色，使她又想起被揍的事，想起她如何覺得關節四散鬆脫，一波波痛楚蔓延到身體各處。

她彎下腰時，昆恩說了一句話。

「妳丈夫是個懦夫。」他低聲說。

他這話是什麼意思？

當時她呼吸困難，也沒辦法問，下次她要問個清楚。可是不會再有下次了，她沒辦法再回去做那份工。昨天晚上，她把那些洋裝和內衣都丟了，埋在公共垃圾桶的底層，以此證明她的意圖與決心。她摸摸小腹，手指輕撫瘀青，注意到指甲斷了，昨晚與她的尊嚴與最後一絲自尊一起剝落。

她轉開水龍頭在臉上潑冷水，直到雙眼刺痛，然後穿上睡袍來到廚房。柔伊正在吃吐司，邊看著生物課講義。

「這麼早起？」

「考試。」

「妳把頭髮怎麼了？」

「沒什麼。」

「上面有一撮藍色。」

「所以呢？」

「看起來好醜。」

「謝了，媽，妳看起來也很慘。」

瑪妮嘆口氣，「我們可以重來嗎？」

柔伊舉起雙手接受停戰。

「早安，我的女兒，我畢生摯愛，妳看起來好像在頭上潑翻了藍色馬桶清潔劑，不過那是**妳的**頭，**妳的**頭髮，妳有權用任何方式毀了它。」

「謝謝妳，我的母親，可以給我一點錢嗎？」

「做什麼用？」

「古代史的大英博物館校外教學，今天是繳交同意書的截止日。」

「多少錢？」

「十鎊。」

「要簽名嗎？」

「我幫妳簽了。」

柔伊狼吞虎嚥吃掉最後一口吐司，拿起書包。

「媽媽再見。」

「等一下！」

「做什麼？」

瑪妮指著自己的臉頰，「就算只是去郵局也要。」

柔伊翻白眼，吻了她一下，「就算只是去郵局也要。」

瑪妮穿上夏天的藍色洋裝和一件毛衣外套，這是她最漂亮的衣服，穿上之後心情好多了。洋裝領口縫著小白花，使她想起在佛羅倫斯度蜜月時，她在聖羅倫佐的戶外市集買了一件類似的洋裝。

伊萊亞穿好衣服，無麩質鬆餅也吃得差不多，他們總算有一次準時出門。樓梯走到一半時，瑪妮雙腿一軟，差點跌倒，幸好她抓住扶手，坐了一會兒。

「媽咪，妳還好嗎？」

「我沒事。」

「妳為什麼坐下？」

「我在休息。」

這個九月下旬的早晨天氣晴朗，樹木看起來枯萎而疲倦。伊萊亞在人行道上跳著，避開裂縫，海綿寶寶書包裡放著一顆來自維蘇威火山的蛋形火山石（他的發音是維蘇蘇），這已經是他第二十次帶去學校做介紹。瑪妮可以想像一群幼稚園學生翻白眼喃喃說道：「拜託，又來了。」

他們走到華靈頓巷時，她又出現那種熟悉的感覺，好像有人在看著她，她無法解釋頸背上那種緊張不安、毛骨悚然的感覺，好像被偷窺或偷偷嘲笑。

有時她會回頭看，走進某扇門或尋找對方的蹤影，可是街上總是空無一人，沒有人在看著她，沒有腳步聲，也沒有影子。

伊萊亞的幼稚園位在教堂旁的舊牧師宿舍裡，有蠟筆和顏料的味道，遊戲室裡放著小型塑膠桌椅。瑪妮把伊萊亞的書包掛在掛鉤上，在簽到簿上簽名。伊萊亞擁抱她兩次，並沒有哭，他早已習慣了。

席爾老師有事找她，「是期末音樂會，」她說，「我們要唱一首和父親有關的歌曲，我想到伊萊亞。」

「跟他有什麼關係？」

「考慮到他的狀況，不知道會不會害他難過。」

「難過？」

「勾起他痛苦的回憶。」

「他和爸爸只有快樂的回憶。」

席爾老師露出僵硬的笑容，「當然，好，很好。」

瑪妮該寬容一點的，可是她無法忍受人們對她露出同情的臉色，或在她背後閒言閒語、議論紛紛、竊竊私語。她留不住自己的老公，他跑掉了，拋棄她，這下子她成了單親媽媽。最糟糕的評語莫過於「繼續過日子」，那到底是什麼意思？她的確在繼續過日子，地球在轉，日升日落。

手機震動，她觸碰螢幕，可是不認得上面顯示的號碼。

「喂，是瑪妮拉嗎？」

她認得這個聲音。

「哈囉，歐文，葬禮進行得如何？」

「很糟糕。」

「你在哪裡？」

「我在派丁頓火車站。」

「我打算到北部一日遊，妳想一起去嗎？」

「為什麼？」

「我現在很忙。不過這個天氣搭火車旅行很舒服。」

「沒錯，瑪妮拉，我要實現承諾，也許妳可以幫我個忙。」

「什麼忙？」

「像妳這樣的好女孩不該和陌生人上床。」

「歐文，我不認為你有資格教訓我。」

「也許沒有，可是我很好奇妳的母親會怎麼說。」

「我母親已經去世了。」瑪妮努力壓抑語氣中的不悅。

背景傳來月臺廣播的聲音。

「我想我該走了，」歐文說，「瑪妮拉，很高興認識妳。」

「歐文，你也是。既然提到幫忙，我要你繼續度過難關。」

他笑了笑，「妳也是。」

3

喬．歐盧林坐在咖啡館的老位子上，向一個以從不微笑聞名的女服務生點慣常的早餐。他每天早上都努力用最棒的臺詞讓她開口，哄騙她露出一絲笑容，可是每次她都只是嘟著上唇說：「這樣就好了嗎？」

他喜歡坐在戶外，一面讀早報一面看著通勤族意志堅定地走向火車站——穿著整套裙裝的女性，頭髮還濕濕的，男性穿著西裝，手拿公事包或背包。他很好奇這些人要去哪裡？到箱子般的辦公室裡，堆疊箱子，勾選待辦項目。

他搬到西南部的時候曾經想念倫敦，如今搬回來卻想念那裡的生活，尤其是茱麗安、查莉和艾瑪。有時候，他努力說服自己只是週間住在倫敦，週末就回威露村，可是這種情形愈來愈少。處於分居狀態時，很難界定家在哪裡。他的婚姻維持了近二十年，分居將近五年，感覺並不像離婚，還沒到那一步。有時候，他似乎覺得他們還在一起，尤其是那些個早晨，他醒來時想像自己聽得到茱麗安在樓下一面做早餐一面回答艾瑪的問題。艾瑪只有七歲，將來會成為律師，因為她很會爭辯，也有可能成為科學家，因為她探索每一個答案，要求看到證據。她的另一個女兒查莉起得很早，在茱麗安起床前就上學去，她不吃早餐，可是會在水槽裡放一個吃早餐麥片的碗來誤導母親。

喬的咖啡送來了——雙份濃縮義式咖啡，香醇濃稠，接著早餐也上桌：水波蛋佐酸麵包吐司。他遵循著習慣過活。他打開早報，看了一眼頭條，所謂符合新聞要件的報導大多讓他覺得很挫敗，這些新聞的內容大多大同小異，只是換了姓名和地點。某些報紙有特定的政治立場，偏左或偏右，反應報社老闆的喜好，煽動讀者而非平衡偏見，專欄評論者侮辱那些意見不同的人，把真正的新聞和八卦混在一起，放大他們的憤怒，愈來愈像瓶子裡嗡嗡作響的黃蜂。

喬的第一個病人是瑪妮．羅根，約的是十一點，他們當初就是在這家咖啡館認識的，但不該將這個巧合誤認為諷刺。當時，瑪妮在這裡擔任女服務生，總是露出親切的笑容，她看到喬把報紙上的「出租」廣告圈起來。

「你在找房子還是公寓？」她問。

「公寓。」

「幾房公寓？」

「兩房。」

「我知道一個地方，」她寫下地址，「距離這裡大約半英里，就在梅達維爾區的艾爾金大道旁，我的房東在找房客。」

兩星期後，他搬進現在的公寓，回到咖啡館向瑪妮道謝，可是她不在。他後來路過又去了一次，咖啡館老闆說她辭職了，因為她先生失蹤了。

喬留了一張紙條謝謝瑪妮，加了一句話：如果妳需要找人談一談，這是我的電話號碼。

他不期待聽到任何消息，也希望她用不著聯絡他。但現在他一星期見她兩次，討論哀悼和遺棄。

「我正在計畫自殺。」瑪妮第一次來見他時這麼說。

「妳打算怎麼做？」他問。

「我想選擇一種不會太髒亂的方式。」

「沒有一種死法是乾淨俐落的。」

「你知道我的意思。」

她描述自己的症狀：心悸、發抖、畏寒、喘不過氣，存在焦慮的症狀非常嚴重，直搗核心。有些人罹患恐懼焦慮，懼高、害怕蜘蛛或密閉空間，這些問題有特定對象，比較容易治療。但存在焦慮的原因不明，因而較難治療，其強度卻又容易攪亂患者的生活。

喬發現瑪妮的問題不僅止於失蹤的丈夫，她還有其他煩惱，恐懼像深色液體填滿她：數小時的時間突然消失、失憶、失去意識、精神恍惚。喬花了好幾個月的時間尋找答案，可是，瑪妮內心有好幾個區域仍然大門深鎖。

他吃完早餐，折起報紙夾在腋下起身，拱著肩膀，走路時才不會身體前傾。他看看鞋子，搖動腳趾，發出指令。帕金森氏症的副作用之一就是起步時容易絆倒，或走錯方向。他的大腦發出訊息，可是四肢不一定能接收到。這些年來，他學會了如何巧妙啟動自己的系統，克服起步的不順。自信地開步行走之後，他檢查自己的身體，確定雙臂正常擺動且雙肩挺直，覺得自己只是個普通的行人，一個上班途中的男子，而不是個跛腳、沒用的人。

有時候喬拿鑰匙開門需要掙扎許久，祕書索性按鈴直接讓他進了辦公室，並接過他的外套。

「今天早上天氣真好不是嗎？你走路來的嗎？」

「是的。」

「這件外套需要乾洗，我今天拿去。」

「真的不用這麼麻煩。」

「就在樓下而已。」

卡門年近五十，離婚，子女已成年，說話聲音好像幼稚園老師的歌唱聲一般（恰好是她前一份工作）。她有一雙美腿，而她每天都穿短洋裝和短裙慶祝這一點。

「既然天生麗質就炫耀一下。」某次喬被卡門抓到盯著看，當時她曾經這麼告訴他。喬道了歉，卡門說覺得與有榮焉。喬告訴自己他們不會有結果的。

「鄧肯太太取消了十二點的約，不過伊根先生來電想約時間，我自作主張……」

「謝謝妳。」

對講機響起，瑪妮推開門走進喬的辦公室。她坐下來，露出些許畏縮的表情，顯然很痛。喬耐
心等待，沒有馬上開口詢問。她坐著的姿勢很封閉，釘在椅子上，彷彿害怕腳下的世界突然移動。
瑪妮咬牙忍耐這些諮商，生存為首要，吐露心事其次。

喬坐下，研究瑪妮片刻。

「妳最近過得怎麼樣？」

「還好。」

「有焦慮症發作嗎？」

「沒有。」

瑪妮在喬繼續說下去之前插話，說有故事要告訴他。她起頭兩次又重新開始，尋找正確的字
眼，接下來用一連串急促、喘不過氣的描述詳述對話。

「所以我阻止了某人自殺。」她驕傲地說，滿意得將雙臂交疊胸前。

喬點點頭，沒有表現出情緒，「想當然耳，妳看出其中的諷刺之處。」

「什麼諷刺？」

「妳叫一個男的要保持樂觀。」

「我不懂為什麼人不能邊考慮自殺邊說服別人不要這麼做，這是可以同時並存的兩種情緒。」

「聽起來像是為自己辯駁。」

「總比自憐好。」

「聽我的話，但不要模仿我的行為。」

「沒錯。」

瑪妮笑了，這事鮮少發生，通常她總是有所保留。有一、兩次喬曾經懷疑她接受過治療或心理分析，因為她似乎在他開口前就預測到許多問題。

在臨床心理學上，說謊幾乎是必然的。人們說謊來避免尷尬、衝突與羞愧，以此保護自己的形象或得到獎勵。

他們對朋友和家人說謊，但最常對自己說謊，終其一生如此。可是瑪妮不一樣。他感覺到她灰綠色眼珠和蒼白皮膚底下禁錮著某種東西，她並不想宣洩，一直壓抑著，因為釋放它太危險。

瑪妮在椅子上變換姿勢，皺了眉頭。

「妳受傷了。」

「沒什麼。」

「妳的肋骨瘀青。」

「你怎麼知道？」

「我上了三年醫學院。」

「有可能是骨折了嗎？」

「妳該去看醫生。」

「可是你就可以告訴我。」

「那不是我的專業，我不能這麼做。」

瑪妮起身，「隨便看一下就好了，告訴我需不需要照X光。」

瑪妮抓住裙襬拉到腰部以上，在胸部附近抓成一束。喬感覺到自己臉紅。她腹部上大片的深色瘀青幾乎延伸到內褲邊緣。

「怎麼發生的？」

「我撞到一個拳頭。」

「不斷重複撞到？」

喬知道瑪妮從事伴遊工作。他試過說服她不要做，然後仔細教她如何警惕：過濾客戶、緊急電話號碼、回電報平安。

「就心理學家來說，你對性工作算懂得滿多的。」瑪妮告訴他。

「我認識很多性工作者，」他回答，「不過不是聖經裡那個意思。」

「聖經裡那個意思是什麼意思？」

「就是完全認識某人：身體上和情緒上。」

「不是一夜情？」

喬遲疑了一會兒，想起一個叫伊莱莎的妓女曾經差點毀了他的婚姻，但他的婚姻還是在劫難逃，正如他害伊莱莎送命那般肯定。

他出神的時候，瑪妮正說著她不會再回去那間經紀公司了，她會用其他方式償還丹尼爾的債務。她把洋裝夾在腋下。

喬用指尖按按瘀青最嚴重的地方，「會呼吸困難嗎？」

「只有彎腰或動作太快的時候才會。」

「應該沒骨折，可是妳該休息幾天。報警了嗎？」

「我寧願談別的事，」瑪妮放下洋裝蓋住臀部，用手撫平縐褶，衣服恢復原狀後，她反而有點難為情。

「妳肚臍上方那是什麼疤痕？」他問。

瑪妮翻白眼，戲弄地說：「你該看的是我的肋骨。」

喬沒有隨之起舞。

瑪妮不置可否地聳聳肩，「我騎馬摔下來，脾臟破裂。」

「妳當時幾歲？」

「十三歲。」

「為什麼妳從來沒提過？」

「有什麼好說的？馬嚇了一跳，把我甩到圍牆上，從此我就不再騎馬了。」

瑪妮坐回椅子上，雙臂交叉，彷彿這個話題已經結束。喬繼續其他的話題，問到丹尼爾，「有消息嗎？」

「他死了。」

「所以警方……？」

「沒，但我心裡清楚。」

瑪妮彎身向前，開始解釋她的理由，彷彿已經在腦海裡演練過好幾次。

「我得繼續活下去，我需要處理丹尼爾的事……找銀行……律師。丹尼爾有一份保險，這筆錢能付清債務，我們可以重新開始。」

「妳打算怎麼做到這一點？」

「我還不知道，可是情況會改變。我厭倦這樣的生活，」她停下來皺眉，「你在笑什麼？」

「這是好消息。」

瑪妮搖搖頭，露出害羞的笑容。接著他們之間一陣沉默，瑪妮靜坐不動，等教授開口。

「妳和丹尼爾是怎麼認識的？」

「你已經知道了。」

「我想再聽一次。」

瑪妮嘆口氣，開始解釋故事緣由。當時她二十九歲，離婚六年，初次婚姻短暫且悽慘。柔伊當時八、九歲大，她們回曼徹斯特看瑪妮的父親，抵達後卻發現家裡一片混亂，街上的水管破了，害她父親小屋地下室淹水。他穿著雨鞋和防雨外套，看起來像北海漁夫。

「下面只有泥巴和慘狀，」瑪妮的父親說，對她眨眨眼，「不過，附近幾個小夥子人很好，在幫我的忙。其中一個是記者，會笑的那一個，妳會喜歡他的。」

瑪妮不理會父親的話。六十二歲的湯瑪斯．羅根總是像個小學生一樣。她看著他消失在地下室，繼續把濕了的箱子和捲起的地毯拖進院子裡。過了一會兒，她幫他們送上茶和餅乾，這時才看到丹尼爾。他全身都是泥巴，襯衫黏在胸前。然後他露出微笑。

「我知道聽起來很老套，」瑪妮說，抬頭看著喬，「可是，就像電視劇演的，房間四周突然一片黑暗，一道聚光燈打在他身上。我沒有聽到天使歡唱，可是好像一切都變成慢動作，他張開那張美麗的嘴。」

「想在泥巴裡打滾嗎？」他說，那澳洲口音使她卵巢一陣激動。

「這麼迷人的口音是哪裡學來的？」

「雪梨。」

「可惡，我得搬去澳洲了。」

湯瑪斯．羅根從地下室出來介紹他們。後來，瑪妮清理廚房時對父親說：「爸爸，我要嫁給那個男的。」

他回答：「我就知道妳會愛上那個笑容。」

4

瑪妮住的公寓外頭停著一輛汽車，車上坐著一個男的，他用帽子蓋住眼睛，好像在睡覺。他的膝頭放著一份報紙，填字遊戲那一面朝上，空格上放著一支筆。瑪妮經過這輛汽車走上臺階，聽到駕駛醒來，車門關上的聲音。

「小姐，不好意思。」

瑪妮把鑰匙插進鎖孔裡，他穿著輕便的西裝，手上拿著帽子。

「我是大都會警方的詹尼亞探長。」

瑪妮腦中警鈴大作，想到伊萊亞，列出可能的災難：綁架、噎到、腦膜炎、觸電、溺水。他怎麼可能在幼稚園溺水？

「妳兒子沒事。」探長看出她的心思。

「跟丹尼爾有關嗎？」

「不是的，女士。」

探長雙手捧著帽子，在帽沿壓出凹陷。他看了天空一眼，「看來可能要下雨了。」

「你應該不是來討論天氣的。」

「昨天晚上九點到午夜之間，妳人在哪裡？」

瑪妮不肯正視他的目光，當妳害怕對方知道真相時，說謊令人不安。

「我在家。」

「整個晚上嗎？」

「對。」

「有人可以證明嗎？」

「我女兒和兒子都在家。」

探長點點頭，緩慢眨著淡褐色雙眼。他的睫毛如女人般濃密，髮型很奇怪，臉輪廓分明而削瘦，皮膚緊繃。

他戴著婚戒，瑪妮很好奇自己什麼時候開始注意到這些事。他並不英俊，但瑪妮覺得他說話時嘴唇幾乎不動這一點很厲害。

「就這樣嗎？」她問。

「我要再給妳一點時間。」

「什麼？」

「妳回答得太快了，我覺得也許妳沒有停下來思考，所以我要再給妳一次機會改變說法。」

「你認為我在說謊？」

「我不知道我認為什麼，」他回答，露出男孩般的笑容，「就像我穿的這雙鞋，我不知道這雙鞋是否配這套西裝，還是讓我看起來像時尚白癡，可是我相信這雙鞋並不是難看得一塌糊塗。」

瑪妮看了一眼他腳上的尖頭皮鞋。

「還好。」

「唔……」他說，用腳跟前後搖晃，「這是我穿過最舒服的鞋子……皮真的很軟。」

他從外套口袋裡拿出一條口香糖，打開錫箔紙包裝，折起口香糖放進嘴裡，沉思般咀嚼著，抬頭看著整排公寓。

「我知道妳昨晚不在家，妳去了哪裡？」

「和朋友出去喝一杯。」

「幾點？」

「很早。」

「妳朋友叫什麼名字？」

「有關係嗎？」

「我問過你們的管理員崔佛，他說妳午夜過後才回家的。」

「他弄錯了。」

探長的眼神掠過數種情緒，從懷疑開始，最後定格在悲傷。他拿出記事簿寫了些東西。

「你在寫什麼？」

「只是記筆記。」

他把筆收起來，「羅根小姐，妳認識什麼好律師嗎？」

「做什麼？」

「萬一我帶著逮捕令回來，妳用得上。」

詹尼亞探長轉身跳下臺階，戴上帽子，手指順著帽緣滑了一下。

「等一下！」瑪妮說。

探長停下腳步。

「知道我昨晚在哪裡為什麼那麼重要？」

「我們早上從河裡撈出一具屍體，死者身上有一支手機，我們追蹤他最後撥打的電話號碼。」

瑪妮搖搖頭，「那不對，他今天早上還打電話給我。」

「誰？」

「歐文。」

「歐文是誰？」

「我昨天晚上碰面的朋友。他……他很沮喪，母親剛過世，他打算自殺，可是我說服他不要這麼做。」

「歐文姓什麼？」

「我不知道。」

「妳不知道朋友姓什麼？」

瑪妮不喜歡詹尼亞的嘲諷，討厭向他透漏任何事。

「他只是個點頭之交，不算朋友。我昨天才認識他的，他打算跳下滑鐵盧大橋自殺。」

詹尼亞臉上露出迷惑的表情，「我們發現的屍體死因是刺傷，今天早上將近七點時，他的屍體漂浮在倫敦東部瓦平區的海盜處決碼頭，我們三小時後在東邊兩英里處找到他的車，一輛黑色奧迪。」

瑪妮的呼吸像不會破的泡泡一樣卡在喉嚨。

探長打量著她，「我們還沒公布死者的姓名，但也許妳已經知道了。他手機撥出的最後一通電話是昨晚八點四十六分，受話者是妳的號碼，通話時間四十七秒。」

瑪妮打開門。

「他打電話給妳做什麼？」

她用力關上門。

「逃避是沒有用的，」探長在外面大喊，「妳該據實以告。」

有些人的人生像好看的電影，有些人的人生難看至極。大多數人的存在平庸到令人心智麻木，甚至讓觀眾無聊到啃椅子。他們的生活不是浪漫喜劇或盪氣迴腸的愛情故事，而是肥皂劇和陳腐的悲劇。

莎士比亞說世界是舞臺，而眾人僅是演員，可是大多數人連自己的角色都演不好，缺乏真實性，或事後才想出最棒的臺詞。

我是瑪妮人生的導演。劇本不是我寫的，可是我安排場景，讓演員即興演出。那位探長是新出現的角色，我不喜歡他也在一旁看著；並不是我自私或虛偽，可是我守護在瑪妮身旁已久，已經認為她專屬於我。

潮汐將昆恩的屍體送到處決碼頭，被警方發現，巧妙呼應了十九世紀的景象，當時，馬夏西監獄用推車把囚犯送到此處，河岸擠滿圍觀的群眾，有些還雇用船隻好從更佳的角度觀賞。被處決的人等包括殺人犯、海盜、逃兵、意圖謀叛者，由泰勃或新門監獄的絞刑吏負責執行，遇到海盜時，絞繩會變短，讓死囚不要太快死，他們會緩緩窒息，四肢抽搐痙攣如舞蹈，稱之為「典獄長之舞」。

我記得昨晚昆恩看著我，揉揉眼想看清我是誰，然後凶狠地叫我滾蛋。真不知道他哪來的勇氣。那瞬間，他考慮用力踩下油門賭一把，但我用刀子抵著他的脖子，因此他還是選擇和我交涉。

「你從哪兒拿的？」他問，感覺刀片抵著他的皮膚。

「我有備而來。」

「我們可以談談嗎？」

「繼續開車，雙手放在方向盤上。我們來談談打女人的男人，這麼做讓你覺得自己更有男人味嗎？現在你覺得自己是個男人了嗎？」

他緩緩搖頭，「你不要嚇我。」

「你只有這句話可說嗎？」

「很抱歉，真的很抱歉。」

「你在抱歉什麼？」

「不論我做了什麼都很抱歉。」

我笑了。

「隨便亂道歉就像告訴女人你的老二很大，大家都知道你在說謊。」

他看了後照鏡一眼，抿著嘴唇，嘴角下垂。

「你常常打女人嗎？」

「有時我忘了自己力氣很大。」

「我有時候也會忘我，人們常常對我判斷錯誤，不過我只失態過一次。」

「你打算怎麼辦？」

「我還沒決定。」

昆恩遵照我的指示，小心開車。我們來到一片廢棄的空地，兩邊都是倉庫，對面就是河。一條狹窄的運河穿過雜草和碎石，與河的交接處被一扇緊緊關閉的巨大金屬門擋住。小水柱穿過縫隙漏出，繩索和鉸鍊都生鏽變色。

我常常好奇倫敦為何不多加利用這些運河。它們大多荒涼且蕭瑟無趣，有些還很危險。也許可以學曼哈頓的空中花園，加以綠化或重新整理，或開幾間波希米亞風味的商店和酒吧，或淨化後成為都市游泳場地。換句話說，弄得高尚一點。不過也許維持現狀較好：位處現代城市核心一條條不受人欣賞、無人探索的工業舊址。

我用一根手指摸著昆恩的頭部側面，用很浪漫的方式沿著耳朵撫摸，他動也不動。我丟了一條塑膠束線帶到他的大腿上。

「把雙手綁起來，用牙齒拉緊……緊一點。」

他看著鏡子，努力想在我的眼裡看到他的未來。

「你聽我說，車子給你，」他指著口袋，「我的皮夾也給你。」

他還沒說完，我就用刀子劃過他的喉嚨，刀子不是很銳利，所以劃得不是很深。我的大拇指和食指間感覺到鮮血，聞到他尿失禁的味道。車門打開，他捧著脖子想跑，卻無法大聲求救。

在運河邊，他看著下方黝黑如積油或沸騰瀝青的水面，哭著跪下來哀求我。我抓住他的頭髮，讓他看著我。

「傷害瑪妮就是傷害我。」

他露出不解的表情，往前倒下。

5

瑪妮坐在廚房餐桌前，努力穩住心跳。她該向探長說什麼？一旦開了口又該透露多少？一旦開口，她就得告訴他擔任伴遊小姐的事，他會打電話找兒童保護機構，招來一堆社工，威脅把柔伊和伊萊亞從她身邊帶走。她還得告訴他們多少？告訴他們賭債的事，派翠克・韓尼希的威脅，還有失蹤的丹尼爾？所以她什麼也沒說，反倒讓自己看起來有罪。

瑪妮不記得昆恩送她回家的事，只記得和衣上床後縮成一團，小心翼翼呵護受傷的肋骨。至於回程的細節，他們到了梅達維爾區，她打開車門時昆恩對她說了什麼，她完全不記得。歐盧林教授以專門的用語來指稱這些現象，可是對瑪妮而言，如果時間是塊布料，這些她想不起來的片段便是漏針，她選擇刻意忽略因為她太忙、太害怕，什麼都做不了。

她曾經希望昆恩死掉，這會兒他卻真的死了。他是個流氓、混混，為韓尼希工作，幫女人拉皮條、討債，他一定樹敵不少。

瑪妮現在沒時間思考這些事，因為她還有一個重要的會議。她拉好衣服，化了淡妝，看了窗外一眼，雨水如米粒般打在玻璃上。陽光跑哪兒去了？她得用跑的去地鐵站。

她拿了兩顆鋁箔包裝裡的止痛藥吞下，取出冷凍庫裡的伏特加倒進玻璃杯中一口喝下，液體灼燒著喉嚨。

呼、吸。妳可以的。

來到一樓時，瑪妮被崔佛攔下。

「我幫妳拿了信。」他遞出信封。

「不該麻煩你的。」

「一點也不麻煩。」

崔佛空出手，身上穿著滾石合唱團的T恤、破洞牛仔褲和戰鬥靴。

「剛剛有一個男的來找妳，他說是探長。」

「我碰到他了。」

「他問我昨晚有沒有看到妳回來，發生了什麼事嗎？」

「沒事。」

瑪妮急忙離開，不理會他對天氣發表評論。她在門口的臺階上奮力打開雨傘，注意到馬路上有一輛計程車。她搭不起計程車，可是已經遲到了。她揚手，計程車靠邊停車，一對男女跳過人行道打開車門。

「喂！那是我叫的車！」她大叫。

那對男女抬起頭，她見過他們。男的總是穿著上等灰色西裝，女的比較不熟，她有一個女兒跟伊萊亞差不多大，有時候會帶去公園，是那種讓人討厭的母親，就算在餵鴨子或推鞦韆時都打扮得一副無懈可擊的模樣。

「我們先招到車的。」那個女的說完就上車。

「我真的遲到了。」瑪妮惱怒的回答。

「妳要去哪裡？」他問。

「托特罕府路。」

「可以一起搭。」

「這樣變成我們會遲到。」那女的撒嬌道。

「不會的。」他說，把面對後方的座椅往下壓，男人自我介紹，他叫克雷格．布萊恩，太太是艾蓮娜。他們一年前搬到這一區，可是艾蓮娜大部分的時間都在鄉下的「大宅」裡。

「艾蓮娜不是很喜歡倫敦。」

「我在這裡聽著耶！」她還是很不高興。

「我知道你們有個女兒，」瑪妮想打破尷尬，「我在公園看過妳們。」

「她叫葛蕾絲。」他說。

「我有一個兒子，伊萊亞，他們年紀差不多。」

布萊恩的手機響起，他看了看螢幕後接聽。

「叫安東尼不要這麼自以為了不起……我們討厭**所有的**客戶。所以收他們那麼多錢，晚上還是能睡得很好……我現在正在往辦公室的路上……看看你能不能排個時間諮詢。叫金妮查我的行事曆……十五分鐘後見。」

他道歉，露出微笑，而且是很棒的笑容。瑪妮看到他與女兒的神似之處。艾蓮娜問起學校跟幼稚園，對瑪妮而言根本就貴得不用考慮。

「妳送伊萊亞去哪裡？」

「他去公園的教堂遊戲班。」

「妳信教？」

「沒有，是因為收費很便宜。」

瑪妮以為這個回答應該會打住這個話題，沒想到艾蓮娜繼續問：「妳先生做什麼？」

「他是個記者。」

艾蓮娜臉色一亮，「他是報社記者嗎？」

「他目前不在。」

「出去採訪嗎？」

「不是。」

布萊恩一手放在妻子的膝蓋上，「我想她的意思是他們不在一起了。」

「他失蹤了。」瑪妮說，好像這種事偶爾會發生在每一個人身上，她無能為力。

艾蓮娜看看丈夫再看看瑪妮，「發生了什麼事？」

「他就這麼突然失蹤了。」

「什麼時候？」

「去年夏天。」

「妳完全不知道……」

「毫無線索。」

「警方呢？」

「早就放棄找人了。」

計程車靠邊停，瑪妮一面拿著滴水的雨傘一面掏錢，「我該給你多少？」

「不用了。」布萊恩說。

「真的嗎？」

「真的。祝妳面試順利。」

「你怎麼知道……？」

他指著瑪妮手上皺掉的信，信頭是保險公司。「我猜的，」他遞了一張名片給瑪妮，「如果妳需要律師的話……」

他老婆勸他，「克雷格，不是每個人都是潛在客戶。」

「也許我會在公園見到妳。」瑪妮努力表現出很誠懇的樣子。

「我很少在倫敦，」艾蓮娜的回答顯示她完全沒打算和瑪妮來往。

瑪妮走進大雨中，很高興下了車。她閃躲經過車輛濺起的水花，沿著街道小跑步，數著門牌。那棟建築是一九二〇年代的六層樓辦公室，大門口有石柱門廊。瑪妮站在鋪著大理石的大廳裡，在一排公司行號名單上上下尋找著。保險公司在六樓，她搭電梯上樓，推開一道厚重的玻璃門來到接待區，面積大概有她家的一半。

「妳沒看到外面的傘架嗎？」一名櫃臺小姐說，指著瑪妮滴水的雨傘，彷彿洩出的是核原料。

「對不起。」

那名懷孕的櫃臺小姐穿著一件過緊的裙子，一定讓她雙腿的血液循環不良，所以她才心情差。她接了電話，依照標準語調回答：「午安，保險公司，很高興為您服務。」

瑪妮用面紙擦乾地上的水滴。

櫃臺小姐的注意力回到她身上，越過櫃臺邊緣往下看著她，「妳要找誰？」

「魯道夫先生。」

「有約時間嗎？」

「有一點。」

「那是什麼意思？」

「我說過我會來。」

櫃臺小姐按了幾個電腦鍵盤，拿起電話。瑪妮找了位子坐下，看了手錶一眼，再過不到一小時她就得去幼稚園接伊萊亞。

十五分鐘過去，她請櫃臺小姐再打一次電話。

「我在這裡，」魯道夫先生說，穿過一道前後搖擺的玻璃門出現。三十來歲的他身材消瘦、五官明顯，穿著深藍色西裝與白襯衫，打著深紅色斜紋領帶。瑪妮跟著他進了辦公室，巨大的無框窗戶外就是街道。他沒有關門，辦公桌中央放著一個大型藍色檔案夾。

「今天需要什麼服務？」

「我想問我先生的人壽保險理賠問題。」

「我以為我已經在電話裡解釋過了。」

「對，可是我覺得你好像不了解……」

「找到妳先生了嗎？」

「沒有，可是我知道他死了。」

「妳知道。」

「對。」

「妳怎麼知道？」

「很明顯，沒有人見過他，他沒有使用銀行帳戶，手機沒有開機，沒有聯絡親友。警方已經不再尋找了。你不認為丹尼爾如果還活著的話，應該會跟人聯絡嗎？」

魯道夫先生先深呼吸，屏息片刻才吐出長長一口氣。「根據我們人壽保險的條款，要經過七年、且窮盡一切方法調查後才能稱失蹤人口已死。」

「什麼方法？」

「正常的那些方法。」

「你認為我先生在哪裡？」

「我不知道。」

「你認為他還活著嗎？」

「那不是我的專長領域。」

「可是你的意思是說，我必須繼續付保險費，但除非變出我先生的屍體，否則要等七年才能申請理賠？」

「沒有死亡證明我們就無法理賠。」

瑪妮低頭看著雙手，好像泡熱水澡後太快站起來一樣頭暈暈的。

「魯道夫先生，你有小孩嗎？」

「有。」

「你有人壽保險嗎？」

「當然。」

「如果你發生了什麼事，你會希望你太太等上七年嗎？」

「我不認為這——」

「我無法使用他的銀行帳戶，不能取消他的健身房會員，我還在付他的信用卡年費。我不能取消他的自動轉帳，不能跟他離婚，不能哀悼他，不能更改他的地址或使用轉寄服務或處理他的投資。我們結婚五年，可是我沒有任何權利，因為他失蹤，而不是死在我面前。我有兩個小孩，我非常努力撫養他們，讓他們有遮風避雨的地方，我求你……拜託。」

魯道夫先生不肯看她。

「我能申請什麼預付款項嗎？」

「我們沒有預付款項。」

「我應得的理賠金額是三十萬英鎊，我們每年都繳保費，這樣是不對的！你們吞了我們的錢。」

「這不是我的決定。我們有規則、有計算公式——」

「公式？」

「一定要有死亡證明才能理賠。」

「我要怎麼拿到死亡證明？」

「找律師。」

魯道夫先生整理文件，示意談話已經結束。瑪妮說話的音量愈來愈大，可是她沒發現自己在大叫，直到警衛出現在門口。她想抓住椅子的扶手，可是警衛扳開她的手指，強迫她起身，瑪妮沿著走廊被推到電梯口。

她到了外面才想起忘了拿傘，可是他們不肯再讓她進去。她眨眨眼，看著雨水打在鞋子上，行人經過她身邊，像盜壘一樣匆忙進出門口，完全忽視她雨滴般的淚水。

6

喬．歐盧林醒來時天還沒亮。他鮮少睡得安穩，帕金森先生打呼、翻身、推他醒來、想找樂子。有時喬試圖逃避上床睡覺，在電視機前打瞌睡，或看書看到睡著，幾個小時後醒來時覺得有勝利感，因為大半夜過去，他成功偷到了點睡眠時間。

他的夢境改變了。童年的噩夢裡他總是在跑，努力逃離怪物或瘋狗或缺牙、有花椰菜耳朵、長得像尼安德塔人的橄欖球員。結婚後的噩夢多半是妻小遇上危險，他卻總是救不了他們。

現在反覆出現的噩夢則是：他站在閣樓裡，舉槍對準一名男子的額頭，尖叫著要他放開女孩，哀求他、懇求他。接著手上的槍發射，強大的後座力撕心裂肺。

這段記憶有如一段重複播放的影片，他無法將其逐出無意識中，或用酒精淹沒，而是被迫每夜親眼目睹每一格，每晚扣下扳機，感覺鮮血濺起，那呆滯死亡的黑眼珠勝利地瞪著他。

他殺了人，不是無辜之人，也不是聖人，而是個作奸犯科的惡魔。但這些事實似乎無法使他心安，或使噩夢不那麼生動。他無法告解、尋求寬恕、或以其他方式得到寬慰。喬不相信天堂或來生，但時常好奇人們為何認為只有死了才能下地獄。

他的左臂抽搐，頭部似乎也隨之擺動。他笨拙地找著藥丸，打翻了藥瓶，藥丸滾落在木頭地板上。他趴在地上想撿起來，有些藥丸滾到五斗櫃下面和床底下。

他坐在床墊邊緣，雙手握拳放在膝蓋之間阻止它們繼續抖動，這強烈的自我厭惡感通常只保留給自己，不肯示與他人。這世界會以為他自我要求嚴格、勇敢，總能優雅而愉快地面對逆境，從來不會絕望哭泣或忿忿不平。喬不相信禍福有命這種事，公平只是兩個字的組合，沒有具體意義。

查莉在客房裡睡著，她趁這星期學校放假來看老爸，再過兩天就要回家。為什麼昂貴的私立學校放假時間最長？質打敗量是必然的，否則就是浪費錢。

喬穿上運動褲和跑鞋，離開前吻了女兒的額頭，說他會提早回家。她翻了身，嘴裡喃喃發出的聲音比較像是抗議而不是再見。

七點十五分，太陽已經升到屋頂上方，染黃了肯辛頓花園裡最高樹木頂端的枝葉。喬以前喜歡嘲笑每天早上運動的人：慢跑者和愛跑健身房的傢伙穿著萊卡運動衣和昂貴跑鞋，汗流浹背只為了活久一點。如今，年輕時的肌肉記憶消退，帕金森先生上身，運動和飲食更加重要。他搬回倫敦後已經瘦了二十磅，以前他能掐住四角褲腰際的肥肉，現在瘦了，體力變好。想贏回妻子芳心的男人總得打點自己的外表。

一名年輕女子慢跑經過他身邊，他跟著她緊繃的臀部加快腳步。他住在威露村時每天早上都遛狗，一隻叫「炮口煙」的灰色拉不拉多，會追兔子，但只有在夢裡才會追到。牠已經死了，喬的婚姻也結束，他卻仍持續做夢。

他的散步在西波恩大道結束，他會在辦公室淋浴，在第一個病人抵達之前喝杯咖啡。他轉過路口，發現出事了。卡門站在小徑上和樓下洗衣店的老闆聊天。

她看到喬時發出同情的打嗝聲，過來擁抱他，「有人闖空門，」她用誇張的語氣低聲說，「裡面弄得一團亂。」

喬推開她，看了外門一眼，並沒有受到破壞的跡象。「妳報警了嗎？」

她點點頭。

「妳碰了什麼東西嗎？」

「沒有。」

喬讓卡門回家，不理會她的抗議。接著他走上三層階梯，跨過辦公室門外的玻璃碎片。走廊另一頭是浴室，地毯上一塊潮濕的污漬。喬推開門，水箱被從牆上踢下，馬桶裡塞滿了紙。

喬進入辦公室後看到更多損害。卡門的無花果樹倒在一旁，陶土花盆破了，泥土撒在地毯上。兩張同組的皮製扶手椅被割開，像屠宰場的屍體般開腸剖肚。玻璃茶几沒動，但上面裝飾著一坨肉桂捲般的棕色糞便。

檔案夾四散在地，喬跨過它們，從口袋裡拿出手帕蓋住手指，打開窗戶的拴子後往上推。他探身出去看看逃生梯，還有滿是垃圾桶與扁平紙箱的後院。屋頂上一隻形單影隻的鴿子拍拍翅膀。喬轉身再研究一下辦公室，愈看愈覺得這一幕很像精心複製的場景，雖然細節都很精確，卻缺乏創意。

他回到樓下，等了兩個小時後警察才出現，同時也打電話找鎖匠和玻璃店，請清潔公司準備好。兩名警員出現，介紹自己是柯立和丹爾摩。兩人才剛通過實習，穿著新制服，卻帶著輪值尾聲時的疲倦，彷彿早餐以來已經見過十幾起竊案了。

喬跟著他們上樓，聽著他們皮帶上的各種警方配備發出刺耳的聲音。其中一個記筆記，另一個拿著數位相機。

「先生，有什麼東西不見嗎？」柯立問。

「我不知道。」

「現金？」

「我這裡不放現金。」

「也許他們在找藥品。」

「我不是醫生。」

「小孩笨得很，不懂你和醫生的差別。」

「你覺得是小孩？」

丹爾摩的黑色眼珠圓圓像麻雀，「先生，我們經常碰到這種竊案，小孩興奮起來沒有理由就亂砸東西，大便，像狗一樣留下標記。」

「我不認為是小孩。」喬說。

兩位警員似乎很意外受到反駁，「你有不同的理論？」

「不論是誰做的，那個人從逃生梯上來，再從窗戶進來。」

「辦公室的門呢？」丹爾摩問。

「那是後來才破壞的，一半的玻璃碎在外面，表示當時門半開著。」

喬帶他們來到辦公室的窗前，把窗戶往上推，來到狹窄的逃生梯上，蹲下來指著窗緣油漆被破壞的地方。

「有人用鐵撬或其他硬物撬開的，看得出上面的拴子彎掉又重新裝回去，你們可以試試從逃生梯採集指紋，不過他大概戴了手套。」

「手套？」

「對，我認為竊賊**希望**我們以為是小孩幹的，因為他在找特定的東西，找到後才搗亂我的辦公室。」

「可是你說沒有東西不見。」丹爾摩警員說。

喬指著倒出來的檔案夾，「這些檔案被拿到桌上搜尋，他找完後才丟的，所以才會倒成這個樣子。淹水的浴室和糞便是後來才想到的，只是為了掩人耳目。你們也許能從糞便裡採集到ＤＮＡ，不過由於細菌，可能很難驗出個別的ＤＮＡ。而且很有可能不是人類的，可能是在公園撿的。」

兩名警員看看對方，沒人想採集樣本。

「他在找什麼？」丹爾摩問。

「不清楚，得整理過檔案才知道。」

「你有副本嗎？」

「當然。」

柯立警員肩膀上的無線電在呼叫他，他轉頭對著麥克風，另一份更緊急的任務需要他們。兩名警員合宜的表示會找到竊賊，但喬知道不太可能。辦這種案有標準程序，警方必須使用「相稱比例的資源」能破案的話才會調查，也就是說必須有清楚的證據指向某個嫌犯，例如指紋或監視器畫面，這樣才有可能進行逮捕。沒有這些因素，這起竊案只會承案、歸檔、最終被遺忘。

他們離開後，喬在桌上清出一個空間，開始整理檔案。有人闖進他的辦公室，還試圖掩蓋真正目的。他得先知道丟了什麼，才會知道他們在找什麼。

7

瑪妮測量時間的單位不復相同，改以丹尼爾做為分界點。她昨天列了一張改變清單，第一步就是更改答錄機上的應答留言。表面上看來，這一點也許沒有那麼重要，可是瑪妮之所以一年多來都沒有更換應答留言，其實只是捨不得刪除丹尼爾的聲音。她把答錄機抱在腿上，再次按下播放鍵。

哈囉，你撥的是丹尼爾和瑪妮的電話號碼，我們現在無法接聽來電，請在嗶聲後留言。

她按下刪除鍵，遵循指示錄下新的應答留言。

嗨，我是瑪妮，請在嗶聲後留言。

簡潔、沒創意、堪用就好。

她設定電話鈴聲響八次之後才開啟答錄機，以便過濾惡作劇的電話和瘋子。他們覺得這樣捉弄她或假裝有線索很有意思，其中一個男的特別喜歡打電話給她，聲音粗嘎像吸了太多煙，「我知道妳老公在哪裡，」他說，「我知道妳把他埋在哪裡。」

還有一個男的打電話問她會不會寂寞，身上穿什麼；他的聲音有點熟悉，她甚至聽得到對方拳頭用力使勁的聲音。

瑪妮接到這種電話都直接掛掉，不過還是認真記下日期、時間和內容，以便提供給負責和她聯絡的朗達．佛斯警員。朗達叫瑪妮記下每一通電話，因為每一通都可能很重要，她也叫瑪妮不要放棄希望，可是，此時的瑪妮不禁好奇「希望」長什麼樣子。在她的想像裡，希望是種小動物，也許是隻鳥，棲息在肋骨間，偶爾會拍動翅膀。

有一陣子，警方把瑪妮當成嫌犯，這不意外。其實警方並沒有向她明說或暗示這件事，不過他們也不曾為那些尷尬的問題或要求驗DNA而道歉，甚或因而延誤的辦案黃金時間。因為警方認為道歉就是承認失敗，但遺憾可以只是遺憾。

丹尼爾和瑪妮第一次約會時曾為政治問題爭論，丹尼爾認為英國皇室已經不合時宜。

「那是因為你是澳洲人。」瑪妮對他說。

「這跟那有什麼關係？」

「你還對當初的鐵鍊觀光政策耿耿於懷。」

「所以，妳已經開始開犯人的玩笑了。」

「我也可以用前戲開玩笑。」

他露出微笑，「妳在取笑我。」

「你不開心嗎？」

「過一會兒就好了。」

他們在漢普斯特區一家很可愛的義大利餐廳共進晚餐，丹尼爾聊到運動，瑪妮用力彈他的右耳。

「搞什麼啊？」

「你可以跟朋友一起看運動賽事、一起運動或聊相關話題，可是跟我在一起的時候，我們不聊這個。」

「這樣好像不是很公平。」

「我有地雷區，」她說，「如果我提到鞋子或經痛的話，你也可以抗議。」

「那我們要聊什麼？」

「女性主義、單一貨幣政策、《加冕街》連續劇。你是那種會胡亂報導的記者嗎？」

「不是。」

「很好。」

丹尼爾盯著她看，經過整整十秒才說：「妳真的很特別。」

「沒錯，」瑪妮得意洋洋地說，「還有，你該知道我有一個女兒。」

「喔。」

「有問題嗎？」

「我不吃小孩，如果妳是擔心這種事的話。」

「很高興知道這一點。」

那天晚上，她在家門口吻了他，他想進門，但她說，「下次吧！」說完便關上門。

瑪妮付錢給柔伊的保母後陪她下樓，丹尼爾還在外面等著。

「你還在這裡。」

「我明天早上還會在這裡，」他回答。

她邀請他進屋，低聲叫他小聲點兒，他等不及她把門關好，手就伸上來了。他們上了床，後來又做了一次。瑪妮曾經發誓絕不和男人在第一次約會就上床。第二天早上，丹尼爾很早離開，因為他要和三個好友一起去義大利滑雪度假，這是老早就預約好、付完錢的旅遊行程。

「我回來再打電話給妳。」他這麼告訴瑪妮。

「對，你會的。」是她的回答。

丹尼爾並沒有打電話給瑪妮，她等了一個月，音訊全無。瑪妮的反應從生氣、憤怒、到怨恨，繼而責怪自己的天真，將調情和性誤認為更深刻的東西。後來，某天丹尼爾突然出現在瑪妮的父親家，向他要瑪妮的電話號碼。她沒有回電。他送花，她也沒有回應。某天午餐時分，她正坐在綠園的春陽下，拉高裙襬讓雙腿曬到太陽。丹尼爾突然在她身旁坐下。

「我是來道歉的。」

「你已經道過歉了。」

「我真的、真的很抱歉。」

「你說過了。」

他告訴她意外發生的經過：他在一條黑級滑雪道上摔斷了膝蓋，得先用擔架抬下山再空運到醫院。他讓她看手術留下的疤痕。

「我已經把你忘了。」她說。

「換做是我也會這麼做。」

「你的膝蓋怎麼樣？」

「沒事了，我現在騎單車鍛鍊體力，」他想握她的手，「就是因為這樣，妳才沒有我的消息。我受了傷、腦震盪，坐了好幾個星期的輪椅，用拐杖走路。我覺得妳應該不會要跛腳男友。」

「你大可以打電話告訴我。」

「我弄丟了妳的電話號碼。」

「你有我爸的地址。」

「我知道，可是我想等雙腿復原再聯絡，這樣才能將妳一把抱起。」

她起身說：「我得回去上班了。」

「我可以再見妳嗎？」

「你明天可以來這裡跟我一起午餐。」

丹尼爾露出笑容。

「只是吃三明治，不是約會。」她說。

他們就是這樣開始的。再過一個月瑪妮才讓他上床，可是他們沒有做愛，她一手抱著他，臉靠著他的脖子睡覺。清晨換衣服時，他們會各自移開目光。

第二天晚上，她讓他吻她。第三天晚上，她讓他脫掉她的衣服。第四天晚上，她敞開心扉。瑪妮剛成年時結過一次婚，卻完全不知道原來愛河可以深到這麼荒謬的地步，她深陷其中，無法自拔。丹尼爾才是她第一次應該等待的那個男孩：英俊、風趣、勇於冒險、浪漫、聰明、單純、從容不迫。他是她英俊逼人的澳洲大個兒男友、她的衝浪救生員、她的鱷魚先生。

他們之間的性事也同樣美好，地點不拘：沙灘上（土耳其）、花園躺椅（綠園）、迷你汽車的前座（不容易）、在一群乳牛旁的小船上（不舒服）、還有暴風雨中的中世紀教堂（褻瀆神明）。

二〇〇八年夏天，他們在切爾西區註冊處結婚，由柔伊擔任伴娘。對再婚的瑪妮而言，這次結婚感覺完全不同。這一次，她找到的這個男人能彌補她所有不足。

當時，丹尼爾已經在倫敦住了三年，在各報社當兼職記者。婚後不久他就得到《週日電訊報》的全職工作，不過是新聞部，不是他想要的特稿編輯。可是沒關係，他很愛為週日發行的報紙工作，預測週末的頭條新聞格外有挑戰性。他總是搶先發布新聞報導，尋找下一則獨家消息。

丹尼爾沒有嗜好，每天早上睜開眼睛第一件事就是打開收音機聽新聞報導，到門口拿報紙，一面吃早餐一面讀，剪下一些段落，撕下頁面，筆記寫不停。

結婚一年後，丹尼爾升任特稿編輯。大家都說這是大升職，他買了香檳跟同事一起慶祝，接著去柯芬園和蘇荷區的賭場。這個升職的意義在於收入增加，可存下更多自備款買更好的房子，也許在克萊本區或京斯頓。

瑪妮知道自己不該把丹尼爾想得那麼完美，他也會惹人厭、殘忍、堅持己見、蠢得像豬頭。丹尼爾很討厭瑪妮指出他的缺點，尤其是賭博。他並不常去賭場，通常只有慶祝大獨家、或哀悼報導輸給競爭對手時才會去。

瑪妮不知道的是，丹尼爾的人生低潮多於高潮。新聞界的生態開始改變，讀者拋棄「砍樹科技」，投靠網路新聞，不花一分錢照樣可以閱讀新聞報導。廣告商也跟著走，追求點閱率和確定性。報紙流通量大減，預算大刪。

丹尼爾以前常抱怨那些管錢的刪除開支、削減海外採訪、雇用兼職而非有經驗的記者，不用員工的稿子而是買新聞社的稿子。他們名列上市公司，對股東負責，但股東只對股價底線有興趣，而非發布重大新聞和得獎。

管理階層開始遣散員工。丹尼爾會打電話跟瑪妮說自己又逃過一劫，「我要帶幾個小子去喝一杯送別。」

這些人不僅是同事，也是夥伴，他們先去酒館，再上夜店續攤，然後丹尼爾會摸上賭場，玩牌或輪盤。他會在凌晨三點帶著啤酒味和咖哩味蹣跚地回家，踮著腳尖走過臥室門口，以免吵醒小孩，然後坐在黑暗中看電視。

「上床吧。」瑪妮會說。

「等房間停止旋轉就來。」他會這麼回答，緩緩喝著放在胸口的一大杯水。

瑪妮會看著他一會兒，胃部糾結，想說些什麼，又不想當囉唆的老婆。

「我知道目前的處境很困難。」

「妳才不知道。」

「那你告訴我啊！」

「妳當然沒關係，妳整天在家，我才是那個得出去賺錢的人。」

「我也在上班。」

「只是個兼職服務生。」

「我可以回去上整天班……或是……回廣告界找工作。」

「廣告界沒有工作機會的。」

他們每次吵架都是為了錢。丹尼爾深愛柔伊和伊萊亞，卻似乎對養育小孩很花錢這件事多所怨懟，總是一副瑪妮不知人間疾苦的樣子。但事實並非如此，伊萊亞出生前，瑪妮擔任撰稿人的薪水和丹尼爾差不多，可是他不認為她的工作有他的那麼重要。

壓垮報社這份工作的最後一根稻草是丹尼爾自己的傑作，他以為能拿資遣費自願離職，直接「過馬路」到另一家報社工作，以為《泰晤士報》或《衛報》會迫不及待等他去上班。可是這幾家報社都沒有在徵人，連他曾經嘲笑過的專業雜誌都沒有職缺。

剛開始的幾個月裡，丹尼爾自由接案，以很爛的價錢賣出幾篇文章。瑪妮盡可能支持他，丹尼爾卻藉故找她吵架，質疑瑪妮正一一計數他的缺點。其實她為他難過，她那有著迷人笑容的澳洲大個兒男友變得既刻薄又脆弱，情緒緊繃像上得太緊的發條，拿自己及身邊所有人出氣。

丹尼爾的遣散費原本可以維持六個月的，結果兩個月就被他輸個精光。他告訴瑪妮那筆錢用來支付線人費和研究費，能讓他「回到場上」。一天早上，瑪妮從地上撿起他的皮夾，裡面塞滿收據和提款明細表。她研究那些提領現金的明細表，注意到很多提款機都在賭場旁邊。他前一天晚上領了五百鎊，帳戶裡只剩四十鎊。

瑪妮能想像丹尼爾在賭場花大錢揮霍、自吹自擂。她找到一張紙條，上面寫著「小沙」的名字和電話號碼，她想像某個出自《艾塞克斯是唯一生活方式》實境肥皂劇裡的女人貼在丹尼爾身上，油亮的嘴唇貼近他耳朵，她穿著郵票大小的洋裝、有堅挺的胸部加上吸睛的鮑魚。

然後瑪妮告訴自己別異想天開，「小沙」是男生的名字，丹尼爾絕不會對她不忠。他和瑪妮結婚時就說過，自己已經「拋下過去的浪蕩生涯」，因為他遇到了想共度餘生的女人。

她不該提起那個電話號碼的，她該不動聲色，卻忍不住開口。丹尼爾指控她妄下斷論，根本就是個討人厭的潑婦。瑪妮討厭吵架。她看過其他夫妻像禿鷹啄腐屍般挑剔彼此，毫不留情，可是她和丹尼爾吵架後一定會和好才上床睡覺。

那一天卻不一樣，瑪妮沒有退讓，丹尼爾也沒有默默承受。玻璃杯打破了，淚水也流了，他抓了外套奪門而出，兩天沒回家。

「妳不明白，」他試著道歉，「我從十四歲就開始工作：每個週末、假日、放學後……念大學時……我一直有工作……」

「你會再找到工作的。」

「我得比別人更努力才能成功，我是個外人，得證明自己的能力。」

「你已經證明自己的能力了！」

後來情況有所改善，丹尼爾到倫敦學院兼職教授新聞學。瑪妮想像他班上滿是叫哈欣達或夏洛特的女學生，整天夢想到時尚雜誌上班或穿名牌高跟鞋在蘇荷區來來去去，招計程車，一手端拿鐵，一手拿手機。她很好奇為什麼還有那麼多人想當記者。成千上百的年輕人在上媒體課程與新聞學，但其實這一行已經漸漸沒落，而且，他們根本不讀這些夢寐以求的工作對象所出版的內容。

瑪妮提到她想回鍋當撰稿人，可是誰照顧伊萊亞？丹尼爾認為也許等伊萊亞身體狀況改善或上學之後。所以他繼續教書（並瞞著她賭博），他們的存款愈來愈少，像不要的牌一樣從他指間流失。

丹尼爾失蹤那一天，瑪妮回家發現水槽裡放著一個花瓶，裡面裝了一半的水，旁邊一束玻璃紙包裝的花。流理臺上放著一個馬克杯，裡面已經倒好咖啡粉，牛奶等在一旁，電熱水壺裡的水已經涼了，彷彿他的思緒被打斷，就這麼忘了剛剛在做的事。

瑪妮不停撥他的手機，第二天早上決定打電話報警。一名警員問她家裡是否有暴力行為的跡象。

「那是什麼意思？」她問。

「妳是否發現血跡或闖入的跡象？」

「沒有。」

「他失蹤多久了？」

「從昨天開始。」

「我們要等失蹤四十八小時才能成案。」

「為什麼？」

「規定就是如此。」

「這是很蠢的規定。萬一他出了什麼事怎麼辦？萬一他受傷怎麼辦了？」

「也許他只是想離開幾天。」

那名警員比瑪妮年輕，他說失蹤的丈夫最後大多都會出現，講得好像丹尼爾只是被鄰居餵食的流浪狗。

接下來的兩天裡，瑪妮打了通訊錄裡的每一個電話號碼，還有醫院、診所、遊民中心和賭場，然後警方才派來朗達．佛斯報告進度。這名臀部豐腴的黑人女警綁著一頭雷鬼風的髮型，緊緊貼在頭皮上。她聰明、堅定、善良，是瑪妮曾經希望擁有的那種朋友，因為沒有黑人朋友有損她的形象。

朗達記筆記、拿了照片、問了丹尼爾的日常生活習慣。他有嗜好嗎？是否可能有外遇對象？妳有他的護照嗎？

瑪妮提到賭博和賭場，也許丹尼爾在回家途中受到跟蹤、被搶，但朗達覺得不太可能，她似乎已經判斷丹尼爾不是個拋妻棄子、惹上麻煩的賭徒。

「你們為什麼不出去找他？」瑪妮問，「他的照片為什麼沒有出現在新聞報導上？」

朗達臉上的微笑彷彿面對的是小孩，「我們得顧慮丹尼爾的感受。」

「他的感受？」

「萬一他是刻意離家的呢？也許他需要一點時間思考，也許他的情緒很脆弱。如果我們讓他的面孔出現在新聞媒體，也許會逼他做出什麼傻事。」

「他不會自殺的，」瑪妮的挫折感愈來愈深，「他是妳見過最不可能自殺的人。」

朗達問到他們的性生活。瑪妮和丹尼爾會吵架嗎？會。他會對她暴力相向嗎？不會。像這樣消失很不尋常嗎？對。他可能有外遇嗎？不可能。

瑪妮聽到自己的回答，卻無法讓自己更有說服力。

「無意冒犯，」朗達說，「可是，有時候伴侶是最後一個知道的。」

「無意冒犯，」瑪妮回答，「他們也常常是**第一個**知道的。」

「妳先生曾經舉債賭博嗎？」

瑪妮遲疑了一下，「我覺得沒有，他有參加聚會。」

「什麼樣的聚會？」

「匿名戒賭會。」

「也許他在那裡認識了什麼人？」

「他一定在那裡認識了很多人。」

「特別的人？」

答案還是沒有。

瑪妮想起她在丹尼爾皮夾裡發現的名字跟電話號碼，可是沒有向朗達提起，也沒有說丹尼爾變得很神祕，出入時間不定，特地跑到另一個房間講電話。瑪妮只是坐在沙發上，壓抑著恐懼，一腳不安地上下搖晃，聽著女警說要公布丹尼爾的照片，調查手機通聯記錄。

「如果妳要我給建議，」朗達離開時對她說，「幫自己倒杯葡萄酒，好好泡個熱水澡，打電話給朋友。妳先生是大人了，他自己會找到路回家的。」

8

《標準晚報》在第四版最下方刊登了兩段報導。

警方潛水伕在瓦平區碼頭下方的泰晤士河進行第二天的打撈工作。星期二早上，一名保全的屍體從河裡被打撈上岸。三十五歲的尼爾．昆恩來自克爾本區，育有二子，他被人割喉，雙手用塑膠線捆綁。

警方隨即成立案情室，要求握有線索的市民撥打當地的犯罪防制熱線。

瑪妮再讀了一次報導。昆恩沒戴婚戒，也從沒提過妻子或小孩，因此瑪妮完全不知道他已婚，他們的談話內容只限於接送時間和費用。也許「保全」是皮條客或保鏢的委婉說法。

潘妮從她背後讀著報紙，用大拇指和兩根指頭拿著酒杯的杯腳，指甲修得很整齊。她帶著酒瓶上門，跟瑪妮說「世界上一定有個地方現在是雞尾酒時間」。她讀完報導，發出不以為然的聲音。

「他被割喉。」瑪妮說。

「他把妳踢得渾身是傷，我很高興那個邪惡的混蛋死掉了，」潘妮放下酒杯說，「讓我看看。」

「我很好。」

「讓我看。」

瑪妮撩起襯衫，潘妮用指尖撫摸瘀青的部位，隨便輕輕一摸就有刺痛感。

她內咎地看著瑪妮，「我不該讓妳扯進這件事的。」

「不是妳的錯。」

她伸出雙手要擁抱瑪妮，瑪妮退縮了一下。

「還不到擁抱的時候？」

「還會痛。」

她們大二就認識了，曾經共享毒品、派對、節慶與假期。瑪妮是正常、理性的那一個，潘妮則狂歡不落人後，整個足球隊都想上。潘妮輟學當模特兒後沒什麼大成就，接過幾本郵購產品目錄、洗髮精廣告，被要求站在瑞典的瀑布底下拍照，差點沒把她冷死。她如此形容：「我的乳頭硬得像子彈一樣。」在斯德哥爾摩的那個星期是她事業巔峰，住四季飯店、費用全包、睡了導演。潘妮對於事業後繼無力這點抱持著哲學的態度。她沒有伸展臺模特兒的身高，也沒有時尚雜誌模特兒的胸部，卻已愛上那種生活方式。

潘妮是在認識基肯之後退出伴遊這一行的。根據她的說法，基肯單身、不喝酒、定時洗澡，算是水準較高的客戶。他比她大十五歲、有點過重，可是愛煞潘妮，視她為他的「鳳凰女」。除了瑪妮之外，只有丹尼爾知道潘妮的過去，他覺得瑪妮最要好的朋友曾是妓女這件事很撩人。

所以，潘妮嫁給基肯，收起保險套和性感內衣，成了企業家之妻：美麗、受寵、愛花錢。可是，她成為母親的過程卻沒那麼順利。她意外懷孕，孕程中抱怨妊娠紋、水腫、「胖得上不了」。她戒了菸（理論上）、酒（理論上），要求剖腹產，因為「水桶男的車沒那麼大，所以我不能讓車庫變得更大。」

愛比蓋兒出生後，瑪妮跟潘妮沒那麼常見面，不過還是常常通電話，只是沒那麼常提到丹尼爾。潘妮說丹尼爾是個拋棄家庭的「爛老公」、「癟三」。

潘妮雙腿交叉，一腳勾在另一腳的腳踝後面，注意到流理臺上的止痛藥，「喔，藍色跟黃色的，妳好幸運！」

瑪妮沒有笑，因為笑了會痛。她突然轉移話題，彷彿害怕不馬上行動就會失去勇氣。

「我要宣告丹尼爾死亡。」

潘妮放下舉到嘴邊的酒杯，「可以這麼做嗎？」

「我總得做點什麼。」

「韓尼希那邊呢？」

「拿到保險理賠金就能還他錢了。」

「加油！妳！」潘妮口齒不清地說，「是時候了。」

瑪妮望著桌子另一頭，並不想開口，「我沒錢了。」

潘妮用手指把玩著酒杯杯腳，速度很快但含糊地說。

「水桶男目前管我很嚴，去年沒有聖誕獎金，他說我不能給妳錢。」

「當然，」瑪妮說，「我明白。」

「可以的話我一定會給妳的。」

「我知道。」

「我覺得很難過。」

「沒關係。」

氣氛改變了，原本的溫暖被內咎一掃而空。潘妮眨眨眼，眼神一沉，看看手錶說：「保母只到五點鐘，我該回家了。」

她們在門口貼臉道別，潘妮修長纖細的手指在她臉測滑動，彷彿正以這特別的手勢替她祈福。

「他配不上妳，」她說，「他回來的話，我會親手宰了他。」

瑪妮找出律師給她的名片，擔心可能弄丟了。她把包包裡的東西倒在桌上，名片黏在糖果紙上。

克雷格・布萊恩
G・K聯合事務所
出庭律師與一般律師
倫敦普萊斯路
河岸律師辦公室三十四號

「萬一妳需要律師的話。」當時他在計程車上這麼說，這會兒她真的需要律師了。

他們在艦隊街上的「柴郡乳酪」酒館見面。當年，印刷機在附近的地下室隆隆作響，一排排特殊標記的卡車趕著將一堆堆報紙運往全國各地的報攤和雜貨店，當時這裡可是個地標。丹尼爾曾經帶瑪妮來過一次，悄悄以近乎虔誠的語調談到來過這家酒館的著名記者和作家：狄更斯、馬克・吐溫、丁尼生，還有一些她沒聽過的名字，但丹尼爾琅琅上口，彷彿瑪妮應該知道這些人名。

「這裡比澳洲的歐洲聚落還要歷史悠久，」他說，「我才知道其實我們是沒有歷史的。」

「再過幾個世紀就有了。」她告訴他。

瑪妮獨自在座位上練習如何向克雷格・布萊恩開口，偶爾望望門口。是她先看到他站在馬路對面，舉起手機好像在拍照。

這位身材高大、四肢輕盈的律師穿著同一套深色西裝，不過今天打著西瓜紅領帶。他穿越馬路、閃過車流，帶著微笑跟她打招呼。他那開朗的笑容與潔白的牙齒有如牙膏廣告的模特兒，只是少了牙刷和廣告配樂。

「所以，妳殺了誰？」他拉過一張椅子問道。

瑪妮嚇了一跳。

「嘿，我是開玩笑的。」

她露出緊繃的笑容，胃部翻攪。

「妳點了嗎？想喝點什麼？葡萄酒？啤酒？」

「沒有，我不用。」

「請不要讓我一個人喝酒。」

「那白酒好了。」

「我剛好知道哪一款好喝。」

布萊恩到吧臺點了兩杯白酒，瑪妮看著那套西裝的線條與高明的剪裁，顯然是高檔貨。她覺得自己上不了檯面、變得不善交際。

布萊恩回到座位上，放下她的葡萄酒，她用雙手捧著杯子啜飲。

「這是雲霧灣的白酒嗎？」

「好喝嗎？」

「這是我最喜歡的葡萄酒。」

布萊恩舉起自己的酒杯說：「英雄所見略同。」

他解開西裝外套的鈕釦，往後靠在椅背上。

「所以，瑪妮．羅根，我能為妳做些什麼？」

「我要宣告我丈夫死亡。」

她說出這句話時正好碰上談話聲的空檔，附近的客人都轉過頭來，瑪妮臉頰熱烘烘的，但還是抬頭迎接他們的目光，彷彿在挑戰他們。那些人移開視線。

布萊恩用手指輕輕碰她的手，瑪妮的目光回到他身上。

「妳相信他死了？」

「對。」

「妳有什麼證據？」

瑪妮煩躁地把弄著包包的帶子，複述丹尼爾失蹤和警方調查的細節。她努力講得很詳細，也提到賭債和派翠克．韓尼希。

「這些資料妳都告訴警方了？」

瑪妮遲疑了一會兒。

「大部分他們都知道。」

律師沉默了一會兒，彷彿在做決定，「通常必須等七年才能宣告失蹤人口死亡。」

「我知道。」

「這件事為什麼這麼重要？為什麼非得現在處理不可？」

「丹尼爾有一份人壽保險，保險公司一定要看到死亡證明才肯理賠。」

「所以是為了錢？」

瑪妮厭倦了內咎，「我又不是要偷誰的錢，我連丹尼爾的帳戶定期扣款都不能更動，也不能用他帳戶裡剩下的一點點錢。我收到國稅局來函說他欠稅，我想解釋他失蹤了，他們卻指控我說謊。三天前，我不得不賣掉電視，因為我已經向認識的人都借過錢了，親戚朋友都不再回電話了。」

布萊恩用手指來回撫摸著酒杯邊緣，「這不是我的專長領域。」

「拜託？」

「就我所知，這是一個很複雜的法律程序，牽涉各式各樣的法律及非法律條文。在一般情況下，沒有證據證明這個人繼續存在時，法庭假設這個人已經死亡。」

「可是要等七年？」

「對，不過這是普通法的假設，有時可以利用適當的證據反駁。」

「什麼樣的證據？」

「妳必須說服法官妳丈夫不可能還活著。」

「我該如何做到這一點？」

「用盡各種途徑，取得眾人的宣誓證詞，包括他的家人、朋友、同事，一項一項檢驗。然後我們上法院，看情況怎麼發展。」

布萊恩從公事包拿出一本黃色拍板簿。

「我負擔不起你的費用。」瑪妮說。

「妳不知道我怎麼收費。」

「反正我付不起就對了。」

他伸過手來握住她的手，和她十指交握。

「這一點我們以後再商量。」

瑪妮胃部一陣翻騰，「可是我不想要——」

「瑪妮拉，妳得做大部分的工作。」

「你怎麼知道我的名字？」

「我猜瑪妮是小名。」

瑪妮眨眨眼阻止淚水流下，看著他在拍板簿上寫筆記。

「丹尼爾是否患有精神疾病？」

「沒有。」

「憂鬱？」

「沒有。」

「妳說他欠下賭債？」

「對。」

「好，妳需要請丹尼爾的父母及好友提供宣誓證詞，還有每一個了解他的人，表明他們相信丹尼爾已經死了。妳女兒幾歲？」

「十五歲。」

「她也要提供宣誓證詞。」

「我還沒告訴她。」

「她必須知道。」

布萊恩寫下另一條筆記提醒自己，「我們可以根據無爭議遺囑認證規則遞出申請，這條法規讓法官准許申請人宣誓證實已知的資訊，或宣誓相信某人已經死亡。」

「這樣有用嗎？」

「不一定，有些不是證明某人死亡，而是假設某人死亡的案例得到准許，但我不能保證。最好的情況就是法官准許妳認證遺囑，讓妳處理先生的資產，可是就算如此，也無法保證保險公司會理賠。」

「為什麼？」

「他們可能不接受法官的命令。理賠金額多少？」

「三十萬鎊，我不需要全部，」瑪妮難為情地說。

「那是妳應得的。」

「我是說……」

「妳丈夫死了，那是妳應得的款項。」

瑪妮感激地點點頭。

布萊恩起身，躊躇了一會兒，「妳現在需要錢嗎？」

「不用，你已經做得夠多了。」

「妳還有我的名片嗎？」他從她手上接過那張名片，在背面寫下手機號碼後再交給她，「萬一需要什麼的話。」

「你為什麼要幫我？」瑪妮被他的善意感動。

律師兩手一攤，「誰叫我們是鄰居？」

9

喬·歐盧林坐在辦公桌前，抬頭看著受到破壞的辦公室。百葉窗開著，午後的陽光斜斜打在地板上，在帶有污漬的小地毯畫上明亮的菱形。

他花了六個小時搶救檔案，整理散落的紙張，勉強湊出順序。他從桌前起身到洗手間，朝臉上潑水，每潑兩次就喝一口。

遭竊的檔案是瑪妮·羅根的臨床病歷。他的內心有點不安，一股熟悉而不受控制的感覺如節拍器般在心裡左右滴答著。

喬的左臂抽搐，身體開始旋轉扭曲。他掏出口袋裡的小藥盒吃了藥，等待藥效抵達大腦。他想像好的力量在大腦皮質層遇到敵人，如鬥魚般繞圈，要求休兵。帕金森先生很有耐性，他知道科學發展的速度比不上這個病的進程。

喬回到辦公室，打電話到派丁頓警局找丹爾摩或柯立警員，等待接通時，他看著陽光酩酊消失在屋頂後方，把煙囪和電視天線的影子拉得更長。

丹爾摩來接聽，「歐盧林教授，有什麼可效勞？」

「你問我是否有東西不見，有一名女性個案的臨床病歷檔案不見了。」

「她的名字是？」

「瑪妮拉·羅根。」

「檔案裡有什麼？」

「我不能透露。」

「偷這個有什麼用嗎？」

「我不知道。」

警員嘆口氣，覺得無聊而不是挫折。「教授，謝謝你的協助。」

文森．盧伊茲坐在泰晤士河畔，觀賞河面以各種層次的金黃色融入黑暗裡。這位退休警探對倫敦總是懷抱一份特別的感情，這城市將自己的悠長歷史如同破舊披肩般穿在身上。倫敦由混雜的聚落組合而成，不同口音的居民支持對立的足球隊，付不同的稅率，支持不同的政黨。只要搭乘黑頭計程車就能從東邊的紅磚巷來到西邊的里其蒙，真難想像，這兩個地方的距離感覺像隔著一汪海洋，也許還有好幾個小時的時差。

盧伊茲的身材壯碩，但非過重。他從大都會警方退休後便維持許多良好的生活習慣，除非有伴，否則晚上六點前不喝酒。他白天不看電視，也完全不看實境節目。他閱讀報紙、玩《泰晤士報》的填字遊戲、坐在河邊的帆布折疊椅上釣魚，不用魚餌。更重要的是，他對這世界的現狀既不滿意也不挑剔，樂得處於兩難的困境間，彷彿已經什麼都不在乎。

盧伊茲的手機鈴聲響起，他不予理會。

他聽到馬路對面車庫樂團的練習聲，展現出的是音量而非才華。他覺得這也是老化的另一個徵兆：相信每一個世代的音樂都與上一個世代相形見絀。盧伊茲內心永恆的歌曲讓他停留在四十歲，可是出生證明顯示他的歲數已接近可以免費搭公車的年紀。這一點並不使他成為老人，至少心智上沒有。隨著年歲混雜而來的是智慧稍長、耐性降低，以及超過任何人所需的不悅回憶。

他的手機鈴聲再度響起。

「教授，你好。」

「你在忙嗎？」

「我東奔西跑。」

「你在酒館？」

「正要去。」

「我今天早上被偷了？」

「是搶劫嗎？」

「辦公室遭竊，一份病歷檔案被偷走了。」

「你知道原因嗎？」

「完全不知道。」

「警方怎麼說？」

「警方沒什麼用，這話沒有冒犯你的意思。」

「完全沒有。」

盧伊茲從口袋掏出一瓶硬糖果，打開蓋子用食指和大拇指挑了一顆彩色的丟進嘴裡，享受舌尖的甜味，在牙齒間滾來滾去發出聲音。

「你打電話給我是因為……？」

「這個團隊需要你。」

「什麼團隊？」

「你自己選——反正它需要你。」

「我有選擇的餘地嗎？」

「當然有——你可以選擇用任何方式說好，要用奇怪的聲音也可以。」

「很好笑。你可以請我吃晚餐，不過今晚不行，我有約了。」

「那就明天吧。」

10

瑪妮等到伊萊亞睡著，柔伊在寫功課了，才打電話給丹尼爾在澳洲的父母親。她關上房門，坐在沙發上蜷起雙腿。

他們之間有九個小時的時差，這表示對方的當地時間是第二天早上。蘿絲瑪麗和諾曼．哈蘭住在黃金海岸那種管制森嚴的休閒社區，裡面有人工運河、警衛巡邏、幾百條規則，住戶全是曬成古銅色的白人。

通常，瑪妮每星期打一次電話給丹尼爾的爸媽，讓伊萊亞跟祖父母打招呼。他們很客氣地對話、閒聊幾句，最後才會提到丹尼爾，因為還是沒有新的消息。

電話鈴聲響著，瑪妮可以想像那個場景——陽光、粉嫩的色調，像果嶺般翠綠整齊的草坪。諾曼會穿著七分褲、帆船鞋和馬球衫；蘿絲瑪麗每天打網球，看起來似乎正緩慢僵化。瑪妮知道他們對自己的看法。她是那個高傲的英國公主，不但偷走他們寶貝兒子的心，還懲罰他們，不讓他回澳洲。在他們心目中，她也很霸道、講究、愛抱怨、黏人——這都是瑪妮非常努力避免的人格特質。

丹尼爾失蹤後，瑪妮等了四十八小時才打電話通知他們。當時她怎麼都不會算時差，要不是壞消息，她不可能凌晨三點打電話。

是蘿絲瑪麗接的電話，「什麼事？」她問，「小孩出事了嗎？」

「不是的。」

「我要跟丹尼爾講。」

瑪妮喉嚨緊縮，「妳有他的消息嗎？」

「沒有，為什麼？」

「我該早點打的。」

「發生了什麼事？」

「他失蹤了，已經兩天沒有人見過他。」

「喔天啊，諾曼，起來，起來，丹尼爾出事了。」

他們在電話另一頭大吼著問題，瑪妮努力讓她保持鎮靜，安撫他們，給他們警方聯絡人的電話號碼。她掛斷電話前聽到公公的聲音：「都是那個婊子害的，他根本就不該去英國的。」

一星期後他們飛來倫敦，瑪妮去希斯洛機場接機，可是他們不願意住她家，而是投宿附近的旅館。諾曼直接聯絡警方，告訴瑪妮他會「讓他們動作快一點」。

蘿絲瑪麗不懂英國報紙為什麼不報導這則新聞，丹尼爾為什麼不是頭版新聞？

朗達．佛斯試圖解釋：「你們知道這個國家每年有多少失蹤人口嗎？二十萬。大部分都沒有上頭條新聞，因為他們最後都會出現。」

可是丹尼爾不是一般人。諾曼如復仇的拳擊手般不放過馬路的任何一個角落，指責警方愚蠢，惹火他們。同時，蘿絲瑪麗的英國口音死灰復燃，在自我介紹時加入中間名。她每天都到瑪妮家裡烘焙、燙衣服，大驚小怪地照顧孩子，告訴柔伊她臉色太蒼白，得到澳洲住一陣子。瑪妮在自己家裡反倒像個客人。

她痛恨公婆之間交談的方式。諾曼很少用蘿絲瑪麗的名字，總是叫她「女人」或「老婆」，在她提出不同的意見時指責她。「女人，妳知道什麼？」他會這麼說，或是「女人，妳在胡說八道什麼。」或瑪妮最喜歡的：「老婆，妳專心打扮自己就好，思考這種事留給我就可以了。」

他們在倫敦待了一個月才回澳洲，既沒有道別，也沒有留下隻字片語鼓勵瑪妮。丹尼爾的賭博問題是催化劑。諾曼和蘿絲瑪麗拒絕相信他們的藍眼男孩有可能搞出這麼大一筆賭債，反而指控瑪妮說謊，把錢花掉的是她。後來瑪妮才知道，公婆離開英國前曾經提供警方證詞，指控是瑪妮殺了丹尼爾。他們說這一點很明顯，因為她「哭得不夠」。

瑪妮覺得很受傷、很憤怒，但還是繼續打電話給他們，寄伊萊亞和柔伊的照片。瑪妮向他們要了兩次錢，兩次諾曼都教訓她要小心用錢，建議他們搬到澳洲。

電話鈴聲還在響，蘿絲瑪麗來接聽。

「喂，我是瑪妮。」

「我去叫諾曼。」

「其實，我要找的是妳。」

「我？」

「對。」

「要很久嗎？我今天早上要打網球。」

「不會很久的。」

電話線路有點延遲，瑪妮聽得到自己的回音。她本來已經想好要說什麼了，可是真的說出來時卻很急，聽起來很刺耳、過於急切。

「我今天跟律師討論過該如何領取丹尼爾的保險理賠金。我們需要這筆錢，伊萊亞的體重沒有增加，需要看專科醫生。」這部分並不全然是謊言，但瑪妮還是覺得很內咎，「律師說，如果有足夠的人願意提供宣誓證詞，也許能讓法院宣告丹尼爾死亡。如果法官准許認證遺囑，我就可以處理丹尼爾的資產，可以使用他的銀行帳戶，拿到保險理賠金。」

「妳想要他的錢？」

瑪妮聽到喀嗒聲，有人拿起分機。

「這是人壽保險的理賠金，是丹尼爾為家人準備的，我覺得他會希望我們——」

諾曼在聽，「所以這就是妳的新計謀？貪圖他的錢？」

「那**不是他的**錢。」

「交到新男友了是嗎？想離婚？」

「不是，不是，不是這樣的。」

「他是我們的兒子，我們說他死了他才算死了，妳聽見了嗎？妳敢做這種事，我他媽的會毀了妳。我會提出監護權訴訟，把孫子從妳身邊帶走，妳聽清楚了嗎？」

「對不起，」瑪妮心頭噗噗跳，「我並不是要……我只是在為柔伊和伊萊亞著想。」

「妳休想拿我們的孫子當藉口！我們一向都知道妳是什麼樣的女人，只有老天爺知道他到底看上妳哪一點！」

瑪妮喉嚨緊縮到說不出話，諾曼還在對著她大吼，她掛斷電話，全身發抖。

柔伊背光站在門口，身上穿著七分睡褲和丹尼爾的舊睡衣襯衫。瑪妮看到這一幕，感覺體內一陣拉扯，彷彿一條隱形的線在她的心頭顫動。

「妳為什麼說爸爸死掉了？」柔伊問。

「我只是想把事情處理好。」

「怎麼處理？」

「如果法官說他死了，保險公司就會理賠。」

柔伊濡濕的頭髮貼在頭皮上，雙手挑釁地插在臀部，「妳認為他死了！」

「丹尼爾很愛我們，他不可能就這樣離開的。」

「那也不表示他死了。」

「我只是想實際一點。」

「妳放棄他了。」

「沒有。」

「狗屁！妳只想拿了錢、忘了他。」

「不是這樣的。」

柔伊是個真性情的女孩，脾氣來得快去得也快。在短短的時間裡，她臉上的表情改變，彷彿雙眼被蒙蔽，或受到黑暗力量的控制，「妳計畫多久了？」

「我今天見了律師。」

「妳說有事不會瞞著我。」

「我正打算告訴妳。」

「妳不能這麼做，妳不能就這樣隨便決定要宣告他死亡。」

「柔伊，妳認為他人在哪裡？」

「我不知道。」

「警方已經找過了，國際刑警跟移民局都沒有他的消息。」

「才不過——」

「十三個月。」

「所以就這樣嗎？滾吧，老爸！滾出我們的人生！」

「我不是這麼說的。」

「可是妳是這個意思。」

「丹尼爾欠下賭債，他向幫派分子借了很多錢，我不還的話會發生不好的事。」

「那就告訴警方。」

「沒那麼簡單。」

「是妳自己把它變複雜的。」

「有理賠金的話我們可以重新開始，我可以讓伊萊亞的身體好一點，妳可以買筆電，我們可以再買電視。」

「我才不在乎有沒有電視！」

柔伊眼光泛淚，瑪妮已經很久沒看過她哭了……根本不記得上次是什麼時候。她走到房間另一頭，伸出雙手想擁抱她。

柔伊甩開她，「妳認識了別的男人是嗎？就是那個開車來接妳的傢伙嗎？」

「沒有那回事。」

「我看到妳出門的時候包包裡有保險套，妳和他上床嗎？」

「我沒有在約會。」

「妳騙人！」

柔伊轉身大口呼吸，臉上滿是憤怒。瑪妮想阻止她，可是柔伊從她臂彎底下鑽過去。瑪妮再試一次，像抱著喝醉的舞伴一樣緊緊抱著柔伊。

「放開我！」

「聽我說。」

「放開我，否則我發誓我會……」

柔伊低下頭，似乎是投降之舉。瑪妮放鬆懷抱，柔伊利用這一刻抬起頭，後腦勺撞到瑪妮的下巴，牙齒撞在一起，夾到舌頭，破洞流血。

柔伊趁機跑開，用力甩上臥室房門。瑪妮到廚房拿出冷凍庫裡的冰塊，包在抹布裡冰敷嘴唇，等血流停止。

以前，奧登路上有一家「速電」戲院，不過大部分的人都稱它為「老速」。那棟戲院是二級古蹟，在二〇〇六年燒毀。我小時候還沒到上學的年紀時，還有學校放假時，我媽每天早上會帶我到戲院門口，幫我買一張票，叫我進去等她回來。只要我在電影散場時躲起來，不被收票員和放映師抓到，就可以整天在裡面看電影，舔食掉在座位間的糖果。

我看過金剛從帝國大廈跌落，看大衛．鮑伊扮演《天降財神》，看《火爆浪子》裡的珊蒂勾引丹尼，勞勃．狄尼洛個人最佳表現，彼得．芬奇抓狂，看雷普利穿著白色小內褲照顧貓，一面對抗外星人。我看過色情片、恐怖片、人格違常和英雄、大白鯊、連續殺人犯、妄自尊大的偵探、探險家、吸血鬼、殭屍、竊屍賊、牛仔、印地安人、拳擊手、妓女、持槍歹徒、幫派分子、公主、女巫、巫師、龍與屠龍者。我看過各式各樣的生與死、愛與恨、毀滅與救贖。

有一天，我厭倦了重複看同一部電影，就坐在舞臺下方背對螢幕，觀察觀眾。我看到前幾排的觀眾睜大雙眼、臉色蒼白，嚼著爆米花，喝著飲料，頭部微微後仰，嘴巴微張，沉浸在極樂之中，忘卻自我、周遭環境、無視我的存在……

後來我就懶得看電影了，而是時時刻刻背對著螢幕，觀賞人們看電影。扭動的光線閃過他們的臉龐，影像閃過他們的眼中，放映機在他們上方的小房間轉動著，送出一道光線，照映出塵埃和煙霧。我看著他們因俏皮話而大笑，為悲傷的結局哭泣，從手指間隙偷看，一面尖叫；我看他們熱吻、上下其手、性交；我曾經看過一個星期二領年金的老太太閉上眼睛，從此沒有再醒來；也看過一名孕婦開始陣痛，在上層走道破水；我看過骯髒的老先生隔著大衣口袋打手槍，也看過妓女在後排吹喇叭。

我曾經回去那家老戲院，如今只是木籬笆後方的一堆瓦礫，點綴著傳單和海報。我走在熟悉的街上，在各種氣候裡那些散落著兒時記憶的地點，大多還令人討厭的熟悉。在曼徹斯特的某一棟房子裡，我曾在一棵藍花楹樹上刻下自己的名字。我看過了，還在。

我搭上同一班公車，透過骯髒的車窗看到同一所學校，記得每一次換低檔和引擎聲的改變。我的人生就是這樣，只要仔細聆聽震動聲就知道自己在哪裡。有一次，我去敲了一扇門，聽到走廊盡頭腳步蹣跚的聲音，感覺到自己挺起胸膛，壓抑緊張的情緒。一名老太太開了門，片刻之間我還以為自己會認得她，還以為她可能認得我。可是我不認識她，她說那家人已經搬走了。我用力瞪著她褪色的藍眼珠，看她是否在說謊。

當你像我一樣觀察人們時，就能學會解讀他們的情緒與儀態，看出他們的謊言，掩蓋真相的方法。自從有記憶以來，我看過人們活著與死去、吹喇叭與私通、愛過又失去。我追蹤他們的人生，就像在看連續劇，屬於我自己的《加冕街》、《東區人》或《我們的日子》。

我十一歲的時候，住在兩條街外的費南德爾太太曾經抓到我透過窗戶偷看，用木匙打我。媽媽說，她膽敢再碰我一次就要給她好看，然後她自己揍了我一頓，因為我是個「小變態」。我得查字典才知道什麼是「變態」，上面說變態的意思就是有不正常或不被接受的性行為。當時我不懂。我並不在乎性，我只是想看而已。

11

瑪妮穿過城市大學的拱廊來到學院大樓，經過櫃臺時拉出丹尼爾的證件帶閃了一下，不給警衛機會研究上面的照片。她假裝在講手機，沒空停下腳步。

她快走到樓梯了。

「小姐，抱歉。」

她轉過身，高大的黑人警衛上前對她說：「妳掉了這個。」他把丹尼爾辦公室的鑰匙交給她。

瑪妮接過鑰匙，一手還緊緊抓著證件帶。

「以前沒看過妳。」

「剛開始上班，」她說，「圖書館服務。」

「那妳走錯門了。」

「我要去見布萊蕭教授。」

「第二扇門，祝妳有美好的一天。」

她想說，「你也是，」可是說不出口。

她上了樓梯，閃到一旁讓路給忙著打簡訊或找音樂而無暇看路的學生。一名男學生撞到她，他接下來的反應彷彿她身上有什麼傳染病。

瑪妮上次來學校時跟副校長吵了一架，他威脅以非法侵入的罪名逮捕她。她要求領取丹尼爾的私人物品，可是各部門互相踢皮球，把這個問題一路往上送到副校長辦公室。她等了四個小時才得到回應，那個置物櫃裡的東西是她先生的私人物品，一定要有拘票或大學執行小組的准許才能打開。

「妳可以寫一份申請函，」她被告知，「提供證明給我們。」

「什麼樣的證明？」

「來自妳先生的信。」

「我**失蹤的**先生？」

「我看得出可能有困難。」副校長說，但拒絕讓步。

瑪妮又回來了，這次既沒有拘票也沒有信，打算自行處理。她來到四樓，在一間辦公室門口停下腳步，不確定是不是這一間。丹尼爾來大學教書後她只來過一次。當時她和伊萊亞決定給他一個驚喜，帶了他最喜歡的冰咖啡來看他。他們在樓梯上看到他被聰明的年輕人簇擁著，那群女學生頂著時髦髮型、穿著窄管牛仔褲、緊身上衣，用嬌喘的口氣說話，用「好像」當標點符號。丹尼爾在跟她們說一些報導及精采的幕後軼事，由於會涉及誹謗或太敏感而無法報導的真相。

他看起來很放鬆、很幸福，而且英俊瀟灑。那些懷抱夢想的年輕學生仔細聆聽他的每一句話，瑪妮可以想像她們跟丹尼爾打情罵俏，靠在他的桌前往前彎身。他的笑容平易近人，是他成為成功記者的要件。人們打開門，邀請他進來，對他掏心掏肺。

瑪妮感到一絲嫉妒。那些女孩能讓他幸福，她們聽他的笑話會笑，他要的時候讓他上床。在足球比賽中場休息時，她們會從沙發起來跨坐在他身上，幫他拿冰箱裡的啤酒，生理期來的時候則幫他吹喇叭。她們不會有兩個小孩或妊娠紋，瀏海也不會露出灰色髮根。

瑪妮記得丹尼爾以前的樣子。星期六晚上發完稿回家後還處於獨家報導的興奮中，由於喝了啤酒而放鬆、色瞇瞇的。他會用強壯的手臂捏她，把玩她的胸部。

「天啊，我好愛妳，」他會說。

「我們得等柔伊睡著。」

「她聽不到的。」

瑪妮會讓他吻她，感覺到他的手往下滑、手指尋找著，也感覺到他的堅挺。

她努力回想上次這樣是什麼時候——隨性、汗水淋漓、熱情的性愛——可是記不起來。他們生活中的很多事都成了例行公事，日復一日、年復一年，成為一團沒有固定形狀的物體，他們只是存在，而非真正活著。

她看著那些女孩跟丈夫打情罵俏，這些想法在腦海裡翻攪，可是她強迫自己拋開這些影像，責罵自己愚蠢。她控制著嬰兒推車在走廊上前進，呼喚丹尼爾的名字，揮手打招呼。

丹尼爾見到她和伊萊亞的反應很奇怪，並沒有很高興，似乎對有妻小這件事感到難為情。瑪妮覺得很受傷。

辦公室的門鎖著，她用鑰匙開了門，轉開門把探頭進去。裡面有兩張桌子，丹尼爾原本和另一名兼職講師共用辦公室，一箱箱書籍和論文如磚塊般堆著，在兩個檔案櫃和同款置物櫃之間形成一道搖搖欲墜的隔牆。牆角堆著舊報紙，泛黃的紙角向窗臺翹起，彷彿在尋找光線。

丹尼爾的辦公桌靠近窗戶，瑪妮注意到髒的咖啡杯和另一個家庭的照片。有人在用這張桌子。

「有什麼事嗎？」

一名男子站在門口，瑪妮依稀記得見過，也許丹尼爾介紹過他們。

「我是瑪妮．羅根，」她說，「丹尼爾的太太。」

「當然，」他回答，並沒有介紹自己的名字，「我不知道妳要來，」他還站在門口，「還好嗎？有什麼消息嗎？」

「沒有。」

「喔。」

「我來拿丹尼爾的東西。」

「喔，好，請便請便。」

他的臉很窄，眉毛濃密，看起來好像是黏上去，而非自然生成。他手上拿著香煙，顯然剛從人行道或屋頂抽煙回來，身上還帶著煙味。

「我一直沒有機會表達我們對丹尼爾的想念，」他說，「我本來想致電的，可是不知道該說什麼才好。」

「沒關係。」

「提心吊膽一定很辛苦。」

「對。」

「我太多話了嗎？妳大概已經厭倦人們問妳問題了。」

「不會的。關於丹尼爾的東西……」

「已經被拿走了。」

「他的置物櫃呢？」

「我清空了，」他說，「系上需要空間，我把裡面的東西放在箱子裡，擺在儲藏室。」

瑪妮覺得這種情況很典型。學校以隱私問題拒絕她接收丹尼爾的私人物品，卻把她老公的東西丟在儲藏室。

「我才在想有沒有人會打電話告訴妳，」他說，打開抽屜找東西。「妳有小孩對不對？」

「一男一女。」

他又點頭。

「對不起，我忘了你的名字。」瑪妮說。

男子對她眨眨眼，皺起眉頭，好像在搜索自己的名字，「傑瑞米，」他終於說，想了一下又加上姓氏，「何蘭。」

他舉起一串鑰匙，很驚訝居然找得到。

「儲藏室就在走廊盡頭。」

瑪妮跟著他的腳步，點頭或低聲喃喃回答他的問題，而不是冒險說謊。他開門、開燈，儲藏室的三面牆上裝滿金屬架，正中央擺著一輛清潔推車，露出掃把和抹布。

「我很確定放在後面某處。」

他擠過架子和推車之間，移開箱子和儀器。

「啊，在這裡。」

他舉起一個箱子，搬到走廊。

「妳開車來的嗎？」

「我搭地鐵來的。」

「妳要怎麼搬回家？」

「可以的。」

瑪妮伸出雙手接過箱子，被箱子的重量壓得踉蹌了一下。

「也許我可以在這邊先整理一下。」她說。

「當然，妳可以用辦公室。」

她回到丹尼爾以前用的辦公桌前，劃開箱子上的膠帶打開箱子。傑瑞米坐在他的辦公桌前假裝改考卷，其實在偷看瑪妮，偷看她的腿。他喃喃說了什麼，瑪妮沒聽清楚。

「什麼？」她問。

「什麼？」

「你說了什麼。」

「沒有，我是說，應該沒有，抱歉，」傑瑞米打開抽屜找香煙，「我去外面一下，不會很久。」

瑪妮繼續整理箱子裡的東西，把私人物品放在一邊，包括柔伊在父親節時送給丹尼爾的姐弟裱框照。箱子裡還有桌曆、行事曆和一本筆記簿。箱子一角塞著一塊布，她拉出來一看，是一件黑色蕾絲女用內褲，不是她的。瑪妮覺得喉嚨緊縮。

也許有很單純的解釋：開玩笑、神祕的仰慕者、男學生被沒收的紀念品。可是這些瑪妮都經歷過，柔伊的父親就是慣犯：不忠、不可靠、不誠實。她告訴自己丹尼爾不一樣，用大拇指和食指拎著那條內褲，想丟到最近的垃圾桶，卻又放回箱子。

她翻閱丹尼爾的行事曆和通訊錄，瀏覽上面的姓名、電話號碼、記錄與日期。她把行事曆放在一旁，從箱子裡拿出幾本雜誌，過了一會兒才意識到那是什麼——她以前的畢業紀念冊，還有她畢業前一年編輯的校刊。

箱子最下面放著一本布面相簿，原本的白色已經褪成黃色。這是瑪妮的嬰兒相簿，她的出生證明貼在第一頁，還有出生時的醫院腳環、體重表、疫苗證明與聽力測驗。還有十幾張照片，包括度假、野餐、生日、找復活節蛋。她的母親在最早的照片下方寫了圖說，後來繼母沒那麼認真。

這本相簿裡記錄了瑪妮的整個童年以及每一項成就：成績單、音樂會節目單、文憑、紅十字會救生課程、她的銅牌。裡面還有瑪妮參加戲劇表演的照片，打曲棍球、畢業舞會前的打扮。箱子裡的最後兩件物品是一大本紅色相簿和一個小型數位錄音機，相簿封面的花體燙金字母寫著：「這是妳的人生。」

瑪妮記得這個電視節目，主持人麥可・亞斯培用「大紅書」給名人一個驚喜，裡面蒐集了老朋友和同事提供的故事。瑪妮打開第一頁，看到她的名字和嬰兒照。下面是丹尼爾的筆跡。

瑪妮拉．路易絲．羅根，妳的人生於一九七八年六月二十日始於曼徹斯特的聖瑪麗醫院，妳不等產科醫師出現，在凌晨時分哇哇大哭降臨這個世界。

相簿裡還有更多文字與照片、章節標題、引述。其中一張照片裡，六歲的瑪妮穿著粉紅芭蕾舞裝和褲襪；另一張照片裡，她在學校戲劇表演扮演白雪公主。丹尼爾把這些東西整理在一起，這一定是他神祕兮兮的原因；下班留在辦公室、到別的房間講電話。原來他在聯絡瑪妮的老朋友，尋找她的舊識，收集照片。傑瑞米回來了，他靜靜站在門口。

「找到什麼有意思的東西嗎？」

瑪妮舉起相簿，「你知道這件事嗎？」

「他想給妳一個驚喜。」

瑪妮想像這件事需要多少心力，他怎麼想到的。她想起丹尼爾失蹤一個月前曾經跟她吵架，瑪妮指控丹尼爾拿他們的錢去賭博，輸光了他們存的自備款。她上了床，丹尼爾沒有。後來她感覺到他上床，拉開她的睡衣肩帶親吻肩膀。他低聲說對不起，可是瑪妮推開夾在他們之間的毯子和床單，不讓他碰。

後來，她聽到他起身進了浴室關上門。過了很久之後，她下床踮著腳尖穿過臥室，把耳朵貼在浴室門上，聽到的聲音彷彿受傷動物所發出的嗚咽，充滿屈辱。

12

下午五點的圖書館幾乎空無一人，柔伊在最喜歡的座位上打開書包。她喜歡光線穿過大型拱窗，在木條鑲花地板上投射出圖案。她看到對面幾個學校男生聚集在帕塔爾先生開的販酒店前喝高熱量可樂、抽煙。帕塔爾先生是錫克教徒，有時會把過期的餅乾拿出來送人。

十七歲的萊恩．柯曼是其中之一。柔伊很肯定他喜歡她，因為他很愛逗她，大家都知道那就是打情罵俏。她討厭被開玩笑，可是喜歡萊恩。

幾個星期前，萊恩在校門外攔下柔伊，告訴她音樂簿封面畫的龐克封面很好看。他說比起《衝擊合唱團》他更喜歡《雷蒙斯合唱團》。柔伊則說他說的都是屁話，萊恩笑了。

後來，她燒了一張古典龐克聖歌的CD給他，偷偷塞進他的書包裡，沒有留紙條。他沒有反應。也許他在躲她，也許被她嚇跑了。柔伊在學校處得來的同學沒幾個，班上的女生不喜歡她，因為她既不看《星光大道》也不看《美聲》節目，不化妝、也不偷帶酒到派對上。

萊恩．柯曼和他最要好的朋友迪恩．韓考克在一起，他頸部有一圈肥肉，上面還有青春痘。柔伊不喜歡迪恩，他逗她的時候感覺不像打情罵俏。

她的視線離開窗戶，到附近的電腦前坐下，登入臉書帳號讀最新訊息。她有三個朋友邀請，其中兩個是不認識的人，她忽略他們，更新近況。

見鬼我居然感冒了！我沒有時間生病！

然後她登入另一個臉書頁面，封面照片和標題寫著：

求助：我爸失蹤了。

下面一份簡短說明：

我爸（其實是繼父）是丹尼爾・威廉・哈蘭，有時叫丹尼，他已經失蹤一年多了。最後一次有人看到他是二〇一二年八月四日，在倫敦的梅達維爾區，從那之後我們就沒有他的消息。他身高一八〇，藍綠色眼珠，及肩棕髮，笑起來傻傻的。有人見過他嗎？你知道他在哪裡嗎？我十五歲，想念我爸，我想知道他沒事。請幫我找到他。請把連結分享給你的朋友。

有人留言。一名北卡羅萊納的女子寫道，已經三年沒人見過她老公了。另一個比利時人留言說她父親一九六五年十月就失蹤了。

他說要去附近酒吧結果就沒回來。妳永遠也不會放棄的，就算經過了四十年也一樣。只要繼續保持信念就會找到答案。

柔伊按下照片連結，裡面有更多丹尼爾的照片，是她慢慢加上去的，還有描述他穿的衣服、最喜歡的食物、喜歡的音樂。她回到主頁更新狀況，鍵入「仍然失蹤」。

這是柔伊的祕密計畫，她沒有告訴瑪妮，因為她媽媽不懂社群網站，只會說：「我們那個時代有真正的朋友」，卻不知道自己聽起來多麼缺乏說服力。丹尼爾失蹤後柔伊覺得很無助，這是她面對的方式，成立自己的搜尋專頁，在臉書成立專頁，加入聊天室，散布這些訊息。瑪妮知道的話會爭論這麼做沒有意義，警告柔伊不該把隱私公布給網路上的陌生人。可是她沒有權利拿丹尼爾的事教訓柔伊，經過那天晚上之後就沒有了。

柔伊登出網頁，來到書架前找書，想像其他的人生。她選了兩本莎士比亞的教科書，回到書桌前很快看了窗外一眼，男生都走了。

她打開第一本，用手指引導閱讀目錄，但注意到某個動靜而分心。一名男子經過她的桌前，對著窗戶歪著頭，好像在看天氣如何。

「妳在讀什麼？」他問。

「莎士比亞。」

「那一齣？」

「《奧賽羅》。」

「啊，嫉妒的摩爾人。」

那名男子面孔狹長，穿著外套和笨重的靴子，可是其實天氣沒那麼冷。柔伊不太會分辨四十歲以上的年紀，在她眼裡都一樣老。她不想跟對方眼神接觸，以免鼓勵他。圖書館似乎會吸引怪人、變態、遊民、無業和雇用不得的人。尤其在冬天，他們簡直把這裡當成中途之家。這個人似乎在觀察她，她每次翻頁他就往這邊看，也許是她的想像，但一個聲音打斷了她的思緒。

「啊，龐克公主在這裡，」迪恩．韓考克高聲說，一把抓走柔伊手上的書，「妳在讀什麼？」

「還我。」

他把書舉到頭上讓她拿不到。和他在一起的不是萊恩．柯曼，而是另外兩個學校的男生和一個女生，她的頭髮很難看，還一直把身上的緊身裙往下拉，蓋住大腿。

韓考克說話鼻音很重，「公主，妳關在這裡做什麼？我們有啤酒還有大麻，今晚很有潛力，充滿可能性。」

他從外套口袋拿出一罐啤酒喝了一大口，抹抹嘴，無名指側面有一個很醜的疣，右手腕上一個自己弄的藍色刺青。

「妳喜歡莎士比亞？要不要活下去，是個很困難的問題。要不要上床，衝浪還是大便。」

「還我。」

「說拜託。」

「拜託。」

「也許妳比較想讀我老二上的刺青？」

「那得用放大鏡才行。」柔伊說。

那個女生笑了，韓考克瞪著她。

他比柔伊高三十公分，體重是柔伊的兩倍，「親我一下就還妳。」

「放屁！」

「喔！」他撕掉一頁，「看妳害我做了什麼。」

「拜託不要。」

他又撕下一頁，書頁飄到地板上。

柔伊沒看清楚接下來發生了什麼事，只知道迪恩．韓考克似乎打了個顫，然後跪在地上，他喘不過氣，肺部空空如也，眼珠突出。那個女生發出高頻尖叫，另外兩個朋友像戳破的泡沫一樣消失。

韓考克彎著腰，氣喘吁吁想吸進氧氣。

窗前那個男人在他身邊，他拿了韓考克的啤酒交給柔伊，要她拿好。接著一手抱住少年的腰部，扶他走出圖書館。

「我想這小子快吐了，」經過櫃臺的時候他告訴圖書館員，「他需要新鮮空氣。」

他半扛著他走出雙大門，把他放在臺階上，像老友一樣坐在他身邊。男子從韓考克耳朵後面拿出一根香煙，放進嘴裡。那個女孩跟著他們出去。

「你把他怎麼了？」她問。

「阻止他成為大渾球。」

「他還好嗎？」

「很難說。」

他幫韓考克站起來，走完剩下的臺階，把他交給女孩，她一接過去就被男孩的體重往下壓。

「都交給妳了，」他說，「不過妳可以找個條件好一點的。」那個女孩沒有回答，踩著高跟鞋蹣跚地走在步道上。

那名男子回到臺階上點燃香煙，深深吸進肺裡。

柔伊站在門口看著這一切，「他們在哪裡？」

「走了。」

她注意到男人頸部一滴瓢蟲大小的血滴，一定是刮鬍子的時候割到卻沒注意。男子又吸了一口香煙，在臺階上伸伸腿，用一根手指擦掉那滴血，疑惑地看了指尖後吸掉。

「他是妳的朋友嗎？」

「不是。」柔伊在他身旁的臺階坐下，瞪著自己的雙腳。

「我叫魯賓。」他伸出一隻手，柔伊瞪了一會兒，不確定該怎麼做。他們握了手，他翻過她手掌，手心向上。

「嗯。」

「怎樣？」

「我會看手相。」

「真的嗎？」

「妳七歲的時候發生了一件事，生了一場病。」

「我得了淋巴腺熱，你怎麼知道？」

「我什麼都知道。」

「真的。那是什麼感覺？」

「沒有那麼美好。」

她露出苦笑，「你還能看出什麼？」

「妳在擔心某個人的事，也許是家長，妳很久沒見到他們了。」

柔伊沒有反應，他們靜靜坐著。煙抽完了，他踩熄煙蒂，丟到花園裡。

「妳該回去做功課了，《奧賽羅》裡的那個黑人用枕頭悶死他老婆，因為他以為她和他最要好的朋友外遇，一個叫拉多的大混蛋，什麼都做不了。」

「你只知道這些嗎？」

「妳只需要知道這些。」

這次柔伊真的笑了，「你在取笑我嗎？」

「我絕對不會這麼做。我人有這麼糟嗎？」他看了樹木一眼，「所以，妳為什麼在圖書館做功課？」

「什麼樣的人家裡沒有電腦？」

「家裡沒電腦。」

柔伊沒有回答。

「所以，妳畢業後有什麼打算？」

「我猜上大學吧，我想念哲學，找到人生的意義再告訴我媽。」

「這個計畫很棒。」

魯賓站起來說，「嗯，我得走了，」他拍拍屁股，走了五步才轉身問道，「妳想要筆電嗎？」

「什麼？」

「我有一臺沒用的舊筆電收在櫃子裡，還能用。」

「我們家沒有無線網路。」

「對，但妳可以在圖書館使用或偷連公開網路。」

「媽媽不會答應的。」

「隨便妳。」

魯賓轉身繼續走，柔伊看著他，想說些什麼。他在最後一刻又轉過頭，正好抓到她在看。

「柔伊，很高興認識妳。」

「你怎麼知道我的名字？」

「就跟妳說了，我什麼都知道。」

13

瑪妮快走到樓梯時聽到開門的聲音。崔佛穿著圍裙出現，上面寫著「燒烤上士：不接受命令，只接受點餐」。他手上拿著烤肉夾，一邊臉頰鼓鼓的。

「我幫妳。」

「我自己來就可以了。」

可是崔佛一把接過箱子，搶在她前面上樓，偶爾轉過身，彷彿擔心她會迷路。她很好奇為何他身上總是有馬桶芳香劑的味道。

「有人留了一個包裹給妳，」他說，「我放在門外。」

「謝謝你。」

「布默爾先生來收房租，他說會再過來。」

「好。」

「那個警探也來過，我看到他在車上等。」

他們來到門口，崔佛後退一步，瑪妮彎腰拿起腳墊上的棕色填料信封，上面用深色原子筆寫著她的名字，全都是大寫字母，但沒有地址或郵戳。她把信封塞進臂彎，從肩上的包包拿出鑰匙。

她推開大門轉身要接過箱子，崔佛卻穿過她身邊直接走進公寓裡。他來到廚房，把箱子放在流理臺上，偷偷看了裡面一眼。伊萊亞跑出來迎接瑪妮，他又在玩她衣櫃裡的東西了。

柔伊從臥室裡探頭出來，看到崔佛又縮回去。

「我在烤肉，」他解釋，「你們應該下來一起吃，我準備了很多食物，伊萊亞可以在院子裡玩。」

「柔伊要寫作業。」

「她不用來沒關係。」

伊萊亞拿起填料信封問：「這是要給我的禮物嗎？」

「不是，這是給媽咪的。」

「我可以打開嗎？」

瑪妮不理會伊萊亞，指著箱子對崔佛說，「也許下次吧，我有事要忙。」

崔佛皺了眉頭，斜眼看了她一下，蒼白的嘴唇伸出來弄濕下唇又收回去，瑪妮不喜歡他那個動作。伊萊亞撕開信封一角，咬牙用力一拉，把整個信封扯開，一疊疊鈔票掉到地板上，發出轟的一聲。二十鎊和五十鎊的紙鈔用橡皮筋綁在一起，裡面一定有好幾千鎊。

瑪妮瞪著那些錢，伊萊亞露出失望的表情，崔佛輕輕吹了聲口哨。

「有人喜歡妳喔。」

「這是你做的嗎？」

「我？」

她腦中閃過所有可能性，誰有可能給她這些錢？也許是潘妮，可是她說基肯縮減她的開銷。還會有誰？一定不是丹尼爾的父母，他們恨她。

崔佛撿起撕開的信封，尋找紙條，瑪妮拿過來看，可是裡面什麼都沒有，「你有看到是誰放的嗎？」

崔佛搖搖頭。

伊萊亞伸手拿錢，「寶貝別碰。」

「為什麼？」

「那不是我們的。」

「可是信封上有妳的名字。」崔佛說。

「請你回去吧。」

崔佛對著她扁嘴，「我做的是對的，我大可以佔為己有。」

「上面寫的是我的名字。」

「還是一樣。」

「你請回吧。」

他很不甘願地照做，用鼻音抱怨著：「我特地多做了馬鈴薯沙拉。」

瑪妮把所有的鈔票放在桌上數了數，剛好五千鎊。她拿了兩百鎊塞進牛仔褲口袋，感覺到錢的存在，找一個新的信封把剩下的錢放進去。有人在幫她，可是他們會要求什麼回報？她現在不要擔心這些。她可以繳房租、買電視、可以買食物塞滿空無一物的冰箱。

她擬了一份購物清單，敲敲柔伊的房門，「我要去買東西，妳照顧一下伊萊亞好嗎？」

「我已經照顧他一整個下午了。」

「再一下下就好，」瑪妮頭靠在光滑的木門上，「妳晚餐想吃什麼？隨便妳挑。」

「我們有錢嗎？」

「有。」

「妳向崔佛借錢嗎？」

「沒有。」

「可以買班和傑瑞的餅乾麵團口味冰淇淋嗎？」

「沒問題。」

瑪妮打開鎖在巷子裡的單車，在襯衫上套上反光背心，腳一蹬騎上車，挺直身子找到平衡。單車後座有兒童座椅，前方的籃子發出格格聲響。

她騎在艾爾金大道上，經過梅達維爾地鐵站、一小排商店和餐廳，接著左轉到克爾本路，沿著公車專用道經過三棟大樓和柔伊的學校，上坡到克爾本區。她把單車鎖在房仲公司外的圍籬上，穿越停車場到超市。別家超市比較便宜，可是她今天不需要擔心比價、也不用擔心只能買超市自有品牌或特定時間才有的特價肉品。

超市的自動門打開，她推著一輛推車穿梭在一排排衛生棉、衛生紙、拋棄式尿布和狗食之間，在熟食區拿了號碼牌，買了一整隻烤雞。除了主食之外，瑪妮買了柔伊要的冰淇淋，也幫伊萊亞買了一些無麩質的零食。

她看了購物清單一眼，轉過角落，碰上另一臺推車。

「對不起。」她說，彎身拿起掉在地上的早餐麥片。

「妳該小心一點。」

瑪妮抬頭看到派翠克．韓尼希對著她微笑，沒有露出牙齒。他的捲髮抹油往後梳，淡褐色眼珠四周的眼白好像有黃疸。

「你故意的。」

「別這麼兇，跟妳的漂亮臉蛋不搭。」

瑪妮不理會他，抓著推車的手指指節發白。她直接走到結帳區，韓尼希跟在後面，另一名結帳員示意他過去結帳。

「我在這邊就好，」他說，緊緊靠在瑪妮身邊，她聞到他身上古龍水的味道，轉身面對他說：「你不要煩我，否則我會尖叫求救。」

「妳不會的。」他回答。

他的五官組合讓她很意外，薄唇、粉紅色臉頰、奇怪的頭髮。雙眼似乎掃過她的全身，注意到她腋下的汗水和胸部曲線。

她把結完帳的物品裝袋，頭也不回快步穿過停車場，東西放進單車籃子裡，解開鎖鍊。

「我們可以在這裡談，我也可以跟妳回家，」韓尼希擋住她的去路，臉上掛著遊樂場小丑的表情，「昆恩出了什麼事？」

「我不知道。」

「妳知道他死了。」

瑪妮沒有回答，韓尼希捏捏鼻樑，「他那天晚上載妳去上工，結束後沒有打電話給我。發生什麼事？」

「沒什麼。」

韓尼希抓住單車把手，舉起前輪幾寸又放下，籃子發出格格聲。

「瑪妮，專心聽我聽，別再說謊了。」

「昆恩揍了我一頓，差點打斷我的肋骨。」

「然後他就死了，妳知道這看起來是什麼情形嗎？」

「他不是我殺的。」

「我覺得妳有所隱瞞。」

「他載我回家，那是我最後一次看到他。」

韓尼希嘆了口氣，「瑪妮，我很為難。妳知道，昆恩不只是個員工，還是我么妹的老公，我承認那不是她最明智的決定，可是現在她纏著我，要我找出誰殺了他。」

「我不知道出了什麼事。」

「妳是怎麼跟警方說的？」

「我沒說什麼。」

「可是他們跟妳談過了？」

「我沒提到你。」

「我很想相信妳，」韓尼希低頭看著她買的東西，用食指和大拇指打開其中一個袋子，「有錢了是嗎？」

瑪妮沒有回答。

「還是找到老公了？」

「沒有。」

「真可惜。」

瑪妮看到他眼神中的異樣。

「仔細想一想，其實人生很簡單，」他說，「我們都要同樣的東西，幸福、成家、付帳單，存一點以備不時之需……」他放開單車把手，摸摸下巴，「在生命之輪裡，所有事物息息相關，就像花環一樣，只不過我指的不是花。妳欠我錢，我欠別人錢，他們又欠別人錢，懂嗎？我借錢給妳老公，奧哈拉幫借錢給我，他們就像罪犯界他媽的皇室一樣，一個比一個更瘋狂，他們可不會只讓人瘀青而已，懂嗎？」

瑪妮沒有回答。

「昆恩的事，我姑且相信妳沒殺他，可是，如果我發現是妳幹的，一方面我會很意外，也許還有點覺得妳很厲害。可是我會幹掉妳，否則我妹一定嘮叨個沒完。血濃於水，而且他媽的很難從白襯衫上洗掉。」

韓尼希繞過單車，右手捧著瑪妮的下巴，低頭看著她。

「無論如何我都要拿回欠我的，妳要不就付錢，要不就實物抵債。」

瑪妮的手滑進籃子裡，韓尼希的手從喉嚨往下滑，讓食指和大拇指的指尖輕輕滑過她右邊的乳頭。瑪妮二話不說，掏出殺蟲劑往他眼睛噴，他抓著臉往後退，兩個身影穿過停車場跑過來：是韓尼希的手下。

瑪妮騎上單車用力踩踏板，穿越步道，越過水溝，一輛汽車閃過她，大聲按喇叭。她用力踩踏板，在斑馬線上穿梭於靜止的車陣中。

笨女人！笨女人！笨女人！笨女人！

她生自己的氣……生丹尼爾的氣。看看他對她做了什麼事。

她右轉騎進後巷避開紅綠燈，一排排連棟房屋往兩邊延伸，她偶爾冒險回頭看，天開始黑了。

笨女人！笨女人！

來到艾爾金大道後就離家不遠了。一輛卡車經過她身邊時噴了一大堆廢氣，她後面還有一輛汽車。瑪妮減速，用力呼吸，尋找停在路邊汽車之間的空隙，走步道會比較安全。

她冒險回頭看，看到一輛豐田深色越野汽車的大燈。她往路邊靠給它空間通過，那輛車加速，在最後一刻，副駕駛座的車門打開，撞到她的車把，單車被甩出去，大幅翻滾。瑪妮摔到柏油路上滑動，撞到什麼堅硬的東西，沉入一個滿是痛苦呻吟的地方，緊接著是一片黑暗。

14

喬．歐盧林沒想到盧伊茲會來梅達維爾區，還以為他們會在中間的餐廳或賣桶裝啤酒和碳酸飲料的酒館碰面。可是這位老大想看喬的新家，其實也沒那麼新，他都已經搬來倫敦一年多了。

「我喜歡你的布置，」盧伊茲打趣，「等你拆完行李之後，看起來會更棒。」

客房和走廊還擺著一些箱子，除了挑高天花板和凸窗之外，這間公寓沒有任何可以稱之為「特色」的地方。客廳的沙發和扶手椅不搭，亂七八糟的書架，假的瓦斯壁爐兩邊各有一盆枯萎的植物，一張巨大的書桌和凸窗同寬。

「這房子有一種單身漢加學者的時髦風，」盧伊茲說，向坐在對面的查莉眨眨眼。她喜歡文森，他很會說笑話、有很多很酷的故事，而且大部分都是限制級的。

「我不習慣招待客人。」喬大聲說，正在廚房用刀子把一盒冰塊戳下來。

「他是個隱士。」查莉低聲說。

「我聽到了，」喬說，用手掌用力敲打刀子的把手，冰塊盒像爆炸一樣，將冰塊噴射到地上，

「有些人很喜歡獨居。」他看著這一片混亂說。

「孤獨的人。」查莉說。

「他們很獨立。」

「或悲傷。」

他從廚房裡出來，把一杯威士忌加冰遞給盧伊茲，「沙林傑就獨居。」

「大學炸彈客也是。」盧伊茲說。

「你在幫倒忙。」

盧伊茲舉起杯子喝一口，冰塊發出聲音。

「我可以喝一口嗎？」查莉問。

「當然可以。」盧伊茲說。

「不行，」喬回答，「你別鼓勵她。」

「我看不出為什麼不可以，她這個年紀的女孩子大多已經在豪飲了。」

「我不亂灌酒的。」查莉抗議。

「那是因為妳的個性像妳爸，而且沒有朋友。」

她知道他在逗她，盧伊茲轉動杯子裡的冰塊，「我們要去哪裡吃晚餐？」

「我可以去嗎？」查莉問。

「我幫妳做的晚餐在冰箱裡。」喬說。

「又是焗烤義大利通心麵嗎？」

「妳不是喜歡我做的焗烤義大利通心麵？」

「飢不擇食。」

坐在沙發上的盧伊茲看起來很安穩，他建議叫外帶，看看查莉，「女士，妳的選擇。」

「別叫我女士。」

「公主。」

「那更糟。」

「你們到底要不要吃飯？」

查莉選了印度菜，打電話訂餐。餐廳就在路口，喬打開皮夾拿錢給她，盧伊茲指示她：「記得拿我的甜酸醬跟醃檸檬，還有不要把脆餅弄破，」喬把錢高舉在查莉的頭上讓她拿不到，「妳可別跟陌生男孩子說話。」

「夠了。」

她出門之後，盧伊茲幫自己又倒了一杯，搖搖頭。

「你這可憐的傢伙，居然有兩個女兒。」

瑪妮張開眼睛，這次的黑暗比較柔和、安靜，沒有金屬的嘎吱聲或轉動的車輪。她躺在水溝裡，聞到嘔吐物和狗屎的味道，看到頭頂灰暗天空的幾朵雲，還有幾張面孔。路人紛紛下車彎腰看發生了什麼事，一名高大的男子弓著腿辛苦地走過來，突然停下腳步。

「小姐，妳還好嗎？」一位老太太出現在瑪妮的視線裡。

在這樣的情況下，這個問題似乎很好笑，但瑪妮努力不笑出來。她慢慢轉頭檢查，彎曲手指和腳趾，都沒斷。她胃部一陣噁心，又閉上眼睛。有人握住她的手，片刻之間她以為可能是丹尼爾，差點哭出來。

她轉頭看，單車倒在地上，買的東西都散落在路面，有些滾到附近的汽車底下。裝著烤雞的鋁箔袋裂開了，一隻狗正用鼻子聞著。她想起那輛豐田越野汽車、韓尼希、超市。

「小姐，妳聽得到我說話嗎？」那名手上抓著狗鍊的女子問道。

「妳從單車上摔了下來。」一名男子說，臉上留著馬戲團團主般的鬍子。

那名女子又開口，「小姐，哈洛德已經叫了救護車，妳不要動，萬一傷到脊椎就不好了。」

「也可能腦震盪。」哈洛德說。

瑪妮不理會他們的建議，手腳並用爬起來，手掌按到碎石刺痛。她仔細檢查大腿和左肩擦傷。

「我沒事，真的。」

那名女子幫她撿起東西，一個蕃茄罐頭滾到汽車底盤下，拿不到。烤雞也沒救了。

「進來弄乾淨再走。」那名女子說，她家的大門開著，裡面透出光亮。

瑪妮咬牙起身。

「我得打電話給我女兒，」她的話卡在喉嚨裡，「她會擔心我。」

盧伊茲幫自己倒了第二杯酒，從喬放在流理臺上的玻璃杯裡撈出冰塊，「你提到辦公室的一個檔案不見了。」

喬點點頭。

「什麼樣的檔案？」

「不值得花那麼力氣偷取的內容，有人卻費心掩蓋他們的目的。」

「專業的嗎？」

「平均智力以上，對鑑識有了解，不疾不徐，毫不驚慌失措。」

「檔案的內容是什麼？」

「一名女性個案的臨床病歷。」

「她有什麼問題？」

喬遲疑了一下，「我不能透露諮商內容，只能說她遇上了麻煩。丈夫一年前失蹤，徹底消失，毫無線索。她無法使用他的銀行帳戶，不能打開他在健身房的置物櫃，也不能取消帳戶直接扣款設定。她無法哀悼他、埋葬他，也無法繼續過活。我想或許你可以……」

「幫忙？」

「對。」

「我沒辦法證明他死了。」

「我知道。」

盧伊茲停下來，閉上眼睛，「你對這個女的認識多少？也許她老公是她殺的。」

「我不相信。」

兩人靜靜對坐片刻，盧伊茲伸伸腿，一腳鞋跟踩在另一腳的腳趾上，不動聲色地觀察教授，「你還會做惡夢嗎？」

喬沾沾嘴唇，在變換坐姿，「有時候。」

「同一個？」

「差不多。」

盧伊茲抓抓上唇的鬍渣，好像在順鬍子，「你開槍殺死一個瘋子，救了一個女孩，就這麼簡單。」

「理性的那個我知道這一點。」

「你是個理性的人。」

喬的眼光閃閃發亮，盧伊茲看得出他有多痛苦。

「喬，你也許殺了人，但你的本質並不是個殺人凶手。你和大多數的人不一樣，也許打從娘胎就開始了，你比大多數的人看得更透徹、觀察得更用力、更在乎。你可以讓某些事傷害你的靈魂，質疑人性出了問題，可是不要懷疑自己。」

喬緊緊閉上雙眼，彷彿對抗著他不打算討論的情緒，「文森，我沒事，你不用擔心。」

兩人共享這份靜默與寧靜。

「所以，你和茱麗安怎麼樣？」盧伊茲問。

「還好。」

「人們說小別勝新婚。」

「我們沒有上床。」

「連不小心在黑暗中相撞都沒有？」

「恐怕沒有。」

瑪妮按下對講機。

喬去應門，「妳忘了帶鑰匙嗎？」

「教授？」

「哪一位？」

「我是瑪妮，」她的聲音顫抖，「對不起，我知道不該來家裡打擾你……」

「妳還好嗎？」

「不好。」

過了一會兒，她坐在廚房餐桌前，還在道歉。喬蹲在她的腳邊，檢查她肩膀的擦傷、從牛仔褲滲出的血。不只有他，一名高大的男子站在門口，手裡拿著一杯威士忌。

「去燒熱水，」喬對他說，「冰箱旁邊第二層最上面的櫃子裡有棉花棒和消毒水。」

瑪妮蹲在椅子的邊緣，雙手緊緊夾在膝蓋中間，「我不知道還能去哪裡。」

「發生了什麼事？」

「我騎單車被撞。」

喬要她彎曲手指和四肢，「應該沒有骨折，妳的小孩在哪裡？」

「柔伊在照顧伊萊亞。我打過電話給她了，他們沒事。」

「這位是我的朋友文森．盧伊茲，」喬說，瑪妮點點頭。

「妳看到是哪一輛車嗎？」盧伊茲問。

「很大的車，深色……四輪傳動。」

「車牌呢？」

「沒看到。」

喬在碗裡的溫水加了幾滴消毒水，用棉花球沾了之後輕輕壓在傷口上，清洗瑪妮手臂和肩膀上的血跡、髒污和碎石。他的左手開始顫抖。

「你這樣做我不會痛，」她說，「如果你是擔心這一點的話。」

「我有帕金森氏症，」喬答道，讓帕金森聽起來好像是種人格特質，而非疾病。

「多久了？」

「八年。」

「我都不知道。」

除了以前在咖啡店工作的時候，瑪妮從未在諮商室以外的地方見過喬。她很意外平時的他這麼不一樣，比較沒有隔閡，也比較正常。她總是把他當成不修邊幅的學究型男人，衣服似乎永遠不合身。可是他的面孔像年輕人，還有一雙強壯的手。

喬稍微轉動她的腿，「妳該換下這條牛仔褲，我幫妳找一件替換。」

瑪妮到浴室裡更衣，把牛仔褲緊緊捲成一團，穿上睡袍。她靜靜感謝母親總是提醒她穿乾淨的內衣褲，以防意外發生。她打開浴室的門，聽到喬和盧伊茲的對話。

「她是誰？」

「我提到的個案。」

「怎麼這麼剛好，她以前來過嗎？」

「沒有。」

「可是她知道你的地址？」

「這地方是她幫我找的。」

瑪妮重新出現，盧伊茲不再問問題。她努力端莊地抬高一腳，讓喬清理大腿和臀部的擦傷。她告訴他昆恩、韓尼希和警方的事，能有人傾訴使她如釋重負。瑪妮話說到一半，大門打開，查莉拎著外帶的袋子出現，看著這一幕：瑪妮穿著內衣和睡袍，露出大腿，她父親跪在地上。

「我才離開二十分鐘耶！」她不可置信地說。

「這位是瑪妮，」喬說，「她是我們的鄰居……算是。」

「什麼叫算是鄰居？」

「我就住在路口，」瑪妮說，「我出了車禍。」

查莉靠過來看，「好慘。」

「我真的該走了，謝謝你幫我處理傷口。」

「留下來吃晚餐，」盧伊茲說，「我們買了很多。」

查莉整張臉皺成一團。

「我得回去張羅孩子吃飯。」瑪妮小心翼翼站起來。

喬倒掉那盆帶血的水，看著粉紅色漩渦流進水管裡。

「妳不能穿這樣回家，查莉可以借妳衣服。」

瑪妮注意到少女又噘起嘴巴，「真的不用。」她說，努力示好。

「胡說，她有很多衣服。」

瑪妮在客房裡換衣服，看到床邊的行李箱和少女亂丟的東西。她常常好奇教授是否有妻子與家庭，但他從未主動提過，連不經意說起也沒有。

其他人開始用餐，盧伊茲和查莉大笑。

喬在等她，「我送妳回去。」

「不用，你留下來吃飯，我自己回去就可以了。」

「我堅持。妳的單車在哪裡？」

「樓下，應該修不好了。」

他們並肩而行，瑪妮稍微一拐一拐，喬幫她提購物袋，冰淇淋已經融化，水果應該也摔爛了。

「你太太在哪裡？」她問。

「她住在西部鄉下。」

「你們不住一起。」

「我們分居了，查莉明天要回去，我隔週週末和假期可以見她。」

「你們只有她一個小孩嗎？」

「還有艾瑪，她快滿七歲了。」

瑪妮點點頭，腦袋裡一大堆問題。

「今晚發生的事，」喬說，「妳得告訴警方。」

「我不確定在車上的是不是韓尼希。」

「他威脅妳嗎？」

「對，可是他會否認。」

「所以妳打算怎麼辦？」

「我打算證明我老公死了，拿到理賠金，然後就可以還清欠韓尼希的錢，重新開始。」

「妳說起來好像很簡單。」

「我沒有選擇餘地。」

「人們常常這樣說，但很少真的別無選擇。文森是退休警探，他認識一些人，可以幫妳。」

「他為什麼要這麼做？」

「他是個好人。」

瑪妮轉過身，路燈下的她身上穿著查莉過大的毛衣，很好奇是否真的有「好人」這回事。留在她身邊的人這麼少，朋友不再來電，不再有邀請，厄運彷彿是種傳染病。

「我今天去了丹尼爾的辦公室，」她說，「翻了他的東西，找到他還愛我的證據。」

「證據？」

「他正在幫我計畫驚喜慶生派對，像『這是你的人生』一樣的大紅相簿。他聯絡我所有的老朋友，要他們錄下祝福、寄照片，」瑪妮希望喬聽了覺得很振奮，「我拿到他的行事曆，上面記載他在做的事，見了誰……也許有人知道發生了什麼事。」

「他們為什麼還沒出面？」

「不知道，也許他們不了解情況，」她碰碰他的手臂，「他為我做了一片ＤＶＤ，我還沒看，我沒有電視。」

「電腦呢？」

瑪妮搖搖頭。

「我可以借妳筆電。」

「你可以跟我一起看嗎？」

喬遲疑。

「不一定要今天晚上。」她又說。

「妳難道不想自己看嗎？」

「不想。」

她沒有解釋理由，喬卻似乎感受得到。瑪妮雖然很肯定，但也害怕裡面是丹尼爾的道別。

「所以，你會來嗎？」

「會。」

「什麼時候？」

「明天。」

她感覺胸口的鉛塊消失，有人設計了地圖，她只看得到一點點的路，可是沒關係，只要有車燈照明，就算是最漫長、最黑暗的旅途都能勇往前進。

她站在公寓大門口，抬頭看看頂樓，每一扇窗戶都亮著燈。

「查莉看起來不錯。」

「是的。」

「你會和妻子復合嗎？」她歪著頭，像肖像畫家一樣研究著他。

「可能為時已晚。」

瑪妮突然雙手抱住他，側頭親了他的嘴，她雙唇微張停留在他唇上，然後緊緊擁抱他。

他掙脫她的擁抱，她笑了，「你不喜歡擁抱？」

「生疏了。」

「也許你認為不恰當。」

「我還沒想到這一點。」

15

伊萊亞從午夜就吐個不停。瑪妮幫他換了睡衣跟床單，可是他每半小時就吐一次，把乾淨的衣服都換光後，終於睡著了。九點，瑪妮打電話到家醫診所，可是最快星期一才能看診。她只好幫伊萊亞穿上柔伊的舊T恤，帶他到西漢默史密斯醫院。

急診室已經滿是刀傷、燒傷、骨折和擦傷的病患。過勞的櫃臺小姐記下伊萊亞的資料，告訴瑪妮她得等小兒科醫生巡房結束。

「要等到什麼時候？」

「我不知道。」

候診室的電視在播放卡通、尿布和玩具廣告。電視上的嬰兒都咯咯笑，很快樂；母親都很漂亮、精神飽滿，瑪妮不覺得羨慕，她痛恨她們。

瓦勒立醫師中午過後才出現，他腳步輕快地穿過搖擺門，先跟其中一個比較漂亮的護士說了個笑話，然後才說：「該回去工作了。」

混蛋！

護士叫伊萊亞的名字，瑪妮感覺抱在大腿上的兒子身體變僵硬。頻繁的醫院就診、太多檢查，太多從「這肯定是最後一次……」開始的對話。

那名小兒科醫師身材高大、臉色蒼白、留著慵懶的瀏海，臉頰一小塊發亮的東西是女兒擁抱道別留下的殘餘物。他先打量伊萊亞，注意他的衣服，彷彿在判斷瑪妮是什麼樣的母親。同時，她努力想解釋。

「他被診斷出乳糜瀉，做過小腸切片。」

「誰診斷的？」

「一個專科醫生……我不記得他的名字……愛爾蘭姓。」她再試一次，「他在哈利街有辦公室。」

為什麼這個人讓她覺得自己這麼沒用？

「他一直都吃無麩質飲食，」瑪妮說。

「多久了？」

「五個月。」

「他檢查過囊腫纖維化嗎？」

「有。」

瓦勒立醫師讓伊萊亞坐在診療床上做例行檢查：眼睛、耳朵、喉嚨，「說『啊』」，「站在體重計上」。

「他早產六個星期。」瑪妮提供資訊，想讓自己有用些。

「他出生時體重多少？」

「接近五磅。」

瓦勒立醫師把聽診器掛在脖子上，坐下，靠在椅背上研究瑪妮。

「這是妳第九次帶伊萊亞到醫院。」

「我沒有算。」

「每次妳都成功讓他接受更多檢查。」

瑪妮沒聽懂他的意思。

「妳要我怎麼做？」他問。

「什麼？」

「妳在這裡，妳要我做什麼？」

「我不明白。」

「妳要我讓伊萊亞住院嗎？安排手術？」

瑪妮瞪著他，完全不理解。然後她終於想到了——他以為她**想要**伊萊亞生病，他以為她是那種罹患孟喬森症候群的瘋子，為了吸引注意力而故意讓兒子生病，帶著他到處看醫生，到處接受檢查。

瑪妮這輩子從來沒有這麼想越過桌子傷害醫療人員，但她忍下憤怒，努力控制聲音中的顫抖。

「我不想讓我兒子住院，也不想讓他開刀，我只希望他健康。」

瓦勒立醫師沒有回答，但失去了些許原先的自信。他避開瑪妮強烈的目光，再寫下另一條病歷，解釋伊萊亞要被轉到大奧蒙街兒童醫院的專科。瑪妮感覺一陣驚慌，更多約診、更多檢查。她愈來愈痛恨醫院，只能告訴自己這只是一時退步，他會復原的，一切都會沒事。不然她還能說什麼？

離開醫院後，他們從白市站搭地鐵到牛津圓環轉貝克魯線。車上又擠又熱，車廂裡滿是不要的地鐵報，從耳機傳出的的嗡嗡音樂聲。形形色色的人們忽略彼此，只顧自己，不耐煩但保持一定程度的禮貌。伊萊亞指出他認得的東西，因熟悉而覺得安心。

「小狗，」他說，「公車、加油站。」

他們走在艾爾金大道上，瑪妮注意到一輛汽車停在公寓對面，詹尼亞探長坐在車上，車門開著。他一腳放在人行道上，彷彿需要伸伸腿。

「你在等我嗎？」她問。

「我想跟妳談一談。」

「我們沒什麼好談的。」

伊萊亞繼續向前跑，瑪妮叫他等一下，轉身面對探長，他刮了鬍子，精神奕奕。他今天穿牛仔褲而不是西裝，不過還是同一雙尖頭皮鞋，也許今天是休假日。不知為何，瑪妮覺得他很可憐，神情落寞，好像在學校想認識新朋友的新生。

「我答應伊萊亞要帶他去盪鞦韆，」她說，不讓這話聽起來像邀請。

「我陪妳走過去。」

詹尼亞提到天氣，聲音裡有一股熟悉感，是她認得的口音或語調。可是，她不喜歡他研究她的樣子，不喜歡他注意每一個細節，包括她赤裸的脛骨和涼鞋。他們來到派丁頓休閒中心，伊萊亞跑到攀爬架前，幾個母親在草地上野餐，餵嬰兒吃泥狀副食品。

詹尼亞把外套披在肩膀上，邊說話邊用著迷的眼神熱切地看著瑪妮，彷彿想把她像拼圖一樣一片一片拼湊起來。

「妳的指甲很漂亮，」他看著她的手，「有一根斷了，怎麼會這樣？」

「忘記了。」

「真可惜。」

他伸手從口袋掏出一個夾鍊袋，放在光線下，瑪妮看得出透明塑膠袋裡裝的是一片指甲，擦著桃色指甲油。

「從這麼小的東西就可以找到驚人的線索，」他說，「我指的不只是ＤＮＡ，那是一定能找的，可是現在他們還能判斷出這人是否抽煙，健康狀況如何。」

伊萊亞在一根橫桿上搖晃，伸出腳趾感覺地板，鞋襪都脫掉了。

「這是我們在尼爾．昆恩的車上找到的，」詹尼亞用手指轉動著袋子，「可以解釋一下嗎？」

「我知道的都已經告訴你了。」

「沒有，妳騙我。」

瑪妮沒有回答，不安的雙腳變換著重心，感覺有點茫然、不可置信。

「我們也追蹤到昆恩的手機訊號，他那天晚上在西區。河岸區的一部監視器拍到他的車子，他載了一名女子到一家飯店。」

「他不是我殺的。」

「妳在他的車上。」

「昆恩載我去見一個人。」

「妳去見誰？」

「我跟你說過那個打算自殺的人，」瑪妮沒有看著詹尼亞，「他是客戶。」

「妳說『客戶』是什麼意思？」

「一定要說清楚嗎？」

這下他聽懂了。

「昆恩是妳的皮條客。」

「我們不叫他們皮條客。」

「那妳們怎麼稱呼？」

她聽出他問題中的嘲諷，拒絕回答。

「妳為他工作多久了？」詹尼亞問。

「我不為他工作，我受雇於一家公司，只做過三次。」

「真的嗎？」

「真的。」

瑪妮想把這件事量化、淡化，這樣聽起來比較沒那麼骯髒。她嫁給丹尼爾之前只跟四個男人上過床，包括第一任丈夫，加起來總共七個人，這並不表示她是婊子或花癡，可是只要收過一次錢，她就成了妓女。

她考慮向詹尼亞坦白派翠克·韓尼希的事和丹尼爾的賭債，可是她已經誓言不為丈夫道歉，也記得那北愛爾蘭人的威脅，因此只交代一半，解釋她如何來到飯店和歐文見面。

「妳和他上床。」

「沒有，他只是想找伴而已。」

探長質疑地看著她。

「可是妳收了錢？」

「沒有，我覺得他很可憐，沒有拿他的錢。」

「昆恩怎麼想？」

瑪妮凝視著遊戲場，解開襯衫最下面兩顆鈕釦，拉起布料露出腹部，瘀青已經變成紫色和黃色。

「這是他下的手？」

瑪妮點點頭。

「所以妳才割了他的喉嚨？」

「沒有！」

詹尼亞靠過來，揚起眉毛時髮線似乎往後退。「根據我的經驗，人們常自作聰明，反倒讓自己變成嫌疑犯。」

「我沒有自作聰明。」

伊萊亞離開攀爬架跑去溜滑梯。

詹尼亞還在說話，「我們還沒找到凶器，根據法醫的說法，我們在找的凶器是一把單面刀鋒的五寸刀，非常尖銳，是一般廚房的標準配備。」

伊萊亞站在溜滑梯底部瞪著梯子，瑪妮對他大叫：「記得上一次的事！」

伊萊亞不理會她開始爬，一手接著一手，沒有往下看。

「他有點怕高。」她向詹尼亞解釋，已經起身。

詹尼亞跟著她，「妳丈夫失蹤了。」

「對。」

「所以妳才去當伴遊嗎？」

「這是我的私事，與你無關。」

「妳要是遇上了麻煩，應該坦白告訴我。」

伊萊亞在溜滑梯上方停下腳步，排在後面的小孩大聲催促他滑下去。可是他僵住了，雙手抓著兩旁，指節發白，瞪大雙眼。

其中一個年紀比較大的男孩推開其他人，對著伊萊亞大叫，伊萊亞嬌小蒼白的身體在發抖。瑪妮趕快跑過去，她看到男孩扳開伊萊亞的手指，伊萊亞什麼也不說。

他快倒下了，不是滑下來，而是從側面落下。詹尼亞搶先一步，在伊萊亞落到人工草坪之前就接住他，伊萊亞伸手找瑪妮，緊緊抓著她，指著鞦韆。

「媽咪，妳答應我的。」

16

瑪妮坐在地板上，瞪著眼前箱子裡的物品，彷彿她曾經能拼湊這些拼圖，如今卻忘了從哪裡下手。她淋浴，換上乾淨的衣服，感覺止痛藥在胃裡溶解。

柔伊在圖書館，伊萊亞在衣櫃裡玩火車，瑪妮聽到他自言自語，不知道在跟誰交談。瑪妮曾經問過歐盧林教授，四歲男孩有想像中的朋友是否正常，他說伊萊亞長大就會停止這樣幻想。

喬正坐在她身邊的沙發上，身體向前傾。通常他們在喬的諮商室見面，對坐在同一套扶手椅上，在這裡看到他很奇怪。他們第一次諮商時，瑪妮感覺自己只有十一歲，正要從父親口中聽取人生意義。事實上，她父親從來沒有說過這番話，而是某天敲敲她的臥室房門說：「瑪妮，我應該跟妳說些性教育相關的事嗎？」

「拜託不要。」

「所以妳都知道了？」

「很清楚。」

瑪妮從箱子拿出大紅相簿，用手指撫摸著上面的燙金字母。丹尼爾總是喜歡費盡心思送禮。他們第一次結婚紀念日那天，他在臥室牆上貼滿便利貼，上面寫著他愛她的原因。另一次他寫了很多需要解謎的線索，讓她騎車繞著攝政公園找，最後來到一個野餐地點，他和柔伊在那裡等著。

瑪妮打開相簿，前幾頁都是她的嬰兒照片，大多有圖說。她認得父親的筆跡：

妳真的好漂亮。我去醫院嬰兒房看妳的時候，妳的小床是空的，因為護士搶著抱妳。她們看過很多寶寶，可是妳最特別。

瑪妮的母親努力了十年才生下她，期間流產四次，但她從未放棄希望，也拒絕醫療技術介入，她說既然要生就順其自然，否則就不要生。後來她改變心意，用試管嬰兒嘗試第二胎，想幫瑪妮生個弟弟或妹妹，可是後來發生了一場車禍，所以瑪妮一直都是獨生女。

「妳是個奇蹟，」她的母親說，「上帝的禮物，」她等不及讓瑪妮受洗，深信上帝也許會收回他給的禮物。

第二頁一系列新的照片是瑪妮的幼年時期：臉上沾著巧克力、餵鴨子、騎單車。她的嬰兒肥漸漸消失，稀薄的頭髮愈長愈多，酒窩深得可以留住雨珠。在其中一張照片上，她坐在前廊吊椅上夾在一對男女中間。男的留著長髮和鬍子，女的穿著拼布裙和棉布上衣，額頭綁著一條流蘇頭飾。

「這是妳父母？」喬問。

「對。」

「妳從來沒有提過妳母親。」

「我對她沒什麼印象，她去世的時候我才四歲。」

「她怎麼過世的？」

「車禍。她開車，我在後座，有繫安全帶，沒人知道我怎麼出來的。」瑪妮指著另一張照片，「媽媽去世兩年後爸爸再婚，那是我的繼母。」

那名女子看起來像年輕的柴契爾夫人，穿著圍裙，揮舞著湯勺，對著攝影機揮手，因為她不想被拍照。廚房餐桌前還有其他小孩。

「我以為妳是獨生女，」喬說。

「我們以前是寄養家庭，爸爸稱那些寄養小孩流浪兒，他們通常待個幾天或幾星期，我們家房間很多。」

瑪妮想起這些往事，包括某些名字：尿床鬼、咬人鬼、尖叫鬼，割自己的、抓傷的、啞巴。有些不想理人，有些把她當成某種海上漂流物緊抓著，盼望能帶他們到安全之地。她討厭那些小孩，希望他們回到自己的家庭。

「我繼母把我家當成寄宿學校管理，有規則和時間表。星期天吃烤肉餐，星期一吃剩菜，星期五吃魚……爸爸不一樣，他總是裝好笑的聲音，好像吞了派對上那種氣球裡的氦氣，能讓我們笑翻天。只有我繼母不覺得好笑，會叫他別再搞笑。

「我覺得她把自己的人生想像成《華頓家族》影集，大家互道晚安：『晚安，約翰弟弟；晚安，瑪麗．愛倫；晚安，吉姆．鮑伯……』」

「他們沒考慮領養？」喬問。

「我爸想讓她懷孕。」

「她現在在哪裡？」

「他們十年前離婚，她住在西班牙，我每隔幾年會去探望一次。」

最下面是丹尼爾給瑪妮的留言：播放ＤＶＤ。

喬把光碟放進他的筆電裡，打開音量。播放軟體啟動，幾個字在螢幕上跳動，形成文句：

瑪妮．羅根，這是妳的人生。

丹尼爾出現在螢幕上，起先他的臉很貼近攝影機，他按下錄影鍵倒退到沙發上坐下，身體前傾，胳臂放在膝蓋上。瑪妮的反應彷彿被刺到。丹尼爾看起來是如此真實，觸手可及，活生生在她眼前。背景音樂播放著詹姆斯．莫瑞森的《愛很難》。

丹尼爾撥撥瀏海。

「真不敢相信妳三十六歲，我們在一起六年了。妳還是我愛上的那個又棒、又辣、又風趣的女孩——既能穿得像電影明星，也能享受啤酒和披薩。我知道我們最近時好時壞，壞的都是我，可是沒有妳我無法撐過去。妳的愛讓我想成為更好的人。妳真的是我所認識最聰明、最風趣、最棒的人。

「記得我總是想不到該送妳什麼生日禮物嗎？妳總是這麼無私，因此選禮物時很傷腦筋。妳對大家付出這麼多，自己拿的卻這麼少。嗯，今天這個情形要改變了。今天我們重新開始。

「瑪妮．羅根，我愛妳。大家都愛妳。我要證明給妳看。在大紅相簿裡，妳會看到許多故友的訪問和意見，讓我們從頭開始。我要帶妳回到童年，妳的第一個家……」

螢幕上出現一棟大型連棟房屋，另一個聲音出現。

「瑪妮，妳在這裡度過了生命中前三年的時光，妳的臥室在頂樓左邊數過來第二扇窗戶。」

「那是我父親的聲音。」瑪妮說。

出現在螢幕上的老先生留著一頭雜亂的灰髮，他緊張地面對著攝影機。

「瑪妮拉，生日快樂，我要帶妳回憶過去。妳剛出生的時候很美麗，學步的時候很恐怖。我記得妳在超市裡躲起來不讓媽媽找到，只因為她不肯買亮晶晶的皇冠給妳。她以為妳被綁架了，要求超市封鎖出入口。還有一次妳用兩瓶爽身粉加水灑滿臥室地板，然後撒上雷根糖，告訴我們妳要種一個嬰兒，因為妳知道我們想再生一個。」

瑪妮笑了。

「妳總是逗我們笑。記得妳想賣掉的寄養小孩嗎？妳在他的脖子上掛著『半價』的牌子，用他的滑板拖著他在村子裡走。還有那次妳母親帶妳到錄影帶店，妳走到服務的年輕男子面前，把手放在他的短褲上？他嚇得跳開，『是妳媽咪教的嗎？』他問，妳說：『不是。』」

「妳母親尷尬死了。」

瑪妮看著喬說，「我得幫自己說話，當時我才三歲。」

螢幕上出現家庭錄影帶的影像，瑪妮身上只穿著比基尼的下半身，繞著花園灑水器跑來跑去。影像淡出，取而代之的是瑪妮第一天上小學的影像：穿著大一號的學校制服，雙腳內八站在一扇門口，咧嘴大笑，露出酒窩。

「妳三歲時我們搬到西約克夏的農場。我們沒養什麼動物，我也不算什麼農夫，可是妳媽媽很愛那個地方，她得其所哉，像六〇年代的嬉皮，總是打赤腳、擁抱樹木。我們打算自己種菜，用果園裡的蘋果釀蘋果酒。當時妳年紀很小，大概不記得了。她如果看到今天的妳，一定會以妳為傲……」

喬感覺身邊的瑪妮改變姿勢，視線離開螢幕，「對不起，我看不下去——我沒辦法看他談到她。」

「妳說妳對母親沒什麼記憶。」

「我知道，可是我沒辦法看這個，」她揉著襯衫前緣，「我們可以快轉一些嗎？」

喬照做，「妳想休息一下嗎？」

「不用，請繼續。」

螢幕上出現一名老太太，頭髮染成藍色，眼角有皺紋。她對著攝影機眨眼，好像在看著鏡頭裡自己的反射。

「哈囉，瑪妮拉，妳記得我嗎？」

「那是吉爾摩老師，我三年級和四年級的老師。」瑪妮解釋。

「我教書四十年之後退休，可是我想念所有的學生。妳很調皮，我還記得妳說服托比．克雷蒙他是被領養的，而他真正的父親是麥可．傑克森。」

瑪妮笑了，「他根本不是黑人。」

另一名女子出現在螢幕上。

「那是教戲劇的兔兔老師。」

「瑪妮拉，我知道已經很多年了，可是妳那很棒的丈夫卻不知怎的找到我。妳和潔希卡．葛連是我的明星學生。妳們兩個在學年末音樂會都想扮演白雪公主，妳們本來應該輪流的，結果潔希卡食物中毒，兩場演出都錯過，記得嗎？希望妳還在唱歌跳舞。」

瑪妮的父親回到螢幕上。

「妳十三歲的時候我們差點失去妳。記得拖鞋先生嗎？妳騎著牠穿過村子，一隻狗嚇著牠。我上班上到一半接到電話，直接衝到醫院。妳內出血，腦部也出血，他們得開刀減壓。醫生用藥物讓妳昏迷了五天，我從沒那麼害怕過。」他對著攝影機眨眨眼，眼光泛淚，「後來妳就不再騎馬了，我認為拖鞋先生是傷心而死的。」

瑪妮翻過相簿頁面，指著一張小馬的照片，接著低頭撥開頭髮給喬看疤痕，「只有頭髮濕濕的時候才看得到。」

丹尼爾又出現在螢幕上。「妳可以流幾滴眼淚，但只准是懷舊的眼淚，接下來還有很多……」他調整攝影機，對房間裡的人說話：「我可以再剪輯，把錯誤的地方剪掉。」

潘妮出現，這是在她家的日光室拍攝的。

「我最要好的朋友，生日快樂。真不敢相信妳跟我一樣老，不過別跟人說我們幾歲。妳不想聽我唱歌，所以我跟妳說一個故事，」潘妮踮起腳尖轉了一圈，「看到我穿的是什麼嗎？很久很久以前，很多年前，這原本是我最喜歡的上衣。我們一九九五年夏天去義大利，妳看不懂洗衣精上面的說明，買到漂白水，把我們所有的衣服都毀了，我留下這件當紀念品。記得嗎？」

瑪妮點點頭，確認有這件事。

「妳是我生命中非常重要的人，我真的希望妳知道這一點。妳永遠不居功，這麼堅強、聰明，每天都使我讚嘆不已。而且妳有一個很辣的先生，所以好好照顧他，掰。」

錄影繼續，丹尼爾訪問了以前的老師、講師、同事和朋友。這份影像未經剪輯、刪減、有點模糊。另一張新面孔出現，一名男子坐在凳子上。

「開始了嗎？」他問。

「開始了。」丹尼爾回答。

瑪妮認出對方，驚訝地發出尖叫聲，「天啊，那是尤金．藍斯基！」

螢幕上的男子大約三十五到四十歲之間，髮線倒退，綁著馬尾，襯衫沾著油漆，袖子捲起。

「瑪妮．羅根，我希望妳在聽。妳是個婊子，毀了我的人生！妳是個愛記恨、壞心眼又無情的混蛋！」

丹尼爾的聲音從螢幕外傳出，「嘿！你不能這麼說……你想幹嘛？」他忙著找控制鍵卻弄翻腳架，但在攝影機倒下前接住。尤金．藍斯基還在說。

「我以前常常希望妳死了，我希望妳死，而且不是只有我——」

螢幕一片空白。

瑪妮驚訝地張大嘴，「他為什麼會說這種話？」

「他是誰？」

「尤金是我第一個認真交往的男友，我在一輛冰淇淋車後面把第一次給了他，那是他以前工作的地方。我一直沒辦法洗去洋裝上融化的脆皮巧克力冰淇淋污漬。」瑪妮瀏覽照片，「就是他。」

照片裡她穿著小禮服，尤金穿著西裝，看起來小了一號。

「這是我們畢業舞會的照片，是年度最大盛會，所有女生都買了新洋裝。尤金就是那天晚上跟黛比．提貝斯跑掉，我們叫她大胸部黛比。很傷人，與其說我心碎，不如說難為情。」

瑪妮撥開瀏海瞪著空白的螢幕，「那是十八年前的事了，他為什麼說我毀了他的人生？」

喬沒有回答。瑪妮低著頭，彷彿專心看著地上的什麼東西。她找了理由到浴室，兩手抓著水槽，看著鏡子裡的自己，百思不解。覺得很受傷。發現世界上有人恨你很令人震驚。她對尤金做了什麼？當初是**他**甩了她。想必是認錯人或惡作劇？

瑪妮看看手錶，八點多了。圖書館半小時前就關門，柔伊早該到家，伊萊亞也該上床睡覺了。她聽到他在臥室裡的說話聲，他坐在她的衣櫥裡，玩具四散在雙膝間的地板上。

「你在跟誰說話？」她問。

「我朋友。」

瑪妮笑了，「所以他住在衣櫥裡，像在納尼亞裡面嗎？」

「啊？」

「找一天我再讀《獅子、女巫、魔衣櫥》給你聽。」

「我不喜歡女巫。」伊萊亞說。

瑪妮擁抱他，把他抱到床上讓他站著，「大男孩，上床時間到了。」

「可是我不累。」

「我累了。去刷牙，選一個故事。」

「柔伊在哪裡？」

「她在回家路上。」

「我可以等她回來嗎？」

「不可以。」

「跟妳說話那個男的是誰？」

「我朋友。」

瑪妮知道，只要能延後上床時間，伊萊亞會一直問下去。他刷了牙，爬上馬桶前的小椅子，努力平衡，瞄準馬桶尿尿。然後瑪妮送他上床。

「爸爸明天會回家嗎？」

「應該不會。」

「那再明天呢？」

「不會。」

他點點頭，「也許週末會。」

她關了燈，回到客廳的喬身邊，檢查手機簡訊，擔心柔伊的去向。她正要打電話就聽到開門聲。

「妳去哪裡了？」

「圖書館。」柔伊說。

「很晚了。」

「我在跟朋友聊天。」

柔伊雙手抱著學校書包。

「妳吃過了嗎？」

「還沒。」

她看了瑪妮背後一眼，看到沙發上的喬，他起身，「這位是歐盧林教授。」

「妳的心理醫師？」

「他也是朋友。」

「叫我喬就好，」他說。

柔伊看著走廊盡頭，「我去放書包。」

「我可以弄東西給妳吃。」瑪妮說。

「我自己會弄。」

柔伊關上臥室門，拉上門栓。

喬手上拿著丹尼爾的行事曆，打開的那一頁上頭有很多名字，有些下面畫線，有些整個畫掉。上面還有電話號碼和地址，邊緣寫著其他的資料：還沒完成。

瑪妮接過行事曆研究上面的名字，大部分都是朋友、舊同事、老師或她在媽媽團認識的女性。有些她已經好幾年沒說過話，也不曾想起。

「這份名單一定是潘妮幫丹尼爾列的，」她說，「她很不會保密，不過這件事倒是口風很緊。」

喬彎身向前，他們的膝蓋碰觸。

「名單上有妳不認識的名字嗎？」

瑪妮的手指順著名單往下滑，然後停住。

「我不認識法蘭西斯．莫法特。」

「妳確定嗎？」

「確定。」

「這個呢？史登醫師？」

瑪妮遲疑了一下，搖搖頭，指著另一個名字，「卡爾文是柔伊的父親，我們的婚姻維持了十八個月左右。」

「妳平常見他嗎？」

「他記得的時候會寄生日卡片給柔伊。」

「他現在在哪裡？」

「原本在監獄裡，現在出獄了。」

柔伊從臥室裡出來，已經換上運動褲和T恤。她打開冰箱拿出吐司、奶油和蛋，製造不必要的噪音。

「我們下次再繼續，」喬說，舉起行事曆問：「我可以借回去看看嗎？」

「你覺得很重要？」

「丹尼爾聯絡了這些人，也許有人知道他發生了什麼事。」

瑪妮站在壁爐附近，「我該怎麼辦？」

「和妳父親、還有潘妮談一談，也許那大紅相簿會激起一些記憶。」

瑪妮小時候，我擔心她會從樹上摔下來，過馬路被車撞到，或游泳時離岸邊太遠。看看拖鞋先生的事，我差那麼一點點就失去她了。她每星期都騎牠出去，參加運動會比賽，練習跳躍。然後發生摔馬事件。她騎馬穿過村子，一隻狗突然從院子裡凶狠地衝出來狂吠、咬馬蹄。拖鞋先生嚇壞了，瑪妮想抓緊，可是往後摔到鐵柵欄後方，胰臟破裂，腦部出血。

我知道她很愛那隻小馬，可是我沒辦法讓她再騎馬，實在太危險了。她出院後，我到原野上用麻布袋收集綠橡果，扛到馬廄裡。我聞得到馬匹的味道，我不再信任牠們，牠們是惡毒醜陋的生物，只會發出嘶嘶聲、噴鼻息。

我把拖鞋先生飼料袋裡原本的東西換成綠橡果，牠第二天就死於腎衰竭。他們告訴瑪妮牠沒有受苦，在睡眠中安詳過世。事實並非如此。但我很肯定她會感謝這個善意的說法。

那隻狗比較難找。我回到那個村子，花了三個星期找一隻會追馬的狗，然後發現狗主人把狗送走了，據說是送到農場，希望這代表安樂死。

別誤會，我很愛狗，但我更愛瑪妮。就像她念小學的時候想在音樂會上扮演白雪公主，可是學校硬要她跟別人一起分著演。瑪妮接受這個決定，可是我覺得不公平。現在我根本想不起那個女孩的名字，也沒有人記得。她在音樂會的那兩天晚上都嘔吐，無法上臺。

瑪妮的演技很棒。我跟著她默唸每一句臺詞，跟著她一起謝幕。我想讓她知道我有能力救她、保護她、讓她的生活更加平順。當她摔跤時——甚至當她沒意識到自己受傷時，我都會把她像蛋頭人一樣拼回去。

17

過去半個世紀以來，倫敦東區這一帶沒什麼改變，而靶場就隱藏在鐵道橋下方，四周都是工廠和工作坊，入口處以一塊小銅牌標記。

盧伊茲按了門鈴，對著監視器點點頭。門打開後他來到樓上，依照程序拿出執照受檢，並按規定朗讀規則。

槍枝必須指著安全的方向。
準備好射擊前不得將手指放在扳機上。
準備好射擊前不得放子彈。

還有十幾條。他已經會背了，懶得全部讀完。

靶場裡有六條平行的二十公尺槍道，由手動滑輪系統控制各種標靶的距離。這裡也有更衣室，小型休息室裡有扶手椅，會員可以泡茶或咖啡。

偵查督察長彼德．莫爾蘭在靶道上等他，保護耳套掛在脖子上。他一頭白髮，頭頂稀疏，握手很有力，講話帶著南非語口音。七〇年代晚期，他當律師的父親因代表一名黑人政治犯而在德班被捕，他和家人一起逃離南非。南非人討厭傲慢的黑人，但更討厭幫他們辯護的白人。

莫爾蘭像父親一樣，證明自己是個好人：公平、正直、堅忍不拔。他和盧伊茲到四十幾歲都還在打橄欖球，在泥巴裡衝撞，絲毫不輸年輕人。

盧伊茲年長八歲，但莫爾蘭的職位爬得比較高。兩人都記得以前的警務工作少了官僚作風、多了常識；可以便宜行事，而且重視經驗。可是，那個時代已經過去了。

手槍射擊的聲音迴盪在洞穴般的靶場裡，兩人站在相鄰的彈道上，雙腳打開、手臂伸直、放鬆、扣扳機、射擊。莫爾蘭屬於有條不紊那一種，每次射擊之間都停下來，放下武器，瞪著彈道的另一頭，再重新開始整個程序。

盧伊茲動作比較快。他不把手槍當成手臂的延伸，也不在內心尋找禪一般的專注狀態與鎮靜。他舉槍、瞄準、連續射擊六發，每一發之間的間隔只有一次心跳。每次滑輪系統搖搖晃晃送回紙標靶時，上面都只有一個連續擊中、邊緣參差不齊的彈孔。

莫爾蘭反感地咕噥著：「我發誓你連眼睛都沒張開。你上次射擊是什麼時候？」

「不記得了。」

「你該教教人，先從我開始。」

「辦不到，不知從何開始。」

「為什麼？」

「你的動作**全部**都是錯的。」

「滾蛋吧你！」

他們繳回手槍，先把子彈全部取出，再繳回槍庫。在更衣室裡，盧伊茲用肥皂和水洗手，想除去那個味道。莫爾蘭坐在板凳上換鞋。他身材不高，壯碩而結實。他幾年前心臟病發作，從此便努力跑步、做重量訓練，彷彿死神隨時可能來訪。

「你想知道尼爾．昆恩的事，」他說，「四天前，他的屍體從泰晤士河被打撈上岸，部分頸部被切斷，雙手用束線帶綑綁。他們在下里亞高架橋下方聖三一碼頭附近找到他的車。」

盧伊茲知道那個地方。

「他的屍體在水裡泡了大約十二個小時。」

「由哪一個單位處理？」

「東區分局。」

「誰負責？」

「華倫．詹尼亞，剛升上探長，來自反恐指揮中心，聽說風評不錯。」

「你跟他談過嗎？」

「沒有。」

「有嫌犯嗎？」

「他們偵訊了已知同夥和家人。」

「派翠克．韓尼希呢？」

「他由律師陪同出席，什麼也沒說。」莫爾蘭從置物櫃裡拿出手錶戴上，看了時間。

「文森，你為何注意這件案子？」

「韓尼希最近對一名年輕女子施壓，她是兩個小孩的媽，那天晚上和昆恩在一起。」

「和他上床？」

「不是。」

「警方跟她談過了嗎？」

「兩次。」

莫爾蘭意味深長地瞪著他，「你該告訴我的。」

「告訴你什麼？」

「你代表命案嫌犯要我去探查案情，你知道這看起來像什麼樣子。」

「我不知道她是不是嫌犯。」

「文森，少唬弄我，如果她當天晚上和昆恩在一起，她就是嫌犯。我希望你不是在保護她。」

「我根本就不認識她。」

莫爾蘭嘆了口氣，還是不滿意，「你打算怎麼辦？」

「找韓尼希談一談。」

「你打算嚇退他。」

「我會試試看。」

18

喬花了兩天尋找尤金．藍斯基，最後在倫敦南區一個藝術家協會的臉書網頁上找到。一名女子告訴他藍斯基在肯頓市場運河那附近擺攤，喬對這個地區很熟。他和茱麗安曾經在不到一英里處有一棟房子，週末常徒步到市場，有了查莉之後就用推車推著她，後來則讓她騎單車。

一九五〇年代之前，大聯合運河是連結首都的主要運輸線，從中部地區用平底船將農產品和煤送進首都。後來陸上運輸業發達，不再需要倉庫和馬廄。一九七〇年代，藝術家和工匠接下這些空間，把它們變成工作室、工作坊和藝廊。大部分的工匠已經被八〇年代房地產熱潮的高價逐出，取而代之的是販賣紀念品和廉價中國貨的小販。

尤金穿著沾滿油彩的牛仔褲、保守的襯衫，領口用古董領帶別針扣著。他梳著馬尾，坐在一個女生旁邊，她則穿著訂製的馬丁大夫鞋和牛仔短裙，看起來年紀只有他的一半，表情非常無聊。

喬研究尤金的圖畫和照片，黑暗恐怖風格，著名電影明星的屍體被安排成像犯罪現場的被害人。其中一個影像中，瑪麗蓮．夢露全身赤裸躺在床上，腦袋旁邊擺著一個空藥瓶。另一張照片裡，詹姆士．迪恩扭曲的身體掛在一輛撞爛的保時捷500的引擎蓋上。

「那張我可以算你便宜一點。」尤金指著凱瑟琳．赫本被一群獅子吃掉的影像。

「我不認為凱瑟琳．赫本是被獅子吃掉的。」喬說。

「那是象徵意義，」尤金一副理所當然的解釋著，「我喜歡看四〇年代和五〇年代的老電影，可是這些大明星都不在了，只是很美麗的死人。我想捕捉他們生命的最後一刻，生死之間永恆的那一刻。」

喬很高興盧伊茲沒有來。他曾經告訴過喬，現代藝術就像軍事情報或澳洲知識分子一樣，是互相矛盾的修飾語。

「我不是來買東西的，」喬說，「我想問你瑪妮．羅根的事。」

尤金突然緊張的四處張望，「她在這裡嗎？」

「沒有。」

他鬆了口氣，對著那個女孩說：「寶貝，去幫我們買咖啡，」他給她一張十鎊鈔票，「別忘了他媽的加糖。」

她繃著臉甩了甩頭髮，像伸展臺模特兒一樣走掉。尤金舔舔大拇指，彎腰擦掉靴子前端的油彩。

「我為什麼要跟你說瑪妮．羅根的事？過去二十年來我非常努力忘掉那個婊子。」

尤金靠在圍欄上，對著運河吐口水。喬想像他十八歲的樣子——高瘦、有點帥、想讓女生覺得他很厲害。

「丹尼爾．哈蘭來見過你？」

「對，他用攝影機對著我拍，問我對他老婆有什麼看法。我說她是個邪惡的復仇婊子，就算她身上著火我也不會對著她小便。」

「她丈夫失蹤了。」

「毫不意外，」尤金抓抓頸部的咬痕，「我勸他能跑多遠就跑多遠。」

「為什麼？」

尤金咬著臉頰內部，眼神迷離，「你跟她多熟？」

「我是她的心理醫生。」

「我就知道！我就知道她是個他媽的沒救的瘋女人！」

「你對瑪妮有什麼意見？」

「我曾經跟她交往過，本來很好玩，後來覺得有點無聊，就換人了。可是，後來學校出現謠言，說我傳染疱疹、淋病、菜花給瑪妮，你想得到的都有。結果沒有一個女生願意靠近我。」

「就這樣嗎？」

「你知道肯柏威爾藝術學院嗎？」

喬點點頭。

「我本來收到優先入學許可，後來卻被撤銷，因為我沒有大學先修課程的考試成績。副校長在我的置物櫃找到一包大麻，我被退學，沒參加考試。」

「這跟瑪妮有什麼關係？」

「大麻不是我的，是有人故意栽贓放的。幾個星期後，我收到一張卡片，上面只寫著：君子報仇，三年不晚。她把我大卸八塊再慢慢吃掉。」

「上面有瑪妮的簽名嗎？」

「沒有。」

「是她的筆跡嗎？」

「是用打字的。」

「所以你沒辦法證明什麼。」

尤金看了喬的後方一眼，一艘漆成彩色的平底船正通過拱橋，遊客在拍照。

「好，我再跟你說一件事。我有一個朋友叫德文．布學，我們從小就是同學。他做了一本假的紀念冊，寫了好笑的圖說形容班上同學，你知道，只是開開玩笑，無傷大雅。他稱瑪妮為職業處女，因為她總是一副很高傲的樣子。接下來的六個月裡，有人一直打電話到他家，在電話裡播放色情片的呻吟聲和高潮尖叫聲。最後他爸媽只好換電話號碼。」

「他質問過瑪妮嗎？」

「她否認一切。我知道你怎麼想，沒有證據。可是瑪妮太聰明了，不可能讓人查到她身上。」

「你說她毀了你的一生。」

「也許有點誇大。對，我念不了藝術學院，大可以去另一個學校參加先修課程的考試，也可以重考。我沒有那麼做，那是我的錯。可是，她對黛比做的事更過分。」

「黛比？」

「黛比·提貝斯，我在瑪妮之後交往的那個女孩。」

「你在畢業舞會上甩了瑪妮之後交往的那個女孩。」

「對啦，唉，世事難料。我們分手幾年後，黛比訂婚了，我們沒有撕破臉。我本來要當她的婚禮攝影師，可是婚禮一星期前有人打電話來取消，他們也取消了婚宴、樂團、蜜月的機位、花還有結婚蛋糕。」

「非常惡劣。黛比一直到前一天才發現，計畫這麼久的心血全部毀於一旦。她受到很大的打擊，最後只好在公證處結婚。大約一個月後，黛比收到一張卡片，上面寫著同樣的內容：君子報仇，三年不晚！」

「她認為是瑪妮·羅根做的？」

「我們都這麼認為，黛比、副校長、我還有其他人。」

「有人問過她嗎？」

「我看得出你不相信我。你被瑪妮騙了，那是她的本事。她總是一副迷人開朗的樣子，跟她在一起的時候，你覺得自己更堅強、更聰明、更有能力。可是她一翻臉就像寒冬來臨，而且是你生命中最長、最冷的冬天。」

太陽被一片雲朵遮住，陰影投射在鵝卵石上。附近的街頭表演者打扮成《歡樂滿人間》的魔法保母，學她開傘行禮。尤金又低下頭，透過眼睫毛看著。

喬努力想像瑪妮報復前男友和過去的敵人，可是很難接受。

「你提到還有其他人。」

尤金對著喬瞇起眼睛，努力決定該透露多少。「你該去問奧麗維雅．舒曼。」

「她是誰？」

「她在查令十字路的一家書店上班，我幾個月前跟她巧遇。」

「她怎麼了？」

「那是她私人的事，我不該講。」

他的女友捧著兩杯咖啡回來，喬先前沒有注意到她的手腕掛著一臺數位相機。她舉起相機，以右眼對焦拍了一張照片後放下，用意味深長、同情的眼神看了他一眼，彷彿她很了解。

尤金接過咖啡，撕開兩包糖倒進杯子裡，用近乎懇求的語氣說：「拜託幫個忙，別告訴瑪妮我在哪裡。」

19

在前往伊林百老匯的西行列車上，伊萊亞吃著保鮮盒裡的三明治，瑪妮瞪著西區音樂劇和保險公司的廣告。車廂擠滿公司派遣人員、遊客和表情無奈的人們，屈服於另一個平庸的日子。

伊萊亞專注地看著對面的年輕情侶。

「那個男生為什麼對著女生說悄悄話？」他問。

「他們是在接吻。」

「她可以呼吸嗎？」

「可以。」

那個女孩看著瑪妮，她露出笑容道歉。

他們在伊林百老匯下車，從地下車站來到地面後沿著大街走到公園。伊萊亞看男生在草地上踢足球，吃了小販賣的熱狗，番茄醬滴到他最好的襯衫上，可是瑪妮沒有生氣。

他們在伊林公園南側過馬路，沿著一排連棟房屋來到一座獨棟房子，窗戶裝著蕾絲窗簾，大門旁掛著一塊銅牌。

瑪妮按了門鈴，大門自動打開，她聞到水煮高麗菜、消毒水和老人的體味，鼻子馬上皺了起來。安養院屬於名為「永田」或「永福」之類的企業，由一對威爾斯夫婦經營。赫曼太太戴著黑框眼鏡，燙著一頭鋼絲球般的短髮，身穿白色外套，兩腳張開，雙臂交握胸前，守護著護理站。

瑪妮在訪客簿上簽了名，沿著走廊經過幾個不同的房間。這些房間裡大多住著遲暮老人，他們靠在病床枕頭上，有些戴著氧氣罩，床單下露出尿管。幾個在看電視，張口無牙。偶爾有人和瑪妮目光接觸，彷彿透過牢房鐵條往外看的囚犯般凝視著她。

湯瑪斯．羅根住在另一翼。他的失智症愈來愈嚴重，幸好只影響短期記憶。他不記得前一天的事，忘記是否吃過飯、服過藥。這些空白如對話中消失的幾個字眼，通常不影響大致的意思。

瑪妮在院子裡找到他時，他頭上頂著早已歷經風霜的巴拿馬帽，條紋睡褲下的雙腿骨瘦如柴，雙頰灰暗、凹陷。他原本身材高大，如今卻因疾病而變得孱弱。他在北海油田當了二十年粗獷的管線工人，每上班兩週後休假兩週——不碰酒精也不用毒品，女人更是碰不到，指甲周圍似乎永遠積著傷痕與油漬。

湯瑪斯離開油田後成立了窗戶清洗公司。伊萊亞出生後他就搬到倫敦擔任倉儲經理，方便探望孫子。當時他已經離婚，恢復單身。

「真是有史以來最棒的決定。」他指的是分手這件事。他帶的行李不多，只有一臺放在木箱裡的老式唱片機，轉盤上裝著滑蓋。他喜歡平．克勞斯貝、辛納屈和小山米．戴維斯，稱他們為低吟歌手。

瑪妮在他身邊蹲下，親吻他的臉頰。他愉快地抬頭看她，伊萊亞也同樣高興地爬上他的大腿。湯瑪斯瞪著男孩片刻，努力回想他們的關係。

「喝杯茶好嗎？」她說。

餐廳已經備好午餐，不過他們可以用大銀壺泡茶。只是裝牛奶的塑膠奶球很難開。

「爸，讓我來。」瑪妮用指甲撥開鋁箔蓋，她也讓伊萊亞從金屬罐裡挑一塊餅乾。

「爸，你在找什麼？」

他沒有回答。

「糖在這裡。」

他搖搖頭。

「你要餅乾嗎？」

他又搖頭。髮際因汗珠而閃閃發亮，藍眼珠裡有細小黑點。他今天狀況比往常更差，可能是訊息傳不到大腦，也可能是腦中的神經鍵有如沒生息的槁木死灰。

他舀了幾匙糖，攪拌良久，看看杯子裡又看看湯匙。伊萊亞拿出著色書和蠟筆放在桌上。有人把收音機音量轉大，湯瑪斯跟著哼起優美的音調，偶爾看看伊萊亞，彷彿對孫子充滿疑惑。

「我得跟你談談丹尼爾的事，」瑪妮說，「他在做一本書給我。你記得嗎？」

老人的大腦似乎出現火光，「本來應該是個驚喜。」

「你給了他一些照片。」

「我們一起找出來的，我告訴他以前的故事，妳成長的故事，總是惹麻煩。記得那次妳告訴哈欣達聖誕老公公的芭比娃娃發完了，她聖誕節會收到肯尼娃娃？」

「哈欣達？」

「住在我們家的寄養兒，」湯瑪斯的笑聲震天響，「妳也想在後車廂市場上把小鄧肯賣掉。」

瑪妮一陣懊悔。她小時候一直很討厭那些來來去去的孩子，人多表示淋浴時間縮短，得分享零食，聖誕樹下的禮物更少。她為何得忍受這些孤兒鳩佔鵲巢？

「那時候我很自私。」

「那是正常反應。」

湯瑪斯看著窗外，挺起身子坐直，彷彿能在高處找到尊嚴。

「丹尼爾好嗎？」

「爸，他失蹤了。」

「他給了妳那本大紅相簿嗎？」
「是我自己找到的。」
他們不斷重複相同的對話，湯瑪斯終於想起他在煩惱什麼。
「有一個警探來找我。」
「什麼時候？」
「昨天……也許是前天……他讓我想起一個人，可是我想不出是誰。」
「他找你做什麼？」
「他來問丹尼爾的事……他想知道妳母親的事……她怎麼去世的……」
「為什麼？」
「他不肯說。」
湯瑪斯研究伊萊亞片刻之後問道，「他是妳的小孩嗎？」
「對，爸爸。」
「孩子的爸爸是誰？」
瑪妮笑了，「還有可能是誰？當然是丹尼爾。」
湯瑪斯吸吸鼻子，轉過去喝茶。

20

一個塑膠袋高飛到天上，像斷線的風箏般劇烈翻滾、扭轉，再緊緊貼在樹枝上。盧伊茲在車上聽著收音機傳出的午間新聞，雙手輕輕抓著方向盤，身體往前傾，凝視著那棟現代公寓的門面。

那棟建築設有門房、鑰匙控管進出的電梯、屋頂泳池和景觀花園，泰晤士河的水岸景觀延伸到倫敦眼。這種高檔預售屋也許要價三、四百萬鎊。慢跑者的腳步經過他身邊，拍打在人行道上，一群群穿著繽紛的單車客在空中搖晃著臀部。

盧伊茲已經十年沒聽到派翠克．韓尼希這個名字了，直到兩天前。有些罪犯會像鬼針草一樣黏在記憶裡，韓尼希就是其中之一。他老爸羅南在七〇年代經營非法賭場和妓院，克雷雙胞胎被判無期徒刑之後，這些據點像雜草般蔓生，各幫派和犯罪家族把倫敦當成大富翁遊戲一樣瓜分勢力範圍，韓尼希拿到北區。

當時，派翠克還在穿短褲的年紀，念的是最好的學校。他大可打破家族傳統，卻選擇遵循，而且還擴張到錢莊這一行。他最喜歡的一招就是派人到匿名戒賭會臥底，跟飽受困擾的賭徒交朋友，打探他們的債務和上癮的情況。他專找那些還有資產的賭徒下手，汽車、房屋或存款皆可。他們本來就是有賭癮的人，在他們身上播下毀滅的種子再容易不過。要不了多久他們就輸更多錢，這時韓尼希很樂意用適當的抵押借錢給他們：房屋所有權狀、汽車所有權狀。

盧伊茲拿出一罐硬糖果，選了一顆正方形的丟進嘴裡，用舌尖來回吸吮，品嘗又酸又甜的滋味。

一輛大型黑色豐田越野汽車在公寓前怠速等待，車子擦得亮晶晶，雲朵在引擎蓋和深色車窗上流動。一名穿著制服的門房站在門口值班，自動門打開後，派翠克．韓尼希出現。他抬頭望了天空一眼，好像在確認氣象報告。他身穿輕便西裝、腳踩義大利帆船鞋，戴著鏡面太陽眼鏡。

盧伊茲叫了他的名字，穿過馬路。

「哇，看看貓拖了什麼東西進來，」韓尼希從打開的車門抬頭看他，「盧伊茲探長，還好嗎？」

「我已經不是警探了。」

「所以，他們終於叫你打包走人了。」

「我退休了。」

「還不是一樣。」

司機下車，他的樣子就像健身房重量訓練室裡為了吸引注意而裝腔作勢使用舉重器材的人。韓尼希輕輕揮手表示沒關係。

「盧伊茲先生，我能幫什麼忙？你要找工作嗎？當保鏢你年紀太大了，這位泰倫斯可以臥推自己體重的兩倍重量。」

「有他在一定很方便，他穿圍裙嗎？」

司機不確定自己有沒有聽懂這個侮辱，盧伊茲朝他揮揮手。

「和氣一點，」韓尼希說，「年紀大了，別再到處樹敵。」

這位北愛爾蘭人下了車，拉拉外套袖口，低頭抬起臉，對盧伊茲露出開朗的笑容。

「所以，找我有什麼事？」

盧伊茲真希望自己看得到那鏡面太陽眼鏡後方的雙眼。韓尼希一身人工曬出來的古銅色皮膚，牙齒潔白，可是正如大多數的自戀狂，內心深處隱藏著諸多自我懷疑，就連昂貴的西裝或身邊的一群奴才都無法掩飾。盧伊茲覺得最有意思的是，這位北愛爾蘭人的嘴唇好像橡膠做的，而這嘴唇的主人有著粗鄙而原始的肉慾，他知道暴力的價值，懂得如何使別人屈從。

盧伊茲指指公寓，「這地方不錯。」

「我老子總是交代我，不管花多少錢都得買在市區精華地段。」

「你父親好嗎？」

「死了。」

「很遺憾聽到這個消息。」

韓尼希試著聽出嘲諷的意味，但沒有。盧伊茲繼續說：「我對你父親有點意見，但至少他行事乾淨，還有本事做對的選擇。派翠克，你不一樣，你非但沒有繼承衣缽，甚至還是支長歪的筍子。」

韓尼希鼻孔撐大，勉強擠出嘲諷的微笑。

「盧伊茲先生，我是很想對你禮遇一點，你卻完全背道而行。我父親對你頗有好評，不過他說你有唐吉訶德情結，總是在攻擊風車。」

「你讀過塞萬提斯？」

「誰？」

盧伊茲露出微笑，「不重要。我來找你談瑪妮．羅根的事，她說你兩天前威脅她，甚至在她騎單車時把她撞倒。」

「我不會相信那狡猾妓女說的任何一句話。」

「所以你的確認識她？」

「她欠我錢。」

「她老公曾經欠你錢。」

「還不是一樣。」

「你連性別和時態都搞不清楚。」

韓尼希皺起眉頭，失去耐性，「盧伊茲先生，我很忙，沒空玩文字遊戲。瑪妮．羅根比拿著電鋸的小矮人更瘋狂，所以別太相信她跟你說的話。」

「你為什麼這麼說？」

「我聽過一些故事，」韓尼希面無表情地說，「我妹夫死了，瑪妮．羅根是最後一個看到他的人。她擺出一副溫柔、無助的模樣，可是我不吃這一套。她是個瘋子，我指的不是那種女人的個性問題，我是說腦袋真的有問題那種，」他停下來，露出微笑，「你跟她有一腿嗎？」

「什麼？」

「這也難怪，她是上等貨色。我是說，如果我是你的話也很難抗拒。我不是你，不過如果我是你的話，我會把她帶回她在梅達維爾住的那個小地方，上她個痛快，讓她一整個星期都沒辦法好好坐著。如果你喜歡年輕女孩的話，她女兒也不錯。」

盧伊茲感覺到自己咬牙切齒，他的倒影映照在韓尼希的鏡面太陽眼鏡上，那迷你版的魅影似乎站得很遙遠，幾乎沒什麼存在感。

「不過如果你要上她的話，記得小心一點，」韓尼希說，「她是一流貨色，卻能用菜刀割開男人的喉嚨還假裝沒事。」

「你最後一次見到她老公是什麼時候？」

「這是益智遊戲嗎？」

盧伊茲等著，韓尼希嘆口氣，「我借給哈蘭先生一筆錢，他沒有償還。那個人的賭技實在是爛得一塌糊塗。」

「運氣不好？」

「他不知道什麼時候該收手。」

「他在哪裡？」

「死了，別過度解讀，這只是我的意見。」

盧伊茲嘴裡苦澀而倒胃口的味道似乎傳到喉嚨底部。韓尼希也感受到這份能量。

「盧伊茲先生，你到底對我有什麼意見？」

「你真的想知道？」

「願聞其詳。」

「你很聰明，卻很自戀，而且跟大多數自戀的人一樣，只要有人質疑你對自己完美的看法，你就不放過他們。你認為自己該跟理查．布蘭森和亞倫．休格這些正當的生意人平起平坐，可是沒人想跟你共進早餐，因為他們無法忍受排泄物的臭味。」

韓尼希一臉淡定，「你這麼有經驗的人怎麼會如此天真？」他問，「你以為自己很有原則、以為自己站在對的那一邊，那你解釋給我聽：我借錢給這些人，討債時還得提醒他們償還的責任。這些人如果是欠銀行錢，那可是會連老婆小孩一起被趕出家門，家具、車子都被銀行拍賣。你覺得我是流氓，卻忘了那些坐在豪華辦公室裡的銀行家，他們取消貸款贖回權，用別人的錢賭博，拿有風險的商品抵押，用納稅人的錢脫困。這些人不但不用坐牢，還可以升官封爵、威風八面。盧伊茲先生，你認為我是人渣，可是真正的人渣早就爬上金字塔頂端，那些才是你該發牢騷的對象。」

韓尼希走向車子，泰倫斯為他打開車門。

「我很忙。建議你下次想找我時先約時間。若是被我拒絕的話也不用太難過。」

「我管定了瑪妮．羅根的事，」盧伊茲說，「你別再威脅她。」

韓尼希露出微笑，「我會提醒自己記得。」

他伸出中指把鼻樑上的太陽眼鏡往上推，推完後手指並沒有收回。車門關上，那輛越野汽車加速離開，盧伊茲喉嚨感覺到一絲柴油味。這整個過程讓他覺得不對勁，好像錯過了什麼重要情節或轉折，整個故事拼湊不起來。這件事根本與他無關，他為何這麼關心？他已經退休，安享天年，不再跟罪犯、幫派分子、毒販、貪腐警察、辯護律師、恐怖分子或被害人打交道，也沒有責任這麼做。可是，這麼做似乎還不夠。

21

書店的門面很狹窄，走道沿著天花板高的書架一直延伸到黑暗的深處。裡面沒什麼人，只有幾個客人用手指劃過書背瀏覽書籍，歪著頭看書名。

櫃臺後方的女子正在服務客人，貓頭鷹形狀的名牌上優雅的字體寫著：奧麗維雅．舒曼。她在電腦裡鍵入書名後說：「我們沒有庫存，不過我可以幫你訂。」

觀察人是喬的第二天性，是下意識的自然反應，他注意到人跟人之間互動的小細節——聳肩、點頭、抽搐、抽動、晃動與歪斜，說出口與沒說出口的話，言下之意和言外之意。奧麗維雅穿著深色寬鬆衣物，但美麗的微笑與潔白的牙齒顯示年輕的那個她依然存在。她看了喬一眼，不想讓他久等。她是敏感、安靜而內向，且觀察力敏銳、聽多於說，很低調。她不知道怎麼炒熱氣氛，在書店比在人群裡自在。

那名客人離開後，奧麗維雅轉過來對喬說：「抱歉讓你久等，請問需要什麼嗎？」

「我想問妳瑪妮．羅根的事。」

「請你走吧！」

奧麗維雅睜大眼往後退，手伸到後面好像在找東西支撐自己，一股更黑暗、更強大的力量取代了她原先對喬抱持的善意。

「為什麼？」

「是她叫你來的嗎？」

「不是。」

奧麗維雅搖頭，「告訴她，不論她以為我對她做了什麼事，我都很抱歉，請她放過我。」

「請不要緊張，我不是來找麻煩的。我是個心理學家，正在治療瑪妮。」

奧麗維雅被外面的卡車喇叭聲嚇了一跳，她看了窗外一眼，陽光斜斜撒在一桌打折的書籍上。

「那你有什麼目的？」她問。

「我在找瑪妮的先生。」

「我沒見過他。」

「可是妳知道我的意思。」

「他去年來找過我，為了瑪妮的生日想請我拍攝一段話，我請他離開。」

「他有問妳原因嗎？」

「有。」

「妳怎麼跟他說的？」

奧麗維雅整理桌上的文具，彷彿鉛筆和迴紋針突然放錯位置。她描述自己和瑪妮在中學認識後成為很要好的朋友，畢業後兩人都取得倫敦地區大學的入學許可。瑪妮選了布涅爾大學，奧麗維雅念國王學院。她們經常碰面，也邀請對方參加派對。

某個星期六，她和瑪妮約好在皮卡迪利廣場見面，打算一起上夜店。可是兩人身上沒錢，結果改去參加派對。她們先從倫敦市區搭公車到東南邊的米爾沃，下車後再步行前往。

參加派對的人從屋裡滿到院子和馬路上。後來，奧麗維雅和瑪妮走散了，她決定回家時便去找瑪妮，可是找不到她的人，也沒有手機可聯絡。

奧麗維雅看著喬說：「我如果知道會發生什麼事，絕對不會留下她一個人，絕對不會。」她停下來，把一支筆移到登記簿的另一側，「我在幾天後才聽說了強暴的事，我很難過，去找瑪妮想向她道歉，她說不是我的錯，叫我不要說出去。」

「瑪妮被強暴？」

奧麗維雅點點頭，「她的飲料被下藥，她沒有提起告訴。」

「為什麼？」

「我不知道，也許她很害怕。」

「後來呢？」

「大約一個月後，我收到祕密仰慕者的來信，我知道聽起來很蠢，可是知道有人喜歡我的那種感覺很好。瑪妮一直是比較漂亮的那一個，有一大堆追求者任她挑選。」

奧麗維雅顫抖著撫平襯衫前緣，「他的文筆很棒，讓我覺得……」她沒有說完，「我回了信，我們開始通信，就像以前那種老式的寫信戀愛過程，你知道，很浪漫。我想見他，可是他說他很害怕，因為我太漂亮了。我以為他把我當成別人，也許看到我跟瑪妮在一起，把我們兩個搞混了。他寄了一張穿著制服的照片給我，我覺得他看起來既粗獷又英俊，根本就是美夢成真。」

「你們見了面嗎？」

「他說他正要隨和平部隊前往科索沃，等他回來再見面，但要我寄照片給他帶去。他說要性感照片，我就去借了性感內衣自拍。我真的好傻，完全不疑有他。」她愁眉苦臉地看了喬一眼，再度移開視線。

「你想到答案了嗎？」她問。

喬搖搖頭。

「我的祕密仰慕者根本不存在，是惡作劇。我的照片和信被印出來貼在布告欄、更衣室，發到宿舍房間，放在演講廳的椅子上。」

奧麗維雅低頭看著喬站的位置。

「我一出現在走廊就有人對我指指點點，在我背後低語。這種情形持續了好幾個星期，我真的好想死，真的……」

「妳認為是瑪妮的傑作？」

「我收到一封信，上面用那個假男朋友的筆跡寫著：現在妳知道丟下朋友會發生什麼事了吧？」

「妳質問過瑪妮嗎？」

「她否認一切。」

「可是妳不相信她？」

「我知道她是信件的幕後主使，從那之後她就一直纏著我。」

「什麼意思？」

「我錯過工作機會，該收到的貨品被取消。有一次，我甚至接到醫院來電通知父母車禍身亡，的確有兩個人喪生，不過不是我爸媽。」

奧麗維雅繞過喬，把書堆在推車上沿著走道推著，喬跟著她。

「妳有去投訴嗎？」

「向誰投訴？」

「這種妨害公眾利益和恐嚇的事有法可管。」

「我沒有證據。我打電話哀求瑪妮住手，她否認一切。」

奧麗維雅停下腳步，轉身哀求，「拜託你叫她住手，不，我收回，不要提起我，不要告訴她我在哪裡。」

喬不知道該說什麼。他想為瑪妮辯護，想相信她還是那個帶著甜美笑容、幫他找到公寓的女服務生。同時，她想像奧麗維雅年輕學生的模樣——羞澀、渴望愛情，但深刻的尷尬與失去朋友卻玷污了大學的回憶。喬人生的的羞辱在四十出頭才出現，帕金森先生害他跌倒，讓他走路走到一半動彈不得，害他往旁邊或往後倒下。

他看著奧麗維雅，眼前這個數起意外的被害人憔悴脆弱又驚恐，光憑幾句安慰的話語無法救她脫離折磨，就算她現在年紀稍長也無濟於事。她的傷口還沒癒合，依然毫無防衛地等著下一擊到來。

喬閉著眼睛道別，以免看到她的臉、看到她內心的創口。

22

朗達．佛斯大多在艾奇維爾路上的美式餐館用午餐：他們提供大金屬杯裝的奶昔加雙份麥芽，還多一球冰淇淋。女服務生穿著卡通少女貝蒂的制服，頭戴紅白藍三色紙帽。

朗達坐在吧臺前，屁股佔滿乙烯膠凳子，警方配備的皮帶敲在吧臺美耐板上發出聲響。盧伊茲在她身邊坐下，點了一杯黑咖啡，看著護貝的菜單。

「特餐寫在黑板上，」一名女服務生說，看起來比較像孟加拉人，而不是來自貝斯渥特或布魯克林當地。

「我要漢堡。」

「哪一種？」

「普通那一種。」

「你要凱瓊風還是克里奧風，加起士、不加起士、還是雙份起士？培根還是雙份培根，辣味豆、墨西哥辣椒還是要加雞蛋？」

「一般的起士漢堡就好。」

「哪種起士？瑞士、巧達、馬茲瑞拉還是辣椒傑克？」

「巧達。」

「三分、五分、全熟？」

「五分。」

「你要辣醬起士薯條、肉醬薯條還是法式薯條？」

「法式。」

「你要飲料嗎？」

「我要妳不要再問問題了。」

朗達的金屬奶昔杯外緣結著一顆顆水珠，在報紙留下一圈水漬。她伸手抓了一把辣醬薯條。

「警員，打擾一下。」盧伊茲說。

她轉過身，雷鬼風的辮子綁得很緊，露出蒼白的頭皮。

「我不想打擾妳用餐。」他繼續說。

「那就別吵。」

她繼續看報紙。

「我叫文森．盧伊茲，曾經任職大都會警局。」

朗達全身轉過來，沉甸甸的胸部卡在肚子上，肚子則卡在大腿上，「我聽說過你。」

「怎麼可能？」

「真的，我聽過你的名字，你就是那個在史溫頓破獲恐怖組織的傢伙。」

「是盧頓。」

「對，盧頓，」她在大腿上擦擦手，抓住他伸出的手緊緊擺動。

「我知道妳不能談論案件內容，但我希望能破個例。我想問妳瑪妮．羅根的事。」

「我還以為你退休了。」

「我在幫朋友的忙。」

「不是幫瑪妮的忙？」

「我不算認識她，但我朋友說她過得很辛苦。」

朗達皺起眉頭，看了一眼窗外的車流，把自己那盤薯條推向他，盧伊茲婉拒。

「所以你在當私家偵探？」

「我想找出她先生的下落。瑪妮需要保險理賠金，可是她得先證明丹尼爾已經死了，保險公司才會給付。」

「才過了一年而已。」

「妳認為他還活著？」

「我可沒這麼說。」

「案情並不單純？」

朗達似乎覺得他這種老式用詞很好笑，「他失蹤前他們曾經大吵一架，驚天動地、尖叫、丟東西。鄰居都跟我說了。」

「他們為了什麼事吵架？」

「賭債。」

「妳聽起來好像不怎麼相信。」

「我並沒有既定的想法。」

盧伊茲等她解釋，朗達拿牙籤剔著臼齒之間的牙齦，「愛計較小姐以前有記錄。」

「什麼意思？」

「她二十歲的時候謊報過強暴案。有人發現她在街上遊蕩，將她送醫，驗血後發現血液中含有特別K。」

「K他命。」

「警方作筆錄時瑪妮提供了一個名字，警方找到嫌犯偵訊，他說他在派對結束後開車送她回家，她在路口跳下車，他對天發誓沒碰她。」

「鑑識報告呢？」

「沒什麼用，警方想成案，但瑪妮．羅根撤回告訴。」

「很多強暴案的被害人都臨陣退縮。」

「我同意。可是多少強暴案的嫌犯在一個月內就掛了？理查．達菲的屍體被水警打撈上岸。也許是巧合，也許是計謀，老天爺一個不小心，明白我的意思嗎？」

「妳不會是在暗示……」

「我只是告訴你事實而已。瑪妮．羅根謊報強暴案之後撤回告訴，那傢伙不到一個月就掛了。也許兩者之間沒有關聯，也許她身邊的人就是很會失蹤。」

盧伊茲的漢堡來了，裡面的碳烤肉排多到貌似用掉了半隻牛。

「你可能需要點個飲料搭配。」女服務生說。

腸胃藥，盧伊茲心想。

「請告訴我她先生失蹤的情形。」

「她回到家，他不在。她等他，他沒出現。我們偵訊了親戚朋友，監控他的銀行帳戶，查過海關記錄，毫無線索，連個申請借書證的記錄都沒有。」

「所以妳的看法是？」

「正如我所說，什麼都有可能。」

「可能是自殺嗎？」

「他沒有留遺書，至少我們沒找到。也許他寫了一些對老婆不利的話，所以被她扔了，這種事也不是沒發生過。」

「賭債呢？」

「我們查過了，沒什麼進一步的線索。」

「派翠克．韓尼希對欠錢不還的人可沒什麼耐心。」

「死人可不會還錢。韓尼希是個生意人——所謂生意人，我用的是最寬鬆的定義。」

「他最近對瑪妮施壓。」

「那她應該報案。」

「有用嗎？」

朗達嘆了口氣，下巴晃動，「除非她能提供證據，否則沒什麼用。」

「韓尼希身邊的證人很會失蹤。」

「本性如此。」

「他是個流氓。」

「完全同意。」朗達說，咕嚕咕嚕喝光奶昔。

「調查過程中出現過尼爾．昆恩這個名字嗎？」盧伊茲問。

「他是誰？」

「韓尼希手下的司機。」

朗達搖搖頭，「他跟瑪妮．羅根有什麼關係？」

「韓尼希要她下海賺錢還老公的債，昆恩負責接送。」

「真的假的。」

「沒騙妳。」

「我知道那小姐已經走投無路，可是這麼做有點……」

「上星期，泰晤士河中撈出昆恩的屍體。」

朗達張大嘴，舌頭上的粉紅色幾乎像螢光一般，「那個女人身旁的男人真的都死在水裡。屍體在哪裡發現的？」

「瓦平區。」

「那是東區分局的轄區，瑪妮是嫌犯嗎？」

「顯然如此。」

「那你還在幫她的忙？」

「如我所說，我是在幫朋友的忙。」

朗達把大拇指插進皮帶裡，「嗯，小心不要涉入警方的調查。」

「謝謝妳的提醒。」

盧伊茲的漢堡幾乎都沒碰。他起身掏出皮夾。

「你不打算吃掉嗎？」朗達問，不等他回答就說，「我討厭浪費食物。」

23

瑪妮找不到鑰匙。她再次搜尋過每個抽屜，還有外套口袋。柔伊跟著她到臥室又回到廚房裡，一面抱怨。

「可是我要寫作業。」

「妳要照顧弟弟，幾個小時就好了。」

「為什麼妳不能照顧他？」

「我有事要出門。」

柔伊知道講不贏她，但還是繼續說，因為這樣的不公平讓她有權大聲抗議。丹尼爾在的時候，有時她能說服他了解自己的觀點。他喜歡激烈辯論，希望柔伊懷抱熱情、思緒清晰。玩拼字遊戲時，丹尼爾會想辦法引導柔伊使用最好的方塊或分數最高的，從不讓她安於平庸。「我是記者，」他會說，「文字是我的工具。」但媽媽和丹尼爾不同，過去這一年她變了，變得更堅強、嚴厲、更不輕易妥協。

伊萊亞在瑪妮的衣櫃裡忙著跟自己對話。

「聽聽他說的話，」柔伊說，「他是個怪胎！」

「別這樣說他。」瑪妮責罵她。

「他總是在自言自語。」

「他有一個想像的朋友。」

「這種事可不健康。」

「只是一時的，長大就好了。」

瑪妮吻她的頭頂，「就算只是去郵局也要。」她說完伸出臉頰，柔伊不甘願地回吻她。母親出了門，柔伊站在臥室門口看著伊萊亞趴在衣櫃裡，腳伸在外面，覺得他真是個寶寶。她不該浪費週末的大好時光來照顧他。萊恩．柯曼兩點要在公園踢足球，如果她動作快一點也許還來得及。不過到時候要說什麼？沒關係，做什麼都比待在家裡好。

她幫伊萊亞穿上外套時動作有點粗魯，他出聲抗議，她叫他小聲一點。她幫他綁鞋帶，牽起他的手，堅定地說：「好，我們要去公園，只有你跟我，可是動作得快一點。」

「我可以盪鞦韆嗎？」

「如果你乖的話。」

「我可以吃冰淇淋嗎？」

「你不可以吃冰淇淋。」

「如果我乖的話。」

「好，可是不可以跟媽媽說。」

出門之後，她像握著皮帶一樣抓著伊萊亞外套的帽子，不讓他往前衝。他們經過地鐵站附近的一排商店，伊萊亞對乾洗店的阿格西先生和花店的茱蒂揮揮手。柔伊在想萊恩的事，也許他會想約她出去。她有當保母賺的錢，他們可以去牧者樹林區的西野購物中心。

他們搭公車沿著艾奇維爾路來到四十號高速公路底下，再換車沿著尤斯頓路經過杜莎夫人蠟像館和天文館。伊萊亞把臉貼在車窗上自言自語。

「你為什麼常常這樣？」柔伊問，「自言自語。」

「我沒有。」

「那你那個想像的朋友呢？」

「想像是什麼？」

「虛構的、假裝的。」

「他不是假裝的。」

「他住在衣櫃裡。」

「所以呢？」

「他有名字嗎？」

「馬爾康。」

「你的朋友叫馬爾康！」

「有什麼好笑的？」

「沒什麼。」

伊萊亞嘟嘴，他不喜歡被嘲笑。

「別擔心，生氣鬼。」柔伊給他一個擁抱。

他們在攝政公園西南大門附近下車，閃避速度較慢的行人和遛狗人士，來到足球草地時剛過三點，臨時球賽已經開始了。一隊穿上衣，一隊沒穿，用衣服標記球界和球門。

萊恩赤腳，沒穿上衣，像四肢靈活的紅色塞特犬般在草地上奔跑，大叫傳球，碰一下再傳出去。柔伊一向對足球沒什麼興趣，丹尼爾曾經帶她去新的溫布利球場看過大型比賽。柔伊很努力看球，可是大多時候瞪著看臺上的觀眾，他們把每一次踢球不進都當成生死交關的事。他們會哭、罵髒話、罵裁判，還會大聲辱罵對方球迷。

「足球為什麼這麼重要？」柔伊問。

「球迷都是同一國的。」丹尼爾解釋。

「同一國？」

「人們喜歡有歸屬感，喜歡屬於某一件更偉大的事。」

「為什麼？」

「這樣表示他們不孤單。」

位在草地另一頭的萊恩注意到柔伊，向她揮揮手。他的某些朋友仔細端詳她，柔伊挺起胸膛，希望人家看不出她身上穿的熱褲是牛仔褲穿到膝蓋破洞後，母親剪掉褲管改成的。迪恩．韓考克笑嘻嘻地評論了些什麼，他踢「有穿上衣」的那一隊是因為身材像布丁，讓他覺得難為情。球賽還沒結束，他們再度發球。

柔伊在樹蔭下來回走動，伊萊亞蹲在地上，用樹枝戳著草皮之間的泥土。他像喜鵲一樣，蒐集任何閃亮或色彩鮮艷的東西。

「這麼好的天氣怎麼會讓妳出門？」有一個聲音問。

柔伊轉過身去，她在圖書館遇到的那個男的靠在公園板凳上，身穿牛仔褲和輕便的棉質襯衫，手腕的鈕釦扣著，嘴唇平衡著一根很長的乾草，一副農夫的模樣。

「你在跟蹤我嗎？」柔伊問。

他笑了，「還有什麼原因？天氣這麼好，這裡又是公園，我當然是在跟蹤妳囉！」

柔伊覺得自己很蠢。

「我找到那臺不用的筆電了，」他說，「如果妳有興趣的話。」

柔伊沒有回答，伊萊亞看著他們，跑到柔伊身邊牽著她的手，把頭靠在她的臀部。

男子蹲下來，「這是妳弟弟嗎？哈囉，大男生。」

伊萊亞對著他皺眉頭。

「打招呼。」柔伊說。

「哈囉。」

有人進球，大家都在擊掌。柔伊眺望著球場，希望沒有錯過萊恩的什麼厲害之舉。

「所以，哪一個是妳男朋友？」

「沒有。」

魯賓露出微笑，「筆電要怎麼拿給妳？」

她猶豫了一下，「我不能拿你的東西。」

「隨便妳。」

他轉身漫步離開，沒有回頭。柔伊在最後一刻叫住他，牽著伊萊亞的手追上去。

「如果你想帶來的話……我明天下午會去圖書館。」

「好。」

他舉起兩隻手指輕鬆的敬禮，仰望天空，似乎認為會下雨。雲朵飄過，他眨眨眼看它們飄走。

他離開後，伊萊亞拉拉她的手要說話。

「什麼事？」

「那個男的叫什麼名字？」

「魯賓。」

伊萊亞皺起眉頭，回去用樹枝戳著潮濕的泥土。

24

潘妮打開門，打著赤腳的她身上穿著T恤和短褲。

「感謝老天！終於來了個大人陪我。」她擁抱瑪妮再把她推開，彷彿在打量她。「愛比蓋兒在睡覺，再等十二年就可以送她去寄宿學校了。」

「沒有那麼慘吧。」瑪妮說。

「喔妳這麼認為嗎？小姐昨天晚上醒了八次，我還以為自己在關達那摩監獄，經過睡眠剝奪、水刑、當母親，我什麼都招了：我的年紀、賓拉登最後的藏匿處、誰殺了JR……」潘妮看看瑪妮背後，「妳家那兩個呢？」

「柔伊看著伊萊亞。」

「太好了，住在家裡的保母，賣給我吧，妳要賣多少？」

「目前妳可以先拿去用。」

「為什麼？」

「有人偷走了我那可愛的小女兒，換來一個惡臉相向的公主。」

「唔……」潘妮說，「妳把當父母講得很沒有吸引力，」她把瑪妮拉進廚房裡，自動打開小冰箱拿出一瓶葡萄酒，連酒標都沒看就拿了杯子倒滿酒，舉杯相碰。

潘妮帶瑪妮到日光室，把嬰兒監視器放在窗臺上，調整音量，「不准再談小孩的事了，」她說，「我比較關心妳，妳上次刮腿毛是什麼時候？妳看起來像星際大戰裡那隻長毛的武技族。」她注意到瑪妮手臂上的擦傷，「發生了什麼事？」

「我騎單車被撞。」

「誰撞妳？」

「不重要。我有事要問妳。」

「聽起來很嚴重。」

潘妮又幫自己添酒，瑪妮沒碰她的。她環顧房裡，上釉花盆裡放著一株蕨類植物，枯葉掉到地板上。丹尼爾就是在這裡幫潘妮拍攝那段生日DVD的。

瑪妮從棉製購物袋裡拿出大紅相簿，放在茶几上。

潘妮瞇起眼，「我才在想不知道妳什麼時候會發現。」

「妳為什麼不告訴我？」

「丹尼爾堅持要我保密。」

「就連過了之後……？」

「我覺得只會讓妳更難過而已。」

「難過？」

「他這個想法真的很棒。為了妳的生日，他花了好幾個星期籌畫，我從一堆舊物裡挖出大學時的照片給他。」

潘妮打開相簿翻頁，「這張是我給的……還有那一張。他要我幫他找一些人再多拍一些影像。我聯絡了過去那幫人，把他們的聯絡方法交給丹尼爾。」

「他發現了什麼不尋常的事嗎？」

潘妮睜大眼睛，「什麼意思？」

「我想查出到底發生了什麼事，我覺得如果可以追蹤他最後的動向……」瑪妮環顧四周，「他就是在這裡幫妳拍攝的。」

「對。」

「他常來嗎？」

「來過三、四次。」

「為什麼這麼頻繁？」

「他真的很認真，」潘妮夾雜著同情和悲傷的眼神凝視瑪妮，「他想補償妳。」

「真的嗎？」

潘妮皺眉頭，「瑪妮，告訴我妳有什麼疑問。」

「在丹尼爾拍攝的DVD上，其中一個老朋友說他恨我，說我毀了他的一生。」

潘妮笑了，「真是個輸不起的傢伙。」

「我是說真的。」

潘妮看了一眼上了指甲油的指甲，「丹尼爾說妳有幾個敵人。」

「妳說敵人是什麼意思？」

「我不會因為有幾個敵人就失眠——我三不五時就會得罪人。」

「那是妳，不是我。」

「別那麼惡劣，我們都有報復的性格。」

「我可沒有。」

「那妳大學時跟他上過床的那個講師呢——哈齊老師？」

瑪妮一回想就覺得渾身不對勁，當時詹姆斯．哈齊年近四十，已婚、抽煙、愛喝酒，會咳嗽著吐痰。十九歲的瑪妮愛上他的不修邊幅，在他的辦公室一起喝紅酒，聽他從眾多詩人那裡借來的優雅文字。哈齊自己在十年前出版了一本薄薄的詩集，讓他變得更自大，卻毫無啟發性可言。

一開始，他們之間的關係似乎既危險又令人興奮，後來則變得低俗而幼稚，見面不外乎在他的辦公室或車上做愛，或趁他老婆出門時去他家。哈齊褪下衣物後並不迷人，一身皮包骨像狐猿一樣。

瑪妮並不是為了成績或特別待遇才跟哈齊在一起，結果倒是完全相反。他在班上貶低她，把她的作業挑剔得一無是處，這樣別人才無法指控他偏心瑪妮。瑪妮抱怨時，他指控她的行為幼稚得不足以面對這種關係。瑪妮當場結束這段關係，拒絕回覆他的簡訊和電子郵件，結果分數掉得更低。她考慮過向副校長辦公室投訴，但害怕後果，最後停修了英國文學課。沒過多久，哈齊就被控抄襲和「過量借用」學生的作品，遭到停職。

「有人告訴他老婆。」潘妮說。

「妳以為是我？」

瑪妮的一綹頭髮從夾子鬆脫掛在耳邊，在她搖頭時跟著擺盪。

「嗯，他怪在妳身上。」潘妮說。

「妳怎麼知道？？」

「我幾年前跟他在路上巧遇，他看起來完全不一樣。」

「他提到我？」

「他說有人把照片寄給他老婆，他也相信是同一個人檢舉他抄襲，他把這筆帳算在妳頭上。」

瑪妮覺得胃部一陣痙攣，感覺有地方不對勁，那個東西漸漸鬆脫、膨脹，湧上食道。她衝到浴室裡，吐出膽汁和黃色的水。

潘妮敲敲門問：「妳還好嗎？」

「是紅酒，」瑪妮說，「太久沒喝了。」

除非瑪妮認知到我的存在，否則我無法一直保護她；她做了錯誤的決定我也愛莫能助。天真的女孩很有吸引力，可是也很危險，一不小心就會讓自己身心受創。

瑪妮大二時去米爾沃參加一場派對，那是倫敦東區比較亂的地帶，泰晤士河在這裡大轉彎，在地圖上看起來就像狗的老二。她穿了衣櫃中唯一的一襲黑色小洋裝，跟朋友一起前往。房子裡滿是陌生人，可是她得其所哉，盡情喝酒、跳舞。她和朋友走散了，到了半夜，瑪妮需要搭便車回家，有一個傢伙願意載她。再喝一杯吧，他說，她接過酒杯。

她拉著他的手臂搖搖晃晃地走到他車上，根本站不直，那個人已經開始對她上下其手，愛撫她的胸部，摸上她的大腿。

第二天早上六點鐘，一個工廠工人在牧者樹林區的街上看到瑪妮漫無目的地徘徊，哭泣、痙攣。起先她什麼都不記得，但沒多久就想起來，還感覺到雙腿之間的壓力，手臂像鉛一樣重。她是這麼告訴警方的。她記得那場派對、音樂、葡萄酒，可是不記得那個男生的名字，他在她酒裡下藥、開車載她回到他租的雅房，強暴她，完事後逼她沖澡。

醫生採集樣本，給她事後藥和抗生素避免感染。然後她回家在床上躺了三天，感到難堪、受創，而且害怕。

警方偵訊了一名叫理查．達菲的男子，瑪妮在一排嫌犯裡指認他，可是發現接下來的程序之後決定撤案——刑事審判、質問、赤裸裸地將她的人格與性史攤在陽光底下。

我告訴監理處我是保險公司人員，用達菲的車牌號碼找到他。我監視了他幾個星期，從他的上班地點跟蹤他回家，這個男人笨到覺得自己什麼事都勢在必得，自負感根深柢固，這就是念私立學校與母親寵溺的後果。

他住在漢默史密斯，擔任電信工程師，不過他都跟女人說他是自由記者，跑過戰地新聞，還以為在一個軟老二都會型男受歡迎的世界裡，自己是個真男人。他每星期有五天早上都獨自去划船，在泰晤士河上來回，事後攬鏡自照，欣賞雕塑身形的成果。

一天早上，我在船塢等待，看著日出和霧氣如肥皂泡沫一樣漂浮在水面。船塢一扇漆成黑色的小門受到滿是塗鴉與破壞的痕跡。達菲有鑰匙，他早到了，從牆邊的架上抬起他的小艇。

我看到殘破的木頭棧板被沖上彎道後方的岸邊，退潮露出淤泥地。一艘小船斜斜躺著，吸滿藤壺。達菲轉過身，很意外看到我，「你在這裡做什麼？」

「我想跟你談談。」

「為什麼？」

他輕而易舉的把小艇抬到斜坡旁輕輕放下，船首朝向水面。我很好奇是否叫船鼻，也許那就是船頭，後面是船尾。划船的人也用航海用語嗎？

達菲轉身，走過我身邊去拿船槳，我把針刺進他的大腿裡，直接把一百毫克的K他命注射進他的肌肉。他猛然轉身往後退，瞪著自己的腿。藥效很快發作，他膝蓋無力，蹣跚了幾步後靠在我身上，晨間的口臭噴在我的臉頰。

「你為什麼要這麼做？」他口齒不清地問。

「你不記得強暴案？」

他更迷惑，也許他下藥強暴太多女人，多到根本不記得她們的名字和面孔。

「瑪妮。」我說。

一片空白。

「米爾沃的派對。」

他終於聽懂了，他吐出一串含糊不清的話語：「你用了什麼？」

「跟你當初選的一樣。」

「我感覺不到我的腿。」

「你的腿還在。」

他膝蓋一軟，像布偶一樣坐在斜坡邊緣，他想站起來卻倒下，再試一次，完全無能為力。

我的臉頰感覺得到清晨的冷冽，這裡隨時會有人出現，達菲看著門口，希望有人可以救他。接著他凝視著河對岸，一輛市政府的垃圾車正在收垃圾，褪色的金屬齒具吞進一包包垃圾。

「你想做什麼？」他繼續口齒不清地說。

「我要看你死。」

「不要，拜託。對不起，我對不起，我會補償你。」

「你要怎麼補償我？」

「我不知道，」他開始哭，「我會彌補一切，我會搬走，我給你錢。拜託，你不想這麼做的。」

「那你就錯了。」

「看在老天爺的份上，可憐可憐我。」

「你真的要找老天爺幫忙？」我抬頭看著漸漸明亮的天空，「我可不認為他在聽。等等？」我停下來，仔細聆聽，「沒有。」

他盯著我看，看見死神正潛伏在一旁。他做出承諾，不論我要什麼他都會去做、會說實話、會彌補、會收回犯行、會向警方坦承。藥效影響他的嘴唇，最後一絲承諾隨著唾沫流淌而下。

我走上前，一腳放在他的肩膀上，輕輕一踢，他往後倒進河裡，冒出水面一、兩次，他搖晃著腦袋想吸進空氣時，我看見他的臉。可是他的四肢不聽話，頭部終於下沉。

水流帶走他，冰冷的溫度把他拉到河底。四天後，他的屍體在下游十一英里處被發現。只有河知道他會在哪裡浮上來，不過泰晤士河似乎喜歡犬島附近的U型彎道。經過無情漲落的河水，來往小舟和平底貨船的碰撞與海鳥的襲擊後，他已經不如從前俊美，屍體上沒留下什麼證據。調查未果，死因不明。

25

喬沿著河邊走向切爾西橋，聽著水聲拍打在花崗岩牆上。當他經過路燈時，影子時而變長、時而縮短。從南邊上橋時，他注意到手電筒的光線。消防車和救護車圍繞著河邊的一棟公寓，一艘警方汽艇在河面上來回兜圈子。他看到最頂樓的公寓有人閃著燈光，玻璃後方有移動的人影。

手機震動，螢幕顯示茱麗安的號碼，不過他知道來電的是艾瑪。她每天晚上上床前都會打電話告訴他當天發生的事，問他什麼時候回家，彷彿她、查莉和茱麗安在威露村的小屋也是他的「家」。他只能懷抱希望。

喬停下腳步，坐在長凳上聽艾瑪絮絮說著。

「我的朋友莎蒂說，如果親男生的話就得跟他們結婚生小孩，」她說，有點大舌頭。

「那不見得。」

「很好。」

「妳親了男生嗎？」

「噁！噁心！」她咯咯笑，接著又嚴肅地問，「墜入愛河很難嗎？」

「這個問題對七歲小孩而言太嚴肅了。」

「我七歲半了。」

「妳為什麼會想知道？」

「就是想嘛。」

「好吧，其實不一定，愛上妳媽媽很容易，愛上其他人很難。」

「比學閱讀還要難嗎？」

「對某些人來說是的。」

「要花那麼久的時間嗎？」

「有時候。」

「我覺得我永遠不會墜入愛河。」

「我相信妳總有一天會的。」

喬得在電話裡送出「黏黏的吻」，說個五、六次晚安。有時候他會跟查莉講講話，不過今晚她在寫功課。如果他運氣很好，也許能在艾瑪叫她之前跟茱麗安講個幾分鐘。他喜歡那些時刻，努力思索有趣的事告訴她，因為他深信那些笑聲會贏回她的芳心。當她不笑的那一天就是不愛他了。

茱麗安來聽電話。

「查莉這趟去倫敦玩得很高興。」

「很好。」

「她說你找文森來吃晚餐。」

「沒錯。」

稍微停了一下，「查莉也說你交了個新朋友。」

「誰？」

「你的鄰居。」

「喔。」

「顯然是個美女。」

「她已婚，是我的個案。」

又是一陣沉默。喬這句話太突兀了，他的語調變軟，「她先生失蹤了，我在幫她的忙。」

「那很好，」茱麗安有點難為情，「查莉沒有提到這一點，我以為你另有愛人了。」

「我二十四年前就找到愛人了，而且還娶了她。」

茱麗安嘆口氣，「我不是那個意思。」

「也許我們該訂個約定什麼的。」喬說。

「什麼樣的約定？」

「如果我們在某個期限之內都沒有跟別人交往，就復合。」

「你覺得該等多久？」

「到下個週末。」

她笑了，他喜歡聽她的笑聲，他並不是最英俊、最富有的丈夫，也不是最佳情人，但總能逗她笑，曾經，這一點已經足夠，但今非昔比。

茱麗安道晚安，喬收起手機，凝視著對岸閃爍著警車的藍色警示燈，他好奇又發生了什麼樣的罪行、改變了那些生命。

他的眼角餘光注意到橋上有人，遠離路燈，動也不動，只是斑駁街燈下的剪影，彷彿人型立牌般扁平。

喬的左手開始斷斷續續地抽搐，藥效退了，他該早點吃藥的。他摸索著口袋尋找白色小藥罐，費了一番功夫打開，沒配水就乾吞下去，等著大腦的化學物質重新平衡。

他聽到步道更遠處傳來聲音：喝醉的年輕人彼此笑鬧推擠著，其中兩名經過他面前，後面那個黑髮男骨瘦如柴，下巴有點鬍渣。他假裝絆倒，啤酒潑了出來。

「你幹嘛這樣？」

喬抬起頭，對方穿著切爾西足球隊的條紋球衣、牛仔褲和厚底工作靴。

「抱歉？」

「你把我他媽的啤酒灑出來了。」

「不是我。」

「你的意思是我說謊嗎？」

喬掙扎著起身，但無法阻止自己如站在艦橋的船長左右搖晃。他的左手抽搐著。

「我不想惹麻煩。」

那名男子似乎覺得這話很好笑，「你覺得我想惹麻煩嗎？」

「我沒這麼說。」

其他人回過頭，喬的右手無意識張開，白色藥罐彈跳在柏油路，滾向水溝蓋，其中一人用腳踩住藥罐。喬的舌頭變厚、說話速度變慢，好像口吃一樣，「請不要這樣。」

「你是白癡嗎？」其中一個人問。

「不是。」

「我討厭白癡。」

他們裡面個頭兒最小那個綁著雷鬼風的辮子，眼睛像黑色玻璃珠。「也許你是暴露狂，正在等女人經過，你是變態嗎？」

穿著靴子的腳壓扁了藥罐，裡面的藥丸碎成粉末狀，似乎在黑暗中閃閃發亮。步道成了危險之處，厲風橫影。喬看了看兩側，沒有別的行人。

「我再買一罐啤酒賠你。」他對領頭的那個說。

一根手指戳戳他的胸口，「你還沒有回答問題——你是變態嗎？」

喬握緊拳頭阻止手的抽搐，感覺到神經像通了電的電線一樣滋滋作響。

「我可以問你一件事嗎？」他問那個切爾西足球隊的球迷，這次口齒比較清晰，「你想證明什麼？」

「啊？」

「你想讓誰覺得你很厲害？」

「你在講什麼啊？」

藥效發作，喬的聲音恢復了，「你才二十幾歲，沒工作，因為沒錢搬出去所以還住在家裡。你偶爾做黑手打零工，這樣才有錢買便宜的啤酒、香煙和白粉，你鼻孔結成硬塊的就是。」

那名年輕人睜大雙眼，不知該如何反應。

「你交不到女朋友，只好跟其他的魯蛇混在一起，破壞公車候車亭，醉到連走路都走不穩。人家有錢、英俊、事業有成、開名車、有漂亮的女友都是他們的錯，你們只能買醉，碰到一個有帕金森氏症的人就找他麻煩。你要錢嗎？我的錢包拿去。你要別人尊重你？等你先學會尊重別人再說。」

一陣殺氣騰騰的沉默。帶頭的那個用舌頭舔舔上唇，留著雷鬼風辮子那個與另外兩個面面相覷，彷彿在等信號。

有那麼一刻，喬還以為也許此話使他們羞愧，因而決定放過他，只不過他們不是太醉就是笨得聽不懂。

「你得為這番話下水游泳！」那個切爾西足球隊的球迷咆哮著用肩膀衝撞喬的胸口，害他往後撞到河邊的石牆。有人拉起他的雙腿往上拉，把他的身體往水面翻，他聽到其他聲音，轟的一聲，空氣散出、拳頭落下，呻吟聲。不過這幾個年輕人只維持了幾秒鐘就跑了，靴子發出的腳步聲在夜色裡迴盪著。

一名男子在喬身邊蹲下，「你還好嗎？」

「不能呼吸！」

「胸部空氣被擠壓出來了。」

這名陌生人幫他站起來，拍掉外套上的髒污。

喬尋找他的皮夾，還在口袋裡。

「你想報警嗎？」陌生人問。

「沒什麼好處。」

「還是一樣，你該報案的。」

「我回家再報案。」

喬的左手不斷握拳又放鬆，腎上腺素取代了藥效，他專注減緩心跳速度。

河岸對面的警方直升機在公寓上方盤旋，那名陌生人陪喬上橋，爬上階梯來到大馬路上。

「謝謝你。」

「沒什麼。」

「不，我是認真的，我真的很感謝你，我連你的名字都不知道。」

喬從皮夾裡拿出一張名片。一輛計程車減速，車門打開，他想跟他握手再感謝他一次，可是車門已經關上，計程車開走，只留下一陣微微的汽油味和漂白水的味道。

盧伊茲在酒館裡等他，這裡的女酒保化著濃濃的黑色眼影，日暑般的藍色刺蝟頭，不講話的時候很嚇人，但一開口就是女子寄宿學校的高級口音。

他喜歡這裡，因為這裡的酒管很乾淨，賣桶裝啤酒，大部分的常客他都認得，不一定知道名字，至少臉都記得。吧臺另一頭那個瘦弱的前騎師曾經在全國大賽中奪冠，紅鼻子的會計師整天都在玩數獨等關門，再回家等酒館開門。

「你說被揍是什麼意思？」

「就是那個意思。」

「他們沒搶你的錢？」

「沒有。」

「你還好嗎？」

「只是受了點小驚嚇。」

喬告訴他整件事的經過，還有被解救的過程。

「那個傢伙是誰？」

「不知道，可是要不是他我就下水游泳了。」

「你會淹死的。」

「很有可能。」

盧伊茲實在不知道喬這個教授怎麼有辦法這麼冷靜，總是為某些人無心的暴力行為找藉口，歸因於他們生活資源不足、無聊或被忽視。可是這些人不值得辯護，他們是動物，只會像人猿跟鸚鵡一樣模仿；他們是懦夫，只會成群獵食，欺負弱小。要是被抓到，就跟辯護律師一起站在法官面前，企圖用悲慘的童年故事和極爛的運氣激發同情，再帶著得意洋洋的笑容大搖大擺離開，互撞胸膛，準備繼續搞砸別人的生活。

盧伊茲買了一小杯威士忌給喬，堅持要他喝下。接著兩人坐在河邊的座位，聞到鹹鹹的臭味。盧伊茲靜靜地打嗝，凝視著天空的星星，在包圍著城市的燈光下幾乎看不見。

「我想念看著夜空，」他說，「我沒戒煙的時候常常這樣……坐在外面思索著偉大的未知。」

「上帝嗎？」

「對我而言他太未知了。」

盧伊茲用手帕擤鼻子，折好放在褲袋裡，「你對瑪妮·羅根了解多深？」

「為什麼這麼問？」

「我擔心我們也許選錯邊了。」

喬等著他解釋。

「她身邊有不少人失蹤或死掉，也許她殺了自己的老公，也許昆恩也是她殺的。」

「我不相信。」

「有哪裡不對勁。」

盧伊茲告訴喬理查·達菲的事：電信工程師、划船手、約會強暴犯、最後變成泰晤士河的浮屍。

「她撤回告訴還不到一個月，那傢伙就成了河裡的浮屍。」

「警方偵訊過她嗎？」

「法醫的驗屍報告沒有結論，」盧伊茲喝光他的健力士啤酒，擦擦嘴唇，「我不想說早就警告過你，可是我對那個女的一直心存懷疑。」

喬沒有回答。

「你喜歡那個小姐，我懂。」

「不是這樣的。」

「那是怎樣？」

喬談到他和瑪妮的諮商，她的確有點拒人於外，但喬從不覺得她危險或有暴力傾向。她比較像開放性傷口，不喜歡被碰觸或仔細檢視。過去二十四小時出現了對她不同的看法，那可能是她另一面的性格。人格違常與自戀狂可以懷恨多年，以此挑戰他們的自我觀感，他們的仇恨純粹到足以支持、淨化本身錯誤的行為，連最差勁的行為都能合理化。可是瑪妮．羅根並不是人格違常或自戀狂，她受了傷，很脆弱，卻又無私而非常努力地保護孩子。

「有人闖入你的診所這件事呢？」盧伊茲問。

「瑪妮有什麼理由需要偷自己的臨床病歷？根本沒有必要。」

盧伊茲瞪著空的品脫杯，研究泡沫乾掉的模式，「我今天見了派翠克．韓尼希，見完後洗了兩次澡還是覺得很髒。」

「他怎麼說瑪妮的？」

「說她比拿電鋸的小矮人更瘋狂，警告我小心一點。」

「小心他？」

「小心她。」

喬從口袋裡拿出丹尼爾的行事曆，低頭看著那一串名字。目前為止，他和尤金．藍斯基還有奧麗維雅．舒曼談過，兩人都聲稱瑪妮「毀了他們的人生」。人們會誇大其實，過去的傷痕療癒速度緩慢，將微小的冤仇誇張得不成比例。

「我們還沒找到卡爾文．莫斯利，」盧伊茲說，「不過從經驗看來，前夫鮮少沒有偏見。」

「你這是有感而發嗎？」

「我的第二任老婆會蹲在我的墳墓上撒尿而不是跳舞。」

喬很想笑，可是他太累了。

「前夫交給我，」盧伊茲說，「你打算做什麼？」

「名單上有兩個瑪妮不認得的名字，史登醫師和法蘭西斯・莫法特，我先去找這個醫生。」

他們道別後，盧伊茲看著教授穿越馬路叫計程車。最近他駝背比較嚴重，也許是帕金森氏症惡化了。盧伊茲從不關心自己的健康狀況，身為橄欖球球員，他一直都無所畏懼，橫衝直撞，不在乎自己的安全。身為警探的他知道如何用身體威嚇別人，可是很少真的有必要下手。疾病就像老化一樣，他不想對抗這個看不見的對手，無法將它壓制在泥沼中衝撞或鎖進牢房裡。

他會如何承受喬所面對的重擔？他會因別無選擇而像所有受罪的人一樣承擔，還是爬進洞裡永遠不出來？

微風在身邊迴旋，在耳邊低語，但答案沒有出現。

26

瑪妮夢到自己睡覺醒來，一名男子騎在她身上，坐在她的胸口。她無法睜開眼睛或移動四肢，卻聞得到他的味道。他的頭部就在她的頭正上方，鼻子對鼻子，額頭貼額頭，他的氣息噴進她的嘴裡，可是她無法放聲尖叫或吶喊。

她努力專注想睜開眼睛。

醒來。醒來。醒來。

她的身體漂浮到空中，她聽到一陣強風。她的身體猛然一彈，還以為自己會撞到上面那個人的頭，可是壓在身體上的重量不見了。她瞪著一片黑暗，聽著自己的心跳。

她是真的醒來了，還是夢到自己醒過來？該怎麼確定？

她繼續靜靜躺著一分鐘，緩緩呼吸，感覺房裡的踏實感。她瞪著上方，看到天花板上的星星在閃耀，在眼前游動，一眨眼就消失。

最後殘留的夢境爬上她的小腿，她打了個顫坐起來，看著窗外的樹梢，花園另一頭的公寓。樹枝在風中猛烈擺動，雨珠像一顆顆沙礫打在窗玻璃上。

睡眠是瑪妮逃避世界的方式，人生少數樂趣之一。如今那些夢境卻使她害怕入睡。她怕醒不來會被困在如此真實而堅固的平行世界裡；她真的感覺得到那個男人坐在她胸口，還聞到他的呼吸。

她的嘴巴有一股很酸的金屬味，好像剛嘔吐過。她進了浴室，往臉上潑水，木然佇立在鏡子前，讓鼻子和下巴的水珠滴下。

有時候，她有一種掙脫自身束縛的感覺，彷彿走出自己的體外。或者，她感覺到另一個比較好的自己正困在她身體裡或存在於世界某處，那個瑪妮更勇敢、更值得幫助；那個瑪妮等著她犯錯，接管一切。歐盧林教授說這可能是創傷後症候群，可是他並不知道原因為何。

瑪妮的母親在她很小時就過世，後來她便有了一個想像的朋友。醫生說這個朋友是她另一部分的人格，想幫助她面對，可是瑪妮不相信他們。她怎麼可能不知道有另一個人住在自己身體裡？想當然耳她見過證據，這另一個「自己」的標記，在視線邊緣看見一絲閃光，或在內心陰影裡瞥到什麼東西。她覺得很難為情，因此否認它的存在，也從未告訴過別人，不論是教授、丹尼爾或任何一個朋友都不知道。

她用毛巾擦擦臉，回到臥室裡，聽到牆邊傳來悶悶的小小哭泣聲。伊萊亞蜷曲在她的床邊，抱著破舊不堪的玩偶「兔兔」。瑪妮一把將他抱到自己的腿上。

「過來，寶貝，怎麼了？」

伊萊亞咬著下唇，下巴顫抖著，「我看到怪獸。」

「傻孩子，世界上沒有怪獸。」

「他在走廊裡。」

「你看到的是我，我去浴室。」

伊萊亞吸吸鼻子，「妳剛剛在跟誰說話？」

「我？」

「妳在跟別人說話，妳說『醒來，醒來。』」

「真的嗎？」

他點點頭。

「那是夢話。」

「夢怎麼會說話？」

「有時候就是會。」

公寓裡很安靜，所有的一切都被黑暗放大，數位時鐘的綠色發光數字顯示三點三十七分。

「你可以跟我睡，」瑪妮把他抱上床蓋好被子。

「要是我睡著了忘記醒來怎麼辦？」他問。

「我會叫醒你，」瑪妮上床在他身邊躺下，抱著他，「我們會叫醒對方。」

「那兔兔呢？」

「我們也會叫醒他。」

過了一陣子，她聽到尖叫聲，柔伊在廚房用木匙敲著一個鍋子。

「媽啊啊啊！」

「什麼事？」

「我看到老鼠，在冰箱下面。」

「只不過是老鼠而已。」

「超噁心的好不好！」

瑪妮把自己拉下床，伊萊亞揉著惺忪睡眼跟在後面，探頭看冰箱下面。瑪妮把睡衣下襬塞進大腿之間，柔伊還在揮舞著鍋子，雙手抓著鍋柄準備出手。

「我明天去買捕鼠器。」瑪妮說。

「不行。」伊萊亞說。

「為什麼？」

「有可能是一家之鼠史都華。」

「才不是史都華。」柔伊惱怒地說。

「妳怎麼知道？」

「牠不是白色的，而且不會說話。」

「牠們可能是親戚，」伊萊亞嘟起嘴，「牠可能有家人。」

瑪妮看著冰箱和櫃子中間的縫隙，考慮該怎麼做。她不會叫崔佛，她不喜歡讓他來家裡。結果，她打電話給房東布默爾夫婦，是布默爾先生接的電話，他聽起來既開朗又活潑，好像從歐戰勝利那一天就一直醒著直到現在。他告訴瑪妮隔壁大樓由於老鼠問題而消毒，「結果都跑到我們這裡來了，逃難。」他把老鼠說得好像四散的猶太人。

「我該怎麼辦？」瑪妮問。

「買隻貓。」

「你不准養貓的。」

「我可以破例。」

「我不要貓。」

「隨便妳。」

27

盧伊茲用拳頭敲打那扇巨大的金屬門，門打開時，一陣夾帶著蒸汽和乾洗化學藥劑的濕熱暖風吹得他喉頭發癢、眼睛刺痛。一名男子探頭出現，他臉上的紋路可比擬雪松木板，連身工作服沾著一片片頭皮屑。

「有什麼事？」

「我要找卡爾文．莫斯利。」

「他惹上了什麼麻煩嗎？」

「對，但要找他麻煩的不是我。」

對方開門讓他進去後，盧伊茲依照指示沿著走廊前進，兩邊的巨型不鏽鋼烘乾機隆隆作響，彷彿裡頭烘乾的是石頭。上方的吊繩夾著床單、毛巾與桌巾被輸送帶拉走，混著棉布和灰塵的熱空氣被吸進抽風機的漩渦裡。

這家大型洗衣廠位在東區紅磚巷旁的巷弄裡，專為倫敦的高級飯店和餐廳清洗桌布和床單。大部分的員工都是孟加拉人或巴基斯坦人，這些戴著面紗、穿著沙麗的女性幾乎一輩子都不會有機會使用到她們清洗的桌布和床單。

盧伊茲依照指示走在一排排烘乾機之間，卡爾文．莫斯利正推著推車，抱著一堆布料送進機器裡。他穿著連身工作服，腋下一圈半月形的汗漬；破舊的皮靴使盧伊茲想起從前繼父每早前往農場工作前都會穿上的鞋子。

盧伊茲在烘乾機的隆隆聲中大聲叫他。

「我想找你談一談。」
「你是誰？」
「我有事要問你。」
「你是條子嗎？」
「已經不是了。」
「我在上班。」
「這件事跟瑪妮．羅根有關。」
「我沒興趣。」
莫斯利推著推車經過他面前，盧伊茲伸出手抓住推車的把手。
「卡爾文，告訴我，」他說，「誰會幫小孩取這種名字？你爸媽當初在想什麼？還以為是服裝設計師或卡通裡的角色，結果卻生了個毒販和前科累累的騙子。」
莫斯利眼裡怒火中燒，他深呼吸控制脾氣，「別告訴我老闆。」
「難道你打算競選每月優良員工嗎？」
「我需要這份工作。」
「我不是來找你麻煩的。」
莫斯利看了工廠後方的送貨出口一眼，朝那邊走過去，盧伊茲跟著。漆有洗衣廠商標的紅色貨車倒車停在斜坡前，有些送貨、有些收貨。一條無蓋水溝穿過卸貨平臺中央，水滴進金屬水溝蓋裡。
莫斯利從口袋裡拿出一包壓扁的香煙，疲倦的他眼神呆滯、雙手顫抖；臉上的皮膚緊繃，骨頭突起，因此稜角和陰影都很明顯。他把一根彎掉的萬寶路香煙放進嘴裡，用大拇指點著塑膠打火機，飄渺煙霧從指尖上升，指節以下滿是傷痕：自製刺青、監獄、懊悔。

「她想要錢是嗎？」

「除非你想給。」

「我什麼鳥都不欠那婊子。」

莫斯利一面說一面發出刺耳的咳嗽聲，摀住嘴巴再咳一次，「柔伊還好嗎？」

「你上次見到她是什麼時候？」

「好幾年前的事了。」

「也許你該跟她聯絡一下。」

「太遲了。」

他深深吸了口香煙，享受著煙穿過舌頭進入肺裡。

「是他派你來的嗎？」

「誰？」

「她的新老公。」

「你見過丹尼爾．哈蘭？」

「他來找我，說什麼想幫瑪妮生日準備特別的禮物，要我錄一段話給她。」

「結果呢？」

「我叫他快跑，愈遠愈好。改名換姓買支槍，快逃就對了。否則她遲早會對付他的。」

「瑪妮？」

「她不只會下手，還會像玩操縱桿一樣，把刀子刺進你身體後再轉來轉去。」

莫斯利說話時帶著歪斜的笑容，兩邊嘴角高度不齊，彷彿左側顏面神經受損。兩名孟加拉員工經過時低頭蓋上面紗。

「丹尼爾．哈蘭失蹤了。」盧伊茲說。

「希望他是躲起來了。」

「警方懷疑他死了。」

莫斯利遲疑片刻，彷彿在揮去無言的恐懼，厚重棉布下的削肩很明顯。

「我結過三次婚，」盧伊茲說，「但我並不痛恨我的前妻。」

「那是因為你娶的不是瑪妮。」

「她到底對你做了什麼？」

「她把我整慘了。把我生吞活剝下肚，連骨頭都不剩。她就像《大法師》裡的那個女孩，不是說她頭會亂轉或者吐綠色的東西，而是被邪靈附身。」他停下來，用抽剩的煙頭再點一根香煙，「我知道你怎麼想，男人怎麼可以把人生搞砸這檔事怪在女人頭上？可是她不正常。」他揮開眼前的煙霧，「你想聽她的故事嗎？好。我有外遇，好嗎？我搞砸了，上了我們的朋友，也就是她的伴娘。可是我本來就認識她，我們本來就很喜歡對方，一直保持聯絡。某個週末我告訴瑪妮要去布萊頓開會，那並不是謊話，只是一起去的還有派翠絲。當時柔伊還在喝母奶，瑪妮留在家裡。」

莫斯利靠在落水管上，彎曲手指，「我並不是在找藉口，可是當時瑪妮和我之間不是很順利，她甩不掉嬰兒肥，我們不常行夫妻之禮，你懂我意思吧？我不知道瑪妮怎麼會發現派翠絲的事，一定是有人告訴她的。」

「她把你掃地出門。」

「還帶著一屁股瘀青……是我自己活該，我搞砸了，我接受。」

他用袖子擦擦嘴，灰色煙灰還掛在香煙上。

「我們分居，我帶了行李搬去跟派翠絲住。大約六個月後，滑雪季開始，我們開車到奧地利，派翠絲在滑雪別墅工作，我負責幫人穿雪鞋和雪橇。我們離開了四個月，我一有能力就寄錢給瑪妮，可是我們不常聯絡，我賺得也不多。」

「派翠絲和我並沒有維持到滑雪季結束，她跟一個滑雪教練跑到紐西蘭，我自己開著廂型車從加萊搭渡輪回家。到了多佛，海關把我攔下來，在一個包包裡發現五十公克的海洛因。我用我媽的墳墓發誓那不是我的，我用我女兒的性命發誓，我真的完全不知情。」

他揮開落到胸前的煙灰。

「警方不相信我。我念大學時惹了一些麻煩，只是小事，你知道，被抓到在派對上賣藥丸，處以緩刑，這種前科對我很不利。可是這整件事實在太不合理，我如果要真的偷渡海洛因，何必只帶五十公克？可是檢察官不這麼想的，他們認為我也許只是在測試可行性。我的律師說，如果認罪也許只會判個三、四年，可是我什麼都沒做，我他媽的是無辜的。我不認罪，結果被判七年，服刑五年。」

他忍住淚水，凝視著前方。

「你想知道最他媽諷刺的是什麼嗎？」

「什麼？」

「我是進了監獄才染上毒癮的。」

他對著盧伊茲眨眨眼，他認得卡爾文灰黃的皮膚及眼珠的一絲黃疸。不乾淨的針頭、一滴血、緩慢的死刑。

「你還能活多久？」

「十八個月，也許更久一點。我的肝臟已經不行了。」

「你戒毒了嗎？」

「戒不戒沒什麼差別。」

盧伊茲聞到他身上混合酸牛奶和酵母的一絲體味，「你為什麼把這件事怪在瑪妮．羅根頭上？」

「本來沒有。很長一段時間都沒有。」

「後來呢？」

「我入獄大約一年後讀到一則報導，一名英國女孩在峇里島被捕，是派翠絲。海關在她的行李箱裡發現二公斤大麻，她在克羅伯坎監獄服二十年的刑期。」他發出刺耳的呼吸聲，「我可以接受巧合，可是派翠絲說她是無辜的，我們都以同樣的方式被設計。而且，你知道嗎？她跟我都收到一模一樣的明信片。」

「什麼明信片？」

「是我入獄後一個月收到的，沒有名字，沒有寄件人地址，倫敦郵戳，上面寫著，『君子報仇，三年不晚！』」

莫斯利揉揉充滿血絲的雙眼。

「這些事你都跟丹尼爾．哈蘭說了嗎？」

「對，我都跟他說了。」

「他怎麼說？」

「他想幫瑪妮辯護，可是我知道他有疑惑。」

「為什麼？」

「我覺得那是因為他還跟別人談過，改變了他的看法。瑪妮．羅根一副活潑討人喜歡的樣子，可是她是復仇女神，相信我，沒人逃得出她的掌心。」

28

喬那天的最後一名個案正要離開。這名中年婦女非常害怕黑暗，隨身攜帶兩支手電筒以防搭乘的地鐵衝進黑暗裡。這種病叫黑夜恐懼症，喬認為貝蒂的問題可以追溯到童年時期，可是並非某個單一事件。對她而言，黑暗就像病毒，會在她離開亮處時吞噬她。

喬寫完病歷，從檔案櫃最上方取出瑪妮的大紅相簿、丹尼爾的行事曆與他的名單。他再次研究那些內容，努力破解那些難解而不完整的句子、地址和日期。上面有兩個名字瑪妮不認得：法蘭西斯．莫法特和史登醫師，兩人的名字下方都畫著線。也許丹尼爾找不到這兩個人，或認為他們不重要，或他找到了他們，由於別的原因而在他們的名字下方畫線。

史登醫師的名字附著縮寫，但被丹尼爾刻意塗去或被寫在邊緣的其他筆記蓋過。喬舉起那一頁對著光線，勉強看得出那個字母是W。他在搜尋引擎鍵入W．史登，出現將近六百個結果。他在名字後方加入「醫師」，沒有結果。

執業醫師必須由全國醫療總會核發醫師執照，喬搜尋總會網站也沒有結果。擁有哲學博士的人也是用同樣的稱謂，W．史登可能是工程師、物理學家或數學家。

喬想到一件事：剛開始諮商時，他覺得瑪妮似乎曾經接受過治療或心理分析，似乎在喬問很多問題前就預料到，也知道如何避免某些明顯的「洩底」行為，避免透露真正的情緒或想隱藏的事。

根據這個直覺，喬搜尋英國心理協會和皇家精神科醫師學院的資料，出現一位W．史登醫師，地址位在倫敦西區的齊希克，電話簿上列著電話號碼。喬撥了電話過去，鈴響了四聲之後，一名老太太來接聽，喬表示他想找史登醫師。

「他在院子裡。」

「他是精神科醫師對嗎？」

「他退休了，不過是你要找的人沒錯。」

她去叫他聽電話，喬聽到一隻狗很興奮地叫著。

「那是英格蘭最笨的狗，」一名男子還沒拿起話筒就說，「喂，請問有什麼事？」

「我是喬瑟夫・歐盧林教授，是倫敦的臨床心理學家，我想問關於丹尼爾・哈蘭的事。」

「你想問他的什麼事？」

「你認識他？」

「不認識，是他來找我。」

「那是什麼時候的事？」

「去年夏天。」

「我在治療他太太瑪妮・羅根。丹尼爾・哈蘭從去年八月失蹤至今。」

史登醫師沉默不語良久，然後才清清喉嚨問道：「瑪妮拉還好嗎？」

「你認識她？」

「是的。」

喬緊緊抓住話筒，「所以丹尼爾才去見你嗎？」

「瑪妮很多年前曾是我的病人，當時她年紀很小。」

「她怎麼了？」

「你知道我不能討論這件事。你怎麼會找到我的電話號碼？」

「寫在丹尼爾的行事曆上。我諮商瑪妮將近一年了，她從沒提過小時候看過精神科醫生。我給她看你的名字時她說不認得。」

「她說謊。」

兩人之間一陣沉默，「史登醫師，我可以去見你嗎？」

「我看不出這麼做有什麼好處。」

「瑪妮．羅根遇上了麻煩，我想幫她的忙。」

史登醫師正要爭辯，但突然想起某件事，這件事使他改變心意。他給了喬自家地址，建議他把臨床病歷一起帶過來。

喬想起闖空門的事，「六天前，有人從我的辦公室偷了瑪妮的病歷。」

「好奇怪。」史登醫師聲音顫抖。

「有什麼奇怪？」

史登醫師先深呼吸後才說：「也許該等你來了再說。」

29

瑪妮來到樓梯最底部時聽到門打開的聲音，崔佛看著她，背光陰影下的面孔顯得更加蒼白。

「你為什麼每次都這樣？」她問。

「哪樣？」

「聽大家來來去去。」

「我是管理員。」

「你不是警衛，不用監視大家的行蹤。」

崔佛舔舔下唇，「我有事跟妳說。」

「我很忙。」

「不用很久。」他把門開得更大。

「不能在這裡說嗎？」

瑪妮並不怕崔佛，但通常避免跟他獨處。他偶爾會幫她修東西，讓她用他的電腦，可是她從未喜歡過崔佛那充滿希望而飢渴的眼神。讓她想起青春期胸部剛發育的時候，男生開始對她有興趣，尤其是其中一個，她不記得對方的名字了，可能是戴克林之類，他總是想看她的胸罩，似乎很迷戀她內褲的顏色。她決定每讓他看一次就收五十便士，每次數到三就把裙子拉下來夾在膝蓋之間。她實在不該那麼蠢的，可是他們也只不過十二歲而已。

「是柔伊的事。」崔佛說。

「她怎麼了？」

「進來。」

瑪妮看了手錶，伊萊亞去參加生日派對，四點半散會，她現在真的不需要聽這些。她進門時崔佛後退讓路，把她帶到客廳。裡面的空氣又悶又熱，彷彿連家具都在流汗。他指著沙發，瑪妮倚在距離門口最近的那一座上。

「要不要喝杯茶？」

「我真的有事。你說柔伊怎麼了？」

他看了雙手一眼，「妳今晚願意和我共進晚餐嗎？」

「不行，沒辦法。」

「明天呢？」

「崔佛，你人很好，可是我沒興趣。你叫我進來就是為了這件事嗎？」

他張嘴停住，彷彿話停在舌尖，「我打電話到經紀公司想預約妳，可是他們說妳沒空。」

瑪妮盯著他拚命眨眼，努力想恢復鎮定，「我不知道你是什麼意思。」

「如果妳要的是錢……我可以付錢。」

她用力搖頭，「你弄錯了，我不知道什麼經紀公司。」

崔佛打開筆電，網頁更新後出現一整頁穿著露骨的女性：性感內衣、馬甲、小背心、透明睡衣。在最大張的照片裡，瑪妮穿著半罩內衣、乳頭若隱若現，她吸吮著一串珍珠、半倚在五斗櫃上。雖然眼部的畫質很模糊，但她認得出自己，記得拍過這張照片。拿著相機拍攝的那個男人年約六十，整個過程中一直吸鼻子，叫她擺出撩人的姿勢，而她只想回家陪孩子。

瑪妮臉色蒼白，彷彿牆壁搖晃了起來。她低聲說：「那不是我。」

「我可以把馬賽克拿掉。」

「不要！」

「妳不該難為情，因為照片裡的妳很美。妳看上面寫的：不可錯過的英格蘭美女。他們捏造妳的年紀，可是其他都是真的：眼睛：淡褐色。身高：五呎七吋。三圍：34C／24／34。他們說妳優雅、高尚。」

「我走投無路，」瑪妮說，「需要錢用。」

「我可以付錢。」

「你不明白。」

「我已經不做了。」

「我**想**付錢。經紀公司想派別人給我，可是我特別指定妳。」

瑪妮希望他關上電腦。他是怎麼找到網頁的？他為什麼會知道要找？

崔佛靠近倚在沙發上的她，「我明白妳不想張揚，我不會告訴別人的。」

「謝謝你。」

「瑪妮，我知道妳有多孤單。我可以幫妳。」

「我不需要你的幫忙。」

「妳既然可以收陌生人的錢，為什麼就不能收我的錢？」他一手放在她的膝蓋上，瑪妮把它撥開，起身走向門口。崔佛突然變了個人，好像隱形的開關打開，原本平淡無奇的身體突然轉變成奇形怪狀，出現攻擊性，「妳不要敬酒不吃吃罰酒。」

「什麼？」

「我努力當妳的朋友，妳卻把我當狗屎，妳為什麼要當這麼傲慢的婊子？」

「崔佛，去你的。」

「柔伊知道這件事嗎？」

瑪妮本來快走到門口，停下腳步轉身看著他，崔佛聲音裡最後一絲溫柔也消失了，眼珠虹膜的透明似乎瞬間變白。

「我知道妳並不引以為榮，」他說，「做母親的自有苦衷。」

「我不該侮辱你的，」瑪妮說，「我要假裝這件事沒發生。」

「我把網頁印出來了。」

「什麼？」

「那個網站，我列印出來了。」

「為什麼？」

「我可以把網址連結寄給柔伊，也可以貼在布告欄上，或丟進每個人的信箱裡。我猜布默爾夫婦不會想租房子給妓女。」

「你為什麼要這麼做？拜託，我求求你……」

瑪妮雙手合掌，崔佛把一個抱枕丟在地上。

「既然要哀求的話，最好是跪下來，」他拉開褲子的拉鍊，細長的陰莖上散布著略帶紫色的血管。他雙手抓住瑪妮的肩膀，把她往下壓。

「我還以為你是我的朋友。」

「我試過。」

「那你為什麼要這麼做？」

「妳既然可以為錢賣身，就可以為我的錢賣身。」

他的陰莖在她的臉頰劃上一絲液體，他用手指抓住她的頭髮。瑪妮張開嘴，崔佛閉上眼睛，等著她闔上嘴。她放在兩側的雙手握拳，右拳打在他的睪丸上，把陰囊打進膀胱裡。崔佛身體僵硬，彎腰倒在地上，在她的大腿留下一抹精液。

瑪妮站在他眼前，踹了他肚子兩次，並不想住手。她不該感覺這麼爽，可是沒辦法，她覺得很有力量、很原始、很有滿足感。

「你要是膽敢再威脅我，我就報警說你企圖強暴我。」

崔佛抓著下體、蜷曲成球狀躺在地上。

「別再接近我，」瑪妮狠狠地說，「別靠近我女兒，離我們一家遠遠的。」

瑪妮走到門口，崔佛想說什麼，但眼中滿是痛苦。

「他們都會知道的。」他呻吟著。

瑪妮穿過玄關。

「妳女兒、妳父親、妳的朋友，他們都會知道的……」

瑪妮沒發覺自己在跑，是雙腿不由自主帶著她，雙腳踩在潮濕的人行道上，淚水流下臉頰。她閃避行人和嬰兒車，跑在柏油路上，直到肺部疼痛。同時，她覺得自己像浮在河面上的魚，努力向前游想留在原地，周圍世界像清澈有力的水流，迅速從她身側湍急而過。

王八蛋！那個他媽的王八蛋！

她踉蹌地停下腳步，吸進空氣，用袖子擦擦臉頰。幾個老太太走出郵局，熟練地以同情的眼神看了她一眼，彷彿在安慰她，拍拍她的手背。一名遛狗的男子拉著狗低頭快步通過。

瑪妮根本不知道自己往哪裡跑，此刻一看才知道靠近小威尼斯，在攝政運河上的華威克大道橋附近。起風了，樹葉或掉落在安靜的角落，或貼在欄杆上。她看到遠處A四十號公路的高架橋，後方是派丁頓車站的圓弧型屋頂。她想到一件事，片刻之間考慮跳上火車離開。也許丹尼爾就是這麼想的，逃離家人和累累負債，留下她獨自面對現實。

瑪妮看看手錶，想到柔伊馬上就要放學了，會經過崔佛家門口。說不定她會先到圖書館，還有時間。

十分鐘後，她在公車站對面等柔伊下車，在附近的窗戶看到自己的倒影。她擦擦眼睛，把頭髮往後梳，用橡皮筋綁成馬尾。

學生從公車一湧而下，有些急著回家，有些悠哉悠哉。柔伊還坐在後面，旁邊坐著一個男的，面孔不太清楚。她起身走到前方，跳下公車的兩層臺階。

「妳在這裡做什麼？」

「我來接妳，」瑪妮擁抱她。

「我要去圖書館。」

「我送妳去。」

遠處天空的雲層變厚，雷聲隆隆如遠方的火車。他們過了馬路走在艾爾金大道上，經過車站和商店。

「妳剛剛哭過了是嗎？」柔伊問。

「我有時候會哭。」

「伊萊亞還好嗎？」

「他去參加生日派對。」

瑪妮的汗水乾了，打了個冷顫。「我有事要告訴妳。」

「如果是那天晚上的事，對不起，我不是故意的。」

瑪妮要她停下腳步，眨了兩、三次眼，終於鼓起勇氣說：「我先前做的工作，我跟妳說我在當服務生，並不是真的。」

「什麼意思？」

「我是在做別的事。」

柔伊等著她繼續說。

「當時我們需要錢，又沒有別的辦法。」

「媽，這是我會想知道的事嗎？」

「我答應妳會說實話。」

「為什麼現在才說？」

「我擔心妳遲早會發現，我不要妳恨我。」

「我永遠不會恨妳的。」

柔伊把肩上的書包換邊背，撥開蓋住眼睛的瀏海。

「妳爸爸欠了人家很多錢，很危險的人，所以我才加入經紀公司。」

「什麼樣的經紀公司？」

「伴遊公司。」

柔伊張大嘴巴，驚訝而不可置信地睜大雙眼，「妳去當妓女？」

「伴遊。」

「妳為了錢跟男人上床。」

瑪妮嘆口氣，「請不要為難我。」

「對不起，真抱歉，我傷害到妳了嗎？」

柔伊的嘲諷很痛，可是她臉上的表情更慘，彷彿希望把瑪妮逐出她的生活，像鞋子上的髒污般撥掉。

「妳該告訴我我們缺錢的，」柔伊說，「我大可以在公車站賣點毒品，或在滑板區後面幫人家吹喇叭賺錢。」

「拜託不要說這種話。」

瑪妮伸出手，被柔伊甩掉。

「爸爸回來妳要怎麼跟他說？」

「他不會回來了。」

「妳怎麼知道？真不敢相信妳居然為了錢給人幹。」

「請不要說髒話。」

「對方是誰？」

「那不重要。」

「所以布默爾先生才說免繳房租嗎？」

「不是的。」

柔伊低頭，感覺很受傷。「妳為什麼非得告訴我不可？妳為什麼不能自己知道就好？」

「因為崔佛發現了，他威脅我要告訴妳。」

「喔天啊，妳也在上崔佛嗎？」

「沒有。」

「騙人！」

「我沒有騙妳，那就是重點，我說的是實話。」

「現在！妳現在才說實話。媽，我十五歲了，別拿這種狗屁來整我，這不是我應得的。」

柔伊轉身擦過瑪妮離開，她不想再聽了，她不需要聽。她摀住耳朵大叫「啦、啦、啦、啦、啦、啦」淹沒那些聲音。

30

盧伊茲家門口的那名警員留著一頭年輕的頭髮，臉上帶著積極的表情，有人經過就摘下帽子打招呼，祝他們午安。他使盧伊茲想起四十年前的自己，充滿期待，以制服為傲。

盧伊茲打開鬧門，走進院子裡。

「是盧伊茲探長嗎？」

「職稱就不用了，我已經退休了。」

「長官，我是來接你的。」

「你又是誰？」

「班克斯警員。」

「叫什麼名字？」

「羅伯。」

「真的？」

「真的，長官。」

「你是個叫羅伯·班克斯的條子？」

「長官，這個名字的確帶來一些歡樂，不過我已經學著習慣了。」

他的用詞讓盧伊茲很想笑，但決定不要雪上加霜。他看了一眼密布的烏雲，伸手到口袋拿鑰匙。

「長官，你要去哪裡？」

「我住在這裡。」

「我老闆想找你私下談一談，他派我來接你。」

「告訴他我接待客人，我會燒水泡茶。」

「長官，他在局裡，正在調查命案。」

「那他可能想來片餅乾。」

半小時後，盧伊茲家的門鈴響起，他看到霧玻璃後方的人影在甩雨傘，額頭上一絡捲起的濕髮。

「我是詹尼亞探長，」那名男子說，雨傘掛在手臂上，「我知道你在等我。」

盧伊茲把門開大。

「我不進去了，」詹尼亞說，「你想親自被邀請，我來了。」

這名警探身材高大，可能打橄欖球，只是他的鼻子太直，耳朵太漂亮，不過盧伊茲不打算用這個拿來扣分。他似乎認得這個年輕人，「我們見過嗎？」

「你認識我母親。」詹尼亞回答。

「這麼說範圍並沒有縮小多少。」

「她是凱蒂・席貝特。」

原來如此。凱蒂・席貝特是八〇年代第一批被招募到重案組的女性員警，將近三十年前殉職。當時她在布里斯頓持搜索票搜索毒窟，一名叫柯倫・麥克迪的毒販朝大門開槍，後來他聲稱凱蒂沒有表明警察身分。

「你來參加了葬禮。」詹尼亞說。

「你大概十歲而已。」盧伊茲記得一名年輕男孩站在母親尚未掩埋的墓前，拉著妹妹的手，被三聲禮炮嚇了三次。英國因公殉職的女警並不多，凱蒂是第二位。她出身警察世家，父親和兄弟都是警察，眼前這位是第三代。

「你父親好嗎？」盧伊茲問。

「他搬到諾福克去了，離我妹妹比較近。」

「她結婚了嗎？」

「三個小孩了。」

「你呢？」

「只有一個兒子。」

應酬話都講完了，一輛汽車在等著。

「你要告訴我是什麼事嗎？」盧伊茲問。

詹尼亞幫他打開車門，「我們要去的地方不遠。」

富冷區的太平間在漢默史密斯最南邊的沙盡里，以前的居民全是工人階級。地產業者買下連棟房子和工廠後，才換成大型商場和眺望泰晤士河的豪華公寓。

詹尼亞開進太平間的小中庭裡。

「我以為我們要去警局。」盧伊茲說。

「繞路一下。」

這棟兩層樓的建築由沾滿煤渣的紅磚牆所保護，加上鋸齒狀玻璃和監視器。盧伊茲無法想像有人會想闖入太平間，但想得出好幾個想闖出的理由。停屍間在一樓，他們刷卡通過柵欄後再通過幾扇搖擺門，沿著一條很長的走廊深入建築裡。

盧伊茲看了一眼開著的門，看到一張熟悉的面孔，傑拉德·魯南醫師是內政部的法醫，正在一座金屬深水槽前刷手。

魯南醫師的皮膚很白，加上一頭白髮，因此外號「白子」。他解剖過的屍體數量不亞於恐怖片導演魏斯・克萊文，不過手法細膩多了。謠傳他喜歡屍體多於活人，因為它們沉默寡言，卻反而透露得更多。

魯南用紙巾擦擦手。

「文森——你怎麼還沒死。」

「我會記得通知你的。」

「你該考慮捐出大體供科學研究。」

「我看過你怎麼對付死者。」

「我會對你溫柔一點。」

「你真的該去交個女朋友。」

魯南笑了，在書寫板上潦草簽名後對詹尼亞說：「探長，我能為你做什麼？」

「解剖。」

「完成了。」

「照片呢？」

「在光碟裡。」

走廊更深處的一道門打開後出現一名女子，她梳著髮髻，露出沒有漂白的髮根與粉紅色的小耳朵，中量級的臀部塞進一件短裙裡。她戴著眼鏡，看著詹尼亞的雙眼布滿血絲，嘴巴扭曲變形。

「你巴不得他死！」她大聲尖叫，全身發抖，包括似乎對抗地心引力和年齡的胸部。她伸出手指戳探長，「你很高興他死了！」

一名女警將她帶開，詹尼亞關上垂直百葉窗。

「你朋友嗎？」盧伊茲問。

「一個星期前，我們把她先生從泰晤士河裡打撈上岸，昨天晚上，她弟弟被殺害了。」

「她是誰？」

探長沒回答，而是在電腦螢幕前坐下，敲打著鍵盤。過了一會兒，他背後的印表機發出聲響。

「我要問你五個問題，大部分的答案我已經知道了，所以我會知道你是否在說謊。你認識派翠克·韓尼希嗎？」

「他怎麼了？」

「回答問題。」

「認識。」

「你最後一次見到他是什麼時候？」

「昨天早上。」

「在哪裡？」

「他家外面。」

「你是否威脅他？」

「我給了他一點建議。」

詹尼亞整張臉皺起來，彷彿胃食道逆流還是長痔瘡。

「你昨晚九點到十一點之間在哪裡？」

「跟朋友喝酒。」

「地點呢？」

「下里其蒙路的公爵頭酒館。」

「我需要你朋友的名字。」

「為何？」

詹尼亞不理會他的問題，盧伊茲失去耐性。「探長，需要我幫忙請直說不用客氣，不過別在我的麥片裡撒尿還說是幫我降溫。你要不就告訴我這是怎麼回事，要不我就叫律師來，你可以好好跟他玩猜謎遊戲。」

就算他們之間原本有什麼友善的關係，此刻也如開車進入達福特隧道時的調頻一樣消失了。

「你跟韓尼希說了什麼？」

「我說他是個靠上癮賭徒為生的寄生蟲，奪走他們的家，毀掉他們的家庭。我說該用棕毛刷把他從人行道上刮掉。」

「他死了，這世界不會有什麼損失。」

「完全不會。」

詹尼亞在桌上放下幾張照片並排排好，看起來像刑求博物館的照片。派翠克．韓尼希好像身體面向一邊，臉卻朝反方向，彷彿後腦勺戴著一張面具。他的整個腦袋被轉了一百八十度，面向錯誤的方向。綁在背後的雙手就放在下巴下面。

盧伊茲沒說話。這些影像的視覺效果使他胃部翻攪。幾張韓尼希的面部特寫顯示他的臉腫脹瘀青，他閉著眼睛，橡膠狀的嘴唇詭異地往後翻，彷彿正笑著或發出尖叫。

詹尼亞繼續說：「地下停車場有一個服務入口，我們相信有人跟著一輛車穿過自動閘門。那個人把一車裝滿紙張和硬紙板的推車推到電梯井附近，硬把門打開，將推車縱火，觸動地下室的煙霧偵測器和灑水器，」他停下來，放下另外幾張照片，包括滿是煙灰的天花板，被燒得扭曲的金屬垃圾桶。

「居民疏散，逃生門通到外面的街道，兩輛消防車在八分鐘內趕到現場。」接下來的照片裡，派翠克・韓尼希和其他住戶站在其中一個疏散地點，似乎在跟消防隊員吵架，為了夜晚被毀而對他比手指。「三十分鐘後，檢查完畢，住戶回家。我們相信，這時候縱火的那個人經由樓梯來到閣樓。」

盧伊茲眼前又出現幾張照片，黑暗的樓梯間出現一個人影，穿著連身工作服，戴著棒球帽，帽沿拉低遮住臉。監視器的角度無法看出那個人的年齡或性別。

盧伊茲用牙齒咬著下唇，「這件事跟我有什麼關係？」

詹尼亞放下最後幾張照片，是公寓外的另一架監視器拍的。時間不同，盧伊茲認得自己和韓尼希面對面近身交談。

「你知道這些線索加起來的意義嗎？」探長說，「你跟他吵架，結果他死了。」

盧伊茲冷笑，「我認識五十個傢伙願意不惜一切代價看到韓尼希的屍體。」

「你跟他說了什麼？」

「他威脅一個老公欠他錢的女人。」

「誰？」

「一個叫瑪妮・羅根的女人。」

探長似乎在思索這個名字，與盧伊茲四目交接。建築物的深處傳來骨鋸的聲音，和軀體接觸時發出更大聲響。

「她丈夫是賭徒，一年多前失蹤了。」

「他欠了多少錢？」

「三萬。」

「所以這個瑪妮・羅根要你去跟韓尼希說情？」

「間接的。」

「那是什麼意思？」

「我只是在做善事。」

他的嘲諷惹毛詹尼亞，「她為什麼不報警？」

「也許因為她很了解系統運作方式。登記成案，有記錄，什麼鳥也不會發生。」盧伊茲起身扣上外套鈕釦。

「我還沒有准你離開。」詹尼亞說。

這話點燃了兩人之間的什麼東西。盧伊茲收回他的目光，「探長，給你一點建議，我在做你這份工作的時候，你還在擠青春痘，用你媽的郵購目錄打手槍。我破不了案的時候可不會抄捷徑、閃避規則或栽贓。你覺得是我幹的？那就去蒐集證據起訴我，否則我要回家了。」

盧伊茲在外面叫了計程車，靠在椅背上，閉目隔絕那些殘暴的影像。也許他還在崗位上的時候，面對這種事比較容易。他還記得第一次參加警署警長的退休派對，那是在瓦平區的酒館，加熱的熱狗捲，混濁的啤酒。他跑去外面抽煙，發現署長坐在紅磚矮牆上。

「我現在該做什麼？」他問。

「我以為你都計畫好了，露營車、旅行……」

「對啊，可是現在我覺得很恐怖，好像匆匆忙忙過了一生，一直想節省時間，結果現在時間太多了。我想把時間還回去，從頭來過，這次慢慢來，」他看著盧伊茲。「小夥子，記得，人的一生最後會變成一個圓圈，而不是累積的總數。當一切結束時，你回到起點，會希望當初放慢了腳步。」

31

喬．歐盧林站在小徑研究那個地址，一棵大樹在前門形成綠色隧道，使它看起來像童話故事裡的森林小屋，而不是倫敦西區的雙拼房子。短暫的陣雨過後，太陽又出現了。他踩過一層潮濕的樹葉和樹皮，在一扇鮮紅色大門前停下腳步，用大拇指摁門鈴。

霧狀玻璃後方有人影在移動，大門打開，一名戴著細框眼鏡的老先生對他眨眨眼，史登醫師穿著寬鬆的長褲、短袖襯衫，羊毛背心的腹部繃得有點緊。他的妻子在後面寒暄，跟著他們穿過狹窄的走廊來到一間整齊的書房，這裡眺望著後院，一名男子在掃樹葉、修剪籬笆。

他們寒暄了天氣與交通，主人端出茶點。醫師對妻子講話的態度很親切，他們在一起很和諧。喬能想像他們互相接話，說完彼此想講的句子，直到有一個人先走，而兩人之間的對話永遠懸宕。

喬檢視周圍的環境，乍看之下書房似乎很小，是暗粉紅色的牆面及家具的數量使然：書桌、檔案櫃、書架和電視。一張茶几上堆著醫學期刊和教科書，小型錄音機旁堆著迷你錄音帶。牆上掛著裱框的表揚狀和文憑證書。

「希望你不介意，」史登醫師說，在一支發亮的木煙斗裡塞滿煙草，用變色的大拇指第一節把煙草往下壓，「這是我僅存的壞習慣。安琪不肯讓我在其他房間抽煙斗。」

喬注意到書桌後方的一張照片，史登醫師站在深及大腿的水裡拋出釣魚線。在柔和的光線下，彎曲的釣魚線宛如黃金絲線般閃閃發亮。其他照片裡有男孩長成少年、然後成人。

「那是我兒子羅伊，」史登醫師說，「當然他已經成人了，今天在家……在院子裡工作。」

「他住在家裡？」

「不是。他是個成功的資訊工程顧問，有自己的公司，今天回來幫忙整理院子，讓母親開心。」

他把煙草袋塞進抽屜裡，點燃煙斗，把用過的火柴丟進煙灰缸，看著一縷煙霧從燻黑的末端冉冉上升。

「沒有瑪妮拉的許可，我真的不該與你交談，我跟她先生也是這麼說的。」

「你說那是去年夏天的事。」

「我想是七月下旬。」

醫師吸了一口煙斗，發出嗶啵聲，然後他咬著煙管說話，「丹尼爾來過之後，我找出瑪妮的檔案，我在電話上沒提這件事，」他指著房間另一頭的檔案櫃，「我所有的臨床病歷都放在裡面，包括瑪妮．羅根的檔案。我不知道那個檔案已經不見多久了。這裡大約六年前發生過竊案，遭竊的都是很普通的東西——電器用品、現金、珠寶，你提起你辦公室遭竊的事之前，我根本沒想到檔案可能被偷。」

「現在呢？」

史登醫師聳聳肩，「我不記得曾經亂放檔案，更別說弄丟。我不知道該怎麼想。」

「你最後一次看那些病歷是什麼時候？」

「應該是十年前。根據衛生法規，超過二十年的病歷就應該銷毀。」

「你為什麼沒有這麼做？」

醫師停下來思索該透露多少。他轉向窗戶，羅伊推著獨輪手推車從樹木之間出現，他剪得很短的頭髮似乎在肩頭擺動著，彷彿屬於一個較高大的人。他把手推車靠在花床附近，把護根撒在玫瑰花叢的根部。

「我要告訴你的是非常機密的資訊，而我這麼做是因為你同是心理衛生專業，又在諮商瑪妮拉。你明白嗎？」

喬點點頭。

「如果你沒有她的准許就使用這些資訊，必須非常謹慎。」

史登醫生滿意後，靠在椅背上，閉上眼睛片刻，整理思緒，「瑪妮拉很特別，」他聽起來彷彿對她有敬畏之意，「她來見我的時候八歲，和我們住了一陣子，成為這個家庭的一份子，她和羅伊很親近。」

「當然。」

「她住在這棟房子裡？」

「當她不在醫院或沒有獲准回家的時候，我經常帶她回來這裡，萬一復發的話離醫院比較近。」

「復發？」

他咬著煙斗，看著彎曲的煙霧，彷彿從心靈召喚出細節，「當時我是倫敦米爾德．克里克中心兒童與青少年精神科的資深主治醫師，我們提供住院設施給行為有問題的兒童。」

喬聽過這個單位。

「瑪妮在這裡住了將近四年，假日和週末會跟著我一起回家。她長得很漂亮，喜歡舊式洋裝，在頭上綁緞帶，可是她也很難帶，出言不遜，暴力行為。」

「原因是什麼？」

「她入院前曾經經歷過十來個治療師和精神科醫師，他們的診斷各有不同，從創傷後症候群到精神分裂症都有。經過一段時間之後，我愈來愈不相信這些診斷。我認為她的問題源自她母親的死。」史登醫師抬頭，「我相信瑪妮告訴過你這件事？」

「她說她母親死於車禍意外。」

「她曾經詳細說明嗎？」

「沒有。」

史登醫師點點頭，雙腳伸直，把大腿上的煙絲撥到掌心，來到窗邊像蝴蝶一樣放走。

「瑪妮的母親開車打滑撞到樹，掉進水位升高的河裡，」他悲傷的眨眼，「瑪妮的母親沒有繫安全帶，被拋出車外。當時她懷有身孕，也許即將臨盆，瑪妮被綁在兒童座椅上。警方認為有人把她拉出車外，可是沒有人出面承認。」

「她的母親在有人抵達前就產下嬰兒，瑪妮一定幫了忙，但母親和新生兒在當晚就過世了。第二天早上被人發現的時候，瑪妮躺在他們的屍體旁。」他瞪著在陽光下彷彿生鏽的玫瑰花，「對一個小孩而言，這種經歷實在太可怕、太悲慘。」

「當時瑪妮年紀很小，剛開始的那幾年她似乎還能面對這起悲劇。後來瑪妮的父親再婚，她開始上學，這時候她的行為開始出現變化。她的父親和繼母開始接受寄養兒童，瑪妮似乎很討厭他們這麼做。她曾企圖在舊物拍賣會上賣掉一個小男孩，還把另一個小男孩放進烘乾機裡。甚至在臥室縱火、偷車。」

「她在學校也有類似的問題，罵髒話和早熟的性知識引起警訊。她把老師畫進淫穢的影像裡，被控騷擾班上的女生。瑪妮否認一切。起先我以為她在說謊，可是漸漸覺得不安。」

「你認為學校弄錯了？」

「不見得，」史登醫師又點燃煙斗，甩甩火柴，「想當然耳你知道多重人格疾患？」

「分裂人格。」

史登醫師點點頭，「這種病很罕見，也經常遭到誤診，牽涉到兩個或以上的解離人格存在於同一個身體內。每一個『分裂』人格都有獨特的思考方式、感受或行為模式。」

「你的意思是……」

「我很確定：瑪妮有雙重人格。」

「你見過這個分裂的人格？」

「最後見到了。也許我該早點發現的。瑪妮曾經抱怨暫時失去知覺和記憶。有時候只有幾分鐘，有時則持續好幾個小時。她不記得空檔時發生的事，不知道自己去過哪裡、曾與誰交談。她十一歲的時候曾經從中心逃走，我報了警。她出現時全身是血，身上卻沒有傷口，也無法告訴我們發生了什麼事，到現在都還是謎團。」

史登醫師停下來，知道聽這個故事會有什麼感受，「教授，我知道你覺得很難以置信，相信我，我當初也是同樣的感覺。這麼罕見的症狀，這麼重要的病例……」

「這個分裂人格——」

「你想聽他說話嗎？我把會談內容錄了下來，錄音帶還留著。」他繞過書桌到茶几和一堆錄音帶前，查看標籤，一個一個移開，找到他要的那一捲。

「當時我已經治療瑪妮將近一年，沒什麼進展，為了控制她的焦慮，我教她深度放鬆的技巧，可是對她那個年齡的小孩很難。她躺在沙發上，我要她閉上眼睛，身體放鬆，專心聽我說話……瑪妮很少靜下來超過半分鐘，可是這次似乎發揮效果，我還以為她睡著了。」他按下播放鍵，「也許你聽了會有點概念。」

毫無警告的，一陣低沉的怒吼充滿整個房間，像痛苦動物的咆哮。

「你不能將她從我身邊奪走，你以為你是誰？我照顧了她這麼多年，她是我的。」

喬看著史登醫師，「說話的是誰？」

「瑪妮。」

「可是那個聲音聽起來一點也不像……」

「我知道，我知道。你該看看當時的她，整個姿勢都改變了，她在沙發上拱起身體，好像體內困著某種生物，想撕裂她的胸膛竄出。她的臉部扭曲，下巴似乎變長了。我還以為是癲癇發作，當時我正要拿起電話。」

他們繼續聽錄音帶裡史登醫師嘗試和這個「分裂人格」溝通。

「告訴我你的事，你有名字嗎？」

「操你媽的滾蛋！我不要跟你說話。」

「你在這裡做什麼？」

「保護我的財產。」

「你指的是瑪妮嗎？」

「她屬於我。」

「為什麼是她？瑪妮有什麼特別的？」

「我選擇了她。」

「為什麼？」

「因為她是我的。」

「沒有人擁有瑪妮。她來向我求助……」

「她不需要你的幫助！你只想把她的腦袋弄糊塗。」

喬聽著錄音帶，幾乎相信是兩個男人在吵架。瑪妮的聲音刺耳、喉音很重，彷彿講話時頭塞在錫罐裡。喬很難想像一個小孩發出這種聲音，而且是年僅九歲的小女孩。

這麼激烈的人格分裂，通常起因於受虐的歷史或承受極大的壓力，心靈的反應就是分裂，產生另一個解離的人格，用另一部分的自己來面對這個創傷。這種分裂可能深刻而很完整，分隔兩個人格之間的那堵牆上沒有裂縫或縫隙，兩者都不認得、也不知道另一方的存在。

錄音帶繼續播放，罵人的話充滿房裡。

「王八蛋！混蛋！賤胚！放開她，是我先找到她的，她是我的。」

史登醫師試圖和瑪妮的「分裂人格」交談，向「他」施壓。

「你算什麼男人，居然覬覦一個小女孩？你為什麼不去找年齡相當的？」

「你這傲慢的混蛋，別侮辱我的智慧，我可以捏碎你，我能捏碎她。」

「你為什麼會想這麼做？」

「因為她既軟弱又愚蠢。」

「你為什麼這麼認為？」

「看看她，總是在哭，哭訴她媽媽的事，真可悲！」

史登醫師關掉錄音帶，「差不多都是這樣，」他帶著歉意說，「我不是每次都能和馬爾康溝通。」

「馬爾康？」

「那是他的名字，」史登醫師換上另一個迷你錄音帶，「我的身材是瑪妮的兩倍，但這個聲音卻依然讓我害怕。他叫我骯髒的老先生，戀童癖，他打我……不只一次。有一次他失控，我得把瑪妮雙手押在背後，然後我做了一件非常不光采的事，甩了她一巴掌。我從來沒有打過小孩……或病人。」他看著喬，希望得到諒解。「瑪妮回來了，」他舉起手指做出引號的手勢，「她完全不記得這件事。非常疲倦，可是完全看不出受到另一個人格的控制或影響。我當然問了她，可是她似乎完全不知道馬爾康的存在。」

「這種案例顯然非常罕見，當時我如果年輕一點，更有抱負一點，也許會以此發表論文。可是，當時的我不希望自己把罕見病例當成發展事業的機會，也不想成為那樣的治療師和精神科醫師。我只想專心幫助瑪妮。因此，我試圖了解的對象是**他**，不是瑪妮。接下來的三年裡，我和馬爾康大約談過二十來次，尋找線索。一開始我估計他大約十五、六歲，後來才發現他的年紀更大，他很粗魯、野蠻，會罵髒話，抓下體，在地上吐口水，不斷談到性，」史登醫師壓低聲音，「他問到我的祕書，問我是否跟她發生過關係，他似乎不是很喜歡女人。」

「當時瑪妮受到虐待嗎？」

「我沒有證據。」

「她的父親呢？」

「他非常溺愛她。」

「其他的家人呢？」

「我見過繼母羅根太太很多次，她毫無疑問很愛這個繼女。他們夫妻非常親切、無私，幾年來照顧了數十名寄養小孩。」

「可能是其中一個小孩虐待瑪妮嗎？」

「她沒抱怨過。」

「那她為什麼**需要**馬爾康保護她？」

「我認為他出現的原因是瑪妮眼睜睜看著母親流產出血而死，她整晚都跟那兩具屍體在一起，只有老天爺知道她怎麼存活下來的，不知如何，馬爾康讓她得以面對這件事。」

錄音帶還在播放。

「沒有我她一無是處，他媽的一點用也沒有。我能讓她傷害自己，我能毀掉她。」

「快到了。」醫師說。

經過十秒的沉默後，錄音帶出現一個小女孩的聲音，她抽泣著，史登醫師試著安撫她。

「我睡著了嗎？」她問。

「妳不記得嗎？」

「不記得。」

「妳為什麼在哭？」

「我不知道。」

「我跟馬爾康談過了。」

瑪妮沒有回答。

「妳想聽他說話嗎？」

「不要，不要，不要。」她差點換氣過度，史登醫師得讓她鎮定下來。接下來安靜了很久。

「你趕走他了嗎？」她問。

「趕走了。」

錄音帶停止，史登醫師回到座位上。

「每次馬爾康離開、瑪妮回來時，她都不記得發生了什麼事。她的人格完全分裂，跟失去意識差不多。」

「你曾經播放這些錄音帶給瑪妮聽嗎？」

「她不相信那個聲音是她自己發出來的。」

「錄影呢？」

「這麼做可能使她受創。」

史登醫師在玻璃煙灰缸的邊緣敲敲煙斗，再重新裝煙絲。

「你怎麼治療她？」

「就像談判釋放人質，」他說，「我試圖與馬爾康正面對決，引他出來，找出他選擇瑪妮的原因……壓倒他，命令他離開，可是他很會操控、欺騙。」

「怎麼說？」

「他威脅要傷害瑪妮，在他主導時割傷她的手臂，她無法解釋這些傷怎麼出現的，」醫師遲疑，「他性侵瑪妮，用異物強暴她，她的繼母在她的內褲發現血跡，引起社工調查。」

「你怎麼知道那些傷害是她自己造成的？」

「馬爾康炫耀奪走她的童貞。有一度連我都遭到懷疑，差點連我的事業都完蛋，」史登醫師從嘴角吐出煙霧，「是瑪妮救了我，她否認我碰過她。」

「如我所說，瑪妮並不知道馬爾康的存在，她的人格分裂完美無瑕，可是卻是面單向鏡，瑪妮望著鏡子時，只看得到自己的倒影，但馬爾康可以看透她的內心。」

「告訴我馬爾康這個人格。」

「他很聰明，很會操弄人心，學到如何猜測我的問題，但我慢慢居於上風。」

「你怎麼做到的？」

「在我們的會談期間，他出現的頻率降低，我認為原因是瑪妮愈來愈強壯，愈來愈不需要他。他聲稱自己在保護她，但其實卻是她問題的根源。他偷羅根先生的車然後把車撞壞了，性侵她班上的女生，在瑪妮的臥室縱火。」

「馬爾康就這樣突然不再出現？」

「就這樣。」

「當時瑪妮幾歲？」

「十二歲。我不想給她壓力，擔心又把他叫回來。」

「你認為她長大不需要他了？」

「我真的不知道。瑪妮不太記得她母親去世的事，卻能談這件事。藉由重新經歷這些事件，她學到如何面對。」

史登醫師站起來伸展，關節發出聲音，光線從溫室的透明屋頂反射。

「也許瑪妮不再需要他了，把兩個人格融入自己的個性裡，」他好像想說服自己，卻又動搖，「我希望當初他曾經來道別。」

「馬爾康嗎？」

「我知道聽起來很傻，可是，他並沒有出來做最後的聲明或公然反抗。」

「這一點讓你不安？」

「不，對，嗯，只是……」

「什麼？」

「我沒想到他這麼輕易就放棄。」

觀賞女人入浴是一首詩，比觀賞女人寬衣解帶更令人著迷，彷彿沒有音樂的舞蹈，每個動作都如此地熟練、優雅，包括呼吸時的胸部起伏。這是一個真實的女人，做著再平凡不過的日常之事：用毛巾擦洗腋下和雙腿，放在肩上擠出水。

瑪妮就算是在蒸汽裡也很美。卸下妝扮，不再討好，反璞歸真，如呱呱墜地那天一般。骨肉、血緣、家人。如此脆弱的血肉之軀，卻又如此精巧地組合在一起，令人嘆為觀止的設計。可是她身上有瘀青和傷痕。人們一直傷害她，她不夠堅強，無法反擊。她很虛弱、可悲，所以才需要我。

此刻她瞪著浴室的鏡子，與另一個自己共謀，決定該穿什麼、怎麼化妝。我愛她專注時噘起的下唇、微微上翹的鼻子、臉頰上的酒窩、耳朵圓圓的弧度。她選擇最漂亮的一套衣服：維多莉亞祕密的粉紅色連身內衣，上衣和裙子是去年生日在Zara買的。當時丹尼爾和她一起去，坐在更衣室外面等候；她在裡面試衣服，他在外面傳簡訊。她猶豫不決該怎麼挑選。

為什麼女人都覺得只有打扮像洋娃娃，優雅得像只香檳杯才是美麗，卻不知道其實她們從健身房穿著黑色內搭褲和舊T恤回家時也一樣漂亮？她們懷疑自己與生俱來的美，太過仰賴討好和幻象。

某處的收音機播放著，也許是附近房間的電視。我年輕的時候，曾經躺在床上把耳朵貼在牆上，聽著隔壁房間的人。他們是外國人，伊拉克籍。康恩先生經營一家板金加工廠，康恩太太在旅館當清潔工，他們成年的女兒法麗芭還住在家裡。她都跟人家說她要去念美容學校，當彩妝師，可是其實她大多數的時間都在看電視跟減肥書。

法麗芭不是很喜歡我。有一次，我自己做的風箏掉到他們家後院，我去敲門，法麗芭來應門，我告訴她風箏的事，她只是瞪著我。

「可以還我嗎？」

「不行。」

「就在草地上而已。」

「所以呢？」

她靠在門框上摳著擦了指甲油的指甲，一副你能奈我何的樣子。她的頭髮用毛巾包著，已經染成比較淡的顏色，但我看得到有些髮根沒染到。我回到自己家裡，穿過屋子爬上後院的圍籬，用棚架墊腳爬上他們後院子工具棚的屋頂，再跳到草地上，風箏就在曬衣繩下面。

法麗芭猜到我的動作，像套上馬具的馬匹一樣飛奔，沿著後院的小徑衝過來，毛巾還包在頭上。她搶先我一步來到風箏前，一腳把風箏踩爛，把風箏的骨架踩成碎片，她身材比我魁梧，比我更胖、更壯。

「你這是非法侵入私人土地，」她說，「你再爬一次圍籬我就要告訴我爸。」

「為什麼？」

「因為你是個怪胎。」

我回家後想把風箏黏回去，聽到牆另一邊的法麗芭放著唱片在聽瑪丹娜唱〈宛如處女〉，我本來還以為是〈宛如豬女〉，直到羅貝佳．墨提瑪解釋童貞的意思給我聽。對於八歲的我而言，女生得保護自己的童貞這檔事是非常陌生的概念。

法麗芭會瞞著父母偷偷抽煙。她偷帶香煙回家，藏在臥室窗外的排水管。晚上把上下窗往上推時，我會聽到繩索拉動的聲音。她探頭到窗外，用手臂撐著身體，把煙霧吐進黑暗之中，跟著唱片一起唱。她抽完煙後會在房間裡噴芳香噴霧劑，打開窗戶消除煙味。

我等到晚上聽到她被叫到樓下吃晚飯，然後爬出我房間的窗戶，跳過中間的縫隙，用腳趾卡在磚塊上，利用排水管爬到她的窗前。我一直都很會爬上爬下。那時候，我可以把自己卡在九十度的牆角，手腳並用爬上天花板。有時候我母親會來找我，叫我的名字，完全不知道我就掛在她的頭上，像壁虎一樣四肢張開。某一天她開始整理我房間，我終於抓不住，像被開槍打到的小鳥一樣掉下來，差點害她心臟病發作。她用力打我的頭，打到我以為左耳耳膜破了。

法麗芭的窗戶還開著，她的臥室很亂，衣服和毛巾到處亂丟。我拿出她的香煙含在嘴裡，點了三根火柴才點燃。我吞下煙，眼睛很刺，想咳嗽。香煙點燃後，我把煙頭靠在她的床墊上，再把她的香煙和火柴藏在床頭櫃裡。

我等到煙霧從她的窗戶冒出來後發出警訊，用力敲康恩家的大門大叫失火。他們打電話叫消防車，跑到外面，康恩先生看著法麗芭。

「妳剛剛在抽煙嗎？」

「沒有，爸爸。」

「妳確定嗎？」

「我從不抽煙。」

消防隊員把悶燒的床墊拖到外面的人行道上好好澆熄，他們在法麗芭的床頭櫃找到香煙。她苦思適當的藉口，但康恩先生不再相信她無辜的模樣。他們的房子是租來的，而且沒有保險。接下來的幾個星期裡，法麗芭臉上都有瘀青，彷彿紀念章一般，然後他們就搬走了。

32

瑪妮看到門縫底下露出棕色信封一角，警覺地撿起，不知道為何沒有聽到敲門聲。她昨天之後就沒見過崔佛，並且再也不想見到他了。

大大扁扁的信封由於裝著紙板而硬挺。跟上次一樣，信封上只用大寫字母寫著她的名字，沒有地址、郵票或郵戳，也沒有寄件人的資料。

她想到上次那筆錢已經花掉三分之二。下星期又該繳房租了，她再怎麼小心也撐不了一個月。

她把信封拿到廚房餐桌前坐下，打開信封，裡面掉出一張手寫的紙條，沒有署名。

不要再找妳先生，他離開了。他不值得。從現在開始，聆聽自己內心的聲音。

信封裡掉出十幾張照片，她仔細研究第一張。這張長鏡頭拍攝的照片裡，一對情侶坐在露天咖啡座，兩人靠在一起喁喁私語，不過兩人的焦距有點模糊。這張照片只是一系列中的第一張，其他照片捕捉這對情侶離開咖啡座，走在人行道上，愈來愈接近拍攝的人，瑪妮認出穿著皮夾克和寬鬆牛仔褲的是丹尼爾。他們在一輛汽車前停下來，那名女子親吻丹尼爾，瑪妮看到女子的臉，認出是潘妮，她體內某個脆弱的東西似乎碎掉了。

這證明他還活著！同時，她也意識到那件皮夾克還掛在丹尼爾的衣櫥裡，所以這是舊照片，是過去幽會的證據。她老公跟她最要好的朋友在大馬路上牽手、接吻。

瑪妮翻動照片，希望找到時間或日期。

「去穿鞋。」她對伊萊亞說。

「要去哪裡？」

「我們要去找潘妮阿姨。」

她調整好伊萊亞的帽子，在推車上的他身旁塞進一瓶水，沿著艾爾金大道出發。他們穿過梅達維爾區，從艾伯孔路上坡進入聖約翰伍德區，這裡的樹木比較高大，房子也比較豪華。瑪妮不斷在心裡預演那一幕，想像自己來到潘妮家門口，要求答案、解釋，甚至報復她。照片無法揭露接吻的長度和熱情的程度，那一刻被快門凍結，輕輕一吻可能貌似熱情擁抱，雙手意外碰觸可能誤認為深情的牽手。

沒人應門，瑪妮的怒氣無處發洩，只能拿著信封坐在門口的臺階上。伊萊亞在小徑上來回推著推車，她打潘妮的手機。

「妳在哪裡？」

「回家路上。」

「我在等妳。」

「我們約好要碰面嗎？」

「沒有。」

潘妮的黑色奧迪敞篷車開進碎石車道上，她揮揮手，從後座拿了精緻的購物紙袋後，車蓬自動關上，發出令人滿意的吸力聲扣緊擋風玻璃。

「沒事吧？」

瑪妮沒回答，潘妮繼續說。

「進來，進來，總算有一次我家沒有沾滿大便的尿布。基肯帶愛比蓋兒去他媽媽家。」

他們進了廚房，潘妮打開後門，伊萊亞又跑又跳去玩後院的鞦韆架。瑪妮把信封放在原木松木餐桌上，潘妮還沒看到。她先打開一束花，剪掉一些花梗插進花瓶裡。她今天看起來比較老，像磨光的骨頭或漂流木，由於陽光和海水而磨損、變硬。伊萊亞在外面用撿到的棍子打著柳樹樹枝，躺在鞦韆上轉圈圈，把鐵鍊捲起來再朝反方向鬆開旋轉。

「妳想喝咖啡、葡萄酒還是茶？」潘妮打開櫃子，彷彿忘了東西放在哪裡。瑪妮從信封裡拿出照片並排放在桌上。潘妮停下動作，轉身，拿起兩張照片，手指弄髒了光滑的表面，「這是誰拍的？」

「我不知道。」

「妳找人跟蹤他嗎？」

「沒有。」

她輕蔑地丟下照片，「我們是為了討論妳生日的事才碰面的。」

「妳吻了他。」

「只是碰一下嘴唇而已，妳知道我跟每個人都這樣。」

瑪妮微微感覺到一絲能戳破謊言的確定感。潘妮還在說：「我沒想到妳是會嫉妒的那一型。」

「跟我說實話。」

「別再想了，他不值得妳這麼做。」

「妳跟我老公上過床嗎？」

「丹尼爾拋棄妳，他是個混蛋。」

瑪妮把照片收進信封裡，到後門叫伊萊亞進來。潘妮對她的反應很訝異，從來沒想過她的朋友居然會不相信她，只能瞪大眼看著。背後一抹鉛灰色的雲朵從窗前飄過，她不耐煩地嘆氣，回想起一個記憶，一個愚蠢的片刻，和情慾有關。

「只發生過一次。」她輕輕說。

瑪妮轉身，潘妮伸出雙手哀求。

「有一天晚上他突然跑來說你們吵架了，妳把他掃地出門。那天基肯在日內瓦，我讓丹尼爾睡客房。他喝醉了，我叫他好好睡一覺，可是他一直哭，說他讓妳失望，把妳的存款都花光了……他很傷心。」她用力眨眼，懺悔般低著頭，「我也喝了點酒。瑪妮，對不起，我不是故意的。」

潘妮說話時，瑪妮靠過去想看清楚她的表情，接著不假思索用力在她左臉甩了一巴掌。她對自己的暴力行徑很訝異，更別說這一巴掌所發出的聲音。

「天底下沒有什麼事是就這樣發生的。」瑪妮甩甩刺痛的手掌。

潘妮捧著被甩巴掌的那邊臉，「我搞砸了。」

「不，妳搞的是我老公。」

「我永遠不會做出傷害妳的事。」

「真的嗎？」瑪妮指著信封，「所以這算什麼——幫忙嗎？」

「我該怎麼向妳證明我真的、真的覺得很對不起妳？」潘妮打開抽屜拿出支票簿。

「妳以為我要妳的錢？」

「拜託……我已經很努力想補償妳了。」

「妳想幫我個忙嗎？」

「只要妳開口。」

「我要宣告丹尼爾死亡，需要妳簽署一份聲明。」

「當然可以。」

「妳必須說妳相信他已經死了。」

「我的確相信。」

瑪妮把伊萊亞推到前門，他感覺到有什麼事不對勁，非常安靜。潘妮哀求他們留下，可是瑪妮知道自己快哭了，只想趕快離開。有些淚水不該由他人抹乾，而是該任其落下。

回程途中，伊萊亞在推車上睡著了。瑪妮不想叫醒他，又沒辦法抱他上頂樓，只好坐在公寓外的矮牆上讓他繼續睡，自己思索著這樁婚姻如何隨著每一天過去而每況愈下。

人行道上有小孩在溜滑板車。瑪妮閉上雙眼，看著眼皮後方斑斑點點的光線閃動著，想像他們在一起的模樣：潘妮先是假裝羞怯、天真無邪，繼而發現丹尼爾要她拿出最棒的「鳳凰女」演技。她始終善於讓男人誤以為他們掌控了一切，實際上有主控權的卻是她。

聽潘妮這麼說起來，好像是瑪妮把丹尼爾推開，該為發生的事負某部分責任。為什麼？她並沒有自暴自棄，從不拒絕丹尼爾的求歡，也不吝於表達她的感情，始終有耐性而忠誠地支持他。

瑪妮努力回想他們上次做愛的情形。當時她正在換床單，丹尼爾從她背後出現，像翻枕頭一樣輕鬆地把她翻過來，臉埋在她的雙腿之間，接著再把她翻過身，從後面進入、推送，只管自顧自享受到滿意為止。完事後他去了浴室，再回去看電視，留下瑪妮躺在變皺的床單上，不知道他們之間的性生活什麼時候變得如此拙劣而粗糙。

瑪妮臉上閃過一陣陰影，她睜開眼睛，伸手擋住閃耀的陽光。克雷格．布萊恩戴著深色眼鏡，西裝外套掛在肩上，領帶鬆開，連鞋帶都像洗淨燙過。

「我才在想會不會碰到妳，」這位律師看了推車一眼，「我可以幫妳抱他上樓。」

「他快醒了。」

瑪妮想對他微笑，這才察覺到自己多麼咬牙切齒，她微笑時臉頰出現酒窩。接著，他們之間一陣冗長的靜默。

「妳還好嗎？」他問。

瑪妮搖搖頭，努力忍住不流淚。

「怎麼了？」

「丹尼爾和我最要好的朋友上床。」

克雷格在矮牆上坐下，折起西裝外套放在大腿上，一手摟著瑪妮。她伏在他的肩頭哭泣。

「很抱歉。」

「你不必道歉。」

布默爾太太經過他們面前，饒有興趣，因為這一幕很有八卦價值：瑪妮靠在陌生男人的肩頭哭泣。這事幾小時內就會傳遍整棟公寓，正是瑪妮最痛恨的，彷彿她的悲劇還不夠公開，連一點隱私都沒有。如果丹尼爾的事上過更多頭條新聞，也許早就找到他了。

「他配不上妳。」布萊恩說。

「你根本不認識他。」

「我認識妳。」

瑪妮抽離他的肩膀，擦乾眼淚，不想讓人同情她或為她難過。更糟的是，人們似乎把她的痛苦當成衣物般試穿，彷彿試試合身與否再還給她，徒增她的悲傷與空虛。為何她得用自己悲慘的人生讓其他人更深刻體會到自己擁有什麼？

「你在這裡做什麼？」她問。

「我研究了遺囑認證。九百名英國人在南亞大海嘯中失蹤，他們的親人進退兩難，英國政府因而修法、允許這些人在失蹤十二個月後就被宣告死亡。」

「所以我們也可以這麼做？」

「那是天災。我已經申請開庭了，也許要等幾個星期。」

「反正都已經等這麼久了。」

布萊恩從折著的西裝拉出一條鬆脫的線。

「妳願意和我共進晚餐嗎？」

「我？」

「艾蓮娜這星期帶葛蕾絲到鄉下，我討厭一個人吃飯，妳看起來很需要鼓勵。」

「我要照顧伊萊亞。」

「妳女兒可以照顧他不是嗎？她叫柔伊是嗎？」

「你怎麼知道她的名字？」

「我在店裡碰過她，」彷彿突然想到，他說，「我們可以討論這個案子。」

「有什麼好討論的？」

「我聯絡了保險公司。」

「你和魯道夫先生談過了嗎？」

「沒有，他在休假。他跌下兩段樓梯，頭部骨折。」

「真的？」

「據說如此。」

瑪妮想起她對魯道夫先生說的最後一句話，她的憤怒與暴力的想法。她並不覺得震驚或難過，而是覺得有人用奇特的方式幫自己伸張正義，隨即告誡自己這種想法。

「晚餐呢？」他問，「我可以七點半來接妳。」

「今晚不行。」

「也許明天？」

她沒有回答伊萊亞就醒了，他用拳頭揉揉眼睛。

「我得走了。」她說，打開他的安全帶，收起推車，跟著伊萊亞爬上臺階。等她找到鑰匙時，克雷格．布萊恩已經離開了。她該怎麼向他解釋？我丈夫跟我最要好的朋友上床，所以我沒心情吃晚餐？

回家後，瑪妮幫伊萊亞放了涼水洗澡，幫他脫衣服，努力不訝異他瘦了多少。她做了晚餐，可是他沒什麼吃。她用塑膠盆洗碗時看了刀座一眼，注意到少了一把刀。她檢查放餐具的抽屜和流理臺，努力思索最後一次用那把刀是什麼時候。

她的心思跳到探長初次出現時說的話：殺死尼爾．昆恩的凶器是一把菜刀。瑪妮推開這個想法。刀子不見有很多解釋，全都比她不願想像的那一個更合理。

33

盧伊茲來到切爾西區的咖啡館，在人行道上的座位等候前妻米蘭達。她會遲到二十分鐘，因為除了盧伊茲這種男人之外，大家都知道約十二點半其實就是十二點五十。他們已經離婚八年，但米蘭達仍然扮演著愛妻的角色：幫盧伊茲挑衣服，偶爾跟他上床。他們離婚後的性生活反而比較美好──更放得開、更隨性。雙胞胎的繼母這個角色她扮演得很好，就算他們已經長大成人，還是需要有人提醒他們家人的生日和各種紀念日。

盧伊茲瀏覽菜單尋找碳水化合物。沙拉都是長得像蕁麻的葉子，淋著陳年義大利黑醋。「楔塊」是地瓜，廣告都說很健康。為什麼大家這麼堅決要幫他長命百歲？

米蘭達蹦蹦跳跳過馬路，雙腳幾乎不著地，動作既優雅又性感。她穿著中等長度的花裙子與深藍色細肩帶上衣；比他印象中還要短的頭髮輕拂過蒼白的香肩。

陽光照在半張桌子上，米蘭達選擇陰影下的座位，把包包丟在椅子上，彎身向前接受兩頰各一個吻，然後捧著盧伊茲的臉，啄了一下他的嘴唇。

她放下雙手時，他在她上衣蓋住平坦腹部之前一窺她肚臍以下的部分，腦海立刻浮現舌頭往下滑的影像。

「你剛剛聞了我身上的味道嗎？」她問。

「可能吧。」

「真是太噁心了。」

「那妳就別把自己弄得這麼香。」

她翻了白眼坐下，一名服務生彷彿魔法般出現。她審視酒單，服務生看著她絲質上衣的胸部下緣。盧伊茲分散他的注意力。

「你們有生啤酒嗎？」

「沒有。」

「好吧，那給我一瓶價格過高的外國酒。」

此時，盧伊茲注意到別桌的女性對他有興趣了，而五分鐘前他卻彷彿不存在。為什麼女人覺得跟漂亮女人在一起的男人更有吸引力，但那名女性卻會被她們質疑飢不擇食？

米蘭達點了一瓶紐西蘭蘇維儂白酒和雞肉沙拉。她不能待太久，因為要跟朋友在約翰．路易斯百貨公司碰面，幫忙挑窗簾。

「你好嗎？」

「還不錯。」

「最近在忙什麼？」

「妳怎麼突然有興趣知道？」

米蘭達用舌尖擦過上排牙齒，「我今早接到一通很奇怪的電話，不知道這個人怎麼會有我的電話號碼。」

「妳說『奇怪』是什麼意思？」

「他說是你的朋友，要我傳話給你：離瑪妮拉．羅根遠一點。」

「就這樣？」

「大意是這樣。」

服務生送上一籃麵包，盧伊茲剝開溫暖的麵包，發現現代餐廳並非一無可取。

「你在跟那個女人上床嗎？」米蘭達問。

「沒有。」

「所以，那通電話不是嫉妒老公打來的？」

「我倒很想見見她老公，他已經失蹤一年多了。」

「她是誰？」

「教授的個案，」盧伊茲緩緩咀嚼麵包，「來電的人是什麼樣的傢伙？」

「聽起來傲慢無禮，而且很憤怒。」

「讓妳覺得被威脅了嗎？」

「是滿令人擔心的。」

「妳記下了電話號碼？」

「沒有顯示號碼。」

盧伊茲不喜歡私生活受到干擾。這是韓尼希會做的事，可是他已經無法威脅任何人了。

他們的餐點送來，米蘭達翻弄著沙拉，偶爾挑起一片雞肉或綠葉。盧伊茲看著眼前那塊迷你羊排，不知道這隻動物是否曾經有過好日子。

米蘭達侃侃而談，提到雙胞胎，好奇克萊兒是否考慮生小孩。

「那妳就要當繼祖母了。」盧伊茲說。

米蘭達皺眉片刻。

「光鮮亮麗的那一種。」他再補充。

「謝謝。」

她伸手拿了一塊盧伊茲的地瓜，咬了一半。

「我得走了。」

「這頓我請。」他拿出皮夾。

「我是個廉價的約會對象。」

「妳一**點也不**便宜。」

她的笑聲比馬丁尼還乾。盧伊茲給她一個擁抱，這次久久不肯放手，「如果再接到電話的話，一定要告訴我。」

「我該擔心嗎？」

「小心為上。」

盧伊茲撥開她頸部的髮絲，米蘭達的眼神轉為溫柔，直視著他說：「你自己也遵守這個建議嗎？」

「我總是很小心。」

「別受傷。」

「不會的。」

「也別傷害別人。」

「妳說了算。」

盧伊茲決定沿著國王路步行回家，途中經過精品店、品牌商店和藝廊。這裡和倫敦大多數的地區不同，路人大多裝扮得亮麗時髦，字典裡沒有樸素這個字。

他往北穿過帕森斯公園，在白馬酒館停下來喝一杯清清味蕾。手機鈴聲響起，但他不認得顯示的電話號碼。

「你的前妻好嗎？」對方問。

「你認識她嗎？」

「大家都認識她。」

盧伊茲正好站在戶外，他看了公園對面一眼，掃視著街道。一名拿著公事包和黑色雨傘的男子在講手機，一個年輕黑人在等紅綠燈，一輛排氣管壞掉的機車在等綠燈，路口停著一輛白色廂型車。

「那個米蘭達奶子很正，是真貨嗎？」

「純天然。」

「那你還跟她離婚，你是同志嗎？」

「不是，不過我可以為你開先例，把腳插進你的屁眼裡，我敢打賭你會很享受，」盧伊茲走動看著停靠的汽車裡，研究行人。他聽到喇叭聲：左耳聽到一次，透過手機又聽到一次，「我們談談如何？我請你喝一杯。」

「我不喝酒。」

對方的聲音溫和而單調，很踐、音調有點尖。

「你的午餐怎麼樣？」

「如果你餓了……」

「不用，我吃過了。」

「我該怎麼稱呼你？」

「你不需要知道我的名字。」

「有稱呼比較容易。」

「這不在我的優先順序上。你好好聽我說就行，不要再管別人的閒事了。」

「真是五十步笑百步。」盧伊茲走向帕森斯公園站。

「我只是在提醒你，管別人的閒事前應該先照顧好家裡。漂亮的前妻、女兒住在櫻草花丘，已經退休。你的生活過得不錯，別管瑪妮．羅根的閒事。」

「這算是威脅嗎？」

「你怎麼這麼衝？大姨媽來了是嗎？」

「是滿月的關係。」

「你該叫那個心理學家朋友也照做，他這樣不是在幫瑪妮。」

盧伊茲聽到頭頂火車經過的隆隆聲以及鋼鐵摩擦的聲音，抬頭看著高架橋，一輛火車進站，車窗有著一圈圈塗鴉，打電話的人就在月臺上。

盧伊茲跳過圍籬，推開走向出口的人群衝上樓梯，可是跌了一跤伸出雙手，有人踩在他的手指上。他抽手起身，車門要關了，他來不及伸手阻擋，只能拍著車門上的玻璃。火車移動，他一面看著裡面，一面在月臺上追著跑。

最後一節車廂經過他身邊，消失在帕特尼橋的方向，開往溫布頓。他把手機貼在耳朵，只聽到一片死寂。

他打給米蘭達，聽到笑聲和說話聲，她正在約翰．路易斯百貨公司購物。

「已經想念我了嗎？」她問。

「妳今天早上接到的那通電話，那個傢伙說他是我的朋友？」

「對。」

「他在我們分手後打給我。」

「他是誰？」

「我不知道，可是我覺得妳應該趕快回家。」

她在電話另一頭咯咯笑著，「你是在拐我去你家過夜嗎？」

「我是認真的，他知道妳和克萊兒的事。」

米蘭達一陣沉默，「我以為你已經退休、不管這些事了。」

「什麼？」

「你知道我的意思。」

「我只是在幫喬．歐盧林的忙。我欠他的。」

「不，你不欠他，你欠的是我，還有你的家人。」

「我以為幫這個忙沒什麼壞處。」

「現在知道了吧……」她發出嘖嘖聲，「文森，我曾經是保釋官，對付過不少變態。我的大門有門栓，窗戶裝鎖，家裡有胡椒噴霧劑和緊急求救鈴。我覺得我能照顧自己。」

盧伊茲想起照片裡派翠克．韓尼希的屍體，想和她爭論，可是決定還是不要嚇米蘭達。她在生他的氣，不過至少她會小心。

「妳可以告訴克萊兒嗎？」他問。

「你怎麼不自己去說？」

「妳說她比較聽得進去。」

「懦夫。」

「正是。」

米蘭達掛了電話。盧伊茲抓著手機下樓梯，循著原來的路回到白馬酒館，在戶外庭院慢慢啜飲一品脫啤酒。警告他的是職業好手，光是電話另一頭的聲音就讓他脈搏加快、嘴巴變乾，上次發生這種情形已經是多年前了。不知為何，這個打電話的人讓他心裡惴惴不安，渾身很不舒服，覺得暴露了弱點。

盧伊茲的手機鈴聲再度響起時，他心頭一震，放下酒杯看看螢幕、接聽。

「嘿老兄，你到哪裡去了？」

「我們得談一談。」喬說。

「真是心電感應。」

34

柔伊坐在圖書館前的臺階上，雙手捧著手機，大拇指在上面滑動著。她穿著白襯衫、黑裙和學校的制服外套，領結往下拉，襯衫最上面那顆鈕釦沒扣。

她看看時間，他遲到了。馬路對面一輛公車停車，十幾個學生爭先恐後地下車，他們是別的學校的學生，另一個族群。柔伊只是看著他們，沒有視線接觸。魯賓是最後一個下車的，他穿越馬路，站在她眼前兩步之遙。柔伊夾緊膝蓋，難為情地把裙子塞進大腿底下。

「嗨。」

「哈囉。」

「妳等很久了嗎？」

柔伊搖搖頭。

「妳看起來心情不太好，出了什麼事嗎？」

她點點頭，不想跟他目光接觸。

「找爸爸的事有什麼進展嗎？」

柔伊看著他，「你怎麼知道？」

「我看到妳在圖書館更新網頁。」

「沒有消息。」

「他失蹤多久了？」

「一年多。」

柔伊從書包夾層裡拿出唇蜜塗嘴唇，努力裝酷，可是不喜歡對方看著自己的表情，好像知道她在想什麼，或在她還沒決定要說什麼之前就已經知道。他的眼神彷彿在嘲笑她，但稱不上殘酷。

「你把筆電帶來了嗎？」

他點點頭，「妳跟媽媽說過了嗎？」

「沒有。」

他從一個小袋子裡拿出筆電，既不新穎也不時髦，不過也不會太舊或笨重。

「這臺筆電的處理器速度很快，有4M記憶體。我把硬碟清光了，妳如果看到我沒清乾淨的東西直接刪除就好，不需要密碼。妳住在哪裡？」

柔伊遲疑了一會兒，「馬路盡頭。」

「妳應該能找到不需要密碼的無線網路，或用手機當熱點。別下載大檔案或上網太久，否則妳的上網費用會讓妳媽破產。」

「魯賓，你做什麼工作？」

「我是個分析師。」

「分析什麼？」

「人、公司、國家。」

「很有意思的樣子。」

「偶有佳績。」

「真的？」

「沒有啦。」

柔伊笑了，她分不出他是認真的還是開玩笑。

他改變話題，「我可以提高妳的網頁在搜尋結果的排序，讓更多人看到。」

「要怎麼做？」

「跟其他網站連結。」

「我要做什麼？」她問。

「讓我當網頁管理員。」

「就這樣？」

「沒錯。」

「你為什麼要幫我？」

「因為我是個危險的變態，專門挑少女下手。」

柔伊看著他，「喔，是喔！」

柔伊到家後直接進臥室拴上門栓，在床上打開筆電等開機，然後尋找不需要密碼的無線網路。附近有很多公寓，她發現將近二十個無線網路，兩個是公開的。柔伊感謝他們的慷慨，連結上網，叫出臉書網頁更新狀態，然後將她最喜歡的網站設成我的最愛。她也打開筆電內鍵的攝影機，對著擺姿勢、扮鬼臉、拍照，在推特帳號上貼了一張，告訴大家她已經「插好電而且連上線」。

螢幕出現一個來自朋友絲黛的訊息，她一直拿萊恩·柯曼的事開柔伊玩笑，不過不是惡毒或嫉妒的那一種。

歡迎來到二十一世紀。想幫我寫歷史作業嗎？

柔伊回答：

做夢吧。

35

主治醫師穿著褐紅長褲與雙色皮鞋，整齊的銅色頭髮像小丑，鮮紅領結的搭配使整體風格很完整。這位柯爾醫師穿過診療室時模仿機器人走路，猛然抖動機械手臂。伊萊亞笑著要他再做一次。

「你先告訴我早餐吃了什麼，」柯爾醫師學機器人說話，「多久便便一次？會不會痛？」

伊萊亞聽到便便又笑了。

柯爾醫師抬起男孩的手臂和雙腿，察看胳臂和膝蓋是否有紅疹。他壓壓伊萊亞的腹部，弄得他咯咯笑。

「張開嘴巴。」

伊萊亞張得大大的，臉頰出現酒窩。

「哇，我可以一路看到你的腳指頭，搖一搖給我看。」

伊萊亞搖搖腳指頭。

「下來站在體重計上。」

伊萊亞低頭看著雙腳之間的紅色數字，「我多少錢？」

「這個東西告訴我你長大多少。」

「我有長大嗎？」

「快了。」

瑪妮坐在桌子旁的椅子上，感覺彷彿用緊張汗濕的雙手捧著心臟。窗外的河流使她想到尼爾．昆恩，又趕緊把這個想法推開，專注看著醫生的面孔，努力揣測他的心思。

像變魔術一般，柯爾醫師從伊萊亞的耳朵後方變出一包雷根糖。檢查完畢後，瑪妮帶伊萊亞到放著一箱玩具和書籍的等候區，獨自回去見醫生，準備聽壞消息。

柯爾醫師用了一些專有名詞，瑪妮努力專心聽，聽到切片時在心裡尖叫。

「我們會先幫伊萊亞麻醉，再把一根稱為內視鏡的細管子從他的嘴巴伸進胃部和小腸，檢驗結果會讓我們知道他小腸裡的絨毛是否仍處於受損狀態。」

「可是我已經改變他的飲食了。」

「也許是其他原因。」

「比如什麼？」

「做了檢查才會知道。」

「什麼時候要做？」

他翻著桌上的行事曆研究，「十月二十四日怎麼樣？」

「那還要等好久。」

「我最快有空就是這個時間。」

瑪妮愁容滿面地瞪著他。她不要醫生愉快地向她保證，只想要回她一個健康的小男孩，可是主治醫生接下來還有病人在候診。回家途中，瑪妮努力假裝一切正常，其實卻害怕永遠都不會恢復正常了。她的人生正在四分五裂，她就像保護沙堡不受海水侵蝕的小孩。

他們走在艾爾金大道上，走到一半時她突然覺得有人在跟蹤他們，過馬路時牽著伊萊亞的手抓得更緊。他爬上人行道時跌倒了，她在他跌到地上前就把他抱起來。有人叫她的名字，瑪妮轉過身，看到潘妮的老公站在一棵樹下，正等著汽車通過要過馬路。

「我要跟妳談一談。」他大叫。

瑪妮抓著伊萊亞的手握得太緊，他想抽掉。她彎腰親吻他的手指。

基肯追上來。他的身材矮小、過重，雙下巴上的嘴角永遠下垂，總讓瑪妮覺得他彷彿認為別人的人生都比他過得更快樂、更充實、更有錢，而且有更棒的社交圈。

他並沒有吻瑪妮的雙頰打招呼，而是推開伊萊亞，抓住她的手臂，害他糖果掉在地上，手腕上的小熊維尼氣球上下擺動。

「她是我的親生女兒嗎？」他大吼著問道。

一陣口水噴到瑪妮臉上，「什麼？」她問。

「愛比蓋兒……她是我的親骨肉嗎？」

「我不知道你在——」

「請告訴我。」

他的下唇顫抖，聲音中帶著一種喜劇性的優雅。也許潘妮害怕瑪妮會先向基肯告狀報復，因而告訴了他丹尼爾的事。友誼已失去意義。

「潘妮說，是丹尼爾趁她喝醉佔她便宜。如果那傢伙還在的話，我會宰了他。」

「基肯，成熟點吧，」瑪妮說，「一個銅板拍不響，我們都知道潘妮以前做過什麼事。」

「我們都知道妳現在在做什麼好事。」

瑪妮很想甩他一巴掌，就像她甩了潘妮一巴掌，可是伊萊亞在看。他的雷根糖撒在水泥步道的橡果殼之間，瑪妮彎腰撿起，這些得丟掉了。

「我再買給你，反正你不喜歡黑色的。」

「我本來要給我朋友的。」

「寶貝，他不需要你的糖果。」

瑪妮是潘妮結婚時的首席伴娘，但其實她和基肯不熟。她曾經和他們夫妻一起到鄉下度假一、兩次，可是通常是丹尼爾和基肯作伴，潘妮和瑪妮去做水療。基肯曾經邀請丹尼爾週末到蘇格蘭莊園狩獵。其實丹尼爾並不喜歡槍，可是基肯想帶大牌記者去，讓主人印象深刻。

「我警告過丹尼爾離潘妮遠一點。」

「什麼？」

「他總是跟她打情罵俏，用眼睛幫她脫衣服，找機會碰她。」

「聽你在亂講。」

「妳還以為他很完美，」他的話裡滿是惡意，「我們去狩獵的那個週末，丹尼爾炫耀每次報社派他出國都會和一起出任務的那個攝影師上床，說她像鞭炮一樣，一觸即發。」

瑪妮記得那個常跟丹尼爾一起出任務的攝影師，她叫吉兒．愛德里奇，身材嬌小、五官細緻，穿著像男生，總是被攝影袋的重量壓得走路蹣跚。丹尼爾提過她是女同志，瑪妮無法想像他們在一起。她能想像丹尼爾和潘妮在一起；和吉兒．愛德里奇則無法想像。

基肯是因為受到背叛才想傷害她。你這個混蛋，我們都被背叛了，歡迎加入俱樂部。

瑪妮挺直身子，在牛仔褲上擦擦雙手，「基肯，你就是為了傷害我而來的嗎？也許你只是喜歡折磨自己。」

他們看著對方，共享這淒涼而無意義的一刻。伊萊亞想回家，拉拉瑪妮的手。基肯彷彿洩了氣般坐在矮牆上，所有的憤怒已如過境暴風般消失。「妳可以老實告訴我一件事嗎？」他問，「喜歡我真的有那麼難嗎？」

「潘妮愛你……愛比蓋兒也是。」

「妳覺得我怎麼樣？我讓妳渾身起雞皮疙瘩是嗎？」

「沒有。」

「妳不記得我，」他說，「我們好幾年前就見過面……早在我跟潘妮開始交往之前。當時妳在廣告公司實習，我的朋友在科芬園開了一家酒吧，妳跟業務經理一起來。」

「我記得那家酒吧。」瑪妮說。

「當時妳還沒認識丹尼爾。我跟妳聊天時，妳直接告訴我柔伊的事，我還以為妳在測試我是不是一聽到單親媽媽就被嚇跑的那種男人。我向妳要電話號碼。」

「我有給你嗎？」

他露出悲傷的微笑，「妳給了我假的電話號碼。我還以為只有一個數字寫錯，嘗試十幾種不同的組合，後來才發現是怎麼一回事。」

瑪妮微微皺眉，她以前的確會做這種事，「對不起。」

「不用太內咎，」他聳聳肩，「我只是酒吧裡另一個想約妳出去的男人罷了。」

「不是那樣的。為什麼你從沒提過這件事？」

「要說什麼？我曾經請妳喝酒，卻被妳打槍？」

「我不記得了。」

「正是。我敢打賭妳念書的時候也是跟潘妮一個模子：漂亮、受歡迎、殘忍……」

「我不是那樣的人，」瑪妮說。

基肯咬著臉頰內側，彷彿想弄出血，「我知道她是看上我的錢才嫁給我的。」

「潘妮很愛你。」

「她愛的是我提供的生活型態：度假、肉毒桿菌、華服、水療享受。」

「要有信心。」

「對什麼有信心？」

「對人。」

「本來我可以照顧你們的。」

「我不需要照顧。」

36

喬大半夜都在閱讀、研究解離性障礙的文獻、最新研究與個案研究。他面臨一個難題：要向警方和盧伊茲透露多少瑪妮的精神病病史？他有責任保護她的隱私，或在打破醫病保密協定之前尋求她的許可。個案與臨床心理學家之間的關係仰賴信任，沒有了信任，他絕對無法幫助瑪妮。

同時，他也很清楚塔拉索夫判例——盡到警告的責任。塔塔妮雅．塔拉索夫是加州大學的學生，一九六九年十月被刺殺身亡。她的男友患有妄想型精神分裂症，曾向自己的臨床心理醫師表示打算殺死她，可是由於心理衛生專業人員與病患之間的「保密條款」，無法警告這個女生或她的家長。事後她的家長提告，心理醫生敗訴，因而成為判例。倘若一名個案表達意圖想對第三者造成嚴重的傷害，又具可信度，那麼喬有責任揭露這個受機密保護的訊息。可是，瑪妮從未表達過這種意圖，也從未對他顯現任何行為足以證明她有解離性行為或分裂人格。

在二十年的臨床生涯裡，喬從未遇過解離性人格障礙個案——這種病例在小說裡比較普遍，在現實世界則很稀有。最惡名昭彰的案例是一個叫西碧．多塞特的女孩，號稱擁有十六個不同人格。她的故事在七〇年代寫成書、拍成電影，後來被揭穿是詐騙，由西碧的治療師在記者協助下編造的故事。

喬的同行曾經寫過一篇相關論文，一名叫卡洛琳的女子從大學退學後消失了兩年，後來被發現在貝特西的自助洗衣店工作，可是已不再使用卡洛琳這個名字。她叫漢娜，二十八歲而不是二十歲，操蘇格蘭口音。心理學家花了好幾個月的時間訪談，發現一些行為模式，包括濫用藥物、酗酒、頻繁的暫時記憶喪失、憂鬱症、兩次自殺未遂。卡洛琳在其中一次會談裡再度出現、懇求治療師幫助她，因為漢娜不肯放過她。

漢娜痛恨卡洛琳，看不起她的軟弱，卡洛琳則害怕漢娜主導一切，將她逐出自己的心靈。她的「另一重」人格說話的口音和肢體語言與卡洛琳完全不同，年紀較大，性行為放蕩，會嗑藥、打架。

童年時期的虐待似乎是誘因：卡洛琳的繼父經常隨機且毫無理由地暴力相向，脾氣來得快去得也快。由於卡洛琳過於被動、喪盡自尊、逆來順受，因此她反制的方式就是出現一個能對抗這種虐待的人。

瑪妮．羅根的解離不同。根據史登醫師的說法，她從未承認馬爾康的存在，這表示她如果不是壓抑對這件事的印象，就是對他說謊。她為什麼要這麼做？馬爾康還存在的機率有多少——從童年時期就與瑪妮並存、隱藏在她身體裡的另一重人格？幾乎不可能，機率小之又小。當時瑪妮十二歲，根據法律規定，她的臨床病歷早該和錄音帶一起銷毀。

喬跟盧伊茲約在派丁頓車站附近的酒館碰面。他步行穿過小威尼斯，經過西波恩大橋時重新思索一次細節。過去這些日子以來，他對瑪妮的所知都來自她自己所言。她的婚姻狀況良好，丹尼爾很快樂，就連她對賭債和派翠克．韓尼希的說法都無法獨立驗證。這有可能是瑪妮為了解釋身上的瘀傷和暫時失憶，而精心想出來掩人耳目的說法嗎？

盧伊茲背對大門坐在一張高椅上，看著一群群喝醉的足球迷經過，彷彿想大舉逮捕。其中一人帶著小鼓，在大家唱誦時傻傻敲打著。

喬和盧伊茲見面擁抱，其實喬對其他男性鮮少這麼做。盧伊茲買了一杯檸檬萊姆苦藥飲給喬，自己則喝健力士黑啤酒。兩人坐下促膝而談，喬告訴他瑪妮．羅根的故事以及神祕的馬爾康。

喬說完後，兩人之間一陣冗長的靜默，接著盧伊茲搖搖頭說：「無意冒犯，但我痛恨這種心理變態瘋子的狗屁。」

「我不覺得受到冒犯。」

「所以，你的意思是：瑪妮．羅根，或她的這個馬爾康人格，可能在她不知情的情況下獨立行動？」

「理論上是如此。」

「為什麼只有理論上？」

「瑪妮曾在我們的會談中提到暫時失去意識和失憶，可是都只持續幾分鐘而已。她小時候曾經失去意識長達好個小時，甚至好幾天。」

「所以，她對你說謊。」

喬沒有回答。

「我覺得我們該跟這個女的保持距離。她身邊的人都有暴斃這種不良習慣。」

「什麼意思？」

「派翠克．韓尼希死了。有人想把他的腦袋當瓶蓋一樣扭開。你也可以認為這個世界沒有他反而更好，可是積非不能成是。如果你認為瑪妮．羅根不夠壯，做不出這種事，我得告訴你，我見過警方動用六名警員才制服女性精神分裂症患者或安非他命毒蟲。」

喬沒有表露任何情緒。有時候，帕金森先生使他無法用臉部表情傳達情緒，只能目不轉睛、空洞地瞪著，彷彿心思已經遠離。

盧伊茲繼續描述他和詹尼亞探長以及卡爾文．莫斯利的會面。

「瑪妮要去哪裡找五十公克的海洛因？」

「我只是轉述他的說法。」

「他在監獄蹲了多久？」

「五年。」

「他很確定是瑪妮？」

「沒錯，不只如此。他在上的那個女的叫派翠絲．海勒，是瑪妮第一次婚禮的伴娘，她現在在克羅伯坎監獄服二十年刑期，罪名是持有毒品。就算是我最不喜歡的岳母，我也不會希望她被判這種罪名。卡爾文和派翠絲都發誓毒品不是他們的。他們沒有犯罪記錄、沒有共謀，也沒有人證。」

盧伊茲往後靠，目光流連在一名穿著緊身洋裝的女子身上。

「應該算犯罪。」他說。

「那件洋裝？」喬問。

「那個身材。」

那名女子回頭望了一眼，發現自己被看。

「米蘭達好嗎？」喬問。

「我今天和她共進午餐，她氣色很好。」

「你是我認識最已婚的離婚男人。」

「我處在一段健康的關係裡，無牽無掛。」

「好處多多的退休老人。」

「滾你的蛋吧！」

盧伊茲瞪著眼前的空杯，「今天還發生了另一件事，我接到一通關於瑪妮．羅根的電話，有人警告我們不要繼續調查。」

「是男是女？」

「五分鐘前，我會說絕對是男的。我有一個假設性的問題，如果這個馬爾康是分離的人格，他是否另外過著完全不同的生活？他有自己的衣服嗎？他有證明文件、銀行帳戶、不同的地址嗎？」

「她不太可能打扮成他的樣子。」

「你怎麼知道？」

「根據我所閱讀的文獻而言。」

「所以他們之間相異的程度如何？」

「某些『另一重』人格對身體的痛苦有極高的容忍度，為了躲避這個痛苦，他們會將身體的知覺解離、壓縮在另一重人格裡。他們也會擁有相當不同的技術和能力。其中一個『另一重』可能會開車，另一個完全不會。」

「她可能對此一無所知。」

「有可能。」

「可是你不相信。」

喬沒有回答，只是看著窗外滿是背包客、遊客、小販和通勤者的步道。倫敦有八百萬人口，每一個都很獨特，但也有足夠的共同點，能在合理範圍內可靠地預測並記錄他們的行為。然而，總是有某些個體不符合任何一種模式，就像某些罕見的神經性疾病或基因突變。只要有規則就有例外，也許瑪妮就是其中之一。

有時候，他厭倦了看人、厭倦無意識地注意身邊所有細節。例如角落的那對情侶：她二十五歲左右，棕髮、腳踝蒼白、咬指甲。他比她大十歲，腦袋形狀像啤酒杯，在工程公司工作，襯衫口袋繡著名字。他們貌似很有潛力的一對，卻受到內咎的阻礙。她是天主教徒，他已婚。他們牽著手，但她懷孕了，緩緩喝著一杯無酒精飲料，臉上滿是羞愧，尋找一絲確定感。

喬的心思又回到瑪妮身上。

「一定有人知道，養著兩個孩子不可能暫時失去意識而沒有人知道。」

「也許她老公幫她掩蓋。」盧伊茲說。

「我認為他知道事有蹊蹺，所以才去聯絡這些人，聽他們的故事。」

「這一點就足以讓人起疑。」

37

西曬的那面牆還散發著當天的熱氣，使廚房成為公寓裡最熱的一間房。瑪妮想煮柔伊最喜歡吃的食物補償她，因此義大利肉醬正滋滋作響，千層麵的麵皮排好，乳酪醬放涼。她也從帕塔爾先生的店裡租了DVD（《悲慘世界》），要幫柔伊整理房間。

她注意到什麼動靜，研究起冰箱和長凳之間的空隙，結果出現一隻啃著吐司屑的老鼠。牠不屑地環顧四周，彷彿在決定要不要租下這裡。

伊萊亞恰巧在這個時候從走廊衝過來，用擦碗抹布當披風，揮舞著一支塑膠雷射槍。有時候，瑪妮不知道該不該拿走他對抗犯罪的工具——牛仔槍和蜘蛛人裝。潘妮認為伊萊亞被性別定型，所以聖誕節前才會送他愛心小熊，可是他還放在盒子裡沒拿出來。潘妮可以下地獄！

老鼠跑掉了。

「你錯過一家之鼠。」

「在哪裡？」

瑪妮指著地上。

「我們要養貓了嗎？」他興奮地問，「我朋友有一隻貓。」

「真的嗎？」

「真的。」

伊萊亞沿著走廊再度衝向臥室，在衣櫥裡玩。瑪妮到柔伊的房間整理，把毛巾掛起來，衣服折好，把單人床拉離牆邊換床單。如果柔伊的床底下沒有那麼多垃圾的話會容易一點。

瑪妮把床推回牆邊，注意到過程中把一個軟的電腦袋移位了。她拿起來拉開拉鍊，柔伊什麼時候有了筆電？也許是朋友的，也許是在學校借的，可是為什麼要保密？為什麼要藏起來？

瑪妮坐在床上，手指撫摸著電源鍵猶豫著：母親應該尊重女兒的隱私，但母親也應該適時關切。她按下電源鍵等硬碟開機，螢幕亮起，桌面是丹尼爾、瑪妮、柔伊和伊萊亞的合照，女王五十週年音樂會時在白金漢宮外拍的，伊萊亞坐在丹尼爾的肩膀上。那是他失蹤前他們拍的最後一張照片。

瑪妮叫出歷史記錄，一長串清單顯示柔伊過去二十四小時去過的網頁。臉書、影音網站、領英、圖片分享網站、維基百科。

其中一個網址特別顯眼，瑪妮按下連結打開網頁，螢幕上出現另一張丹尼爾微笑的照片。瑪妮的喉嚨彷彿塞滿棉花。

她閱讀柔伊最近寫的訊息。

我的繼父已經失蹤一年多，現在我媽想宣告他死亡。我知道一定發生了很可怕的事，可是我相信我爸還活著，努力想回家。請你們分享這個網頁，把連結寄給所有的朋友。爸，如果你讀到這個，拜託回家或傳訊息給我，我真的很想念你……

底下有數十則回應，但瑪妮不認得那些名字。來自世界各地的陌生人分享類似的故事或提供禱告。柔伊本來會說這些人是「隨機」的人，現在覺得他們是她的朋友。

螢幕右下角出現一個訊息。

小姐，妳跑到哪兒去了？

游標一閃一閃，等待回答。瑪妮等著。

萊恩．柯曼今晚在阿波羅上班。妳該點個很熱、熱、熱的東西……送到家裡……（笑倒在地上打滾）。我說真的，去找他說話。

又一個祕密，瑪妮想。萊恩．柯曼是誰？男朋友？柔伊已經不跟她說話了，就像跟一個不會講英文或選擇不說英文的外國交換學生住一起，因為交談就得回答問題。

瑪妮關上螢幕，伊萊亞站在門口看著。

「媽咪妳在哭嗎？」

「今天很傷心。」

「是我害妳傷心嗎？」

「不是，當然不是。」她敞開雙臂，「來個抱抱如何？」

38

門鈴響起，瑪妮按下對講機後聽到喬．歐盧林的聲音。

「我知道我該先打電話。」

「出了什麼事嗎？」

「我們需要談一談。」

瑪妮的鼻尖彷彿聞到某種腐敗而模糊的味道。她等喬爬上樓梯後開門，他不是一個人，那名退休警探跟他在一起，不發一語。伊萊亞在臥室的衣櫃裡玩，柔伊還沒回家。

瑪妮帶他們到廚房裡，清理出空間，問他們要喝茶、咖啡還是冷飲……

「我跟史登醫師談過了。」喬說。

一陣沉默，瑪妮不肯看著他。

「妳看到丹尼爾的行事曆時說不認得他的名字。」

瑪妮沒有回答，也不敢有目光接觸。

「妳為什麼沒有告訴我馬爾康的事？」

「他不存在。」

「他曾是妳人格的一部分。」

「不是。」

喬等著瑪妮繼續說，她坐不住，在廚房裡踱步，看著窗外變得較為柔和而漾開的夜色。她雙手抓著襯衫前襟，揉著衣料。

「馬爾康是史登醫生捏造的，不是我。」

「我聽過錄音帶。」

「那不是我的聲音。」

「房間裡沒有別人。」

瑪妮搖頭，拒絕相信他。

喬繼續施壓，「妳從沒提過自己接受過四年的心理治療。」

「我當時還小。」

「瑪妮，妳的心靈分裂，妳在無意識中生出另一重人格。」

「我知道他們說發生了什麼事，我接受我有問題，可是就算史登醫師說的是真的，就算馬爾康存在，他也已經消失了。他很久以前就離開了。」

盧伊茲不發一語，並不信任他。更糟的是，他完全不相信她。

「派翠克．韓尼希死了，」他說，「警方會來找妳問話。」

「為什麼？」

「妳是嫌犯。」

「太荒謬了！」

「妳最後一次見到他是什麼時候？」

「他差點他媽的殺死我那一次，」她厲聲說，很意外自己的聲音這麼具有攻擊性，「你要看擦傷嗎？喔，對了，你們看過了，希望你們看得很仔細。」

盧伊茲不理會她，「妳去過韓尼希的公寓嗎？」

「沒有。」

「先是昆恩，接著是韓尼希——妳對妳丈夫丹尼爾做了什麼？」

瑪妮不可思議地看著他，喬則研究她的反應，尋找說謊的蛛絲馬跡。他曾經以混亂、困境、不想突破的處境形容瑪妮，現在看出點端倪了。

她壓低聲音，看了走廊的臥室門口一眼，「我們可以改天再談這件事嗎？」

「不行，」盧伊茲不在意她說什麼，「我跟妳第一任丈夫談過了。」

「卡爾文？」

「妳害他入獄。」

「我為什麼要這樣做？」

「他說妳陷害他，把毒品放在他的廂型車裡。」

「這太瘋狂了。」

「他說妳是為了懲罰他跟妳的伴娘上床。」

「他在說謊。」

「派翠絲也在說謊嗎？」

「什麼？」

「她在岦里島的監獄裡腐爛。還有其他人呢？尤金．藍斯基、黛比．提貝斯、奧麗維雅．舒曼、德文．布學、理查．達菲——他們都活該受到懲罰嗎？」

瑪妮輪流看著那兩張臉，覺得愈來愈有壓迫感。她眼中的火焰帶來一種明亮、近乎無底的光芒。

「君子報仇，三年不晚，記得嗎？」盧伊茲說，「小姐，妳不受人擺布，是不是？每個人都是妳的敵人。」

瑪妮張大嘴，說不出話，一手放在額頭上按摩太陽穴，努力回憶。

「我對這些人的印象很模糊。」

「他們可記得妳，」喬說，「奧麗維雅．舒曼告訴我妳念大學時發生了什麼事，妳參加派對時有人在妳的飲料下藥，妳被強暴，怪她丟下妳不管。」

「不是這樣的。」

「妳用假的電子郵件偽裝成祕密仰慕者懲罰她。」

面對這一切荒唐透頂的話語，瑪妮舉起雙手。她在水槽上方亮晶晶的鍍鉻水頭龍上看到自己的倒影，彷彿鏡子屋裡扭曲的影像。

「妳為什麼不理她了？」喬問。

「我覺得很難為情，我做了很蠢的事。」

盧伊茲發出「唔……」的喉音，從鼻子噴氣，「妳為什麼撤銷強暴案的告訴？」

「我知道強暴案的審判過程是怎麼回事，」瑪妮說，「受審的其實是被害人。我會身敗名裂，辯護律師會挖出我所有的性史，有過多少性伴侶，多少一夜情，性癖好，喝了多少酒，嗑了多少藥，穿什麼衣服。他們會努力說服陪審團我是個蕩婦……是我自己招惹來的。我不夠堅強，無法經歷那一切。」

「但妳強壯的足以殺死理查．達菲。」

瑪妮對著他眨眼，「他們說那是一起意外。」

「調查結果並沒有結論。」

「我並不想要他死掉。」

盧伊茲笑了。

瑪妮看了喬一眼再看看盧伊茲，眼神愈來愈不安，倉皇失措地快哭了。她的皮膚黏乎乎，爬滿問題，答案卻不可思議。她想逃走，跑下樓梯沿著大馬路離開這城市，遠走高飛。

「我已經厭倦了人們責怪我或利用我，」她生氣地說，雙眼炯炯有神而銳利，被某種比任何文明都還原始的東西所照亮，「昨天崔佛想勒索我，今天是你們。你們到底要我怎麼樣？」

「說出真相。」喬說。

「我沒有對這些人做任何事，我已經很多年沒見過他們了。我沒有殺死我的丈夫，也沒有殺死強暴我的人。我才是受害者。」

「我沒說是妳。」

瑪妮揚起下巴，「那你到底是什麼意思？」

「妳說妳有短暫失去意識……失憶。」

「幾分鐘。」

「萬一不只幾分鐘呢？」

「並沒有。」

「萬一是馬爾康回來了？萬一妳經歷了解離？」

「我會知道的。」

「妳丈夫不見了，妳承受了極大壓力。」

「我會知道的，」她又說一次，這次更大聲。

「瑪妮，我想幫妳。」

「請你們離開。」

「聽我說。」

「滾！」她的痛苦似乎吸光房間裡所有的空氣，聲音愈來愈大，「**滾！出去！**」

她揚起拳頭搥打喬的胸膛，反覆打他，彷彿想奮力闖入他的身體。他緊緊抱著她，直到她放下雙手到兩旁，把臉貼在他的襯衫上，因憤怒而手足無措。

盧伊茲站在門口，「你聽到主人說的了，她要我們離開。」

「你先走，」喬回答，「我留下來。」

瑪妮搖搖頭，「讓我靜一靜。」

喬把她帶到椅子上坐下，在她面前蹲下，「瑪妮，我那樣挑釁妳是必要的，我需要知道馬爾康是否還存在。」

「我沒有做那些事，」她輕輕說，「我沒有傷害任何人。」

他們離開了，那「黑臉白臉」的表演結束了，頗為精采。他們以為自己已經發現了真相，可是完全不知道我的能耐……我為瑪妮做了什麼，她為我做了什麼。

我到樓下去，穿過後門到花園。除了有小孩的住戶之外，其他人很少用這片草坪。伊萊亞和丹尼爾以前會在這裡對著牆壁踢球、玩捉迷藏。我沿著公寓外牆，順著水泥排水道，聞起來有雜草和潮濕土石的味道。地下室的窗戶裝著鐵條，我蹲在其中一扇窗戶下方，抬頭透過百葉窗的縫隙偷看，一眼被裡面流洩出來的燈光上了色。

我看到管理員在玻璃後方來回移動。他在用划船機，膝蓋和手臂像活塞一樣。我用手指撫摸窗沿。他家裝著警報系統，但沒有連結到保全公司，不用擔心看門犬。這些細節必須確認。

我腦袋裡有蜜蜂嗡嗡作響，不過現在比較安靜了。等待、往回走、再從後門進入，穿過大廳。我看了樓上一眼，確認沒人下來後才敲門，門開了一個縫。

「有什麼事？」

「我們得談一談。」

39

柔伊把手指伸進塑膠桌布上一圈凝結的水氣裡。阿波羅披薩店很忙碌，不過大多是外帶，因為這裡沒有空調，座位也不多，所以很少人選擇在這裡用餐。披薩烤爐傳出的熱度把柔伊的一綹髮絲黏在額頭上，空氣中滿是烤起士和嶄新厚紙板的味道。

柔伊偶爾看看門口，等著萊恩．柯曼出現。主廚里卡多是個老先生，他用手掌把麵糰揉成球狀，手背上的斑點宛如深色雀斑。

他看了柔伊一眼說，「妳男朋友去送貨。」

「他不是我男朋友。」

「妳也可能挑到條件比他更差的。」大廚說。

柔伊臉紅。

她自問到底來這兒做什麼？萊恩會有什麼反應？他們兩個都會很難為情、尷尬地找話說。學校一個叫絲黛．蓋伯斯的女生炫耀自己跟男生上了本壘，可是沒人相信。柔伊不想做那種事，她不是沒親過男生，只是比較想找個能談心的人。他們在露絲．卡斯茅斯基的生日派對上玩轉瓶子的遊戲，輪到她轉的時候瓶子對著托比．韓德瑞克，他們被送進櫃子裡，關上門在裡面待五分鐘。那個放掃把的櫃子放著清潔設備，漂白水和消毒水的味道刺激她的眼睛。他們站在黑暗中，緊貼著牆壁面對面，聽著彼此的呼吸。最後柔伊無法忍受，往前把嘴唇湊上托比的嘴唇，嚐到飲料和洋芋片的味道。她的牙齒碰到他的牙齒時她後退，托比的手一直放在兩邊。然後鈴聲響了，有人用力敲門，他們出來面對口哨聲和歡呼聲。托比對朋友露出得意的笑容，擺出青少年似乎最擅長的吹噓姿態。

柔伊不明白有什麼了不起。電視、雜誌與網路都充斥著與性有關的內容，可是柔伊認識的朋友並沒有真正在做，大家都摸索著度過青春期，真的就是摸索，等待意外的正確或錯誤的時機。

她手上的百事可樂已經不冰了。一輛機車在外面停下，萊恩下了車，摘下安全帽掛在手上，先撥開遮住眼睛的頭髮再用背部開門，最後一刻才看到柔伊，停下腳步。

「嗨。」他說。

「嗨。」

「還好嗎？」

她點點頭，覺得很蠢，「我剛好在附近。」

「喔，妳想吃披薩嗎？」

「不想。」

「好。」

「你幾點下班？」

「十點。」

「喔。」

大廚看著他們，「你可以休息十分鐘，」他告訴萊恩，「艾瑞克可以送下一批。」

萊恩帶她穿過廚房到外面的後巷，這裡有塑膠椅排在切成一半的油桶旁，裡面裝滿沙子和煙蒂。柔伊坐下來，雙手夾在大腿之間。

「你聽了我燒給你的CD嗎？」

「有，很好聽。」

她點點頭。

一分鐘經過。

「妳想做什麼？」他問。

「你想做什麼？」她反問。

萊恩聳聳肩。

「你想吻我嗎？」柔伊問。

「大概吧。」

他們同時彎身向前，這個吻只維持了幾秒鐘，可是在那一瞬間柔伊彷彿漂浮了起來，屏氣凝神、靈魂出竅。她感覺到他的舌頭在她的唇間，讓它停留在那裡。萊恩的髮絲掠過她的眼皮，她沒有撥開。

萊恩往後退，喘口氣說：「我得回去工作了。」

柔伊看看手錶。她不想回家，想跟萊恩坐在一起，再靈魂出竅一次。

大廚打開廚房門說，得送披薩了。柔伊進去拿了書包，跟著萊恩走到機車前。他把一個裝披薩的袋子放進置物箱裡，揮揮手，迴轉甩尾消失在路口，朝西波恩路前進。

柔伊低下頭，跳了一下，走路回家。

40

伊萊亞從床上拿了一條毯子掛在衣櫃的門把上，用羊毛毯做成門，將衣櫃隔成小房間。他坐在衣櫃裡，耳朵貼在牆上聽著，用指節敲敲平滑的木頭發出回音，他把眼睛對著縫隙，再聽一次。

他聞到頭上母親衣服的味道，其他的味道屬於他的父親，可是伊萊亞對他幾乎沒有印象。有時伊萊亞很好奇他是否真的存在，自己卻有著無法解釋的記憶，高高坐在男人的肩膀上，大叫他是城堡之王。他還有其他的回憶：搞笑的聲音、肚臍放屁、在花園裡踢球。

伊萊亞對著臥室大叫：「媽咪？」

她沒有回答。

伊萊亞又把耳朵貼在牆上，用手指勾住縫隙，前後拉扯著木板，三夾板的邊緣刺痛他的手指，但是往旁邊移動了一寸。一隻黑白腳掌滑過他的手指，是一隻貓，貓掌又穿過縫隙。

「媽咪？有一隻貓。」

沒有回答。

伊萊亞靠在木隔板上，把手指推進更深處，碰到可旋轉的金屬勾，隔板鬆開，貓往後跳開。

伊萊亞往前爬，「過來，貓咪，貓咪……」

瑪妮很擔心柔伊，她早該到家了，卻不接手機也不回簡訊。她再試一次，留言給她。

伊萊亞很安靜，瑪妮去看他。

「你躲起來給我找是嗎？」瑪妮探頭看他床底下及門後方，「近一點了嗎？你在哪裡？」

她檢查客廳，尋找明顯的躲藏地點：沙發和門的後方，然後沿著走廊尋找，「你知道不可以進柔伊的房間喔，」她說完探頭看看柔伊的床下，又看到筆電，「伊萊亞？拜託出來，我很擔心，我不想玩了。」

她回到主臥室，看到衣櫃門開著，伊萊亞從床上拉了毛毯掛在衣櫃的把手上。她爬進他的小隔間想嚇他。

「哈哈！」她掀開毛毯，衣櫃裡只有鞋子、掛在裡面的衣服和各種玩具，可是好像哪裡不對勁。衣櫃後方應該有一塊隔板，現在卻出現一個莫名其妙的洞，有人或什麼東西穿透了兩棟建築之間的雙層磚牆。

「伊萊亞？」

瑪妮向前爬，裙子卡到膝蓋及凹凸不平的磚塊，雙手摸到平滑的表面，那是另一個房間的地板。窗簾緊閉著，那股黑暗使瑪妮覺得難以呼吸或開口。

「貓咪，貓咪。」

那是伊萊亞的聲音，可是她看不到他，「你在哪裡？」

「在這裡，」他說，「有一隻貓咪。」

「過來我這邊。」

她站起來，腳下的舊地毯黏乎乎的。她看到也許是家具的輪廓，可能是床鋪或沙發，可是，這裡聞起來像密閉空間或廢棄屋。

「伊萊亞，別管小貓了。」

「可是牠只有自己一個人。」

「牠不是我們的貓。」

瑪妮腳下的地板發出嘎吱聲，房間真的很暗，她得伸出雙手摸索著前方。她摸到一堵牆，找到電燈開關後往上扳，卻沒有動靜。她抬頭看了天花板一眼，約莫看得出燈座是空的，有人把燈泡拔掉了。

「伊萊亞，我們得走了，過來媽咪這邊。」

走廊的光線比較亮。瑪妮探頭看第二間臥室，看到窗簾開著，裡面擺著一張很高的單人床，彈簧床下方放著一個尿壺，床上披著女性衣物、吊襪帶及穿過的鞋子。壁爐上方擺著一個小型瓷器人像，是個穿著粉彩洋裝、撐著陽傘、拿著花束的女孩。瑪妮撞倒帽架，趕緊在它倒下前扶起。一頂假髮移位，看起來像路上被撞死、壓扁的動物。

她沿著走廊找到沒壞的電燈開關，牆上似乎掛著一片片凹凸不平的長條壁紙。接著，她發現牆上貼著照片和捲起的紙張，她很快掃瞄一遍，目光定在某個熟悉的東西上，花了點時間才認出其中一張照片裡的自己……另一張……又一張。這裡有她婚禮的照片，還有畢業典禮、母親的葬禮、柔伊在布萊頓的旋轉馬車上、騎機車、走路到幼稚園、瑪妮上體操課、幫櫃子磨砂、粉刷臥室、坐在躺椅上、購物、騎單車、和潘妮喝咖啡……

隨意夾在這些影像之間的是食譜、票根、名片、銀行帳戶明細、電話帳單影本、街道圖、借書證、停車告示、購物單、汽車行照……這根本就是一面剪貼牆，凹凸不平的剪報、照片和浮光掠影記錄著瑪妮的人生。

瑪妮震驚地凝視、上下瀏覽著，恐懼如小動物般在胸部蠕動，尋找地方躲藏。她小時候曾經和其中一個年紀較大的寄養小孩一起去電影院。他們本來要看《大魔域》，可是買不到票，只好偷溜進去看《半夜鬼上床》。瑪妮遮著眼睛還是聽得到音樂和尖叫聲，就算摀住耳朵也看得到佛萊迪·克魯格閃亮刀片般的手指。

電影散場時已經天黑，他們先搭公車，再從大馬路步行到農場。那個男生丟下她先跑回去，關掉門廊的燈和屋子裡所有的燈，然後躲在黑暗的走廊。瑪妮開了門，伸手開燈時卻摸到他的手，放聲尖叫，雙腿之間一股濕濡流到靴子裡。她現在就是這種感覺。

她轉頭看著廚房，一隻貓坐在冰箱前等著被餵食。伊萊亞跪在地板上，水槽裡放著一個咖啡杯，流理臺上有吐司屑和一個盤子。

「伊萊亞，回家。」

「貓咪怎麼辦？」

「回去！」

她的聲音嚇到男孩，他下唇顫抖但照做。

一個櫃子開著，裡面的罐子貼著標籤：麵粉、米、義大利麵。貓蜷曲在她的腳踝，側臉磨蹭著瑪妮的赤腳。冰箱門用磁鐵貼著一張紙條，她認得是柔伊的筆跡。

我想謝謝你借我筆電，幫我整理我爸爸的臉書網頁。我明天會想辦法去圖書館跟你碰面。

伊萊亞在另一間臥室大叫：「媽咪，妳要過來嗎？」

「待在你的房間裡。」

「妳找到馬爾康了嗎？」

問題卡在她的喉嚨，她再試一次，「誰？」

「我的朋友馬爾康。」

「待在那裡，別過來。」

瑪妮注意到廚房中央擺著一座梯子，梯子上方的天花板有個洞。她瞪著那正方形的黑洞，抓住梯子一格格爬上去，進入洞裡，看著樓板之間的空隙。洞口旁放著一支手電筒，她打開手電筒照著前方，露出一個爬行的空間，長度和寬度相當於天花板。屋瓦下的空氣很熱、臭酸，隔熱方格塞在屋樑和天花板的托樑之間，上面釘著木板，一整片連到斜屋頂的另一頭，距離愈遠、空間愈狹窄。

瑪妮看到床鋪、保溫壺和面紙。

她往前爬，把重量放在屋樑上，右手拿著手電筒慢慢爬，十呎……十五呎……二十呎，爬進那個洞裡。

不是個好主意，她想，糟透了。

她在床鋪前停下，隔熱方格已被移開，針孔般的光線製造出細細的光束，照亮她的指尖。她彎下去看著發出光亮的地方，結果瞪著自己的臥室，看到自己的棉被枕頭和梳妝臺。

她移到旁邊的光束，下面是柔伊的房間，接著是伊萊亞的房間、廚房、客廳。這是某人的制高點……躲藏處。

天花板下方傳來鑰匙開鎖的聲音，大門打開後氣壓改變。可是打開的不是瑪妮臥室的門……也不是柔伊臥室的門。她爬過天花板從洞口往下一看，一個身影走過梯子下方，接著傳出重物丟到桌上，水龍頭打開，壓出洗手乳，洗手的聲音。

她腦袋出現尖叫聲。

快逃！

逃去哪裡？

逃就對了！

瑪妮的手機壓著臂部的肉，她翻身用顫抖的雙手拉出手機。喬．歐盧林傳了訊息給她，她沒有讀，直接按下：

救我！

這樣還不夠，她雙手捧著手機撥打一一九。下面那個人走進另一個房間，她就在梯子最上方的天花板裡。有人接聽，她蓋著手機低聲說。

「我需要警察，有一個男人在偷窺我。」

「什麼男人？」

「我被困在他的天花板裡。」

「請給我妳的姓名和地址。」

瑪妮提供了細節，「快派警察來。」

「妳說妳被困住，妳需要消防隊嗎？」

「他現在在這裡。」

「誰？」

天花板下方那個男子走回廚房裡，瑪妮看到他的鞋子，安靜地屏住呼吸。他站在梯子下面，她看不到他的臉。

接線生還在說話，「喂……喂？」

他爬上梯子，瑪妮掃瞄上面的空間尋找脫逃路線、武器或躲藏處。她四肢並用爬到天花板的另一頭，每一次移動都縮著脖子，努力不發出聲音。

笨女人！笨女人！

他一直透過牆壁在跟伊萊亞說話，從天花板偷窺他們……給柔伊禮物。

梯子又發出嘎吱聲。瑪妮閉上眼睛片刻，細細品嚐這黑暗。接著另一個聲音出現，這次比較遙遠，卻重要的彷彿近在眼前。

「媽咪？」

第二部

「如果是你關心的對象就不算偷窺。」

——《瘋狂導火線》

41

為了避開人行道上的裂縫，柔伊加大步伐或快速滑行。起重機背後映著天空，輪廓彷彿通往未完成大樓的樓梯或通往雲層的加長梯子。柔伊的舌頭還感覺得到萊恩舌尖的碰觸，品嘗著。她媽媽不論說什麼或做什麼都無法破壞或奪走這個回憶。

她一面爬上公寓前的臺階一面找鑰匙，找到金黃色那一支插進去，轉頭看了街上一眼，注意到什麼，可是一晃眼就不見了。她走進大門後看了信箱一眼，上了兩階樓梯又停下腳步。入口另一頭崔佛家的大門微微開著，她本以為他在偷窺她，可是門縫後方並沒有人。

她上樓回到家，踢掉鞋子放下書包。通常伊萊亞一聽到她回家就會從走廊飛奔出來迎接，今天卻沒有出來歡迎她回家。

「媽？」

她走到廚房裡。

「伊萊亞？」

爐子上沸騰的義大利肉醬黏在鍋底，都快煮乾了。她關掉爐火，流理臺上放著千層麵的麵皮跟已經凝固的起士醬。他們在哪裡？她故意晚歸懲罰母親，她卻根本就不在家。

柔伊穿過公寓來到陰暗的客廳，還沒開燈就注意到天花板上的一個圓點亮光，彷彿夜空裡唯一的星斗，可是開燈後這個「星星」就不見了。她窩在沙發上看手機，媽媽傳了兩則簡訊，留了兩通留言叫她趕快回家。她打出回覆。

我到家了，妳在哪裡？

等待。

沒有回覆。

也許她在樓下布默爾家或崔佛家。不，她不會跟崔佛說話的。柔伊穿鞋下樓，來到三樓的樓梯口時被一個聲音嚇了一跳，布默爾太太從門縫後方探出頭，蒼白的眼珠彷彿白色大理石，皮膚上的皺紋有著樹幹般的紋路。

「親愛的柔伊，我還以為妳是崔佛。他家大門開著。」

「妳敲過門了嗎？」

「他沒回應。」

「妳進去看了嗎？」

老太太搖搖頭，「這麼做不太好。可是崔佛答應幫我通水管。」

「我對水槽不是很拿手，」柔伊說，「妳見過我媽嗎？」

「沒有，親愛的。」

柔伊很好奇為何老人家的嘴巴總是開開的？好像沒張嘴就聽不清楚。她來到一樓敲崔佛家的大門，聆聽是否有動靜。她進了門，雙手抱胸，呼叫崔佛的名字。小客廳擠滿不搭的家具和凌亂的架子，一個舊的海軍置物櫃當茶几用，DVD隨意堆在牆邊，她注意到有些封面是裸女。

「崔佛？你聽到我叫你嗎？」

柔伊的聲音卡在喉嚨，腦袋某處聽到保齡球滾在球道上般的隆隆聲。她沿著走廊來到一間臥室前，看到黑暗中擁擠的巨型深色家具。

她看得到一個人的輪廓直挺挺地坐在扶手椅上，瞪著牆壁。

「崔佛，你還好嗎？」

沒有回應。

「你的大門開著，布默爾太太很擔心。」

柔伊走進臥室，伸手開燈後轉身回來面對坐著的那個人。崔佛的胸前和手臂都纏繞著膠帶，嘴巴因塞滿東西而變形；從嘴角滲出、流到下巴的血液把嘴裡塞的東西染成深色。他大便失禁，空氣中惡臭四溢。

柔伊花了片刻時間想理解這一幕，但實在無法消化，也不想消化。她的視線往下尋找崔佛的手……卻找不到。然後她看到了，崔佛的雙手手掌向上，小指相連，躺在地板上的雙腳之間。

柔伊摀住嘴巴往後退，胃部一陣翻攪、痙攣，她蹣跚地衝到浴室，對著骯髒的馬桶嘔吐，一次、兩次、吐光了。她伸手接水漱口，眨眼忍住淚水。

怎麼辦？什麼都不要碰，打電話報警。也許他還活著。她撥打一一九。

「發生了謀殺案。」她一面低聲說一面回頭看，萬一這裡還有別人怎麼辦？

接線生要了她的姓名和地址，她得描述場景。

「他還在呼吸嗎？」

「我不知道。」

「他受了什麼傷？」

「他沒有手。」

「什麼意思？」

「有人把他的雙手切掉了。」

「柔伊，妳幾歲？」

「十五歲。」

「妳的母親在哪裡？」

「我不知道。」

「妳認識椅子上的男人嗎？」

「他是我們的管理員崔佛。」

「妳該檢查一下他是否有呼吸，柔伊，妳做得到嗎？」

「可以。」

「如果他沒有呼吸的話，立刻離開公寓，什麼都不要碰，外面安全嗎？」

「我不知道，布默爾太太在家。」

「布默爾太太是誰？」

「我們的房東太太。」

「妳到布默爾太太家去，警察和救護車馬上就到。」

柔伊看了崔佛一眼，他看起來像木乃伊，彷彿體內的水分都被吸光了，任其乾燥、粉碎。他的嘴巴被塞進裡面的東西撐開，鼻孔有乾掉的血塊。他的胸部發出低沉的呻吟聲，有空氣洩出。也許他還活著。柔伊走到他後面解開打著的結，拉開綁在嘴上的東西。崔佛雙眼驚恐地瞪著她，彷彿哀求她的協助，可是他沒有呼吸。

柔伊聽到後面有聲音，布默爾太太站在門口，正舉手蓋住張大的嘴。

「天啊，妳做了什麼事？」

42

「請不要傷害他，」瑪妮說，聽到自己的聲音在空曠的天花板迴盪。

那名男子一手握著伊萊亞的脖子，另一手放在他的肩膀上，刀尖對著小男孩的右耳。瑪妮沒有看著刀子，而是看著那名男子的臉。他的面孔並不是特別容易記得的那一種，可是她卻記得。他說他母親去世了，第二天就要舉行葬禮。他留下遺言和遺囑，瑪妮說服他不要這麼做，他第二天還來電道謝。

歐文抬頭看著她，注意到她的關切之意。他把刀子放在廚房餐桌上，低頭吻了一下伊萊亞的頭頂。他的穿著和上次不一樣。這次他穿著緊身毛衣、深色牛仔褲、尖頭皮鞋，剃得光溜溜的腦袋抹了油，她第一次見到他時他一定是戴著假髮。

「下來，手上不要拿東西。」

瑪妮轉過身下樓梯，把裙子壓在雙腿上，看了餐桌和刀子一眼。

「我是妳的話可不會這麼做。」他警告瑪妮。

她看著走廊盡頭的客房、衣櫃、牆上的洞。

「被我封起來了。」他彷彿看出她的心思。

「你是誰？」

「妳應該記得我吧？」

「你為什麼要偷窺我們？」

「我在守護你們。」

伊萊亞興奮地抬頭看著她說：「這是我朋友馬爾康。」

瑪妮搖搖頭，很難領會這個狀況和這個名字的意義。

歐文還抓著小男孩，「我並不希望這件事發生……時機還沒到。」

瑪妮不懂他的意思。

「我們得離開了。」

「去哪裡？」

「安全的地方。」

她聽見遠方的警笛聲，是警察，他們來了，感謝老天！

「他們不是來救你的，」他細細研究她，「樓下發生了意外。」

「什麼樣的意外？」

「或許不能稱為意外。」

那名男子的眼神中有種奇怪的光芒，彷彿因興奮而顫抖，享受著每一個細節。

「你在瞪什麼？」瑪妮問。

「妳。」

43

喬收到瑪妮的簡訊時已經快到家，他回電她卻沒接。遠處傳來警笛聲，從這個距離聽起來像小羊顫抖的哭泣。喬回頭轉到艾爾金大道，確認走路時手臂自然擺動，沒有同手同腳。

警車呼嘯而過，戛然停止，阻擋街道，警員湧出車門衝上臺階。過了一會兒，一名警員護送柔伊走下臺階，她披著錫箔保溫毯。

喬來到公寓附近，從馬路對面和柔伊目光接觸，她的凝視中有著比恐懼更深沉的情緒。

「妳母親在哪裡？」他問。

「她不在家。」

「伊萊亞呢？」

她搖搖頭。

「那麼是誰……」

「管理員。」

一名警員前來質問喬，想知道他在做什麼。

「我是這家人的朋友，」他看著柔伊要她證實，她點點頭，「我收到柔伊母親傳來的簡訊。」

「什麼簡訊？」

「她說她需要協助。」

那名警探轉頭看了公寓一眼，「在這裡等。」

喬過了一會兒才知道這句話是對他說的。現場出現更多警員及救護車，公寓入口擠滿人，人們從附近的建築物出來，有人把臉貼在窗戶上，從門縫後方探頭看著。

他打電話給盧伊茲。

「你最好趕快過來。」

「她做了什麼事？」

「我不知道。」

警車後座有漢堡和消毒水的味道。柔伊縮在錫箔毯裡發抖，卻不是因為覺得冷。

「發生了什麼事？」喬問。

她搖搖頭，努力想讓舌頭發揮功用，說出字眼和句子。她描述回到家發現家裡沒人……尋找母親……發現崔佛。喬要她描述崔佛的傷勢。

「什麼人會做出這種事？」柔伊問。

喬沒有回答。在某些文化裡，斷手是為了懲罰竊賊或強暴犯，如丟石頭或釘十字架一般古老的儀式。可是柔伊所描述的場景並沒有線索顯示這是儀式殺人。

「妳見到母親了嗎？」

柔伊搖搖頭，「她沒有接電話。」

喬想起簡訊，瑪妮需要援助。他也想起他們上次見面時她對他說的話，雙眼炯炯有神，堅定主張自己的清白。

柔伊深深吐氣，喬的皮膚感覺到她的鼻息，看見她眼中的驚恐。她充滿期待地看著他，熱切尋求保證與答案，更想尋找一個幸福的結局。

瑪妮本來就有可能發現我的存在。我採取了一些預防措施，也試圖偽裝我的存在，但我知道總有一天她會在人生裡看到我留下的印記。我能一一細數自己所犯的錯誤，但如今於事無補，是我自己不小心讓她跨牆而來。如今她就在我的眼前，我聞得到她，想要的話也碰得到她，不需要再把臉貼在玻璃窗或從天花板偷看。

瑪妮並不是第一個，在她之前還有一個。總有一天我會把完整的故事告訴她，她會理解我們人生如何併行，僅隔著短短距離。我的第一個真愛是住在隔壁的女人，不是那個恐怖的法麗芭，而是在康恩家搬走後才出現的那一個。

克莉絲汀娜是我所認識第一個道地的嬉皮。她穿半透明的棉質上衣，不穿胸罩，有時赤裸著上身在花園做日光浴。她丈夫年紀稍長，留著長髮和鬍子，看不出他到底想當耶穌還是查爾斯・梅森。他們家總是很多人：退學的、吸迷幻藥的、信奉新時代運動的、穿著印花土耳其式長衫的女孩、手臂戴著叮叮噹噹的手鐲，男生則留著長髮和鬢腳。他們開著鮮豔的胖卡，在後院種大麻，告訴鄰居那是蕃茄。他們談到流浪世界，拜訪群居社區和嬉皮村，尋找人生的真義，彷彿真的有人生真義這種東西。

幾個月後，這些漂泊不定人群飄走了，出發旅行、到他處暫住、或到企業工作「賣身」。七〇年代如退潮般消失，只有少數被沖上岸，如死魚般腐爛。

後來，克莉絲汀娜大部分的時間都獨自一人。我會躺在床上，聽她跟著收音機或唱片一起唱歌，一面用珠子做掛圖，在洋裝上縫蕾絲邊後拿去市集販售。她也當藝術家的模特兒賺錢，在大學當藝術系學生的人體模特兒。

她丈夫很少在家。我猜他在火車或在油田工作，他回家時我會聞到院子飄來大麻的味道，模仿他們的爭吵，聽著他們在床上或吃早餐。有時我會偷偷跑進他們家的院子裡，穿過洗衣房的門進入地下室。這裡沒有隔間，但頭頂的空間不一。在廚房下面可以挺直身體，到了客廳下面就得趴在地上用爬的。有些地板已經老舊、彎曲，中間的縫隙足以讓碎屑或鑰匙穿過。我抬頭就看得到克莉絲汀娜在上面活動，穿著洋裝，裙擺在大腿飛舞，經常不穿內褲。

地下室放著很多舊家具，其中一張扶手椅的椅腳是獅爪，我坐在上面，頭往後仰就可以看著克莉絲汀娜煮飯。我十五歲生日那一天，她把放著髒衣服的洗衣籃靠在臀部，從後門旁邊的樓梯下樓到洗衣房。我躲在舊鍋爐後面看她整理、分類。她一定是注意到什麼動靜或聽到我呼吸，因為她知道我在那裡。她沒有打電話報警，也沒有把我拎回家交給我媽，只是繼續把髒衣服放進洗衣機裡，愈彎愈低，讓我看到整個漂亮的臀部。我夢想雙手握著那美臀，撫摸夾在中間的地方。

「你偷看我多久了？」她問。

我沒有回答。

「我要上樓了，你要來嗎？」

我跟著她到廚房，她拉出一張椅子，一面做家事一面跟我聊天，不算聊天，因為我幾乎沒開口。

「我要上樓吸地毯，你想要的話可以來看。」

我遲疑了。

「不一樣對不對？」她問，「被發現之後感覺就不一樣了。」

我搖搖頭。

「我無法改變這一點。」

她上樓去，我坐在廚房聽著時鐘滴答滴答、冰箱和音樂的聲音。我跟著她上樓，坐在床上看她吸地毯，聽她說披頭四和滾石合唱團出賣了他們的原則。她喜歡迪倫、伍迪・蓋瑟瑞和瓊・貝茲。她說快樂的祕密就是分享自己所擁有的，建立社區精神。她也談到佛教和啟蒙，但我大多聽不懂。

她不吃肉，可是她不稱自己是素食者，而是用了一個我不記得的名稱。她說她自己做香皂和蠟燭，夏天自己種蔬菜，可是不用殺蟲劑，因為殺蟲劑毒害地球，害大家得癌症。

我聽著，看著。

第二天，她來洗衣服的時候並沒有找我，而是明知道我在那裡還自顧自做她的事。她淋浴後光著身子在屋裡走來走去，不穿胸罩也不遮掩。她依然繼續穿洋裝，而且依然沒穿內褲。

我在她身邊時總是覺得很緊張。我從未有過異性朋友，學校的女生對購物和年紀較大的男生比較有興趣。我是個外人，很少在同一所學校待很久，因此總是交不到朋友，還沒讓大家認識就又離開了。

她第一次帶我上床時，我嚇壞了。

「只是擁抱而已，」她說，可是我不習慣被擁抱。我努力讓腦袋一片空白，可是有她的雙手根本不可能做得到。我很驚訝被別人的手撫摸時感覺如此不同。

「只是個意外，」她擦掉我流出的體液，「沒必要悔恨，不過真不該浪費掉。」

我不懂她的意思，還以為她在給我禮物，可是她也從我這裡得到了些什麼。她跟我十指交握，翻身跪著，要我從後面進入，這樣她才能從衣櫃門的鏡子看到我們。我張開雙腿，挺起腹部，背部往前彎，推進她體內。我以為我太用力，可是她叫我再用力一點。

她向我解釋為什麼她的乳頭會變硬，而我又該愛撫哪裡，她低聲指示要我輕一點還是用力一點。她似乎很專注地尋找快感，彷彿我們把針掉在地毯上。找到了！就是那裡！對！

我從來沒有吻過女生，可是我知道性交是怎麼一回事。我媽是妓女，我生命中的前四年都被關在衣櫃裡，不敢呼吸，透過門的縫隙聽著血肉之軀碰撞的聲音。可是這不一樣。克莉絲汀娜把我推到床上，跨坐在我頭上，將她的性器湊到我嘴上。

我沒有聽到她高潮，因為她的大腿蓋住了我的耳朵，可是能感覺到她的身體在我舌尖顫抖、滾動、震動。接著她躺平，將我拉到她身上、拉進她體內，鼓勵我，直到我高潮。

我們在她的臥室發生第一次。後來在屋子裡的每個房間做愛，有一次在地下室的扶手椅上，烘乾機在一旁發出有節奏的隆隆聲。

這次她老公在家，他大聲呼喚她。

「妳在哪裡？」

「在地下室，」她回答。

「妳在做什麼？」

「洗衣服。」

我以為自己會在她體內軟掉，可是依然保持堅挺。她繼續移動臀部，自顧自微笑。

這是她留給我的禮物。每次我想回憶第一次真正快樂的時刻時，便一次又一次回到這一刻。我能召喚出那地下室的黑暗，她身體的溫暖，在她體內深處射出，同時抬頭看著地板間的縫隙，看著她老公在廚房走動。這段外遇（可以這麼說嗎？）持續了六個月，我記得每一次的幽會。我的迫不及待，她的矛盾，直到我進入她。我加倍努力，緊緊靠在她的胸部，我會抬頭一看，看到她對著我微笑，露出的是友善的仁慈，而非慾望。我高潮時她會把我推開，咕噥說：「走開！」

她會把洋裝拉好，我會拉她過來，手指緩緩由大腿往上，親吻她右乳上方那個心型的痣。她會閉上眼睛，無助地呻吟，給我她的雙唇。

這一切是怎麼結束的？她二十九歲，我十五歲，對我來說這就是真愛。我喜歡想像克莉絲汀娜與我陷入愛河，可是現實上我感覺得出她只是無聊、想尋歡作樂，而且剛好天時地利人和。

那是個星期天的早晨，她老公在地下室發現我，以為我在偷她內褲，把我抓到警察局。警方看了我的檔案，送我去見精神科醫生，那個女的名字就很像精神科醫生，懷斯醫生之類。她的櫃臺小姐奈潔拉很辣，特別喜歡用某種音調說話，好像每件事都令人很興奮、不可思議、很驚奇。

懷斯醫生叫我老實說，敞開胸懷，她想知道我是否喜歡女生。

「當然。」

「你喜歡她們什麼？」

「她們的味道。」

「還有呢？」

「看著她們。」

「撫摸她們呢？」

「我猜也是。」

懷斯醫師問到我跟母親之間的關係，想誘拐我全盤托出整個亂七八糟的家庭生活。我說我不想談那部分，她因而指責我情緒發育不良，不論那是什麼意思。當時我已經快滿十六歲，可以從軍。

募兵軍官的上唇有一個疤痕，因此看起來永遠在冷笑。他告訴我女生看到我穿制服會自動「脫褲子」，接著他用力拍我的背，讓我不小心把口香糖吐在地上。

「士兵，撿起來。」他說。

那是我接到的第一個命令。

44

盧伊茲穿過警方封鎖線，彎腰越過犯罪現場塑膠帶，彷彿對他不適用。他六年前交出警徽，不過就算已經沒有警探的權威也還有那個架勢。他來到警車和救護車旁，停下腳步，似乎在消化這一幕，彷彿它們會提供答案。

「這裡由誰負責？」

「老大在裡面。」一名警佐說。

盧伊茲看到教授和一名少女在警車後座，那一定是瑪妮的女兒。詹尼亞探長從公寓出來，視線定在盧伊茲身上。「是誰讓這個人進來的？」

警員表情茫然，含糊咕噥著。

詹尼亞向盧伊茲說：「回家吧，文森，這裡沒你的事。」

「發生了什麼事？」

「明天看報紙就知道了。」

探長開步離開，突然又停下腳步轉身，「你知道瑪妮．羅根在哪裡嗎？」

「不知道。」

他指著警車，「你朋友嗎？」

「他是瑪妮的心理諮商師喬．歐盧林。」

詹尼亞離開前彷彿在咀嚼這個名字。

「你弄錯了。」盧伊茲大叫。

「反正也不是我第一次弄錯。」

「教授能協助你破案。」

「他會有充分的時間開口。我可以拘留他四十八小時。如果發現他向警方隱藏線索，我會以妨礙司法公正，謀殺案幫兇的罪名起訴他。」

「什麼謀殺案？」

這時，急救人員從公寓裡抬著擔架下臺階，在人行道上放下輪子時發出的嘎嘎聲顯然表示沒有生還者。

「那名管理員，」詹尼亞說，「我敢打賭犯罪現場一定到處都是瑪妮．羅根的ＤＮＡ。」探長對一名沿著鐵柵欄拉封鎖線的警員大吼下令，臺階上方撐起一頂白帳棚擋住入口，探照燈的光線穿過窗簾邊緣照在地上。

「回答我這個問題，」他再度對盧伊茲說，「瑪妮．羅根危險嗎？」

「教授怎麼說？」

「我不是在問他，我在問你。」

盧伊茲低頭看著皮鞋鞋尖，詹尼亞一臉嫌惡地盯著他瞧。

「那我就當成是了。」

哈洛街警局是棟優雅的建築，有喬治亞式窗戶與石膏花飾。十年前盧伊茲領導重案小組時，這裡是他的地盤。如今沒什麼改變，裝潢仍然一樣是公務機關的灰色調，只有偵訊室偶爾使用粉色系以安撫街上拖進來接受偵訊的野蠻動物。

詹尼亞探長一直讓他們等。盧伊茲彷彿在籠子裡繞圈圈般不停踱步，喬則一副專心的樣子，看起來似乎在估計新地毯的尺寸。他要盧伊茲安靜，因為他需要時間把這些細節串連在一起，賦予其意義。解離性障礙、馬爾康、瑪妮、管理員。崔佛威脅她，他失去雙手。

盧伊茲還在踱步，「是她下的手嗎？」

喬抬起頭。

「瑪妮——那雙他媽的手是她切掉的嗎？」

「我不知道。」

盧伊茲的反應彷彿在喃喃自語：「這就是你最好的答案嗎？」

喬道歉，他知道盧伊茲期待自己揭露更多。兩人相識的十年間，喬從來不曾覺得如此迷惘，如此無助地想要答案。平常，他幾乎能憑直覺去理解人類的行為——好的、壞的、詭異的、窮凶惡極的、人格違常與反社會、瘋狂邊緣與社會邊緣。可是這次不同，彷彿人類互動的過程只是一場充滿誤解的滑稽劇。我們隨時可能對人產生誤解：見到他們之前、預期見到他們時、和他們在一起時、回家告訴別人這件事時。然而，正確解讀一個人是喬的本事，縱使錯誤解讀才是更有意思的一條路。

詹尼亞探長在凌晨出現，疲倦如透明泡泡一個個在他眼前破掉。他抓起一張椅子翻過來倒坐著，喬注意到他鼻子上的雀斑使他看起來比較年輕，就像不經意被相機捕捉到的學生。

「你是怎麼被瑪妮．羅根這種瘋子唬過的？」

他問這個問題是刻意挑釁。

「我不相信她是瘋婆娘。」

「聽你他媽的在胡扯。」

喬不理會他的言語侮辱，「柔伊還好嗎？」

「有人在照顧她。」

「你們拘留她？」

「兒福單位會安置她，等我們找到她的母親或父親。告訴我瑪妮．羅根的事。」

「你想知道什麼？」

「她在哪裡？」

「不知道。」

「她有家人嗎？」

「她的父親住在伊林的安養院。」

「朋友呢？」

「你可以查她的通聯記錄，」盧伊茲已經漸漸失去耐性。

「會的，」詹尼亞回答，「我們也通知了機場、火車站和客運總站。她帶著小男孩，他幾歲？」

「四歲。」

「他有危險嗎？」

喬遲疑片刻，看了盧伊茲一眼。

「你們互相看來看去，」探長問，「那是什麼意思？還有什麼事沒告訴我？」

喬做了決定，「兩天前，我跟一個精神科醫師見過面，他在瑪妮．羅根小時候治療過她。他告訴我的內容必須保密，不能用在法庭上。」

「教授，別拿法律來教訓我。」

喬又看了盧伊茲一眼，他點點頭。接下來的十五分鐘裡，教授解釋他與史登醫師的會面內容以及他所揭露的瑪妮的精神病病史。他描述第二重人格的出現，與瑪妮共同存在，逐漸整合、消失。

「你認為馬爾康回來了？」詹尼亞問。

「雖然可能性微乎其微，不過是的。」

「這個另一重人格可能殺了尼爾·昆恩、派翠克·韓尼希和那個管理員？」

喬沒有回答。

詹尼亞看著盧伊茲，「你相信這些鬼話？」

「我認為你該聽進去。」

探長突然起身，椅子翻倒，「教授，這個女的在玩弄你，她的目的是混進戒備森嚴、提供很多彩色藥丸跟藝術課程的精神病院，待上一陣子就可以出來了，像鳥兒一樣自由。三名男性死者中，我們在其中兩個犯罪現場找到瑪妮·羅根的ＤＮＡ，我拿倫敦跟你賭一塊磚頭，我們在管理員的公寓裡也會找找到她去過的證據。那個女的是個冷血殺手，我絕對不會放過她。」

45

汽車腳踏墊上散落著保麗龍便當盒、杯子、口香糖包裝紙、漢堡盒和舊報紙。瑪妮的手腕和手臂都被膠帶反綁在背後，迫使她側坐在副駕駛座，否則雙手會失去知覺。她能側眼注意打橫躺在後座睡覺的伊萊亞。偶爾，她在對面來車的大燈掃過歐文臉上時偷看他的側臉，不過燈光只是瞬間照亮他的眼睛。他的眼皮、嘴唇和鼻孔都如發炎般粉紅，嘴角有黎窩。

「歐文是真名嗎？」

「對。」

「可是伊萊亞叫你馬爾康。」

「那是我們在玩的遊戲。」

「你為什麼選擇這個名字？」

「妳知道原因。」

瑪妮瞇起眼睛，想理解他怎麼可能知道那個名字的意義。知道馬爾康的只有史登醫師……還有她的父親。除此之外還有誰？

他們開在溫布利附近的北環道路，經過汽車經銷商和速食餐廳。這輛寶馬汽車的車窗顏色很深，儀表板的照明很亮，他的手腕輕鬆地靠在方向盤上。

「你為什麼要這麼做？」

「妳讓我沒有選擇。」

「你大可以留下我們。你現在就可以讓我們下車，我不會說出去的。」

「現在這麼做太遲了。」

瑪妮內心充滿疑問，很難理出頭緒。那些照片、天花板、柔伊、馬爾康。她考慮用腳踹方向盤，可是擔心他們全都死於嚴重的車禍，因此只能努力記住路上的指標。

「你偷窺我多久了？」

「比妳想像的還要久。」

他看了她一眼，露出微笑，知道她不會相信他的話。

「你什麼時候搬到隔壁的？」

「六年前，我花了一點功夫才租到那間公寓。前任房客不肯離開，我試過老鼠，結果他們找來除蟲單位。我只好裝神弄鬼嚇他們，設計一些靈異事件。他們甚至安排趨靈，真正的降靈會，一名神父來公寓祝禱、灑聖水。我沒騙妳。」

想到這件事讓他覺得很有意思。

「你在我們的天花板裡面？」

「對。」

「為什麼？」

「這不是很明顯嗎？」

「不，在我看來並不明顯，」瑪妮移動身體，彎曲手指測試綑綁的力道。「你打電話到經紀公司找我，那是怎麼一回事？」

「我想也許……」他遲疑片刻，又重新開始，「當時我本來要把妳帶走，我不能讓妳賣身給陌生人。」

「那張遺書……」

「是妳的，不是我的。」

瑪妮不懂。

「那是我幫妳寫的遺書。我本來打算把遺書跟妳的衣物一起留在河邊。」

「那你為什麼沒有這麼做？」

「當時我還沒準備好。」

「準備好什麼？」

「妳會看到的。」

他看看儀表板，需要加油了。他開進路肩，避開頭頂的路燈，從車內打開後車廂。他走到車子的另一邊，打開瑪妮的車門拉她出來，拖到汽車後方。

「進去。」

「拜託不要。」

「我得去加油，妳保持安靜的話，加好油我再讓妳出來。」

「伊萊亞呢？」

「他留在我身邊。」

「我不想進去。」

「進去。」

瑪妮躺進後車廂裡，他解下皮帶放進她的牙齒之間，在她的後腦勺繫好，皮帶割著她的嘴角。後車廂關上，黑暗充滿瑪妮的世界。她的臉頰貼在後車廂粗糙的尼龍地墊上，聞到無鉛汽油輕微的臭味。她的雙手還反綁在背後，她蠕動著想伸直身體，感覺這個監獄的範圍，用腳和額頭碰觸牆面。

汽車再度開動，幾分鐘後開進加油站裡，停在加油機前。她抬頭把眼睛湊在後車廂的鎖頭上，看到加油站的景象。附近停著一輛十八輪連結車，駕駛走過她的眼前往他的車子走去。瑪妮從裡面踢著後車廂，他停下來看看背後。

歐文回答他，「老兄，有問題嗎？」

「我好像聽到什麼聲音。」

「你上路多久了？」

「久到不行。」

一個陰影站在車鎖前面，歐文低聲說：「妳要是再敢發出聲音，我會讓妳永遠見不到兒子。」

瑪妮的心沉回胃的底部。

盧伊茲和喬帶著柔伊一起離開警局時已經凌晨三點多了。雖然和兒福單位爭論了一番，但她拒絕和寄養家庭或警方聯絡人離開，而是要求和喬在一起，因為他是所有未知中的已知，是一張熟悉的面孔，瞭解她在過去八小時經歷了什麼。

詹尼亞沒力氣爭辯，只好同意，但要求她第二天中午前再回警局接受進一步偵訊。

盧伊茲開車送他們回家，「我家比較大，」他說，「你們應該先來我家住，先解決問題再說。」柔伊不發一語，喬不確定這個問題是否有解決的一天。

他們到了盧伊茲位在富冷區的家，盧伊茲安排客房，給柔伊一件襯衫當睡衣。她淋浴後下樓聽他們說話，卻靠在沙發上睡著了，頭倚著臂彎，雙腿蜷縮在抱枕下。

「我一直忘記她有多年輕。」盧伊茲說。

喬看了少女一眼，「她很早熟。」

「我們該叫醒她嗎？」

「讓她在這裡睡吧。」

盧伊茲攤開一件毯子蓋在柔伊身上，她的呼吸不均勻，喃喃說了什麼才沉沉睡去。他研究她片刻，打量她細緻的臉龐，生氣勃勃的捲髮，鮮紅玫瑰般的紅唇。她是個內斂的年輕人，皮膚晶瑩剔透，藍綠色的眼珠。沒有媽媽那麼漂亮大概是因為她努力抗拒，刻意低調不打扮。

另一隻流浪動物，他想。教授習慣收留無家可歸和迷失的靈魂，所以茱莉安才會離開他，但當初也可能是因此才愛上他。又一個生命中的荒謬悲劇。

喬坐在廚房餐桌前，握著左手要它停止顫抖。盧伊茲再倒了一杯酒，坐下來揉著那支斷指。這是舊傷，高速子彈穿過他大腿上方，另一顆打掉他的婚戒，盧伊茲說那是不要再婚的理由之一。

「我錯過什麼線索？」喬問。

「她有另一重人格。」

「不是。」

「可是史登醫師說……」

「我完全沒有看到第二重人格的跡象。」

「你自己說過馬爾康可能單獨存在於瑪妮之外。史登醫師偶爾才看到他出現。你多久見瑪妮一次？一星期兩次？」

喬揉揉眼睛，想像瑪妮照鏡子時看到的另一張臉——另一個人格，夾在兩個世界之間，彷彿從天堂墜落或從冥界爬出。這個復仇天使是選擇保護她的殺手，除掉任何曾經傷害、威脅過她或讓她失望的人。

每宗命案的殘暴程度都近乎病態，甚至有一絲恐怖片的味道。不論下手的是誰，這個人享受懲罰和殺人。他們很清楚其他人找到被害人時會有什麼反應，他們的震驚與反感。韓尼希的頭部幾乎整個扭掉，管理員則部分肢解。此舉需要特別離經叛道的人格，背後的動力是某種很確切的目的或復仇的慾望。需要力量、冷酷、憤怒。

最後一宗命案最衝動、輕率，控制力較差，那名管理員並沒有立即死亡。如果柔伊早一點發現崔佛的屍體，也許他還活著，就可以開口。凶手趕時間是因為有事讓他心慌了，是什麼因素改變了？

喬瞪著牆上的一個點，內心思考著這個問題，重新整理所有事實以支持其他假設，「萬一還有別人呢？」他大聲說出來。

「什麼意思？」

「有人在幫瑪妮復仇……保護她。」

「馬爾康以外的人？」

「我是說真實存在的人。」

盧伊茲對著他眨眼，不明白他的意思。

「有人打電話警告你，你說那個聲音是男的。」

「但你說過多重人格常常會有不同的聲音。」

喬想起他在史登醫師辦公室聽到的錄音帶，可是並不相信。他的左臂以奇怪的韻律抖動著，他用大拇指按著眼眶，尋找字眼，「解離性人格障礙很罕見，馬爾康分享她的心靈卻獨立行動，這個機率非常、非常低。」

「所以她是個怪物。」

「瑪妮提過幾次她覺得自己被偷窺，我以為是她疑心病。可是如果暫時假設她是對的，的確有人在跟蹤她，而且是和她很親近的人，例如朋友或密友、鄰居或同事，這個人很有可能就躲在顯眼之處。」

盧伊茲瞪著餐桌另一頭，肅穆的表情彷彿在等待一個比較好的解釋。「教授，你總是指控別人忽略明顯的答案，現在你卻想盡辦法幫這個女人開罪。」

「我只是覺得疑點太多。」

「那又怎麼樣？你覺得我破案抓到凶手就能找到所有問題的答案嗎？根本就無關緊要，重要的答案我都知道：誰、什麼事、時間、地點，運氣好的話還會知道為什麼。只要其他的答案都有，通常我根本不在乎動機。你可以研究那些細節和白噪音，我只看事實。」

盧伊茲舉起杯子喝光威士忌，用齒縫吸入空氣。「睡覺吧。」

「然後呢？」

「看看早上有什麼進展。」

46

休息區的汽車旅館位在北方小鎮外一個偏僻工業區的邊緣，距離一號高速公路只有一百公尺。一棟棟空心磚蓋成的小屋圍繞著柏油停車場，停車場又圍繞著一片黃色草坪和一支沒有掛旗的旗桿。沒水的泳池蓋著，上面滿是樹葉。

黎明前三小時，車流飛速經過汽車旅館，急著趕往某處。手腳都被綑綁著的瑪妮留在車上，歐文進去用現金付帳，辦理住房登記。櫃臺人員對他露出疲倦的笑容，看了車上的女子一眼，好奇歐文這種條件怎麼有辦法釣到這種馬子。

歐文把車停在最遠的小屋外，從車上抱起還在睡的伊萊亞進門，將熟睡的小男孩放在其中一張床上。他回來帶瑪妮，一手抓著她的裙頭將她推進客房。好幾袋買來的東西丟在床上，內容物掉了出來──餅乾、鋁箔包果汁、剪刀、一瓶染髮劑、牙刷、牙膏……

伊萊亞翻動，吸吸鼻子又繼續睡。

瑪妮的手腕被膠帶摩擦得很痛。

「我要上廁所。」她用頭指著浴室。

歐文端詳著她，接著從皮帶上磨損的皮製刀鞘裡拔出一把刀子，把刀尖伸進膠帶和她蒼白的手腕內側之間。他把刀子往上一挑，膠帶落到地毯上，蜷曲如被割斷的蛇。

「不准鎖門。」

浴室裡混雜著蓬髮和消毒水的味道。牆上唯一的照片是獵狐場景，男人穿著紅色外套騎馬跳過圍籬，頭太小，身體拉得太長。

瑪妮透過關著的門跟他說話。「歐文，你是做什麼的？」

「什麼意思？」

「你以何維生？」

「我的物慾不高。」

「錢是你放的嗎？」

「我不能看你餓死。」

「那些照片呢？」

「妳該知道真相，」他站在浴室門外，「好了嗎？」

瑪妮沖了馬桶打開門，「待在裡面，」他說，在洗臉臺前放了一把椅子，「坐下。」

「你要做什麼？」

「我要幫妳剪髮、染髮。」

「為什麼？」

「我不希望有人認出妳。」

他打開水龍頭，測試水溫。

「我自己來。」

「我不信任妳。妳該脫掉上衣才不會弄髒。」

瑪妮看了他一眼，抓著鈕釦。

「我沒有其他衣服給妳穿，」他解釋，「妳穿著胸罩，而且我什麼都看過了。」

瑪妮解開鈕釦，褪下襯衫，歐文掛在門後方的鉤子上。瑪妮雙手抱胸，歐文幫她梳頭髮，用梳子從額頭往後梳到頸部，拿起剪刀，用另一手判斷該剪掉多少，一把剪掉，那些頭髮像車床上削掉的木屑般落到地上。瑪妮看著他剪頭髮，什麼感覺都沒有，彷彿凝視著鏡子裡的陌生人。

歐文打開染髮劑，閱讀說明，把裡面的東西拿出來放在洗臉臺邊緣：塑膠碗、管狀染劑、瓶子、梳子和手套。

「把染劑全擠進碗裡，」瑪妮說，「再戴上手套把瓶子裡的東西混在一起。」

歐文戴上塑膠手套，拿起碗，把深色染劑塗在瑪妮頭上。

「從髮根開始，」她說，「先從前面，然後用梳子，再用手指，」他照做，「然後要等一會兒。」瑪妮說。

「多久？」

「二十分鐘。」

她手臂起了雞皮疙瘩。

「妳會冷嗎？」

「不會。」

他把毛巾披在她的肩膀上，「我記得妳留短髮的時候，那是在妳騎馬發生意外之後，他們得剃掉妳一部分的頭髮，後來妳乾脆把頭髮剪短。」

「你怎麼會知道這種事？」

「妳住院五個星期。」

瑪妮質疑地看著他，「你有來看我嗎？」

歐文搖搖頭。

「我記得妳很嫉妒妳的朋友安德雅．希尼，因為她留著很長的直髮，胸部發育得比誰都早、而且有男友。」

「她穿溜冰選手的衣服，厚底高跟鞋。」瑪妮說。

「妳帶著短髮和傷痕回學校的時候，她對妳很不友善，說了很多殘忍的話。後來她意外被熱油燙傷，從此不再穿短洋裝。」

「你為什麼要告訴我這些事？」

「我是為了妳做的。」

「什麼？」

「我讓她無法再霸凌妳。」

瑪妮消化這個訊息，無法回答。

「時間到了。」他說，要她頭往後仰靠在洗手臺上，他的手擦過她的眼皮，要她閉上眼睛。她從洗臉臺撈水沾濕她的頭髮，深色漩渦進入陶瓷水槽、消失。

他洗掉染髮劑之後再幫她洗頭髮，然後再用盒子裡的特殊潤髮乳。他碰她的頭皮時，她已經不再畏縮了。他弄完後梳順她的濕髮，現在成了深棕色的鮑伯頭，看起來年輕了十歲，有點像電影《龍紋身的女孩》那個龐克風女孩，只是少了耳洞，也沒麼酷。

瑪妮看著鏡子，歐文站在她背後等著聽她的意見。她聞得到他身體散發出的熱氣和雄性激素，沾染在他的衣服上。染髮劑在她的額頭留下的痕跡如假的髮線，可是她不在乎。她用毛巾包起頭髮，另一條包起身體，上床鑽進伊萊亞身邊的被窩裡。

「我必須這麼做，」歐文說，用束線帶將兩個人的手腕綁在一起，「免得妳逃走。」

蒼白而微弱的太陽從高速公路後方升起，汽車大燈掃過高速公路上方的陸橋向北行駛。一輛汽車車門關上，發動引擎。瑪妮靠著左邊側睡，一手放在頭上，她的胸部起伏，眼皮跳動，可是不一樣……不一樣。

那天晚上我自己進入淺眠之前，一次次見到她打碎我們之間玻璃牆的那一刻。她還不明白我為她所做出的犧牲，我如何住在黑暗的低矮空間裡，如何無視自己的慾望，拿過去和現在做抵押，為了我們的未來不擇手段。

黎明來臨又離開，天空從黃褐和粉紅變成淺藍色，還出現一朵朵豐腴的雲。瑪妮坐在我身邊，好像我們從未分開。我對她的事瞭如指掌：她的母親在曼徹斯特戈頓區的班納街長大，不過現在已經消失了。瑪拉．韓德利認識伊恩．布雷迪，開始一起綁架、殺害小孩之前就是和她外婆一起住在這裡。瑪妮的母親認為自己很幸運，因為瑪拉曾經要求帶她出去玩，可是她的父母說不行。她認識第一任男友之後搬了出去，不是她嫁的那一個，而是前一個。我可以告訴瑪妮這些事，我可以幫她填補空白。

我並沒有奪走瑪妮的自由或自發行為。一直以來，我只求扮演我本來就該扮演、卻被狠狠奪走的那個角色。

她很害怕，可是時間會使她改變對我的看法。我看過她為別人改變、成為對方期望中的人。她看足球賽、喝啤酒、吃廉價咖哩、幫人吹喇叭、當伴遊小姐。我討厭看她為了滿足別人的慾望而改變自己。她為什麼不能起身反抗？她為什麼不能當自己就好？我會教她那些早該學到的教訓。男人必須來爭取她的愛，而不是反過來。

我的人生沒有可效法的典範，沒人教導我，或在我跌倒時扶我起來。我已逝的母親自悲自憐，淹沒在自己的憂鬱裡，在自己的愁雲慘霧中窒息而死。她病了很久，都是我在照顧她，餵她吃飯、幫她洗澡、清理糞便。比她為我做的更多。她去世時，人們問我是否要火化遺體，我說：「要，我要看她烈焰焚身。」

我曾經算過小時候有多少時間和她在一起。在我從軍前的十六年間只有六年，表示我有十年的時間住在寄養家庭裡，由別人、陌生人撫養長大。

我的派特阿姨來參加葬禮，結束後馬上離開。她是我媽媽的姊姊，我只有很小時見過她一次。我母親的毒癮和逮捕紀錄使她成為家族裡的老鼠屎，這一點完全不令人驚訝，而我，當然是她的私生小雜種。

我從來不知道母親這麼被家人排斥。不過我表姊曾經告訴我（我們小時候吵架時），說我母親唸書時跟著一個外國人逃家，他帶她到法國，帶她認識毒品和性。我直接去問派特阿姨這是不是真的，她說我嘴巴很髒，威脅要用沙拉脫幫我洗嘴巴。珍妮表姊在門口偷笑。

從那之後，我再也不相信珍妮告訴我的事。我喜歡跟派特阿姨、漢克姨丈和表姊弟在一起。以前我們會一起去湖區釣魚度假，後來漢克姨丈中風，從此沒人聽得懂他說的話。

我想要的只不過是一個正常的家庭而已。曾經有一、兩次，我似乎嚐到了那種滋味。我住在寄養家庭裡，大家圍坐在餐桌前用餐，一面聊天，說請、謝謝，你想再來點馬鈴薯嗎？再來一條香腸好嗎？媽媽、爸爸、小孩，好像電視上的肉醬廣告。

九點多，鳥兒啁啾叫著，告訴我世界如常運作，只不過現在一切都不同了。我的腳很冷，真希望我穿著厚一點的襪子，真希望能湊過去瑪妮的腳邊，可是我不想吵醒她。我用刀子割開綁住我們的束線帶，在浴室小便時小心不出聲。然後將電熱壺加滿水，插上插頭。

她睜開眼睛。

「我幫妳泡了杯茶。」

我把茶跟三明治放在床頭，拉了一把椅子坐下。

「妳該吃點東西。」

「我不餓。」

「妳等會兒就會餓了。」

「警方會開始找我們，你該放我們走。」

「我為什麼要這麼做？」

47

柔伊坐在廚房餐桌前啜飲著能量飲料，吸取咖啡因和糖分。她穿著昨天的衣服，不過洗了頭髮，用不同的方式夾起。盧伊茲已經換好衣服，打著蛋。喬最後出現，鈕釦扣得參差不齊。「你給她喝什麼？」他問。

「是她自己想喝的，」盧伊茲說。

「如果她想喝龍舌蘭酒呢？」

「晚上喝可能比較合適。」

盧伊茲把蛋倒進預熱好的鍋子裡，灑上鹽和胡椒，吐司從烤麵包機跳出來。

柔伊充滿期望地看著喬，「你有什麼消息嗎？」那瞬間，她似乎雙眼顫抖，但她忍住淚水，把所有情緒緊緊握在拳頭裡。

喬搖搖頭，柔伊看著自己的雙手，不知為何覺得好像被騙了。她昨晚禱告時知道那不是保證，但看看過去十八個小時裡發生的事，再看看之前那十三個月，她還以為上帝欠她一些好消息。

盧伊茲問她要不要炒蛋，她拒絕，他還是給了。喬在對面坐下，「我可以問妳幾個問題嗎？」

柔伊點點頭。

「妳母親曾經暫時失去意識或失憶嗎？」

「什麼樣的失憶？」

「醒來忘記自己去過哪裡？」

「她有時很健忘，不過都是小事。」

「她曾經不告訴妳就出門嗎？」

「不會。」

「晚上呢？」

「她不在晚上工作了。」柔伊想轉移話題。

「我知道她以前做過什麼。」喬說。

柔伊誇張地聳聳肩。

「妳曾經注意到她身邊有什麼人嗎？常常出現的鄰居或朋友？」

「潘妮。」

「還有嗎？」

「沒有。」

「警方認為妳母親殺了崔佛。」

她來回看著他們兩人，「太誇張了！」

「他們認為她畏罪潛逃。」

柔伊前後搖晃著，瞪著盤中一口都沒吃的炒蛋。她一直努力忍住不哭，可是這會兒拳頭鬆開，孩童般豆大的淚滴滑落臉頰，從下巴滴到牛仔褲褪色最嚴重的地方。她擦擦眼淚，吸吸鼻子說：「我沒有親她說那句話。」

「什麼話？」

「就算只是去郵局也要——我們每次都會這麼說。我們每次都會親親再見然後說：『就算只是去郵局也要』，萬一我們沒有回來。」

「從哪裡回來？」

「那就是重點！媽媽說，不管去哪裡都一定要像最後一次一樣說再見。」

「好黑暗。」盧伊茲說。

喬看了他一眼，「我覺得很感人，」他遞面紙給柔伊，「妳身上還有家裡的鑰匙嗎？」

「我交給警方了，可是電表箱裡有一支。」

盧伊茲打斷他們，「嘿，你們不是打算回去吧？你們如果破壞了犯罪現場，詹尼亞會抓狂的。」

「鑑識小組應該已經完成作業了。」

「而且我需要我的筆電，」柔伊說，「還有衣服。」

盧伊茲不滿地嘀咕：「也就是說我得扮演負責開車逃離現場的車手。」

一輛警方大型卡車停在公寓對面，上面的標語要求民眾協助。盧伊茲緩緩開在艾爾金大道濃密但開始變色的樹蔭下。

「有後門嗎？」

柔伊點點頭，「我們可以從後巷穿過花園進去。」

盧伊茲把路華四輪傳動車停在一排拉門上鎖的車庫對面，喬沿著巷子走進花園，在此停留片刻，接著緩緩轉身，抬頭凝視著附近的窗戶，它們則彷彿漠不關心的證人般俯望著他。

「你們家是哪一間？」

柔伊指著頂樓，「那是廚房窗戶。」

喬研究對面的建築，查看是否有可以眺望或觀察瑪妮的地方。同時，盧伊茲沿著巷子停在一間打開的車庫前，裡面放著工具和箱子，水泥地上有油漬。這裡一定原本停著一輛車，有人忘了關上拉門，也許離開得很匆忙。

「鑰匙在這邊，」柔伊說，他們跟著她沿著後花園的小徑來到一扇厚重的木門前，比地面草坪低了好幾尺。電表箱是一個釘在牆上的金屬箱子，柔伊用指尖摸索箱子上方找到備用鑰匙，用其中一支打開外門。

他們來到頂樓後，盧伊茲扯掉的犯罪現場封鎖膠帶像壞掉的紙糊玩具般飄揚著。柔伊先進去，搜尋每個房間，彷彿還懷抱著瑪妮和伊萊亞已經回家的一絲希望。可是公寓沒什麼改變，除了物品的光滑表面多了一層採指紋用的粉末，並隱約感覺得出搜索行動稍微弄亂了擺設。

喬緩緩走過所有的房間，在現場尋找柔伊不會理解的「心理脈絡」，也就是能顯示任何出人意料或難以解釋的異常行為的指標。

柔伊從臥室床底下拿出筆電。

「妳回來的時候家裡就是這樣子嗎？」喬站在門口問道。

「對。」

「妳什麼都沒移動？」

「對。」

「也沒碰？」

她想了想。

盧伊茲站在客廳裡凝視著樓下的街道，「妳媽媽的衣服有不見嗎？」

柔伊搖搖頭，「警方要我看過了。」

喬走進瑪妮的臥室，床鋪沒碰，梳妝臺上的瓶罐排列整齊，毛巾整齊放在毛巾架上，衣櫃門開著，衣服被推到兩端，鞋子從鞋架掉下來。地上有一張毯子，還有伊萊亞的火柴盒小汽車和卡車。

他走到窗前，「妳母親裸睡嗎？」

「沒有。」

「她會不穿衣服在家裡走動嗎？」

「不會。」

「她換衣服前會先拉窗簾嗎？」

「她都會提醒我這麼做。」

臥室眺望花園和隔壁建築的一部分。用望遠鏡也許能看到這個房間，尤其是晚上，開著燈，窗簾沒拉的話。

「感覺不太對，」盧伊茲說，「她什麼都沒拿。」

柔伊坐在床上，喬在她身旁坐下，「妳昨天進屋時注意到什麼？」

「什麼意思？」

「我要妳回想回家後的景象。躺在床上，有幫助的話閉上眼也可以，然後放輕鬆、開始回想。」

柔伊聽著喬的聲音照做，他問她和萊恩在披薩店見面的事，然後走路回家……上樓……開門。

「妳看到什麼？」

「走廊。」

「電燈開著嗎？」

「廚房、浴室、臥室的燈都開著……」

「這一間也是？」

「對。」

「妳還注意到什麼？」

「爐子上有一個鍋子，她在做千層麵，爐火還開著。」

「所以妳關掉爐火？」

「對。」

「然後呢？」

「我叫她。」

「當時妳在哪裡？」

「坐在客廳沙發上。」

「所以妳從廚房沿著走廊到客廳？」

柔伊點點頭。

「當時燈開著嗎？」

「走廊的燈開著。」

「客廳呢？」

柔伊皺眉頭。

「怎麼了？」

「我正要開燈時注意到天花板。」

「天花板怎麼了？」

「有星星。」

「星星？」

「天花板有一點亮光，看起來像星星，可是我打開燈它就不見了。」

「妳以前從來沒看過？」

「沒有。」

「帶我去看。」

喬伸手把柔伊從床上拉起來，在客廳裡，她指著有華麗花簷的天花板和燈飾周圍的石膏花飾，

「就在那裡，一個白色小光點。」

「我們上面是什麼？」喬問。

「什麼都沒有，這是頂樓。」

喬把一張扶手椅搬到客廳正中央，站在上面舉起手，還是碰不到天花板的燈。

「有方法進去天花板裡面嗎？維修孔或小門？」

柔伊搖搖頭。

喬看著盧伊茲，「我們需要梯子跟鐵鎚。」

「你不會是打算……」

「重新整修。」

48

瑪妮先幫伊萊亞洗澡、梳頭髮，幫他穿上昨天的衣服，他們快中午才離開汽車旅館。

「我們晚點再買衣服給他。」歐文告訴她。

「他需要無麩質的食物。」

「我會安排。」

歐文面對所有的問題都有答案，似乎沒有什麼事太過麻煩——連綁架兩個人當人質也不會。

起先伊萊亞對瑪妮的新髮型很驚豔，「妳看起來不像個媽咪。」他說，用手指穿過她參差不齊的髮緣，邊邊撫過她的頸部。

「還是我啊！」她告訴他。

他們開在鄉間小路上，避開高速公路、警方巡邏車和監視器。來到曼徹斯特外圍時，瑪妮開始認出一些地方，童年時期特別的地標和建築物。那家賣地毯的倉庫麥克艾利斯特的廣播廣告很爛，一個男的尖叫著降價、降價、降價。她記得王子街上的中餐館，舊碼頭運河上的搖擺橋。

這輛車沒有空調，歐文擔心瑪妮會大叫求助，不肯開窗。這炎熱的天氣使瑪妮想起小時候某年夏天跟當時寄養的小孩一起到黑池。他們在沙灘上散步、吃冰淇淋、騎驢。她在黑池第一次溜冰、第一次讓男生吻她，才藝表演時她唱了一首辛蒂．羅波的歌曲，講的是一個只想享受好時光的女孩。

她看著歐文，好奇他是否知道她吻那個男生的事。當時他就在偷窺她了嗎？

「為什麼是我？」

「什麼？」

「你為什麼要偷窺我？」

「那是我該做的事。」

「我不懂。」

「妳當時很害怕。」

「怕什麼？」

「每件事都怕。」

瑪妮屈膝坐在副駕駛座，雙手綁在背後，被安全帶固定在座位上。後座的伊萊亞低頭看著一本廉價的著色書，是歐文加油時買給他的。

「你為何不能打怪怪的色情電話或在公園裡向我暴露下體就好？」瑪妮問。

歐文看起來很受傷，「我又不是變態。」

「對，你只是藉由偷窺女人得到快感。」

伊萊亞抬起頭說：「媽咪，我餓了。」

她看了歐文一眼。

「給他一片餅乾。」

「他只能吃特定食物，不能亂吃東西。」

「那他只得等了。」

客廳地板和盧伊茲的外套上都是灰塵和破碎的石膏，他的頭髮也變得更灰白，灰塵卡在他的鼻子和額頭。他站在梯子上，用圓頭鐵鎚敲著參差不齊的缺口，再打掉一塊天花板。

「你確定真的可以這麼做嗎？」柔伊問，「這是我們租來的房子。」

盧伊茲指著教授，「問他，他付的錢。」

他拿著鐵鎚再度出手，又一片石膏板落下，伴隨著其他的物品——一支有橡膠握把的手電筒反彈兩次後滾動了一圈。

喬撿起來按下開關，電池沒電了。他看了盧伊茲一眼，兩人之間無言的交流了什麼。然後他把洞打得更開，把自己拉上去，用屋樑支撐他的體重。

「你看到什麼？」

「太暗了。」

「所以才需要手電筒。」喬說。

盧伊茲伸手向前，摸到一條毛毯和薄薄的床墊。他的眼睛還在適應黑暗，屋頂的空間往四周延伸，比底下房間還寬廣。

「有人曾在這上面待過，我需要更多照明。」

柔伊說媽媽在廚房放著停電時備用的手電筒。她去拿來，爬上兩層梯子遞給盧伊茲。他把自己拉得更高，用手臂滑行，接著雙腿消失。過了一會兒，他從參差不齊的洞口探頭說：「哪裡都別去。」

他又不見了，喬爬上梯子看著屋頂的空間，大約可以辨識盧伊茲的手電筒在二十尺外，在天花板的空間裡來回掃射，然後不見了。經過幾分鐘後，他們聽到一個聲音來自瑪妮的臥室，柔伊不等喬就先跑到走廊。盧伊茲的上身出現在她母親的衣櫃裡。柔伊看到他背後有一個通道穿過磚牆。她睜大眼睛問：「這個東西通到哪裡？」

「另一間公寓。」

「隔壁嗎？」

盧伊茲點點頭，看著喬，「我們得通知詹尼亞。」

喬拿出手機按下號碼，柔伊還在問問題：「所以有人住在那裡？」

「看起來是如此。」

「他們在我們的天花板上？」

「上面有窺視孔，有人留下的手電筒還開著，那就是你看到的亮光。」

「窺視孔？幾個？」

「六、七個左右。」

「浴室也有？」

「到處都是。」

她試著接受這件事。

「怎麼可以有人這麼做？我們應該會聽到聲音才對。」

「屋樑之間放著隔音材料。」

一隻貓出現在盧伊茲後方，柔伊叫牠，蹲下來。小貓過來在她的大腿上滑動，彷彿想溶入她的身體。

「詹尼亞快到了，」喬探頭看看衣櫃裡面，「我一定要看看這裡。」

「什麼都別碰，」盧伊茲說，「我們的時間不多。」

喬爬過那個洞，背部刮到參差不齊的磚塊。第一個房間很暗，眼睛需要一些時間適應。

「電燈開關沒用，」盧伊茲說，跟著他穿過洞口，「他把燈泡拿掉了，這樣燈光才不會穿過衣櫃，過來看這裡。」

盧伊茲帶喬沿著走廊來到廚房和另外兩間臥室，指著牆壁，喬的目光從踢腳板移動到頭上的花簷，整面牆從地板到天花板都貼滿了跟瑪妮．羅根有關的照片、新聞剪報和文件。某些照片是擺好姿勢、正式拍攝的照片，有些是趁人不注意偷拍的：隨興捕捉的瞬間、信物、紀念品。某些照片一定是用隱藏式攝影機和望遠鏡頭拍的。還有電話費帳單、銀行帳戶明細、發票、催繳通知、購物清單和信用卡收據。

盧伊茲看看手表說：「五分鐘。」

在主臥室裡，喬用手帕打開衣櫃，發現四條牛仔褲，兩條黑的，兩條藍的。還有一件羊毛外套，十幾件上班用的襯衫大多是白色。這名房客很注重鞋子，六雙鞋整齊地排成一排，棕色和黑色的牛津雕花皮鞋擦得晶亮。

第二間臥室屬於一個老太太，衣服還擺在衣櫃裡，梳妝臺上放著粉餅和香水，還有藥瓶，藥物。他注意到床鋪底下有個尿壺，還有氧氣瓶和氧氣罩，這位老太太生病了。

亞麻地板上有裂縫，浴缸的琺瑯瓷有鏽漬。廚房裡，一個平底鍋浸在水槽中，又硬又黑的蛋黃黏在厚重的鍋底。一座松木梯子靠在小桌子上，通往屋頂。盧伊茲用鉛筆尖撥開流理臺上的信封，尋找名字。他看了窗外一眼，警方到了。

「時間到了。」

「詹尼亞嗎？」

「他快上來了。」

「我們惹上多少麻煩？」

「從一到十的程度來說，我會說是十五。」

柔伊在衣櫃另一頭等著喬，筆電抱在胸前，眼睛張得更大。

「這裡住的是誰？」她問。

「我還希望妳會知道。」

她搖搖頭，盧伊茲下了另一座樓梯，敲敲門，希望有鄰居可以提供名字。

喬和柔伊在樓梯口等著。

「妳母親有跟什麼人來往嗎？」他問，「前男友……老同學……舊同事？」

柔伊對著他眨眨眼，很希望自己有答案，「伊萊亞常常在衣櫃裡玩，跟他想像的朋友聊天，」她的瞳孔放大，抱在胸前的手抓得更緊，「他叫他馬爾康。」

49

開車穿過曼徹斯特時，歐文弓著身體，看著鏡子，深怕被警察攔下。來到鄉間後他放鬆下來，心情不錯，開收音機找音樂聽。

「小朋友，快到了。」他說，手指輪番敲打著方向盤。

「你不要跟他說話。」瑪妮的手臂抽筋，無法移動重心舒緩疼痛。

「我一直都是伊萊亞的好朋友，」歐文說，「妳忽略他，花太多時間擔心妳老公的事。」

「不要提到我老公！」

同時，瑪妮也發現她該問的問題。「丹尼爾在哪裡？」

歐文含糊的揮揮手，「我們有很多時間可以談這件事。」

「發生了什麼事？」

「得怪他自己。」

瑪妮的眼神聚焦，透露出痛苦，「他還活著嗎？」

歐文嘆口氣。

「你這狗娘養的！回答我！」

歐文突然用手背甩了瑪妮一耳光，她根本來不及閃躲。瑪妮別過臉，吸吸嘴唇看是否嚐到血。

歐文維持同樣的語調，「放尊重一點，我就不用再打妳。」

伊萊亞抬起頭，不知道發生了什麼事，「媽咪，為什麼妳的手綁著？」

「我們在玩遊戲。」歐文說。

「我可以玩嗎？」

「不行！」

「可是我想玩。」

「我說不行。」

伊萊亞嚇得畏縮。

「妳不用對他那麼兇，」瑪妮說，「他只是個小男孩。」

歐文放輕鬆，「妳說得沒錯，抱歉，小子，我們以前在衣櫃裡玩得很高興，對不對？」

「我在公園看到你，」伊萊亞說，「你在跟柔伊說話。」

「你現在想玩嗎？」歐文問，「過來坐在我腿上，讓你開一下車。」

「不要，拜託不要理他，」瑪妮說。

「他想玩，過來，伙伴，你可以操縱方向盤。」

「伊萊亞，不要動。」

歐文伸手到後座抓住伊萊亞的手臂，把他從座位之間拉到自己的大腿上，「像這樣握著，」他拿起小男孩的雙手放在方向盤上，伊萊亞根本看不到擋風玻璃外。

「把他放回去！」瑪妮大叫。

「我們要轉彎了，你會分左右嗎？我們要左轉，對，不要太多。」

汽車往右跨越分隔線，歐文把方向盤打直，「還不錯。」

「媽咪你看，我在開車。」

這條路很蜿蜒，下坡又陡，車子再次漂向對向車道，一輛來車急閃。

「你這白痴！」瑪妮大叫，「你會害我們全部送命！」

歐文的眼神改變，他把左手放在方向盤上，要伊萊亞放手，接著他打開車門，氣壓改變吹起了地上的垃圾。下一個彎道是急左彎，歐文加速、用力轉彎，伊萊亞的身體傾向打開的車門。

瑪妮尖叫著哀求他。

「妳剛剛叫我什麼？」歐文問。

「對不起。」

「我沒聽到。」

「對不起，拜託！拜託不要傷害他。」

一輛汽車接近，歐文關上車門，把伊萊亞推到後座，伊萊亞在哭。

「叫他閉嘴。」

「他只是個小男生。」

「妳是他母親，讓他安靜下來。」

「讓我抱他。」

「不行。」

瑪妮轉頭看著伊萊亞，「噓……小寶貝，安靜一點……如果你乖乖就買東西給你，下次停車時我買巧克力給你吃，你喜歡巧克力。」

「我要兔兔。」

「兔兔在家。」

「我們可以回家嗎？」

「很快就可以回家了。」

詹尼亞站在大廳，下巴挺出，咬牙切齒到可能連臼齒都會裂開。犯罪現場鑑識小組的人員似乎很喜歡讓他等待，他們一面拿出證物袋收集證物，一面互相竊笑。他的每一句對話都很緊繃——打電話給上司、問小組成員問題、下命令。十二個小時之前，探長堅信瑪妮．羅根有罪，需要立即加以逮捕。現在他覺得很蠢、是個笨蛋，完全是業餘表現。

「你們闖入犯罪現場，還破壞另一個犯罪現場，」他說，咬緊的牙關放鬆，「如果干擾到我的調查行動，我要把你們吃下肚再拉出來，不是用吐的，」他瞪著盧伊茲，「你們怎麼知道這個地方的？」

「我們並不知道。」

「那你們為什麼回來？」

「好奇。」

「你們是在拿我窮開心嗎？」

「並沒有。」

詹尼亞伸出手指戳喬，「你留在這裡，其他人到樓下等。」

盧伊茲、柔伊和朗達．佛斯一起退下。詹尼亞從口袋裡拿出一塊口香糖打開，打量著喬。他不喜歡心理學插手刑案調查。大多數的案件都很直接了當，容易瞭解。人們偷竊、欺騙是因為他們貪婪、懶惰或兩者皆是。他們為了錢財、權力或復仇而殺人，這是既單純又古老的動機，不需要心理側寫來揭露或理解。

詹尼亞透過門看了一眼慘遭破壞的天花板，「教授，我不確定我到底跟現實距離多遠，我工作、吃飯、洗澡、睡覺，偶爾撇個條，那是我他媽的每一天最美好的五分鐘，最爽的時間。」他換邊咀嚼口香糖，「昨天，你告訴我瑪妮．羅根有第二重人格，今天你說她有跟蹤狂。我為什麼要相信你？」

「看證據。」

「你怎麼找到天花板那個空間的？」

「柔伊看到光點。」

「什麼時候的事？」

「她昨晚回家時。」

「她為什麼沒說？」

「當時她並不認為這件事很重要。」

詹尼亞又看了一眼瑪妮的公寓，「所以這傢伙在她家的天花板上。」

「對。」

「他是偷窺狂還是跟蹤狂？」

「你看過走廊的照片了。」

「她身處險境嗎？」

「是的。」

他們之間的氣氛改變了，彷彿把某個重要東西鎖住定位的小螺絲稍微轉動，加深了張力。

「昨天晚上，有兩通電話從這個地址撥了一一九，」詹尼亞說，「一通是從樓下打的，那是柔伊；另一通來自瑪妮．羅根的手機，由於警方已經前往這個地址處理，因此接線生登記為同一起案件，今天早上有人聽錄音帶才發現不是這麼回事。瑪妮說有人在偷窺她，她被困在他的天花板裡，然後就掛斷了。當時我們不知道她是什麼意思，直到現在，看到這裡我才明白，」詹尼亞又看了一眼參差不齊的洞口，「好，所以這個傢伙對她著迷，為什麼？」

「我不知道。」

「教授，『我不知道』還不夠。」

「這種程度的迷戀通常來自偏執性的妄想症，他認為自己愛上瑪妮，他們注定要在一起。至於誘因則可能是最微不足道的事，也許他在馬路上經過瑪妮身邊，在公車上坐在她旁邊。跟蹤狂愛上他們在電視上看到或廣播裡聽到的人。我還沒有足夠的資訊判斷他為何選擇瑪妮，但他認為他們之間有特別的關係，不論是真實存在或是他的想像。」

「可能是她的前夫或前男友嗎？」

「有可能。」

「還可能有誰？」

「你在找的這個人已經偷窺瑪妮很久，也許從她小時候就開始了。我們可以從這些照片裡找到線索。」

「他下一步會怎麼做？」

喬一直在思索同一個問題，努力想像這個人的思維。

「他應該想像過這一刻——見到她，告訴她自己有多愛她，讓她看他為她做了多少。他以為瑪妮會愛上他。」

「然後他們就會從此過著幸福快樂的日子？」

「或至死方休。」

50

安養院的工作人員穿著寬鬆的洋裝，一口暴牙，額頭上的美人尖像畫上去的。她帶著喬和盧伊茲沿著走廊經過廚房和餐廳，厚重的鞋子在地板發出嘎吱聲。

「我今天還沒跟湯瑪斯說過話，不知道他今天狀況如何。」她說。

「他在這裡住了多久？」盧伊茲問。

「四年八個月。」

「妳為何這麼肯定？」

「因為警方已經問過了，」她向櫃臺後面的同事揮揮手，「他們找到他女兒跟孫子了嗎？」

「還沒。」

她難過地點點頭，注意到盧伊茲缺了的無名指。「怎麼了？」

「古老的吉普賽傳統，」他回答，「離婚三次後就得剁掉。」

她的眼睛微微張大又立刻瞇起來。

他們來到一間擁擠的休息室，裡面的味道像老舊的火車車廂。大型凸窗眺望著花園，除了一座座棕色家具之外，到處放著扶手椅，還有椅腳一節一節的沙發。另一扇門打開後出現一名身穿方格呢睡衣睡袍的男子，頭髮似乎經過梳理，但刮鬍子受了傷，一小片染血的衛生紙黏在下巴凹陷處。

他看到喬和盧伊茲時眼睛一亮，快步走過來，笑著伸出雙手，很意外自己有訪客。

「已經好久了，」他跟他們握手，「實在太久了。」

「什麼太久了？」盧伊茲問。

湯瑪斯發現了自己的錯誤，因而皺起眉頭。他並不知道自己是否見過這兩個人，可是失智症的反應機制就是露出微笑，假設曾經見過面，希望不會冒犯對方。

「這兩位男士來談瑪妮的事。」護士說，好像跟小孩說話一樣一字一句分開。

「她會來嗎？」

「她和你孫子都失蹤了。」

「他們通常星期三來，今天星期幾？」

護士轉向喬說，「他的長期記憶比較好。」

湯瑪斯在喬對面坐下，盧伊茲站在窗前比較舒服，因為安養院讓他很緊張。

「你上次見到瑪妮是什麼時候？」喬問。

「應該是……」他停下來回想，「我不記得了，她通常星期三會來。」

「她看起來怎麼樣？」

「還不錯，她帶伊萊亞來，真是個好孩子。」

「她曾經提過有人跟蹤她嗎？」喬問，「也許是某個前男友，或曾經迷戀過她的人。」

湯瑪斯搖搖頭，手指玩弄著睡褲的帶子。

「馬爾康呢？」

湯瑪斯緩緩張嘴，像獨白到一半卡住、忘了臺詞的演員，遲疑、張大嘴看著觀眾。

「我跟史登醫師談過了，」喬說，「他告訴我瑪妮的事。」

「那你知道原委。」

「你見過馬爾康嗎？」

「我聽過錄音帶，聽起來不太像瑪妮的聲音。」

「可是你接受這另一重人格的確存在？」

「醫生是專家，有什麼好不相信的？」

「根據史登醫師的說法，瑪妮的問題追溯到她母親去世之時。」

湯瑪斯似乎更加陷入滿是疙瘩的沙發裡。從接下來的沉默中，喬看到的並不是一個失去記憶，而是一個記得太多的人。他的心靈遺棄了他，漸行漸遠，他不記得早餐吃了什麼，卻注定要重新經歷那起久遠的悲劇。

「當時我在油田工作，往來於亞伯丁之間。」湯瑪斯悲傷地對著他們眨眼，「工作兩星期，回家兩星期。我打算辭職，換個距離家裡比較近的工作。然後我太太懷孕了，我們一直想幫瑪妮生個弟弟或妹妹，試了好幾年。」

「當時她幾歲？」喬問。

「剛滿四歲。我們需要錢，所以我又簽了一年約，事發當時才會不在家。我太太早產，想開車到醫院，可是出了車禍流產，瑪妮在車上，不知道她是怎麼逃出車外的，」他看著雙手，突然覺得暈眩，「寶寶是男的……我兒子，我們早已取好名字：馬爾康。」

站在窗前的盧伊茲轉過身，「你們打算為將那個新生兒取名為馬爾康？」

「是為了紀念我的祖父。」湯瑪斯說。

「瑪妮知道這件事嗎？」

「我們沒有刻意隱瞞。」湯瑪斯閉上眼睛，呼吸變得淺而長，喬一度以為他睡著了。可是他突然醒來，清清喉嚨，開始描述接到消息那一天，他從油田搭直昇機到亞伯丁，接著前去指認妻兒的屍體，還要安撫受創的女兒。

「他們說，眨個眼人生就會改變，瑪妮和我的人生就是如此。可是我們沒有選擇的餘地，只能重新開始。我再婚的對象是個善良而有耐性的好女人。我們照顧了好幾十個寄養兒童。」

「這些寄養兒童有人和瑪妮比較親近或跟她有特殊的感情嗎？」

他咂咂嘴，「瑪妮不喜歡他們，她喜歡獨處。以前我常常聽到她晚上在臥室裡自己跟自己吵架、對話，好像做了什麼丟臉的事不想被聽見。

「問題就是從這時開始的。瑪妮大約七、八歲時開始說謊、編故事，怪其他小孩。我們帶她去見了好幾個心理醫生。剛開始他們認為瑪妮是以此表達喪母的挫折感。後來的治療師聲稱她在重新經歷那些創傷。也有人說她罹患精神分裂、躁鬱症、或創傷後症候群。後來馬爾康就出現了。我有自己的一套理論。我認為馬爾康源自於瑪妮對未出世弟弟的渴望。」

喬從外套口袋裡拿出丹尼爾的行事曆，翻到記錄著一串名字的那頁。

「你認識法蘭西斯．莫法特嗎？」

「他以前負責帶寄養兒童給我們。」

「他是社工？」

「對。」

「他跟瑪妮相處時間很多嗎？」

「要看你對很多的定義是什麼。他每隔幾個星期就會來家裡。」

「你還有他的聯絡資料嗎？」

湯瑪斯搖搖頭，似乎想起什麼。他伸手從睡袍口袋拉出一張由於歲月和碰觸而磨損的照片。照片裡的瑪妮大約兩歲，擠在父母之間坐在一張藤椅上。看起來像擺好姿勢的家庭照，可是他們因為某件事都笑得很開心，張著嘴，眼神明亮。

「她長得很像母親對不對？」湯瑪斯說。

喬注意到瓜子臉和弓形上唇。瑪妮的鼻子狹長，臉頰的酒窩看起來像大拇指指紋。

「她和媽媽很親密，跟我不親，」湯瑪斯說，「所以我才想要個兒子，」他看著盧伊茲，「今天星期幾？」

「星期五。」

「瑪妮星期三才會來。」

51

車子開到一條泥濘農業道路的入口，歐文下車打開閘門，往內推開，鉸鍊硬生生地配合。這條汽車開過形成的輪溝上到處是水坑和牛糞，邊緣長滿藍莓叢。歐文蹲在閘門附近檢查地上是否有新的胎痕，滿意後才上車沿著輪溝前進，努力控制方向盤，因為車子遇到水坑會跳動打滑。瑪妮無法克制地被彈來彈去，逗得伊萊亞哈哈大笑。

接著車子開過一條小溪，水面下的岩石排列成堅固的基座，下游五十公尺處還殘留著橋墩。他們穿過一小片枯萎的樹林，上坡開向農舍，周圍的果園雜草叢生、染病。農舍木屋的窗戶裝著木製百葉窗，一旁置有水槽。形單影隻的橡樹遮蔽著前院，輪廓成為天空中一塊荒涼的蝕刻，彷彿從黑色厚紙板剪下後直接貼上。木屋後方，緊貼著山脊的穀倉彷彿往風的來處傾斜，原木木板因經年累月的磨損而變成灰色。

瑪妮倒抽一口氣，一陣暈眩。這是她小時候的家：穀倉、木屋、磨坊和橡樹都跟她童年時一模一樣。小時候，父親會拉著她的手腕轉圈圈，直到她的雙腳飛離地面，彷彿在飛翔。當她停下來想站好時會蹣跚踉蹌。她喜歡飛翔的感覺，可是不喜歡腳下的世界如地震般起伏。她現在就是這種感覺，好像轉圈圈後突然靜止。

「媽咪妳看，有牛。」伊萊亞說。

「對。」

「我可以去看哞哞牛嗎？」

歐文點點頭，伊萊亞推開車門，穿過草坪到圍籬前。

歐文下車伸懶腰、打呵欠，檢視雜草叢生的原野，似乎對環境瞭若指掌。他走上臺階，穿過前廊，伸手到掛籃裡拿出一支鑰匙。屋內黴味很重，空氣不流通，他打開百葉窗，拉開窗簾。從外觀看起來，這棟房子貌似廢棄屋，其實屋內剛上過漆，重新裝潢過，有舒服的大沙發和邊桌，木頭地板上放著電視機和羊毛地毯。

瑪妮坐在扶手椅上，沉浸在許久之前的回憶裡。從前窗戶旁放著一張書桌，還有一張托斯卡尼小村落的圖畫。他們會把聖誕樹擺在角落，把襪子掛在壁爐上。當時書架上放著滿滿的書，她的繼母有一架縫紉機。瑪妮的父親在油田工作，每次離家都好幾個星期，回家時會帶糖果和巧克力。

「你帶我們來這裡做什麼？」

「妳一直很喜歡這座農場。」

瑪妮一個房間一個房間查看，閉上眼睛時彷彿聽見父親與繼母互相大吼的聲音。不可能的愛，冷靜、爭吵、道歉、悔恨。一個小孩能做什麼？小孩又懂什麼？她腦中浮現寄養兒童的畫面，共用房間、床鋪，那種覺得一切不夠好的熟悉感覺又回來了。

「這個地方是誰的？」她問。

「我們的。」

「什麼意思？」

「這裡屬於我們，」歐文轉圈圈，伸出雙手，「我為了我們做的，妳該看看我找到這個地方時的狀況，天花板有老鼠，屋頂漏水。」他作勢要瑪妮跟著他，她回頭看了一眼敞開的門。

「伊萊亞不會有事的。」

狹窄的走廊兩側都有房間。第一間臥室很大，裡面擺著一張大型雙人床和一座五斗櫃。剎那間瑪妮還以為回到自家公寓裡，因為這裡的家具擺設和她房間一模一樣，包括被套、抱枕和窗簾。梳妝臺上放著她慣用的化妝品和乳液——丹尼爾自願離職前她還買得起的牌子。

歐文打開衣櫃，「我沒辦法買齊所有的東西，」他帶著歉意，但很滿意自己的努力，「有些東西買不到，我只能買差不多的，不過尺寸都對。」

瑪妮認得西裝外套、裙子、襯衫和絲巾，一件丹尼爾買給她的洋裝，她最喜歡的靴子（兩年前在聖誕節後特價買的）。

「這些東西都是全新的。」她輕聲說。

「當然。」

「怎麼可能？」

「妳買的時候我也跟著買的。」

瑪妮倒退到門口，感覺喉嚨緊縮。

「還有更多。」他經過瑪妮身邊時碰到她，她畏縮了一下，舉起雙手。歐文不理會她，指著走廊盡頭的房間。

「這是伊萊亞的房間。」

單人床上鋪著湯瑪斯火車頭的被套，還有3D海報、藝術牆、火車頭形狀的玩具盒、幾十本書、玩具、畫架加黑板。

「我沒買一模一樣的，」他說，「伊萊亞應該會喜歡一些新的玩具。」

「你為什麼要做這些事？」

「當然是為了我們。」

「可是為什麼？」

「我們是一家人了。」

瑪妮覺得胃部痙攣，想吐，食道有燒灼感。她用力吞嚥，可是嘴裡還是有嘔吐物的味道。

「你不能以為我們會留在這裡，有人在找我們。」

歐文碰她的胳膊，「瑪妮，妳最好希望他們找不到妳。」

她不明白。

「警方認為妳殺了崔佛、派翠克・韓尼希和昆恩。」

「崔佛？」

歐文點點頭，「妳廚房的刀子是殺死昆恩的凶器，韓尼希公寓的一個杯子上有妳的指紋，警方會在妳的衣服上找到崔佛的精液。」

瑪妮張大嘴發不出聲音，她再試一次。

「為什麼？」

「這樣我就能保護你們。妳要是離開這裡就只能準備進監獄。留下來的話我可以照顧你們。」

「我不能留下來。」

「妳沒有選擇的餘地。」

「哇！」

伊萊亞衝進房子裡，沿著走廊跑進來，突然在他的臥室門口停下腳步。

他看著瑪妮。

「我永遠不要回家了。」

52

詹尼亞邊吃東西邊和盧伊茲講電話，每吃一口就嚐到失敗的味道，聞到前一天的臭味沾染在襯衫上。他沒回家、沒睡覺，這個三明治是他十六個小時以來第一次進食。他撥開文件上的碎屑。

「公寓承租人是七十五歲的瑪莎．卡基爾，兩星期前死於肺癌。她死前臥病數月，很少出現。她在六年前租下公寓，鄰居說有一個年輕人跟她住在一起，他告訴大家他是地方政府派來的看護，可是社福部沒有紀錄。」

「知道他的名字嗎？」

「他說他叫歐文。」

「老太太的年金呢？」

「每個月都有人去領，簽名很潦草。簽署死亡證明的家庭醫師正在西班牙度假，我們正想辦法聯絡他。」

詹尼亞再咬一口三明治，慢慢咀嚼。

「她用什麼方式支付房租？」

「一年份的現金預存進巴克萊的帳戶裡，水電費也是以相同方式繳納，到不同的郵局窗口用現金繳款，從不連續兩次使用同一家。」

「一定是那個看護去繳的，鄰居怎麼說他？」

「四十多五十歲，不與人來往，通常用後門進出。老太太有車庫和一輛車，也許是他在使用。我們正在過濾附近地區的監視器畫面。

「我們也在徹查其他犯罪現、詢問附近的鄰居，看是否有人能將這個傢伙和昆恩、韓尼希或這個看護連在一起。所有的主要嫌犯都要再偵訊一次，包括她的前夫，他並不合作。」

「卡爾文對英國警方的印象不太好，」盧伊茲說，「教授要你查另一個名字，一名叫法蘭西斯．莫法特的社工，可能退休了，他曾在曼徹斯特社工服務單位的兒童保護小組工作。」

「有什麼關連？」

「瑪妮的父母曾經擔任寄養家庭，法蘭西斯．莫法特負責安排寄養，常在他們家進出。也許莫法特對瑪妮產生病態的興趣，或其中一個寄養兒童迷戀她。」

詹尼亞潦草地記下，「柔伊想起什麼事了嗎？」

盧伊茲看了少女一眼，她盤腿坐在沙發上，筆電放在大腿，用耳機在聽什麼，邊看電視邊打字。現代化的多工處理。

「我得再跟她談一次。」詹尼亞說。

「我可以帶她過來。」

我一輩子都在撒謊。為逃走而撒謊，為了被愛而撒謊，為權力而撒謊，為撒謊而撒謊。這些虛假的故事比真相更令人愉快，人們不但不假思索地接受，還想要聽更多。然而，我並不認為自己是個不誠實的人。我只追求屬於我的、以及從我手中被奪走的那些。

自從我和瑪妮的人生交會之後，她經歷了很多事：兩次婚姻、兩個小孩、一次離婚，以及無數充滿希望、歡愉或悲傷的時刻。我知道她最深沉的恐懼與最大的祕密。我知道她脛骨上的小疤痕是老舊內胎生鏽的氣閥刮傷的，左眉上方那個淺到幾乎看不見的痕跡則是她絆倒時頭部撞到窗邊的座位、縫了四針後留下的疤痕。

我知道她最喜歡的衣服是牛仔褲和寬鬆毛衣，她投票給自由民主黨，讀小說而不是非小說。她喜歡現代藝術但討厭購物。這些都只是背景的雜音——必要但不重要——可是拉近我們之間距離的正是這些小事，我們的共同點，而不是差異：她穿牛仔褲時先穿左腿、專注時會吐舌頭、喝紅酒會頭痛、吃高麗菜會放屁、講電話時會用不同的聲音、高潮時像失明的小貓般嗚咽。我看過她宿醉、心碎、懷孕、恐懼、開心、迷失。

如今，過去和現在交會了，我坐在這裡，在這張刷洗乾淨的松木餐桌前看著瑪妮洗碗、擦流理臺，一切正如我想像。經過這麼多年的等待，她終於來到這裡，打著赤腳，蒼白而美麗。她改變了一切，把一切變得更美好。

我以前常常擔心自己會比較愛那個不知道我存在的瑪妮、知道真相之前的瑪妮。可是如今她在這裡，站在水槽前，把洗好的碗盤放在濾水槽上，我發現我愛她更多。她彷彿是由我的慾望形塑而成的女人，從小腿上最細微的毛髮到腳邊乾燥的皮膚，從無到有，以臻完美。不知為何，光是做她自己就為這單調而沈悶的世界增添了色彩，燦爛四射地帶來幸福與歡樂。

我的動機始終純正，我必須使她相信這一點。我得讓她知道我為她除去路上的障礙，保護她，不讓她陷入危險，使她人生的道路更加平順。等她知道真相之後就會原諒我。

瑪妮轉過身說：「請不要瞪著我看。」

「對不起。」

餐桌已經擦乾淨了，她把擦碗布折好掛在水槽的水龍頭上，停下來看著自己的倒影。她在想什麼？努力回想我是誰？自從我們抵達農舍之後，她感覺到我們之間的關聯，可是還想不出是什麼。

伊萊亞上床了，我聽到她唱搖籃曲給他聽，助他入眠。以前她媽媽也是唱這首歌給她聽。瑪妮沒打招呼就進了自己的臥室。她與我近身擦過時總是戰戰兢兢，這一點讓我很不高興，可是目前，我會滿足於她在這裡這個事實。

天色完全黑了，我喝完咖啡，洗好杯子，經過她的臥室。我敲門進去，她還沒換衣服，膝蓋緊貼著坐在床沿。

「瑪妮拉，晚安。」

她不安地看著我。

「我的房間就在走廊盡頭，需要什麼再叫我。」

「我擔心柔伊。」

「妳想見她嗎？」

「可以嗎？」

「我可以帶她來。」

「不要，不要這麼做，我不是那個意思……」

「那妳是什麼意思？」

「沒什麼。不重要，」她還有一個問題，「丹尼爾到底怎麼了？」

「我們可以明天再談這件事。」

「現在就告訴我。」

「不要。」

房門關上。我經過伊萊亞的房間時看了一眼，他蜷曲靠在牆邊睡著。我得告訴瑪妮丹尼爾的事，可是該怎麼說？我以為他是個值得珍惜的男人，可是她太溫柔，太容易原諒人，給了他第二次機會卻被他輸個精光。他說他會補償她，可是他愈是仔細檢視過去，就愈是步步逼近我的存在。

丹尼爾從沒想過會有別的男人比她更愛瑪妮。當他終於和我面對面時，不斷要求我解釋，哀求跟瑪妮說話，彷彿我能憑空把她變出來。

「我們並非同道中人，」我告訴他，「只是參與了同一個人生。」

53

伊萊亞尿床。瑪妮幫他換睡衣和床單，手指貼在伊萊亞的額頭檢查他的體溫，一手放在他的胸部檢查呼吸是否順暢。她轉身才注意到歐文就站在門口，沒穿上衣，尿味似乎使他火氣很大。

「他這個年紀不應該尿床。」

「他做噩夢。」

「他這個年紀不該做噩夢。」

瑪妮不理會他，繼續把乾淨的床單邊緣塞進床墊底下。

她對伊萊亞微笑著說：「寶貝，你可以跟我睡。」

「不行，不可以，」歐文說，「這是他的房間，他得睡在這裡。」

他雙手交握胸前、露出青筋、嘴角抽搐，嘴瑪妮看得出他有多麼生氣。可是，瑪妮無法決定他的憤怒是否比突如其來的消氣與若無其事更來得可怕。而他不發一語瞪著她時更糟糕。

瑪妮親吻伊萊亞道晚安，回到自己的房間裡，歐文跟在後面。瑪妮在臥室裡的浴室洗手，看著鏡子裡的自己。她轉身穿過房間站在他面前，抓起他的手伸到自己睡衣下的雙腿之間。

「這就是你要的嗎？」她低聲問，「然後你就會放我們走？」

他像燙傷般推開她的手。

「不是，才不是，」他結結巴巴地往後退，「我不是變——變態！」

瑪妮凝視著他，不可置信，「你從天花板偷窺我們，這樣還不是變態？」

「妳不明白。」

他似乎很抓狂，顫抖著吐出的抱怨介於哭嚎和否認之間。他氣沖沖走到走廊另一頭，她聽到他用力甩門，身體倒在床墊上。

瑪妮覺得皮膚很髒、很汙穢。她在浴缸裡放水想把自己刷乾淨。她滑入水中，透過水面瞪著上方，努力回想已經忘掉的記憶。她來到農場時只是個小女孩，她母親去世時她才四歲，從馬上摔下來是十三歲的事。他們搬到農場是因為母親想接近大自然。她種菜、自己做蠟燭和蘋果酒到農人市集販賣。她父親不在乎他們住在哪裡，但想念曼徹斯特的酒館，能像專家一樣聊足球的朋友，雖然其實他們很少去曼聯隊球場或曼城隊球場看兩隊對決。湯瑪斯在油田工作，經常不在家，但在家時他嘹亮的嗓音足以使雞飛狗跳。

院子裡那棵橡木比瑪妮印象中低矮，以前卻像妖怪一樣，整晚投射樹影在她的臥室裡。那座老式的大浴缸只有一半大小，她得彎起膝蓋才能滑進水底。

歐文怎麼會知道這座農場？她為什麼不記得他？她通常痛恨回憶童年，她的霸凌和叛逆行為使父親和繼母很頭痛，被帶去看了一大堆醫生和精神科醫生。她在倫敦的精神病院住了四年，接受史登醫師的治療，週末跟他家人一起度過。他告訴她馬爾康的事，據說這個虛構的魅影是她的「另一重」人格。可是瑪妮心裡一直很清楚，馬爾康並不存在。

她出了浴缸，再看一次伊萊亞，爬上床聽著水慢慢流掉，不知不覺睡著了，沒有作夢。

54

在依舊黑暗的夜色中，喬叫了計程車回到瑪妮的公寓。夜空晴朗，但深灰色的雲層在西邊聚集，彷彿等待拂曉便展開橫越倫敦的長征。

喬在警方大型卡車上簽了名、領取橡膠手套和塑膠鞋套。鑑識小組已經用棉花棒、刮刀和吸塵器採集樣本、也採了指紋，可是所有的樣本檢驗結果出爐之前，犯罪現依然是是犯罪現場。

喬爬上樓梯等警員開鎖、拉開「**犯罪現場，請勿跨越**」的警示封條。

進屋後，他先讓雙眼適應燈光，不知為何想到茱莉安，她應該還在睡覺，蜷曲著身體側躺，一手放在枕頭底下。她討厭他做這種工作：鑽研人格違常及反社會人格的心靈，擔心那會像傳染病一樣感染他周遭的人。

喬對於自己懷疑瑪妮感到很內咎。對，她對他有所隱瞞，可是並不是為了個人利益。她不相信馬爾康存在，將他視為自己虛構出來的妄想，最好將其遺忘、一筆勾消。

喬從走廊開始研究那面貼滿照片與剪報的牆壁，尋找不尋常的模式或留白的時間。某些照片一定是偷來的，其他則使用隱藏式攝影機或望遠鏡頭拍攝。他的焦點是什麼？這裡面沒有一張性感照片，他並沒有拍瑪妮或柔伊換衣服或洗澡的照片。

根據丹尼爾的大紅書，瑪妮出生於曼徹斯特，在一座農場長大。她童年的照片大多拍攝於鄉間，這裡卻沒有她的嬰兒照或上學前的照片，最早的照片大約是瑪妮七、八歲時所拍，她在狹窄的鄉間小徑騎單車，坐在牽引機上或蹲在小溪旁。在小村落裡偷窺並不容易，也許這名跟蹤狂和這裡有地緣關係，所以才沒引起懷疑。

喬繼續研究這些拼湊而成的影像和捕捉的瞬間，注意到服飾流行的改變與瑪妮身體的變化。她拋開小男孩的打扮，開始穿洋裝、短上衣和緊身牛仔褲。有學校演講日的照片，戶外典禮上高官顯貴召喚得獎學生上臺。這些照片是用望遠鏡頭拍的，有點被灌木叢擋到而模糊，一定是躲在灌木叢後面或樹木後面拍攝的。

牆上還有瑪妮大學時期的照片，拍攝課堂間或在學生餐廳用餐的瑪妮。其他照片是在義大利度假時的照片。她穿著短版上衣，戴著大帽子和太陽眼鏡。喬注意到她的青春與美麗，想起瑪妮擁抱他時幾乎感覺得到她的體溫，也能想像她蒼白的深乳溝上方點點雀斑。但她是他的個案，碰不得、已婚、脆弱。這種想法沒有未來可言。

喬找不到瑪妮第一次婚禮和柔伊出生的照片，「當時你在哪裡？」他出聲問，彷彿和拿著相機的男子交談，「為什麼不見蹤影？」

瑪妮八歲到十二歲之間的照片也相對較少，這時期她在倫敦的精神病院待了很長一段時間，和史登醫師住在一起，「你是在這裡認識她的嗎？」喬大聲問，「當時你在醫院工作？因為常常有機會接近她，所以不需要照相或躲在天花板裡？還有什麼可能的解釋？也許你生病了……或入獄。」

喬走到第二間臥室裡，卡基爾太太罹癌去世前的最後幾個月都住在這裡。床邊放著一個氧氣筒，面罩和塑膠管在氣閥上繞成一圈。照顧她的看護聲稱他在社服單位工作，聲稱自己叫歐文，可是社福單位並沒有派安寧護士來照顧卡基爾太太。

他是刻意贏得這名老太太的信任以接近瑪妮，還是另有理由才照顧她？有人以親戚的名義付現金交代葬儀社辦理她的後事，卻沒給姓名也沒拿收據。

喬靠在窗框上凝視著骯髒的窗戶，想像蠟燭般蒼白的老太太臨終前的最後那幾口氣，她的世界緩緩進入黑暗。

那名警員在樓梯口等他，「教授，看夠了嗎？」他問。

喬點點頭謝謝他。到了外面，他深呼吸享受新鮮空氣。風吹開了他的外套前襟，他決定走一走、伸伸腿，漢普斯特荒原正好適合。他招了一輛計程車，在傑克．史卓城堡下車，穿過東荒原路走向肯伍德府方向。剛剛下過一陣大雨，接著陽光又佔了上風，將水坑染成銀色。這時一陣帶著濕氣的微風吹過樹梢，一陣陣水滴灑落在他頭上，有些從臉頰流到下巴。

喬整理思緒，努力專注解讀這個人的思維，在細節中尋找某種結構以及能追蹤的心理脈絡。他一直很好奇事件背後的原因，小事如何層層累積。人類的行為看似隨機，卻能歸納整理成圖表。偷看瑪妮的這個男人來自她的過去，將自己如此完全地獻身於另一人需要時間與財力。他做的不是一般工作，有金錢來源或兼職工作，也許在家工作。

他有一種看不見的特質，一種能看著他人卻不被發現的能力，但他並沒有選擇微晶片攝影機或監視器材等現代科技來偷窺瑪妮，而是選擇出現在她附近，近在咫尺。

偷窺狂是一種性心理違常，這種人藉由偷看裸體或觀察其他人的性行為而得到性方面的歡愉和滿足。這種性偏差行為包括從浴室窗戶偷看、窺視他人的性行為、在購物中心偷拍裙底風光等。偷窺者因「觀察」而感到興奮。他也許會幻想和迷戀的對象發生性行為，可是很少付諸實行。

跟蹤狂不一樣。大部分的跟蹤狂想像自己跟蹤的對象偷偷愛著自己，或至少有機會的話就會愛上自己。這種對愛情及偉大羅曼史的妄想通常隨著跟蹤的持續而愈來愈「真實」。跟蹤者認為對方遲早會回應：只要她認識我就會愛上我。

迷戀也分階段，「受到吸引」這個階段可能在瞬間發生，立即產生衝動。大多數跟蹤狂會想盡辦法接近迷戀的對象——加入同一家健身房、上同一所教會、在同一家超市買菜……

當跟蹤狂開始相信他們迷戀的對象也感覺到同樣的吸引力時，便開始了「焦慮」階段。側頭一看或微笑等最微不足道的接觸都被視為他們之間「感情」的證明，愛的證據。

在瑪妮身上則不一樣。這個人已經偷窺她數十年，卻等到現在才將自己的慾望付諸實行。他並沒有努力成為她人生的中心，而是選擇在一旁觀看、監督、保護，更重要的是隱藏自己的身分，彷彿他跳過焦慮階段，直接來到迷戀階段——眼裡只有她，而且伴隨大量神經質、強迫性的行為。最後一個階段深具破壞力，可能在被害人拒絕或傷害跟蹤者時發生。生氣轉為憤怒，繼而變成復仇的渴望。另一個狀況是：被理想化的被害人無法成為跟蹤者所渴望的幻想，因而必須受到懲罰。

喬在山崗上停下腳步，往南眺望倫敦，看得到櫻草花丘的小山崗和英國電信塔。更南邊的倫敦眼慵懶的轉動著，天際線緩緩消失在霧靄之中。

他告訴自己不要再廣義看待這個案例，而是該更精確一點。這個人怎麼可能偷窺瑪妮這麼久而沒有揭露自己的身分？他躲在她家的天花板，看她結婚兩次，帶了兩個新生兒回家。他用馬爾康這個名字，這表示他知道瑪妮的「另一重」人格。她的心靈分裂時，他和她在一起嗎？是他從史登醫師的書房裡偷走瑪妮的病歷檔案……還有闖進喬的辦公室？

如果喬能坐在這名男子面前，他會問什麼問題？他會試著回溯他的人生，描繪此人的家庭、朋友、感情和學校生活。他從前和父母之間的關係如何？現在呢？他在小學和中學的表現如何？曾經交過很多女友嗎？以前做過這種事嗎？他做什麼工作？

瑪妮這個跟蹤狂很罕見，但並非前所未聞，監獄、特殊醫院和地區精神病院、甚至一般社區裡都可以找到這類人。有人撰寫、研究、訪問過這些人。他們通常患有社交焦慮症、自尊心低落、害怕受到拒絕。他們的人生由追求「那個人」所主導，也就是他們所迷戀的對象，只有這個人能為他們帶來真正的幸福，圓滿他們的人生。

喬從口袋拿出筆記本，把筆在手腕背部壓一下，寫下幾個重點。

◆獨來獨往，少有男性朋友。
◆奉行完美主義，嫉妒心支配著充滿占有慾的關係。
◆他對女人有興趣，但沒人比得上瑪妮。
◆他為她犧牲了自己的事業和社交關係。
◆他以前曾經偷窺過女性。
◆中上智力，但無法證明受過正式高等教育。
◆也許受過軍事訓練（縝密計畫和高度紀律）。
◆對附近很熟悉，外表普通（不會引起注意，能很快從犯罪現場消失）。

喬再看一次清單，知道這還不夠。

55

瑪妮在拂曉前醒來，穿上同一件衣服，拉開窗簾。山脊後方的天空漸漸明亮，星星消褪。她走到廚房，聽見斧頭劈柴的聲音。歐文已經起來工作了，他怎麼都不用睡覺？

瑪妮看到後門沒鎖，趕緊叫醒伊萊亞，感覺一種奇怪的既視感——曾被叫醒穿衣服的記憶一閃而過。她拉起伊萊亞的褲子，綁好帶子把襯衫塞進去，撫平他的瀏海。

「我餓了。」

「我們晚點再吃，」她低聲說，「我們要先去探險。」

「去那邊探險？」

「遠一點的地方，你要很勇敢。」

瑪妮從床上拉出一個枕頭套，塞進一件毛衣和襪子。她到她的臥室裡尋找耐寒的東西穿在腳上。她昨天注意到衣櫃有一雙厚重的工作靴。

外面繼續傳來劈柴聲。她聽到歐文一面把木柴丟進手推車裡，一面吹著口哨。她打開後門看看門廊，貼著牆壁緩緩來到房子的邊緣偷偷探頭，看到花園和一半的穀倉，可是看不到柴堆或歐文。

她回到伊萊亞身邊，「我叫你跑的時候要跟著我快點跑。」

「像賽跑一樣？」

「對，可是你要抓緊媽咪的手，不要出聲。」

瑪妮把枕頭套的缺口打結，打開廚房門來到草地上，半拉半抱著伊萊亞開始沿著房子邊緣跑向下坡。她並沒有意識到自己的雙腿在移動或雙腳踩在地上。天色太暗，她看不清凹洞和土堆，只好踉蹌前進，還差點絆倒。

她沒有回頭。伊萊亞一直要求她慢一點。最近的小樹叢在兩百公尺外，她停下腳步，氣喘吁吁。

「媽咪，妳把我弄痛了。」

「對不起，可是我們得繼續走。」

瑪妮聽到引擎聲回頭看，那不是汽車引擎。她看了一眼斜坡上方的房子和穀倉，穀倉出現一道車燈，一輛機車飛越土堆和水坑，引擎隆隆作響。

瑪妮爬起來繼續跑，視野就像搖晃的手持攝影機一樣，影像來回晃動。他們來到防畜柵欄，這是為了不讓牛群在田野之間移動而架在小溪上的幾根平行金屬條。瑪妮踩在狹窄的金屬條上努力平衡著通過。伊萊亞滑了一下，一腳卡在兩根金屬條中間。瑪妮想抱他起來他卻大叫，她把手伸進金屬條之間轉動他的腳，又推又拉。

機車愈來愈接近他們。

瑪妮沒辦法把伊萊亞的腳拉出來，她解開他的鞋帶，脫掉他的球鞋後終於把腳拉出來。她抱著伊萊亞到小徑邊緣，滑下小溪邊坡。機車轉過最近的角落，喀躂喀躂開過防畜柵欄後停下。歐文將前輪左右旋轉，用機車大燈掃瞄樹林。瑪妮躺在伊萊亞身上，手摀著他的嘴，嘴巴貼在他耳邊要他噤聲。引擎熄火，她屏住呼吸，那道光束在她頭頂來回掃過，時間一秒一秒過去。引擎又發動，她聽著引擎聲愈來愈遠。

瑪妮翻身平躺，聽到樹林間吹來陣陣輕柔的微風……和水聲，小溪一定就在附近。這些聲音勾起另一個記憶：就像今天一樣的早晨，同樣的心情，同樣的怦怦心跳和狂奔。伊萊亞嗚咽著，她把他抱到大腿上，捧著他的頭左右擺動，哼著歌曲。這個曲調又激起另一個回憶，她想像一個小孩坐在農舍的前客廳，公車車輪不停地轉動，公車上的乘客起身又坐下……

瑪妮的母親懷孕了，大腹便便、行動遲緩，她的父親出門工作。她們聽到小徑傳來機車的引擎聲，愈來愈接近。瑪妮跑到前廊觀看，一名穿著制服的男子下了機車，手拿帽子。她的母親穿過草地到閘門前和那名男子交談，要他離開，但他似乎充耳不聞，而是逕自進屋，坐在廚房過大的餐桌前，伸長腿，靴子在亞麻地板上留下痕跡。

他想跳舞，瑪妮的母親不肯。他強迫她起身，他們在廚房裡移動著，撞到家具。偶爾，男子從她的肩膀低頭瞪著瑪妮。

那名男子留下來吃晚餐，睡在她爸爸那邊的床上。夜半時分，瑪妮的母親叫醒她，要她穿上睡袍和脫鞋，她們悄悄溜出屋外，努力不發出聲音。她們來到穀倉，瑪妮的母親把她固定在汽車兒童座椅上。

一開始她無法發動車子，試了一次又一次。屋內亮起一盞燈，那名士兵穿著汗衫和吊帶褲跑出來，沿著車道追逐她們。

天色還很暗，她們開在小徑上，車速快不起來，還得在防畜柵欄減速通過。她聽到機車引擎聲，看到照後鏡出現一盞大燈，照亮母親的雙眼。

接著是一聲巨響，車子抖動後飛越路面，穿過小溪邊緣的棕色蘆葦。第一棵樹把駕駛座的車門扯開，第二棵樹使車子整個旋轉一百八十度，溪水從打開的窗戶流進去，泥巴噴到擋風玻璃上。瑪妮沒看到母親怎麼了，只知道車子停下來，車輪陷在水裡，車頭下沉，她不在駕駛座上，引擎發出嗶聲及爆裂聲後靜止。

那名士兵越過小溪解開瑪妮的安全帶，背著她穿過深及大腿的溪水來到乾地。

瑪妮的母親衰弱地躺在蘆葦叢裡呻吟著，身上沾滿黏乎乎的鮮血和玻璃碎片。她不由自主張開雙腿，咬牙用力想把嬰兒推出來。她張開眼睛時，眼中的恐懼彷彿被陷阱捕捉到的動物。

「救我。」她輕輕說。

他舔舔手掌，撫平頭髮，離開。

閉著眼睛的瑪妮仍然清楚地看到這一幕，彷彿拍了照片或錄影：她的母親痛苦呻吟、拱著背、產下嬰兒……沒有動。

瑪妮上方的小徑傳來聲音，歐文棄車步行，拿著手電筒尋找他們的腳印。燈光來到瑪妮背後時，天色也愈來愈亮。汗水濕透了她的襯衫，吹來的微風穿過布料，她發抖。

伊萊亞不哭了，可是呼吸變得很淺。他不夠強壯，不能用這種方法逃走。她該留在農舍裡找別的方法的。

「瑪妮，我知道你們在那裡，」歐文大叫，「我看到你們的腳印了。」

他等著。

「我找到伊萊亞的鞋子，該回家了。」

瑪妮起身，抱著伊萊亞從樹木後方出現，突然腿軟，歐文滑下邊坡接過伊萊亞。他在防畜柵欄上放一塊長木板讓他們通過，瑪妮跟著他沿著小徑走回農舍，他解開她沾滿泥巴的鞋帶。

「早餐吃麥片，」他說，「好暖暖身子。」

56

柔伊整個早上都在警局看監視器畫面，一個小時後已經眼花，懷疑就算自己出現在螢幕上也認不出來。朗達．佛斯一直提供加冰塊的大杯可樂讓她提振精神，喝太快的話會像吃冰淇淋一樣頭痛。

對柔伊而言，過去二十四小時充滿鬼魅。昨天晚上她睡到一半驚醒，尖叫聲卡在喉嚨，一個男的彎身靠在她的床前，截肢的雙手血淋淋。她告訴自己陰影只是陰影，卻沒有再入睡。她坐在閣樓房間的窗前，好奇母親是否望著同樣的一場雨打在樹葉上，從電線滴下，在水管裡汩汩流著。

此刻她坐在詹尼亞的辦公室外等著回家。家在哪裡？她想念母親和伊萊亞。想念丹尼爾，他在的話會知道該怎麼辦。

後來搭車前往盧伊茲家的路上，柔伊瞪著車窗外，看著雨中的倫敦。她厭倦人們說她有多勇敢，說一切都會平安解決。

回到盧伊茲家，他用那種發出腹瀉聲的機器泡咖啡給她喝。柔伊想問他為何缺了無名指，還有為何他走路一跛一跛，可是那意味著交談，這樣一來她就得回答問題，因此她選擇靜默。

盧伊茲把咖啡端過來給她，牛奶放太多了。

「妳吃過了嗎？」

「我不餓。」

「我可以弄點東西給妳吃，三明治好嗎？」

她看著他想，*他是哪一句聽不懂啊？*

他打開冰箱說：「我沒有吐司……也沒有起士，」他停了一下，「我出去買點東西，想跟嗎？」

「不想。」

「妳一個人在家可以嗎？」

「可以。」

「要幫妳買什麼嗎？」

「不用。」

「電話響的話接一下？」

「好。」

她聽到門關上才打開筆電尋找無線網路，連到幫丹尼爾建的臉書頁面，回覆最新留言或按讚。

螢幕右下角出現一個對話框。

柔伊？

訊息旁有一個卡通人物的影像，是帶著眼罩的松鼠。

柔伊回應：

你是誰？

妳一個人嗎？

對。

我在看妳貼的照片，真不敢相信妳用我坐在加農砲上那一張，我看起來像個白痴。

爸爸？

嗨，小酒窩，好久不見。我一直在讀妳的貼文，妳聽起來好悲傷。

只有丹尼爾會叫她小酒窩，她打字：

我怎麼知道真的是你？

問得好。這才是我女兒——一定要要求證明。妳十三歲生日時，妳媽媽跟我送妳一個直髮器，還有漢默史密斯阿波羅劇院的票看潔西J的演出。

柔伊瞪著螢幕讀了兩次，真的很想相信。她回覆：

媽媽在內衣抽屜最裡面的舊太陽眼鏡盒裡放了什麼東西？

妳不該知道她把什麼東西收在那裡。

是什麼？

柔伊，妳知道是什麼，妳不該碰媽媽的東西。

我沒碰。

柔伊感覺心頭怦怦跳，她再問一個問題：

我們怎麼慶祝我的十二歲生日？

我們去巴黎度週末，住在紅磨坊附近那家看起來像妓院的旅館。

天啊，真的是你！你到哪裡去了？你可以打電話給我嗎？我想聽你的聲音？

柔伊，我沒辦法打電話，還不行。

柔伊繼續打字想說服他。

媽媽和伊萊亞失蹤了。他們說有人在跟蹤她。你得回來幫忙找他們。

我會解決所有的問題。把妳媽媽帶走的是我的朋友，他一直在幫我注意你們。

可是他躲在我們家的天花板裡，看得到我的臥室。

他不會傷害你們的。

所以，媽媽和伊萊亞跟你在一起？

還沒，不過我們很快就會團聚了。

有人殺死崔佛，把他的雙手砍掉。

妳知道多危險了嗎？所以妳得照我的話做。妳不能告訴任何人我聯絡妳。不能給他們看這些訊息，或告訴任何人妳有我的消息——不論是警方或妳的朋友都不行，任何人都不行。

這一點很重要，妳明白嗎？

不明白，你為什麼不能回家？

我欠某些人一大筆錢，危險的人。他們威脅要傷害我們，所以我才離開……為了你們的安全著想。妳現在在哪裡？

跟喬教授還有文森在富冷區，他們在協助警方尋找媽媽和伊萊亞的下落。

他們現在在哪裡？

文森去買東西。

妳身上有錢嗎？

不多。

妳需要二十五鎊，妳弄得到二十五鎊嗎？

應該可以。

我要妳去王十字車站買一張車票坐到西約克夏的華斯敦，妳得在里茲換車。不要帶行李，不要告訴任何人，妳得偷偷溜走，不能讓任何人知道。

為什麼？

想想崔佛的事。不要告訴任何人。我已經幫我們找到安全的地方，終於可以團聚了。

我很想念你。

我也是。

57

警車來到曼徹斯特市中心的一個荒涼地帶，在一排連棟房屋前停下。一群黑人少年在路口的雜貨店徘徊，抽菸、攔車、跟女生聊天，彷彿守護著這一帶。三個多小時的車程裡，警車從倫敦一路鳴著警笛飛車，穿梭在車陣及頑固如貨運火車般的聯結車車隊之間。

詹尼亞探長講完電話下了警車，撥掉肩膀的棉絮，戴上帽子，調整帽緣。喬・歐盧林在人行道上和他會合，看了一眼整齊乾淨的小巷弄，某位用心的居民在上面放了花盆，還打掃了石板階梯。

「法蘭西斯・莫法特在當地衛生單位工作了三十年，主要負責兒童保護業務，」詹尼亞說，「八年前，他離開這份工作轉到貨運公司開卡車。這是他母親的房子，他唯一登記的地址。」

他按下門鈴，經過漫長的等待之後，一位老太太來應門，把門開了一個縫隙。

「我的瓦斯和電力都沒問題，我不要新的資費方案。」

詹尼亞拿出警徽，「我們要找法蘭西斯。」

她的眼神一亮，態度為之改變，「出了什麼事嗎？他是個好孩子，他照顧我。」

她把門開大一點。她穿著花洋裝、靴子和下垂的毛衣外套，整個人彷彿被醃在醋罐子裡的黃色小洋蔥，頂著每個領年金的老太太用來遮掩白髮的髮型。

「他被開超速罰單是嗎？我叫他不要開那麼快。」

「他在家嗎？」詹尼亞問。

「他上夜班，現在在睡覺。」

探長逕自進門，「妳最好叫他起床。」

莫法特太太帶他們穿過陰暗的走廊來到廚房，把一隻過重的柯基犬從桌子底下趕走，小狗搖搖擺擺走到喬面前，聞聞他的鞋子。她先打開電熱水壺再去叫兒子起床。

放著老舊爐子的壁爐上方擺著照片，客廳裡更多，並擺滿笨重的深色家具。這些照片被框在失去光澤的銀相框裡，照片上的小孩和孫子都已散居各地。

莫法特太太再次出現，「他在換衣服。」走廊另一頭傳來馬桶沖水聲。

她忙著拿出杯子，把牛奶倒進白色小壺裡，廚房裡的味道像過熟的水果，唯一的窗戶很髒，讓人以為房子完全浸在水底。

法蘭西斯．莫法特伴隨著木板的嘎吱聲出現，他的身材消瘦、長相陰沉，白鬍子剪得很短，左眼下方有一個很醜的疤。他的髮線倒退，後面留長的灰髮綁成馬尾。他在餐桌前坐下，透過沒扣的襯衫抓抓肚子。

「我早上五點才到家，這件事最好很重要。」

「你最後一次見到瑪妮拉．羅根是什麼時候？」詹尼亞問。

法蘭西斯皺眉頭，用舌頭把假牙往前推又吸回去，「為什麼問這個問題？」

「請回答我。」

法蘭西斯看了喬一眼，「直到去年她老公來找我之前，我已經將近二十年沒有聽過她的名字。」

「丹尼爾．哈蘭？」

「對。他想瞭解她的童年，可是我實在幫不上忙。我大多跟她父母親交涉。」

「什麼意思？」

「他們是寄養家庭，在西約克夏有一座農場，距離這裡大約二十英里。我以前常帶小孩過去寄養。瑪妮是他們的獨生女，一開始真的很討人喜歡，後來愈來愈難搞。」

喬彎身向前，想知道更多，法蘭西斯在椅子上不安地移動著，不喜歡這位心理學家瞪著他的樣子，彷彿面具突然被拉開，顯露出真正的性格，每一條皺紋和抽搐都將他的心思表露無遺。

水開了，壺嘴噴出一道蒸汽，莫法特太太用熱水沖泡茶葉，蓋上壺蓋。大家似乎都很尊重這整個倒茶的儀式，等著茶壺舉起又放下，深棕色的液體裝滿每個杯子，加奶加糖。

喬還在等，法蘭西斯把杯子舉到唇邊，小心翼翼啜飲。

「瑪妮八歲時偷開父親的車撞到公車站，兩人受傷。他父親教她在農場開車，可是她根本看不到路，卻差點開到曼徹斯特。警方聯絡兒保單位，我負責準備報告給曼徹斯特兒童保護委員會，我和瑪妮談過之後安排她見兒童心理專家，也和她的父親和繼母談過，他們是好人。」

「你送過多少小孩寄養在羅根家？」

「天啊，我不記得了，好幾十個吧。」

「他們有人對瑪妮產生不正常的興趣嗎？」

這位前任社工聽懂言下之意，「她出了什麼事嗎？」

「她和兒子失蹤了，我們相信可能是遭到綁架。」

「你們認為是其中一個寄養兒童做的？」

「我們在調查這個可能性。」

法蘭西斯懷疑地看著他們，「那是很久以前的事了。」

「他們有人讓你覺得擔憂嗎？」

他露出苦笑，「每一個都會。」

「什麼意思？」

「這些小孩不是受虐兒、孤兒、就是棄兒或流浪兒。有些能跟真正的家庭團聚，有些被認養，剩下的在兒保系統進出到十八歲，然後變成進出監獄。別誤會我的意思，我並非認為他們無藥可救，有些還是表現得不錯。」他看看喬再看看詹尼亞，攤開雙手表示很明顯，「瑪妮來自一個美滿的家庭，但她的問題卻比別人多。」

「你對她認識多少？」喬問。

「她很嫉妒那些寄養小孩，這種情形的確偶爾會發生，尤其是獨生子女。她失去母親後調適得不好。我還記得第一任羅根太太，我在瑪妮出生前見過她。」

「為什麼？」

「當時他們住在曼徹斯特。羅根先生抓到一個小孩在他家地下室偷窺他太太，打電話聯絡社福單位。我認識那個男孩，他是我的個案。他的母親因賣淫、持有毒品、失職而被判刑……」

喬挺直身體，完全忘了他的茶。

「告訴我這個男孩的事。」

「他還是個小混蛋時我就認識他了，每星期都有一、兩次得去戲院接他，因為他媽媽沒錢請人照顧他，就把他丟進戲院裡。歐文不看電影，喜歡看觀眾，他會躲在螢幕下面偷看觀眾。」

「你怎麼知道？」喬問。

「他自己告訴我的。他一直有點怪怪的，很安靜，沒什麼情緒。比較喜歡睡在床底下，而不是睡在床上。他可以像蜘蛛人一樣光腳爬牆，把自己塞進天花板的角落，你進到房間也不會發現他躲在那裡。能把你嚇得半死。」莫法特抓抓肚臍，看看食指，「他有一、兩次被抓到從窗戶偷看人家，遭到訓斥，可是我不認為他這個行為停止了，只是變得更會躲而已。我從沒看過可以這麼安靜的小孩，他就這麼混進背景裡，你知道的，好像那種會變色的蜥蜴。」他彈手指。

「變色龍。」詹尼亞說。

「對，就是那個。」

「歐文後來怎麼了？」喬問。

「每次我們送他去寄養家庭，他媽媽就會改過自新，把他帶回家，這樣反覆了好幾年。」

「你最後一次見到他是什麼時候？」

莫法特鼓起雙頰吐氣，「羅根先生在地下室抓到歐文後，打算用非法入侵起訴他，我是歐文的社工，所以警方打電話給我。當時他應該快滿十六歲了，因為過沒多久他就從軍去了。我不知道瑪莎的下落。」

「瑪莎？」

「他的母親。」

詹尼亞的茶杯放在唇邊，好像忘了要喝，「瑪莎姓什麼？」

「卡基爾。」

58

詹尼亞探長失聲了。他用刺耳而微弱的聲音對著無線電發號施令，像抓著手榴彈一樣緊緊抓著發話器。「如果他從軍的話，軍方檔案裡應該有他的指紋，」他大聲說出自己的想法，「用他的名字搜尋車輛登記，還有手機號碼。」

喬暗自計算著。如果歐文・卡基爾十六歲從軍，現在大約五十歲。他小時候會透過鄰居的窗戶偷看，社福單位也知道他的事，被這破爛的系統抓到又逃離。他加入陸軍，此舉對某些少年有矯正行為、找到人生方向的作用，對其他少年則只是加深他們的問題，提供他們祕密生活所需要的技巧和紀律，無須仰賴他人。

那位老太太是他的母親，曾是妓女、海洛因毒蟲。儘管有個失職的母親，甚至被她拖累，歐文經歷這樣的童年依然倖存。他照顧她臨終前的日子，她是血濃於水的家人，但這不是反社會人格或人格違常者會做的事。

歐文現在追求的是什麼？最想要的是什麼？愛、關愛、尊重、理解。彷彿三十年來屏息等待著這一刻，卻又同時保持主動積極，干涉瑪妮的人生，懲罰那些對不起她的人，但從未介紹過自己或試圖接觸。

喬瞪著天空，看到一群小黑鶇從屋頂前後起飛，彷彿從煙囪裡出現。它們在殘破的天空繞圈圈後再回到原來的地方。

現在他來到曼徹斯特的另一區，對面的房子漆成粉色、淺淺的紅紫和藍色，因為某些企業體或居民委員會決定讓這條街看起來比較高檔。

歐文．卡基爾就住在這裡，二十四之二號，羅根家就在隔壁二十二號。四十年前，這裡是曼徹斯特的貧民窟，滿是廉價房屋、分租雅房和國宅。現在住的是醫生、會計師、律師和其他負擔得起市中心房價的專業人士。

詹尼亞的手機發出嗶聲，他用手指滑過螢幕，簡訊附著一張照片，「就是他，」他把手機拿給喬看，「歐文．魯賓．卡基爾，我們沒有年代更近的照片。」

照片裡的年輕士兵穿著制服，戴著貝雷帽，剪著短髮，根本還是個少年，可是喬馬上認出他。

「我見過他。」

「什麼？」

「我幾乎可以確定。大約一星期前我在切爾西橋被搶，三個喝醉酒的年輕人找我麻煩，想把我丟進河裡，是這個傢伙把他們趕跑的。」

「歐文．卡基爾？」

「當時我並不知道他的名字。」

喬研究這張照片，想起那天晚上：警方在河對岸、退潮時海水的鹹臭味、他自己的無能。派翠克．韓尼希就是那天晚上死的，這些事件一定有關聯。

「你當時曾經報警處理嗎？」詹尼亞問。

「他們要我填一張報案單。」

「你填了嗎？」

「當然沒有。」

探長反感地哼氣，喬再次回想那次的細節。就在他們攻擊之前，有一個男人從橋上看著他，那就是歐文．卡基爾嗎？他來解救喬，但不肯說出自己的名字。喬想給他自己的名片，要他來找他。

歐文．卡基爾為何要冒這個險？他有什麼目的？

詹尼亞的手機出現另一則簡訊，他一面看一面讀出來。

「卡基爾一九八八年自陸軍退役，我們向國防部要求他的軍隊檔案。還有，我想讓柔伊．羅根看他的照片。」

喬下了車，站在樺木堅硬的樹蔭下，接著沿著人行道在路口左轉，攀上一堵牆看著後花園。瑪莎．卡基爾曾是妓女，後來販毒，從不同的地點幫其他女孩拉皮條、賺佣金。社工把歐文從她身邊帶走，送到寄養家庭。他獨來獨往，躲在地下室，把臉貼在窗戶玻璃從外面偷看。他住在這條街上，從同樣的窗戶偷看，爬上這些樹。

狗在吠，窗簾移動，喬跳下來往回走。他經過二十二號門口時，大門打開，一名中年婦女拿著垃圾袋出來，打開垃圾桶把垃圾丟進去，謹慎地斜看詹尼亞。「有什麼事嗎？」

探長拿出警徽說：「警察。」

「出了什麼事嗎？」

「我們在調查曾經住在這條街上的兩家人。」

「我家？」她比較好奇而不是憂心，「什麼時候的事？」

「七〇年代末期。」

「我們一九九七年才搬來的，」她說，「你們要看屋子裡嗎？」

喬接受她的邀請，詹尼亞在車上等。

「我們重新整修過了，」那名女子帶著喬穿過前廳和開放式廚房，指出一些裝潢特色，彷彿在賣房子。他聞到烤吐司和微波食物的味道，走下側面臺階進入花園，看到洗衣房的門。

「那扇門通往地下室，」她說，「當成倉庫很好用，我們搬進來的時候放著很多東西。」

喬低頭走進洗衣房拋光的水泥地板。地下室很深，可是光線讓他只看得到十五英尺左右。

「當時我們得重新鋪地板，」那名女子說，「否則可以透過縫隙看穿，冬天很冷。」

喬沒認真聽，而是忙著想像一名少年蹲在黑暗中，從小被忽略，也許甚至受虐，他學習沉浸在想像的遊戲、電影、書籍和幻想之中。他並沒有適應群居生活或發展出與人相處所需的技巧和感知力，而是習慣成為旁觀者，從不參與。

根據法蘭西斯．莫法特的說法，歐文被母親丟在戲院裡，交代他散場時躲起來。他會吸收無數電影的細節，許多非常不適合他的年紀，可是，他的年紀與心智都不足以瞭解這些具有高度影響力的故事情節都不是真的。他看恐怖片、色情表演、家庭戲劇，他看完美的家庭和美滿的結局，再看看自己的家庭，不知道人生出了什麼差錯。如果他是個普通、健全、不負責的少年，那麼，被困在螢幕和觀眾之間的這個世界可能對他起不了影響。可是歐文有其脆弱敏感之處，沒有人可以幫他詮釋、或引導他瞭解這些事。

很快的，他開始創造自己的故事，誇張的情節、滿懷祕密的幹員和間諜。他偷偷溜進別人家透過窗戶偷窺、觀察，蒐集他們人生的細節。他依然困在兩個世界之間，觀察卻不參與。

他十六歲加入陸軍。突然間，這個渴望孤獨的男孩無法逃離人群，身邊都是新兵和軍官，吵雜的軍營與大食堂幾乎沒有片刻安靜。剛開始，他身上並沒有任何外在特質顯示自己有所不同。他接受訓練、學習如何保護、自衛、殺人。可是他內心感覺不一樣。歐文一直都是偷窺狂，冷眼旁觀這世界，但是現在人們期望他參與，扮演角色，他不知道該怎麼做。

在這個過程中，他開始迷戀瑪妮．羅根。他跟全世界這麼多人擦身而過，為什麼迷戀的對象偏偏是她？

喬的手機如困在口袋的小鳥在胸口震動，螢幕顯示盧伊茲的號碼，他低頭出了地下室，在花園接電話。

「她不見了。」盧伊茲說。

「柔伊？」

「她在餐桌上留了一張紙條說她繼父還活著，她要去找他。」喬拿著手機的手抓得更緊，盧伊茲還在說，「我才離開十五分鐘而已，我回來她就不見了。」

喬回到房子裡，「她帶了什麼？」

「她的包包和我放在抽屜裡的一些現金。」

「多少？」

「八十塊。」

「她接了電話嗎？」

「我查了電話回撥，沒人接。」

「她的手機呢？」

「早被警方拿走了。」

喬迅速思考可能性。她的筆電，一定是有人用電子郵件或聊天室和柔伊聯絡。

「她失蹤多久了？」

「頂多二十分鐘。」

「她穿什麼衣服？」

盧伊茲得想想：牛仔褲、衝擊合唱團的T恤、連帽外套、白色球鞋。

喬也在思考所有的可能性，可能有人來接柔伊，否則她就是步行，也許前往最近的地鐵站公車站。她拿了錢，此舉表示她可能要去其中一個幹線大站或長途客運總站。

喬回頭穿過房子從前門出來。詹尼亞坐在副駕駛座，正對著無線電說話。他抬頭問：「怎麼了？」

「你不會喜歡這個消息。」

警車在繁忙的車陣中強勢穿梭，警笛彷彿來自後方。開車的警佐非常專注，詹尼亞對著雙向無線電大吼，提供柔伊．羅根的描述：十五歲、五尺五寸、身材苗條、深色短髮、藍綠眼珠，最後一次出現是中午十二點半在倫敦的富冷區。

「從她接受警方偵訊的錄影帶抓一張照片出來，別讓她看起來像嫌犯。」

他講完後轉向喬，眼神冷酷而不悅，「你為什麼這麼確定不是丹尼爾．哈蘭？」

「他已經失蹤十三個月了，為什麼要在這個時候出現？」

「柔伊是個聰明的孩子，她應該會要求對方證明自己的身分。」

「卡基爾一直在偷窺他們，他們家的大小事他都知道，所以才能說服她。」

「你說他迷戀的對象是瑪妮，為什麼要帶走柔伊？」

「我不知道。」

「也許他這麼做是為了瑪妮。」

「她不會讓柔伊陷入險境的。」

汽車再度轉彎時，喬抓著頭頂的把手。他為什麼看不出其中的邏輯和動機？人類大多數的行為都由社會規範塑造而成——文化習俗、穿著打扮、飲食習慣、待人接物、社交禮儀。心理學家跟數學家一樣，在大自然中尋找相同的模式，以預測結果。跟這個案子相關的人都不在常態範圍內，而是分布在「尾端」的人。

喬試著把自己放在瑪妮的位置，她會怎麼做？反抗、生存、保護。

「她還住過哪裡？」他問，發現自己的聲音變得很刺耳。

詹尼亞從座位上抬起頭，「什麼意思？」

「歐文·卡基爾已經跟蹤瑪妮數十年，就是為了等待這一刻。他很可能準備了一個地方讓他們能在一起，有特殊意義的地方。」

「比如？」

「比如以前住過的地方。」

59

「媽咪妳看，我畫了一張畫。」

伊萊亞在瑪妮眼前揮舞著一張紙，她張開眼睛。

瑪妮還穿著沾滿泥巴的衣服縮在毯子底下。她不知道幾點了，在床上躺了多久。她每次閉上眼睛都看到一輛撞毀的汽車陷在水裡，一棵裂開的樹、母親虛弱的身體、雙腿之間的鮮血、她救不了的弟弟。

瑪妮從上方看著這一幕，彷彿漂浮在空中，漸漸飄走，這一幕距離愈來愈遠。她和伊萊亞一起躲起來時也有同樣的感覺，彷彿靈魂出竅，從上方凝視著自己。她看起來多麼可悲、軟弱沒用。更厲害、更堅強的人會成功逃走。更厲害、更堅強的那個她會保護家人，可是她卻毀了一切。所以丹尼爾才會跟潘妮上床。所以他才賭博。所以她第一次的婚姻失敗。她的母親死了，她失去了弟弟。

伊萊亞拉拉她的袖子，「媽咪，妳在跟誰說話？」

「沒有人。」

他從口袋裡拿出一隻塑膠青蛙，讓它在她的枕頭上跳動。

「歐文說池塘裡有青蛙，他說我們可以抓蝌蚪。」

「我們沒有要待在這裡。」

「可是他說……」

「這裡不是我們家！」

伊萊亞被她的語調嚇到，瑪妮看著門問：「他在哪裡？」

「外面。」

「他在做什麼？」

「挖洞。」

瑪妮沉默片刻，把自己拉成坐姿，全身無處不痛。她下床到浴室洗手洗臉，換上乾淨的衣服。一天又開始了，外頭的天空有風雨欲來之勢，她把伊萊亞的床單洗好晾在外面的曬衣繩上。歐文把早餐的碗盤留給她洗，她刷掉黏在鍋子裡的麥片硬塊，坐在沙發上聽伊萊亞解釋海綿寶寶給她聽，他似乎每一集都看過。

瑪妮穿上沾滿泥巴的靴子，綁好鞋帶，沿著被踏過無數次的小徑走到穀倉。她聽到鐵鏟挖土的聲音，歐文把草皮翻開，翻動下面的泥土。

「我們不久後就會有片菜園。」他說，靠在鐵鏟上。

「我記得你，」瑪妮說，「我母親死的時候你在場。」

歐文沒有回答，而是拿起軍隊用的水壺打開蓋子喝水，水從下巴流到襯衫前襟。

「是你殺了她嗎？」

「沒有。」

「你救得了她嗎？」

「我救了妳。」

他繼續挖土，把一支鋤頭高高舉起，用力鏟進豐沃的深色泥土裡，敲破泥塊，把石頭撥成一堆。

「你還沒告訴我為什麼。」

「為什麼怎樣？」

「為什麼是我？外面有好幾百萬人，你卻選擇跟蹤**我**、偷窺**我**。為的是什麼？你是偷窺狂，你喜歡從窗戶偷看別人的生活。你偷窺我睡覺……淋浴，你什麼都看過，也快活過了，放過我們吧。」

「妳不明白。」

「那你解釋給我聽。」

「妳還沒有準備好。」

瑪妮挫折得想尖叫。

歐文停下手上的工作，「我的一生都奉獻給妳。」

「我並沒有要求你——」

「讓我說完，我要妳知道我為妳犧牲了多少，然後妳就會原諒我。」

「我永遠不會原諒你的，」她的聲音缺乏說服力，「你對丹尼爾做了什麼事？」

歐文遲疑了一會兒，把鋤頭扛在肩上，瞪著工作靴上的泥巴，「他是個沒用的敗家子，把你們的未來都輸光了，他不愛你們。」

「他對妳不忠。」

「你做了什麼好事？」瑪妮的聲音變得沙啞，脖子上出現斑斑點點、熾熱的紅疹。

「你到底做了什麼？」

「他差點找到我。」

歐文看著瑪妮背後的穀倉邊緣，一叢果樹隨意栽種，實在稱不上果園。一小塊圍起來的土地幾乎隱藏在後方，上面有幾塊墓碑。

瑪妮的視線跟隨他的目光。

「反正他早晚會離開妳的。」歐文說。

「你殺了他？」

歐文沒有回答。

「怎麼殺的？」

「他沒有受苦。」

「怎麼殺的？」她的聲音好像卡到痰。

歐文閉上眼睛片刻，好像在下決定，「他猜到我的存在，到處問問題，找人，可是不知道我就在身邊。然後他去找妳在衣櫃裡的結婚照片，發現了假隔間，」他看了瑪妮一眼，「我知道妳怎麼想，可是從他背叛妳的那一刻開始，他就注定得死。我已經無視他許多不檢點的行為，可是那一樁實在無法接受。」

瑪妮張嘴想說話，可是什麼都沒說，她的孤單已然完全。就算她低聲說一百個字、尖叫一千個字眼、苦苦哀求、禱告、哭泣、對抗或投降，都無法讓丹尼爾回來。最後一片拼圖已經出現。

歐文又開始揮鋤頭，「我要把這塊地圍起來，兔子才不會偷吃我們的生菜。現在播種有點太遲了，不過等到春天剛好。」

歐文沒有看她，但知道他們之間已經有所改變。他以為會遭到瑪妮的辱罵、指控和仇恨，卻沒有預期她會接受。

「我得進城，」他說，「妳需要什麼東西嗎？」

瑪妮沒有回答。

「我離開時得把妳鎖在屋子裡，伊萊亞跟我一起去。」

「不行。」

「我很快就會回來。」

「拜託不要。」

「瑪妮，我還不能信任妳。」

他走向屋子，她跑到他身邊拉住他的手，「讓他跟我在一起，他身體不舒服，不夠強壯，請不要帶他走。」

「我不會傷害他的……除非我回來的時候妳不在這裡。」

伊萊亞在露臺上玩，「小子，你跟我一起去。」

「去哪裡？」

「進城。」

瑪妮想反抗，拉他的襯衫，被他推到前廊的鞦韆座上，和鞦韆一起撞上粉刷好的牆。「別鬧了，進去。」

她進屋，聽他鎖門，從一扇窗戶移到另一扇窗前，看著他們走向穀倉，消失在裡面，接著她看到汽車開出來，歐文關上穀倉門，上車沿著小徑開，消失在樹林間。她看到伊萊亞轉身從後車窗看著她，那是最後一眼。

就算她逃出去又能怎麼做？她能逃去哪裡？她不在身邊伊萊亞要怎麼辦？她在屋子裡穿梭，尋找電話或電腦。她搜索他的臥室，打開抽屜和衣櫃，翻找他的口袋，把手伸進床墊底下。

兩個抽屜鎖著，她把裝著筆和迴紋針的罐子倒過來，在裡面翻找鑰匙。她找桌子底下，把臉貼在地上，平滑木板上一塊突起處就是鑰匙。她在抽屜裡找到農場相關的文件：購買證明、費率通知、電費帳單、送油。

她每次聽到聲音時都以為轉身會看到歐文站在門口。這裡什麼都沒有，沒有電話，沒有電腦。她沿著走廊來到還沒探索的這部分農舍，另一個房間，她的童年記憶裡並沒有這個部分。門把很難開，她用雙手推開，發現一個屬於少女的房間，是柔伊的房間，牆上貼著一模一樣的海報，一樣的被單、衣服、鞋子……

她的恐懼與憤怒漸漸膨脹。她還以為柔伊很安全。

歐文連她都不放過。

60

柔伊坐在靠窗的座位，這樣可以把頭靠在車窗上，看著一片片拼布般的棕色和綠色田野與農場經過。對面的一名男性乘客一直盯著她看，瞪著她的胸部，每次她一轉頭他就將視線移開。

火車上的網路可以免費使用三十分鐘，實在慢得誇張，可是她利用這個時間更新狀態，傳了一個訊息給萊恩，告訴他自己已經找到繼父，正要去見他。

柔伊只有早餐吃了盧伊茲做給她的吐司和蛋，然後就沒吃過東西。她很內咎自己留了紙條就離開，他跟喬都對她很好，沒把她當小孩對待，這會兒他們會說她做了一件很幼稚的事。

車掌從車廂另一頭開始查票，柔伊翻找牛仔外套的口袋，她放在哪裡？他來到她這一排，對面的男人交出車票又拿回來，柔伊還在翻書包。

「我真的有車票。」她說。

「妳在哪裡上車的？」

「王十字車站。」

「要到哪裡？」

「里茲。」

她把手指伸進牛仔褲後面的口袋裡，「找到了！」

他看看車票，再看看柔伊。

「妳叫什麼名字？」

她說謊，「喬其娜。」

「妳自己一個人搭車嗎？」

「我媽在餐車。」

「妳幾歲？」

「十六歲。」

「有學生證嗎？」

「在我媽那邊，我可以去叫她。」

他把車票還給柔伊，不發一語繼續往下走。走道更遠處一個女的問他：「出了什麼事？」

「警方在找逃家的倫敦女孩。」

大曼徹斯特警察總部位在紐頓荒原的新興工業區裡，距離市中心四英里。俐落、現代、強調功能性的玻璃水泥建築看起來像生技公司會租的大樓。

喬在明亮的中庭等待，詹尼亞和他北方的同事談話，盡量收集關於歐文．卡基爾的詳細情資。所有的少年檔案都應該早已銷毀，不過他也許在成年後有犯罪紀錄，國防部也會有他的服役紀錄。

喬打電話給盧伊茲，他在很吵雜的地方，得大吼才聽得到。

「你在哪裡？」

「監視器畫面顯示柔伊三小時前在王十字車站的中庭看出發時刻表。」

「知道她搭上哪一列火車嗎？」

「五十列班車的其中一輛。」

喬看看手表，由王十字車站出發的列車行駛北英格蘭、東英格蘭和蘇格蘭。「她幾點出現的？」

「兩點半左右。」

她很可能已經到里茲了，或在中間的任何一站下車。背景的車站廣播警告乘客不要留下行李無人看管。

盧伊茲還在說：「他們已經聯絡列車，請車掌注意獨自搭車的的少女，」他大叫，蓋過廣播聲，「柔伊有一個男朋友，她昨晚從我家打電話給他，我現在要去見他。」

中庭有六層樓高，直通天花板。詹尼亞從另一邊的電梯走出來，身影映照在中庭內層的玻璃牆上，他的司機也在身邊，他們幾乎步伐一致地走到大門口。喬也開步走，結果跌倒。他爬起來再試一次，這次先往旁邊一步，再往後退一步。人們瞪著他，他專注把右腳滑向前，然後左腳、再右腳。他的步伐正常了，可是左手還是拒絕擺動。

詹尼亞在車上給他簡報：卡基爾在科切斯特的軍事監獄待了三年，罪名是傷害和破壞治安。一九八五年，他因跟蹤指揮官未成年的女兒而遭到判刑，但是他沒有認罪。在那之前，他有不服從上司的紀錄，還有紀律問題。他在一九八三年不假外出五天，隔年和另一名士兵為了一個女生發生爭執，把對方揍了一頓，也被起訴。

詹尼亞把一張紙交給喬，繼續念下一張資料。

「卡基爾在獄中念了一個電腦課程，在科切斯特服完刑期後被開除軍籍，不過他們幫他在市場研究公司安排了一份工作。後來他成立自己的公司，註冊網域名稱後賣回給個人和公司海撈了一筆，這叫網路蟑螂。」

喬看得出市場研究對歐文．卡基爾這種人的吸引力，這表示他能研究人們、觀察消費者的行為、藉口問問題、滲透人們的生活。網路蟑螂也符合歐文的特性。他不需要發明、建立或販賣什麼物品。而是站在別人的肩膀上，利用他們的輕忽或遲緩占便宜，要他們為已經成為品牌的名稱付費。

「這一點很有意思，」詹尼亞遞了另一頁給喬，「一九九四年，歐文．卡基爾在曼徹斯特一家中學外被警方帶回，因為老師抱怨有一名男子在校門口逗留。

喬算了算時間，「一九九四年瑪妮大約十五歲，還在唸書。」

詹尼亞還在說，「警方予以警告後就讓他離開了。」

「更早的判刑記錄呢？」

「國防部沒有提供細節，這表示卡基爾並沒有登上性犯罪者名單，所以我們的資料庫裡才沒有他的指紋。」

探長的手機響起，他接了電話，喬能聽見他這方面的對話內容，探長轉過身問司機，「我們離華斯敦多遠？」

警佐看看衛星導航，「十八英里。」

「多久？」

「半小時。」

「馬上帶我們去，快點！」

詹尼亞拿起雙向無線電通知西約克夏警察控制中心，要求派遣警力前往華斯頓火車站。他看看手表，「他們能在十四分鐘之內抵達嗎？」

「沒辦法，長官，我們那附近沒有警車。」

他用力拍打儀表板，「打電話給交通單位傳訊給車站，我們得攔下那列火車。」

詹尼亞轉向喬。

「柔伊．羅根三十分鐘前在里茲車站轉車。」

「你怎麼知道她要去華斯敦？」

「她從火車上傳了簡訊給男朋友。」

候車室貼滿海外假期、汽車保險和職業介紹所的海報。我查看火車時刻表，努力想讀充滿刮痕的塑膠玻璃後方的小字。伊萊亞抓著我的手，整個手掌剛好可以抓住我三根手指。

在母親臨終之前，我完全沒有她牽我手的記憶。就算是臨終前那幾個星期，她也一如往常不斷抱怨，湯太燙、太涼、太鹹或太淡。奇蹟似的，在她臨終前幾個小時，她抓住我的手，彷彿我能阻止她的生命流逝。

「下次我會做得更好。」她對我說，不過我不知道她的意思。也許她相信輪迴，打算再重來一次，彷彿這次是練習，下次她不會失敗到這種程度。

她臨死前的那幾個星期，身體黏黏的使人倒胃口，彷彿血液變濃，差點停止流動。她吞下毒藥以殺死另一個毒藥或緩解痛苦。一輩子摧殘身體的後果是免疫系統失調，但她還是每天喝酒，顫抖著把伏特加捧到嘴邊，滴在睡衣上。

我記得曾經覺得現在她屬於我了，可以對她恣意妄為。就算用香菸燙她也只不過是以其人之道還治其人之身。我大可以出門一整天不理她，讓她躺在自己的排泄物裡。我大可以用皮帶抽她，把她丟進戲院裡，關門時再回來。

我選擇相反的路。我餵她吃飯、幫她洗澡。不論我多麼嫌惡她，她身上卻彷彿有一種力場，有某種詛咒在強迫我照顧她。

她去世那天晚上我在天花板裡，沒聽到她嚥下最後一口氣。瑪妮上床睡覺後我才下來，發現她頭往後仰，雙眼睜大。我還以為自己會在街上歡呼大唱：「叮噹，巫婆掛了！」可是我毫無感覺。

我一直以為要先變老才會死，可是有時候，就算變老了也還是個孩子。上戰場三個小時就能變老……或在監獄待三年，或在衣櫃裡待上三年，看母親為了錢跟人性交。

我記得自己在她的葬禮上絞盡腦汁想找到情緒，但連憎恨都沒有，只有空虛而詭異的幻想，幻想當她抵達地獄時魔鬼會對她說什麼。我將她火化時，她身上穿著生前最不喜歡的洋裝，以及一雙不合腳的鞋子。我知道這可能沒什麼，卻帶給我一股勝利感。

抵達車站的區間車只有三節車廂。

「你喜歡火車嗎？」我問。

伊萊亞點點頭。

「我們去搭火車吧。」

「我們要去哪裡？」

「去接柔伊。」

61

從里茲開往華斯敦的列車是卡德維爾線，經過布朗姆利、新帕德西、布萊福德、哈里法克斯，再經過四站才來到華斯敦，行車時間四十五分鐘。由於鐵道穿過山洞，繞過山谷，因此火車路線較為直接，開車的話則是一條蜿蜒而起伏的道路，很多圓環，接近村落時必須降低車速。

警車每次轉彎時安全帶都卡進喬的肩膀。他們前方的車輛聽到警笛聲便讓路，不情願地往路邊靠。自從離開曼徹斯特後，他一直覺得哪裡不對勁：歐文．卡爾基為何要冒險告訴柔伊她的目的地？他一定有想到她可能會告訴別人或被跟蹤，為何不選擇不告訴她在哪一站下車，而是要求柔伊在里茲車站打電話給他？他大可以引導她拿到預先藏好的手機。這個人擅於計畫，不會犯下這種初學者的錯誤，除非……

「他不會在華斯敦車站。」喬喃喃說。

詹尼亞猛然轉頭，「可是她跟她男友說……」

「他會在火車抵達華斯敦之前就先找到她。他會先觀察她，確定沒人跟蹤，再提早攔截她。」

「你認為他在車上？」

「對。」

詹尼亞看看手表，拿起雙向無線電聯絡控制中心。

「火車開到哪裡了？」

「下一站是海布登橋。」

「我要火車在那一站暫停，乘客不准下車。」

「我們那邊完全沒有警力。」

「車站員工呢？」

「那邊只有部分時間有員工。」

「叫司機不要進站，把火車停在站外。」

「這樣會影響整個路線的調度。」

「我不管，我要這列火車停下。」詹尼亞看了喬一眼，臉上的表情說明一切：希望你是對的。

柔伊凝視著窗外又一個小村落，很好奇誰住在這種地方、過著什麼樣的生活、有多無聊，無事可做，只能在原野健行或騎馬。除了在學校園遊會裡騎著小馬讓人牽著繞圈圈，五分鐘五塊錢那種，柔伊從沒騎過馬。

對柔伊而言，連倫敦這個大城都不夠大，她想看巴黎、羅馬和紐約。火車減速了，停靠在另一個無人月臺，似乎沒有人上下車。那為什麼還要停車？

離家愈遠，她愈不確定到底會見到誰。部分的她焦慮的不得了，想見到丹尼爾；另一部分的她不斷問著顯而易見的問題：他去了哪裡？為什麼不找警方幫忙？

火車再度啟動，漸漸加速。她聽到乘客在後方的走道移動，看到車窗上模糊的倒影。柔伊還來不及轉頭，伊萊亞就爬上她的大腿，用瘦弱的手臂抱著她的脖子。她聞到蘋果洗髮精和他嘴巴裡糖果的味道。在圖書館認識的那名男子在她對面坐下，那個自稱叫魯賓，還給她二手筆電的人。

他露出微笑，「居然在這裡碰到妳。」

柔伊防衛地抱著伊萊亞，保護他的身體。

「你在這裡做什麼？」

「我來接妳。」

「我爸爸在哪裡？」

「妳媽媽在等妳，我等會兒再解釋。」

柔伊覺得呼吸困難，「丹尼爾傳了訊息給我。」

「所以我才在這裡，我們得在下一站下車。」

「他叫我坐到華斯敦。」

「計畫有變。」

火車減速，可是還沒到下一站。歐文看看窗外，想看到前方的軌道，「有人跟蹤妳嗎？」

柔伊搖搖頭。

「妳告訴過任何人要來這裡嗎？」

她遲疑了太久，火車已經完全停止。歐文從走道另一邊的車窗往外看，想看前方發生什麼事。他們在一座村落附近。

「你是誰？」柔伊問。

伊萊亞回答：「記得嗎？我們在公園裡遇到他，我以為他是馬爾康，妳說他是魯賓，媽咪叫他歐文。」

「她在哪裡？」

「她不准來。」

歐文到車廂兩邊的盡頭檢查車門，回到座位上。

「我要跟丹尼爾說話，」柔伊說，「你把媽媽怎麼了？」

「我會帶妳去找她。」

「不，我哪裡也不去。」

歐文臉色大變，因憤怒而扭曲。他伸手抓伊萊亞，柔伊轉過身保護他。歐文抓住她的胳膊，大拇指和食指深深用力壓進她的肌肉，似乎碰到她的骨頭。他強迫柔伊站起來，推著她穿過車廂，經過一對老夫婦身邊。

「救我。」柔伊哀求他們。

那位老先生站起來，歐文把他推倒，老太太的手顫抖著摀住嘴。

他們來到門口，歐文按下警鈴強迫車門打開，用背部頂著車門，強迫柔伊跳車，再把伊萊亞抱給她。她想沿著軌道逃跑，可是他大步追上來，推著她越過鐵軌來到邊坡。

鐵軌上有一名穿著制服的男子，看到他們後大聲呼喊、跑向他們，柔伊如果丟下伊萊亞也許可以跑得夠快，衝到那個男的身邊。歐文沒辦法同時抓住他們兩個，她必須在瞬間決定。

歐文把伊萊亞抱過鐵絲網圍籬，可是他的脛骨卡到上面那一圈，他大聲尖叫，腳踝滴下鮮血。那一刻，柔伊的機會消失。歐文抱住她的腰部把她頂上去，讓她任意落在另一側的蕁麻叢上。

他們穿過及腰的雜草，她的手臂很癢，針毬附著在牛仔褲上，伊萊亞在哭。

「叫他閉嘴！」

「他在流血。」

「叫他閉嘴就是了！」

他們來到一條狹窄的小路，兩側斷續而叢生的樹籬，前面有房子、村落。路口出現一輛汽車，是一輛車輪沾著泥巴的路華發現者四輪傳動汽車。駕駛是一名臉色紅潤、身穿著條紋橄欖球衫的中年婦女。她停下車關切地問：「出了什麼事嗎？」

「我兒子在圍籬上割傷了腿，」歐文說，「我們的車在前面沒油了。」

「真可憐。」她看了柔伊一眼，柔伊在搖頭，但有手指深深壓著她的肩膀。

「你們還好嗎？」那名女子問。

「她只是累了，我們走了很遠的路。」

「那傷口也許需要縫針，村子裡沒有醫生，你們得去哈里法克斯。」

「妳可以載我們一程嗎？」

那名女子又看了柔伊一眼，再看看伊萊亞的腳，他右腳的襪子沾滿血。這邊看不到鐵軌，可是聽得到大聲喊叫。

柔伊先做出反應，大聲警告那名婦女快逃，「快點開車離開！快走！他不是我們的父親！」

那個女的反應太慢，歐文扳開車門把她拉下車。她想反抗，可是歐文對著她的臉揍了一拳，她蹣跚往後倒，腦袋用力撞到柏油路。柔伊瞪著動也不動的女子，對這暴力的一幕驚嚇不已。

「上車。」

她沒有反應。

「不然我就殺了他，上車！」

歐文先把伊萊亞抱到後座，再把柔伊推進去。他打了檔，車子加速開走。柔伊從後車窗看著躺在馬路上的女人，她沒有動，也許已經死了。

「你根本沒必要打她。」她說。

歐文的目光在照後鏡裡和她交會，「都是妳害的，下次要聽話。」

62

十幾名警察沿著鐵軌兩側搜索著枕木之間的石塊和邊坡，邊坡覆蓋著濃密的雜草和黑莓叢。那列區間車已經往前開到車站月臺，乘客接受偵訊。當地人聚集在車站附近觀察進度，討論這起事件。喬長大的村落不比這裡大多少，記得消息傳達的速度有多快。

西方的雲層聚集在混雜的樹林上——橡樹、白楊、樺樹，其他的喬叫不出名字。風勢變強時，樹枝也隨之顫抖。

醫護人員正在處理路華汽車被搶的那名女士，她坐在救護車後方，頭部用白色繃帶包紮。詹尼亞和她在一起，在他們送她到醫院照X光之前先問問題。

喬注意到下方的車站停車場有一個綁著辮子的小女孩，她牽著一名女子的手問問題，對這幕陌生景象很興奮。她看到認識的人，離開母親跑向一名男子，他抱起小女孩丟到自己的肩頭。喬暗自微笑，想到艾瑪。她現在比較大了，沒辦法拋到空中，也許是他自己體力太差，這一點使他更悲傷。

他所服用的藥物製造過多唾液，使他嘴唇滴出一團口水。泡沫破掉，他幾乎可以聽到腦袋裡的聲音說：「當然，當然。」

他想起湯瑪斯．羅根從睡袍口袋裡拿出的照片：兩歲的瑪妮夾在父母中間坐在一張藤沙發上，張著嘴，眼神閃閃發亮。

喬念醫學院一年級時修了一學期的遺傳學，這是他喜歡的課程內容，因為不用切開大體。他學到遺傳基因分成顯性和隱性，學到什麼樣的家庭特質會遺傳給下一代。

喬已經開步沿著月臺走下樓梯找詹尼亞，在車站辦公室找到他。

「酒窩是顯性基因造成的，」他說，「由其中一個雙親或兩人遺傳而來，瑪妮有酒窩，可是她爸媽都沒有。」

詹尼亞看著他，彷彿他已經瘋了，「那又怎麼樣？」

「歐文．卡基爾有酒窩。」

路華汽車的大燈掠過農舍白牆，搖擺著照到穀倉。車子在雙門外停下，我下車拉開金屬門閂，把兩邊都推開，先藏好車子，明天再處理掉。

伊萊亞的嗚咽停了，柔伊用毛衣幫他止血，現在把他抱在懷裡，繃著臉看著我。

「我要媽咪，」伊萊亞說。

「小子，已經到了，等我停好車就好。」

我把汽車開進穀倉裡，關掉大燈和引擎。

「妳在等什麼？邀請函嗎？」我說，作勢要柔伊下車。

雲層遮蔽了天空，無星的天空黑暗一片，只有地平線的光芒微微映照著遠處曼徹斯特的燈光。偶爾，一絲閃電打在山脊上。

窗框上有一支手電筒，我摸索著沾滿灰塵的木頭摸到門把，按下開關，手電筒亮了一下，隨即變得微弱。已經快沒電了，今天早上追逐瑪妮和小男孩時用完了，沒有一件事是簡單的。

「走吧。」

「媽媽在哪裡？」

「在屋子裡。」

「我看不到路。」

「跟在我後面。」

「伊萊亞沒辦法走。」

「那就抱他。」

手電筒微弱的光照亮眼前的路面，有什麼東西匆忙從我們的腳邊跑走，也許是狐狸或老鼠。我看了黑暗的農舍一眼，不知道瑪妮為何關掉所有的燈。我太瞭解她了，她不會逃走的。

我找到樹籬間的空隙打開閘門，房子出現在眼前，在黑暗中比較沒有那麼龐然，但我們不需要華廈。瑪妮可以在三角牆那邊的大窗戶下種玫瑰，在廚房外的花園種香草。

我走到門廊。

「在這裡等一下，」我告訴柔伊，然後改變方向，貼著房屋側面摸索著來到轉角，從窗戶偷看。瑪妮把窗簾拉上了，我把臉貼在玻璃上想看到裡面，但什麼都看不到，只有自己的倒影在手電筒微弱的燈光下看著我。我踮起腳尖看另一個窗戶，呼出的氣息噴在玻璃上，手電筒已經完全熄滅了。玻璃都沒有破，兩扇門都鎖著。我回到門廊找鑰匙。

「我餓了。」伊萊亞說。

「叫他安靜。」我說。

我用腳推開門，伸手開燈卻沒有亮光。不是保險絲燒掉了，就是瑪妮找到方法斷電。

「瑪妮，妳在嗎？」

一陣靜默。

「妳在做什麼？我知道妳在裡面。」

這個問題似乎被黑暗反彈回來。

「別跟我耍心機，孩子在我手上。」

我的目光掃視著廚房，感覺到背後事物或眼前事物的壓力，想像她在黑暗中等待著。我經歷過這些：沉浸在黑暗中、漆黑的手指、粉紅透明的耳朵，小男孩躲在衣櫃裡，母親賺錢養家。

「妳這麼做很傻，」我想起我把她的刀子拿走，「瑪妮，你要知道，我住在妳的天花板上，我很習慣黑暗。」

柔伊的聲音出現在我背後，「你把她怎麼了？」

我抓住柔伊的手，「叫她。」

「媽？」

「叫她過來。」

「媽，妳在裡面嗎？」

我們聽著水龍頭的滴水聲，降溫的水暖氣。我在柔伊有機會後退之前把她推到我面前，她撞到地板中央的椅子。所有的椅子都被翻倒，變成障礙物。我把它們踢到旁邊，椅子滑過亞麻地板，撞到櫃子門。

我在廚房也放了一支手電筒，還有蠟燭跟火柴，以防停電。我打開抽屜尋找，不見了。聰明的瑪妮，真聰明。妳把光線都帶走了，可是我不介意。我是黑暗的行家，就算看不到妳也找得到妳。

「這不好玩，」我大叫，「伊萊亞很害怕，他的腿割傷了，可能需要縫針。」

我們來到走廊，右邊是客廳，前方是臥室，盡頭是浴室，又是一個不能用的電燈開關。

「我們去外面等。」柔伊說。

「不行，我要你們在我身邊，再叫她一次。」

「媽，是我……妳還好嗎？」

我擰著柔伊的手臂，她哭出來，瑪妮還是沒有回應。

悶悶的玻璃碎裂聲如笑聲般散落一地，來自走廊盡頭。她在浴室裡。我推開柔伊跑過去，絆到地上的東西——兩個門框之間在脛骨高度拉著一條鐵絲。我重重摔在地上，胸部和手臂壓碎了什麼東西，燈泡。我感覺到碎片壓在皮膚上。這就是她的傑作，聰明的婊子，懂得把燈泡拿下來。疼痛隨之而來，一千個碎片、流血。

我聽到愉悅、帶著喉音的咯咯笑聲，她在嘲笑我。

我起身把玻璃碎片踩進地板裡，轉身叫柔伊。

「過來這邊。」

她往後退。

「聽話。」

我看得到她的剪影，她抱著伊萊亞，用臀部撐著他的重量。

「我們去外面等。」

「不行！」

我又聽到笑聲，聽起來不像瑪妮，可是不可能有別人。我等著、聽著，一個陰影穿過門口，也許我的眼睛在玩弄我。我在浴室裡，瑪妮一定是打碎了玻璃。電燈開關是一條繩子，我拉了一下，聽到沉重的喀嗒聲，亮光並沒有出現。我再試一次，這次有一個東西從側面打到我的頭，我撞在另一面牆上，腦袋嗡嗡作響、雙腿發軟、暈眩，一股憤怒油然而生。

「瑪妮，我不是在開玩笑，我真的會傷害柔伊和伊萊亞。快出來。」

閃電將窗戶和走廊點亮片刻。我看到襯衫前襟的鮮血和破掉的鏡子。雷聲來臨，震撼著牆上的照片和廚房的碗盤。

其中一間臥室的房門微開，我覺得應該有人站在後面。我用一根手指推開，側身靠在牆邊。閃電又亮了，在那一瞬間，我看到一個明顯的身影蹲在角落，比較像野獸而不像人。黑暗如防塵套般再度覆蓋一切。房間原本很空曠，她一定移動了床鋪。我貼在牆邊，等待下一次閃電到來。

我聽到同樣低沉的笑聲。

「瑪妮，妳跟誰在一起嗎？妳得介紹給我認識。」

我想向前跑，但阻止自己這麼做，而是關上門，雙手因自己的鮮血而黏黏的，得雙手並用才能轉動門把。

「瑪妮，結束了，妳可以出來了。」

她已經不在牆角。我的頭沉重地來回轉動尋找她，勉強看到一個人的輪廓蹲在窗戶和原本床的位置之間，想躲起來。

「瑪妮，這原本是妳的房間，記得嗎？」

她沒有回答。

「我不會再瞞著妳什麼祕密了，我們是一家人，所以我才守護妳。這是做父親的責任，妳明白我的意思嗎？妳是我女兒，伊萊亞和柔伊是我的孫子。」

靜默。

「我以為我們可以住在這裡，像真正的家人一樣，什麼都不缺。」

我的身體在顫抖，不是因為冷。她真的很冷靜，我還以為會有更多情緒：眼淚、否認、憤怒。

「這是我最想要的，擁有我從未擁有過的東西。妳的母親假裝我不存在，不讓我們相認。我可以告訴妳完整的故事。」我的眼睛刺痛，四肢沉重，「瑪妮，拜託開口好不好？」我在她身邊蹲下來，「不要玩了。」

她發出深沉的喉音，沒有音調，沒有哀痛，也許是接受。片刻之間，我感覺一陣喜悅。她會原諒我，她會屬於我。不再害怕，不再恐懼。屬於我。

63

九點左右開始下雨，起先只是毛毛雨，混著擋風玻璃上的灰塵從雨刷流下。詹尼亞把車停在農場小徑的入口，車窗起霧，他打開一個縫隙，在窗戶的濕氣上擦出一個觀景窗。

天空雷聲隆隆作響，如經過的載貨火車般漸漸褪去。過去半個小時裡，閃電把景色劃上美麗的閃光，把樹木變成骨架，建築物則變成炭筆素描。

「就是這裡。」他說，用望遠鏡看著。

喬看了農場小徑一眼，被偷的路華汽車底盤藏著一個衛星定位發號器，是車主的先生上次遭竊後裝的。

詹尼亞從口袋裡拿出一片口香糖。

「我們還在等什麼？」喬問。

「地圖，搜索外圍，支援警力。」

每隔一陣子，分岔的閃電照亮他們北方的山丘，愈來愈近。喬數著與雷聲相隔的秒數。兩者之間的間距可以用來估計他們和閃電的距離，但他不記得算式。

探長歪頭看著小徑，「所以，目前為止已經有多少具屍體？」

「什麼？」

「如果這就是我們在找的凶手，你認為他總共殺了多少人？」

「我不知道。」

「如果回溯瑪妮·羅根的人生，會找到更多屍體嗎？某個倒楣的傢伙不小心擦撞到她的車，接下來他的人生就毀了。某個髮型設計師幫她剪的頭髮不好看，她在餐廳遇到爛服務，沒完沒了。」

他揉揉下巴的鬍渣，瞪著窗外整整一分鐘。

「我們在韓尼希的公寓裡發現瑪妮．羅根的ＤＮＡ。」

「可能是卡基爾放的。」

「他為什麼要這麼做？」

「這樣一來他就握有她的把柄。」

「就因為他想要一個家庭。」

「因為他從來不曾擁有過。」

「天啊，我的給他不就好了。我已經十年沒跟我姐講過話了，兩個外甥女以為警察是豬，專找黑人、亞洲人跟回教徒的麻煩，還會拿記者的賄賂。」詹尼亞往後靠，頭靠在頭枕上，伸展脖子和背部肌肉。

無線電發出嘎嘎聲，他拿起通話器，追蹤公司確認了車子就在東邊四分之一英里處。農場的所有人是一家在曼島註冊的公司，使用的郵政信箱地址則屬於一家律師事務所。產權換手前的三十年間曾經出租給許多房客，包括湯瑪斯．羅根。

詹尼亞看了喬一眼，「在我聽來，這資訊已經足夠。」

更多警車加入他們，探長下車打開後車廂，穿上厚重的黑色背心和雨衣，其他警員檢查武器和頭盔。

「你要我待在車上嗎？」喬問。

「我們可能會需要你，」詹尼亞說，「我要避免挾持人質的場面，」他丟了一件背心給喬，「穿上這個，跟在最後面。」

探長向小組簡報，如今來到這個點，面對不同的風險，他似乎比較放鬆，「我們不知道他是否持有武器，但我們知道他很危險。檢查你們的無線電，不准逞英雄，裡面有小孩跟他在一起。」

警察開始行動，三人並排走向小徑，手電筒的燈光在他們眼前的地上跳躍著。喬跟在最後面，努力不直接看著那些燈光。原野上飄起一層明亮的霧，模糊了上方的山脊。詹尼亞蹲下來，用手電筒照著水坑邊緣，「兩輛不同的車子，一輛機車，胎痕還很新。」

小徑順著地形，依著阻力最低的路徑前進，穿過一條小溪後上坡。偶爾分岔的閃電照亮地平線，留下白色光點在喬的視網膜上跳舞。其中一次照到農舍和山坡上廢棄的穀倉，兩間都一片漆黑。

詹尼亞看看手表，十點十五分，他們可能在睡覺。他派兩名警員到穀倉尋找那輛路華汽車。其他人包圍房子。

「我們要給這傢伙一個機會和平地出來，」他說，「但我不要讓他像小偷一樣趁夜色溜走。」

他叫來喬，「如果我們硬闖進去，歐文．卡基爾可能會有什麼樣的反應？」

「他從軍過。」

「我也這麼想。你留在這裡。」

詹尼亞沿著小徑繼續走，很快就消失在黑暗中。警員包圍農舍，欠身跑著找掩護時，喬只看到隱約的陰影。時間一分一秒緩慢經過。

山脊似乎傳來海鷗刺耳、哀求的叫聲。喬過了一會兒才發現這個聲音多麼不尋常，這裡離海邊這麼遠，不可能是海鷗。雨停時，風也停了。

有人走向他。是一名警探和兩個小孩，抱著伊萊亞的柔伊由於他的重量而踉蹌，但她不肯放手，結果整個跪在地上。喬把他們兩人抱在懷裡。

「對不起，對不起，我不該逃跑。」她哭著說，「我還以為是丹尼爾。」

「妳媽媽在哪裡？」

「我沒看到她。」

「她在屋子裡嗎？」

「我不知道。他進去了，我決定逃跑。」她的頭髮蓋住眼睛，「是圖書館的那個男的。」

「哪個男的？」

「他說他叫魯賓，我在圖書館認識他的，他給我一臺筆電，他說沒在用，就是他對不對？就是他在偷窺我們。」

「魯賓是他的中間名。」喬拿開伊萊亞腳踝的包紮，看是否有其他傷口。

詹尼亞過來對柔伊說，「他身上帶著武器嗎？」

「我不知道。」

「妳沒有看到槍、刀子或爆裂物？」

她搖搖頭。

探長似乎很滿意，「我叫了救護車。」他轉過身，腳步輕鬆地跑向農舍，一股力量推動著他，混雜著腎上腺素和想冒著生命危險保護他人的慾望。直覺反應：抵抗、逃走或堅守原地。

「警察！開門！」

這咆哮的警告聲在山脊上迴盪，由於山谷的地形而放大。

「歐文．卡基爾，我們知道你在裡面，高舉雙手出來。」

又是一陣漫長的沉默。

「歐文，沒有人得受傷。」

玻璃碎裂，木板裂開，笨重的靴子進入屋內，手電筒的燈光在各個房間來回搜索，在窗簾後方發亮。

柔伊的呼吸變慢了，喬看了伊萊亞的腳踝，他頭靠在柔伊的大腿上睡著了。

「教授！」

喬猛然抬頭，一名年輕警探蹣跚地走向他，手電筒的燈光從地上反射。

「老大要你過去，」他氣喘吁吁，「我留在這裡。」

他交出手電筒。

喬起身先停了一下，命令雙腿朝正確的方向移動。一圈燈光下的草皮看起來幾近白色，走到農舍途中，他第一個感受到的是安靜。他能想像小時候的自己在威爾斯雪墩國家公園邊緣的草地上奔跑，假裝是拯救世界的超級英雄。

詹尼亞在露臺上等著，似乎瞪著喬的後方，彷彿從歷史深處或某個無法逃離的地方凝視著。另一名警探靠在欄杆上，對著花床嘔吐。

喬穿過廚房傾倒的椅子，跟著手電筒的燈光走在走廊上，踩著地板的玻璃碎片。他把手電筒往上照在浴室的鏡子上，裂縫從撞擊點向外擴散，就像小孩畫的太陽。他看到十幾種自己的倒影：高大、矮小、肥胖、斷成兩半。

他聽到流水聲，瑪妮跪在浴缸裡，在水龍頭下洗手。她一直搓手，把水潑到手腕上，清洗指尖，刷指甲，一面喃喃自語。她的聲音刺耳而深沉，有時出現輕輕的歡呼聲，彷彿是透過某種管子發出來的腹語術。

「瑪妮？」

她抬起頭，「別用那婊子的名字叫我，我早就告訴她會發生什麼事，我告訴過她，她就是不肯聽。」

「馬爾康，我們沒見過，我是喬．歐盧林教授。」

她透過濕瀏海對著他眨眼。

「我可以進來嗎？」他越過門口，從架上拿起一條毛巾放在瑪妮的肩膀上，注意到她的嘴唇裂開，左眼皮上的藍色腫塊跳動著。

「你受傷了嗎？」

她沒有回答。

「馬爾康，你為什麼回來？」

「你覺得呢？」

「我想跟瑪妮說話。」

「那個沒用的婊子，你需要她的時候她永遠都不在，每次都是我幫她收拾爛攤子。」

「我可以跟她說話嗎？」

她不回答。

「我只是想確定她沒事。」

那苦澀的笑聲使喬頸部寒毛直豎，他自己的聲音背叛了他。

「馬爾康，我們有共同點，我們都關心瑪妮，我們都想幫助她。」

「我厭倦了幫助那個婊子。」

「馬爾康，可是你需要她。」

「那你就錯了，我不需要任何人。」

「讓我跟她說話。瑪妮，你聽得到我嗎？我剛看過柔伊和伊萊亞，他們沒事。他們擔心妳。如果妳回來的話，我帶妳去見他們。」

她轉身衝向喬，唾棄地說：「你幹嘛不滾！她沒在聽，她只聽我的。」

「你連她的名字都說不出來，是不是？」

沒有回答。

「說她的名字給我聽。」

「不要。」

「馬爾康，瑪妮不需要你，她不需要歐文，也不需要丹尼爾，她憑自己的本事生存。」

她的嘴角充滿仇恨，「我可以毀了她。」

「她比你想像的還要堅強。她曾經學著過沒有你的日子，她會再成功的。」

「她太可悲了。」

「既然你這麼堅強，她這麼軟弱，那麼讓我跟她說話。」

「不行。」

「你在怕什麼？」

「我什麼都不怕。」

「我認為你很害怕。我認為你怕瑪妮。我認為你知道她比你堅強。她曾經趕走你，她會再做一次。沒有她，你只不過是個滿口髒話、沒出息的小流氓，根本活不下去。」

瑪妮起身向他衝過來，想挖他的眼睛，臉部因仇恨和厭惡而扭曲。喬抓住她的手臂，把她從浴缸裡拉出來，用自己的體重把她壓在地上，嘴巴貼近她的耳朵。

「瑪妮，別對抗我，對抗他！」

她掙扎、蠕動著想脫離他的掌握，可是這番掙扎消耗她的體力，她突然像消了氣一樣，能量盡失，縮在喬的胸前，不再掙扎，縮了回去。

「他不會再偷看我了，」她輕輕說，「他永遠都不會再偷看我了。」

64

他們說，愛與死亡是人生這個派對上兩個沒有受邀的賓客——一個帶走你的心、一個帶走你的心跳。他們是人生的精華，如銅板的兩面，在空中旋轉、掉落。

喬看著銅板旋轉，歐文張開手接住，蓋在手腕上看結果。他把銅板放在大拇指的指甲上再丟一次，法警從腰帶取下一串鑰匙，喬後退，讓他打開厚重的金屬門。

這間囚室在老貝利刑事法院的法庭底下。這裡原本是聲名狼籍的新門監獄，七百年來安置、處決最惡名昭彰的囚犯，在一九〇二年被目前的建築所取代。許多囚犯都在外面的街上接受絞刑，最後的旅程是穿過死亡步道，大群吵雜的群眾朝著他們丟擲腐爛的水果、蔬菜和石頭。

歐文．卡基爾坐在椅子上，面向牆壁高處的小鐵窗，歪著頭彷彿在聆聽什麼。他穿著熨燙平整的棉襯衫，長褲小了一個尺寸。他理了平頭，每個腫起凹陷都清楚可見。

他又彈了一次銅板，聽到開門聲突然轉身，銅板掉在地上，緩緩滾到邊緣，搖搖晃晃一番之後才靜止。歐文的臉部扭曲成歪斜的笑容。

「教授，是你嗎？」

「是的。」

「我就覺得你今天會來。」

不論喬多麼頻繁探視歐文，還是很難掩飾自己的驚訝，幸好歐文看不見他的反應，不過他猜歐文很清楚自己對人的衝擊。

「你聽起來壓力很大。」他說，雙手放在膝蓋。

「我很好。」喬在牆邊狹窄的板凳坐下。歐文伸手在鞋子之間用指尖摸索著銅板，又彈了一次。

「正面還是反面？」

「正面。」

歐文接住銅板蓋在手腕上，舉起來給喬看。

「我贏還輸？」

「輸。」

「三戰兩勝？」

有時候，在不同的光線下，歐文的眼眶看起來像無底洞，直通他的腦袋。只有他把臉轉向窗戶時，喬才看得到眼眶裡粉紅色的疤痕和白色的皮膚。他的眼珠子被尖銳鋸齒狀的東西挖出來，沒有手術的精準。根據曼徹斯特皇家眼科醫院幫他開刀的醫生表示，最可能的凶器是一片碎玻璃。他的眼珠子一直沒找到。

住院復原的前幾個月，歐文徹底崩潰，喬目睹整個過程。他不清洗也不刮鬍子，幾乎不睡覺。鬍子愈長愈濃密，顏色愈深，雙眼的包紮使他看起來像隻憔悴的熊貓。喬聞得到他的噩夢與腐臭的仇恨，聽得到他聲音裡的絕望。這一切在審判開始時改變。他每天來到老貝利刑事法院，下了運囚車，看起來比較像辯護律師而不是被告。今天也一樣。他的西裝外套掛在門後面，以免弄皺袖子。

在歐文出席審判期間，喬安排用餐時間或法官提早休庭時來待審室見歐文。歐文玩弄他很長一段時間，用自己開始跟蹤瑪妮的資訊來戲弄喬。他剛去從軍的時候，完全不知道克莉絲汀娜·羅根懷孕產下一女。後來，她追蹤克莉絲汀娜到農舍後，才拼湊出來，明白一名已婚女子抓到一個十五歲的小男生躲在地下室偷看她時，為什麼會開始一段外遇。克莉絲汀娜和先生試了很多年，但不是流產就是無法受孕。湯瑪斯長年在油田工作，他們的婚姻搖搖欲墜。

「她根本沒有愛過我，」歐文說，「只是利用我。」

歐文寫給克莉絲汀娜的信總是原封不動被退回。最後，他去找她，因而發現了瑪妮的存在。

「我有一個女兒，可是克莉絲汀娜一直否認，叫我離開。我們原本可以一起過著幸福的生活，可是那個婊子叫我滾遠一點，不讓我見我女兒。」

「所以你才殺了她嗎？」喬問。

「她是被自己害死的。」

「你沒有救她。」

「我救了瑪妮。」

開庭期間，喬像這樣跟歐文見了十幾次面，讚嘆這位被告在打扮上的整潔與慎重。自從那天晚上在農舍之後，他已經學了十幾種新技能，學習在精神病院的房間裡找到方向，把東西擺在架上的方式讓自己就算看不見也找得到。他也學如何用枴杖走路、學點字。

歐文把銅板放在大拇指上再彈一次，已經熟練到每次都彈到眼睛的高度，用同一隻手掌接住。

「她在這裡嗎？」他問。

「你知道我不能談到她。」

「可是她一定在這裡對不對？她今天會來。」

「馬爾康回來過嗎？」

喬沒有回答。

「沒有。」

「我喜歡他，他對她有好處。她需要他這樣的人。」歐文露出微笑，「你聽了很訝異嗎？」銅板在他的指節間翻滾，「發生了這些事，瑪妮該感謝我，而不是怪我。」

「我不認為她會這麼做。」

「他們在管理員的公寓和韓尼希的公寓找到瑪妮的DNA，可是沒有我的。她大有可能跟我一起在這間囚室裡。」

「那是你放的。」

「你能證明嗎？我大可以主張無罪，要瑪妮作證。我大可以讓她接受交叉詢問。我大可以聲稱她一直都知道我的存在，我們是共犯……」

「陪審團不會相信你的。」

歐文抬頭看著窗戶，喬很清楚看到他空空的眼眶如眉毛下方的凹陷。「我希望她明白我為她做了什麼。」

他彈了銅板，用手掌接住後蓋在手腕上，「正面還是反面？」

喬上了樓，穿過大理石裝潢的休息區和中庭，這裡擠滿穿著黑袍的法庭律師、訴訟律師、被告、家屬，隨機被抽到參與陪審團義務的人希望自己的藉口可以讓他們不用出席。

瑪妮坐在一張長凳上，夾在詹尼亞探長和律師克雷格．布萊恩之間。她抬頭看到喬，露出如釋重負的笑容。她穿著過膝長裙、白襯衫和深藍色外套。頭髮又變長了，塗了唇膏和睫毛膏。

「你看起來很棒，」他說。

「我覺得像個首次以女性身分出遊的暴君，」她勉強露出微笑，向詹尼亞道歉，「這話聽起來很糟糕嗎？」

他搖搖頭。

喬蹲在瑪妮面前，握住她的雙手，「妳還好嗎？」

「妳想在我們進去之前先聊一下嗎？」

「不用，我可以的。」

克雷格．布萊恩穿著深灰色西裝，披著黑袍，馬尾做的假髮放在一疊紅絲帶綑綁的檔案夾上。

「我剛剛向她解釋過了，」他說，「如果她不想親自讀聲明稿，我可以代勞。陪審團已經退席了，只有法官。卡基爾已經被判有罪，這是刑期聽證會。」布萊恩轉向瑪妮，「如果妳上了證人席之後，由於某些原因覺得無法承受，或想停止，告訴我就好了。喝口水，我可以告訴法官。」

她點點頭。

「我知道妳說妳不要別人事先讀妳的聲明稿，可是如果妳想聽一點意見……？」

「不用。」

詹尼亞打斷他們，「我以為妳父親會來。」

「他和柔伊在一起，他們已經進去了。」

布萊恩看看手表，「我們也該進去了。」

他們上了樓梯，經過第二間小型等候室，沿著走廊來到一號法庭。喬和詹尼亞坐在樓上的旁聽席，眺望法庭內部。坐在前排的湯瑪斯．羅根伸長脖子看欄杆下方，旁邊坐著柔伊，再過去是盧伊茲，她把他當成最喜歡的叔叔，最近開始養成習慣去看他，已經不跟萊恩．柯曼混在一起了。

「我幫你留了一個位置，」她對喬揮揮手，興奮地捏捏他的手，「我從沒看過法庭裡面。」

「希望這是最後一次。」

「萬一我成為律師呢？」

「拜託不要。」盧伊茲說。

「為什麼？」

「他們就像打扮整齊、向對方丟大便的猴子。」

柔伊笑了，不確定他是在開玩笑。

法官席就在他們正下方的右手邊，陪審席在前方，證人席夾在中間。被告席的四周圍豎立著防護玻璃。

喬看了一下欄杆底下，只看得到瑪妮的頭頂。為了這一天，他們已經準備了好幾個星期，討論過可能發生的事。

她選擇不出席歐文．卡基爾的審判。歐文認罪之後，檢察官並沒有召喚她出庭作證。陪審團判他謀殺派翠克．韓尼希、尼爾．昆恩、崔佛．偉特和丹尼爾．哈蘭有罪。丹尼爾的屍體埋在農舍附近兩株扭曲蘋果樹之間的一個淺坑裡。歐文承認突襲丹尼爾，因為這名記者發現了自己的存在。他用一雙女性絲襪將他勒斃，把他的屍體從衣櫃後方的洞口拖過去，把他母親的衣服穿在丹尼爾身上，再用她的輪椅把他運到後巷上鎖的車庫裡。沒有監視畫面、沒有血跡、沒有留下任何線索。

經過三個月的調查和民眾的強烈抗議之後，檢察署長決定不起訴瑪妮，特別是考量到她和孩子的經歷。瑪妮聽到消息的那一天，剛好也就是她獲准從肯特精神病院出院回家的同一天。她從那天開始每星期見喬三次，處理她的無意識所創造出來的東西，並接受她的解離性障礙的確存在。

自從在農舍的那天晚上之後，教授再也沒有看到馬爾康的蛛絲馬跡。瑪妮的聲音、神態和語調一如從前。喬曾經尋找誘因，在瑪妮身上加諸壓力，讓她重新經歷那些時刻，可是她的心靈不再出現裂縫，也沒有任何證據顯示第二個惡意的人格、邪惡的分身、占了鵲巢的杜鵑還存在。

瑪妮已不再否認馬爾康的存在。

「我知道他做的事是錯的，」她告訴喬，「可是我不為他做的事感到遺憾。」

「可是他在妳的體內。」

「已經沒有了。」

「妳怎麼知道？」

「我感覺不到他。」

「妳以前曾經感覺得到他嗎？」

「沒有。」

喬使用催眠、深層放鬆技巧和文字聯想遊戲帶領瑪妮回到母親去世那一天，要她重新經歷那場悲劇。在這些會談裡，她並沒有編造謊言或迴避他的問題，只是有時候抓著椅子扶手，彷彿被懸在空中，處於無重狀態，準備好起飛飄走。想掙脫的不是她的身體，而是她的心靈。

「全體起立。」法警宣布，法官席後方的門打開，法官穿著黑色和絲絨法袍進入。他頭上的假髮戴在頭頂，不太遮得住禿頭。過了一會兒，歐文．卡基爾從樓下的囚室被帶到被告席。兩名警衛一人一邊抓著他的手臂，將他轉過來面向法官席。歐文立刻伸出手碰觸防護玻璃，判斷新環境的方位，他轉頭掃瞄法庭內，彷彿在尋找瑪妮，過了一會兒才停下來，瞪著檢察官的座位。瑪妮低頭坐在克雷格．布萊恩身邊，沒有看他。

包姆法官詢問檢察官和辯護律師是否已經準備好進行。

「是的，閣下，」檢察官說，提出歐文．卡基爾的精神狀態評估報告，包括三名心理學家和精神科醫生，他們都在國家衛生系統下保全嚴密的醫院裡治療過他。「瑪妮拉．羅根今天也在場，她想發表受害人衝擊聲明。」

瑪妮的名字似乎使歐文精神一振，他坐在凳子上向前傾，伸長脖子靠近她。同時，瑪妮走向證人席。律師在討論，歐文叫他們安靜。

包姆法官打斷他，「卡基爾先生，請不要發言。」
「他們在說話，」歐文說，「我想聽她的腳步聲。」
「律師可以討論。」
「她穿什麼衣服？」歐文問。
沒有人回答。
歐文左顧右盼，「拜託請告訴我。」
「卡基爾先生，請注意你的舉止，否則我要將你逐出法庭。」
「她是不是穿著長窄裙跟白襯衫，也許加一件西裝外套？」
「這是最後一次警告。」包姆法官向警衛比手勢。
「當然，好，對不起。」歐文低頭，雙手放在一起。
瑪妮驚駭地瞪著他。在這之前，她不曾見過或確認歐文的傷勢。有人解釋給她聽，可是她聲稱自己對挖掉他的眼珠子這件事毫無記憶。片刻之間，她似乎動搖，身體顫抖。她抬頭看旁聽席，看到柔伊和她的父親。
她走上證人席，打開一張握在拳頭裡的紙張。第一句比較小聲，接著大聲唸出來。
「今天接受刑期的這名男子聲稱是我的父親，說他的行為是為了保護我。可是，真正的父親是當妳做噩夢時抱著妳、並親吻擦傷膝蓋的那個人。妳累了，他讓妳坐在肩頭、幫妳把刺拔出來，在圍繞著洋娃娃和泰迪熊的辦家家酒茶會上假裝喝茶。真正的父親讀床邊故事、帶妳去游泳、上芭蕾舞課和戲劇課。妳第一次出門約會時他等妳回來，第一次失戀時幫妳擦眼淚。妳結婚時他牽著妳步上紅毯，第一次抱著孫子時喜極而泣。真正的父親給予無條件的愛，不是因為妳的眼睛和他同一個顏色，或有同樣的ＤＮＡ。他愛妳是因為他是那個永遠都在身邊的人。」

瑪妮抬起頭，「我有一個真正的父親，他的名字是湯瑪斯．約翰．羅根，他今天在旁聽席上。歐文．卡基爾不是我的父親，他是個怪物，殺死我丈夫、我的母親和我弟弟。」

歐文的頭來回擺盪著，他跳起來大吼，用頭撞玻璃。

「**我是妳的父親！**」他大吼。

瑪妮繼續說，握著紙張的指節發白，「我無法原諒他帶給我家人的恐怖經歷，我不會原諒他。」

「**我是為了妳才這麼做的，為了保護妳的安全！**」歐文的鼻血滴到嘴唇，染紅了他的牙齒，「**妳這不知感恩的婊子！妳他媽的賤人！**」

包姆法官大喊肅靜，要求帶走犯人。歐文還在大叫：「**我們是一家人，妳無法改變這個事實！**」

瑪妮拿著聲明稿走下證人席、經過被告席走向門口時，在歐文面前停下腳步。他對抗著警衛，臉部因憤怒而扭曲。他們拉住他，把他的手臂扭到背後，他的臉抵在玻璃上。在那短暫的片刻，瑪妮瞪著歐文已什麼也看不到的眼眶，似乎對抗著古老但依然強烈的情緒。然後她轉身離開法庭。

喬在大門內側找到她，包姆法官判了歐文．卡基爾三個無期徒刑。

「妳表現得好棒。」柔伊擁抱瑪妮。

「我還在發抖。」

湯瑪斯用白色手帕輕拍眼睛，「妳讓妳老爸都哭了。」

「每一句都是肺腑之言。」

餐廳訂好了，香檳也冰鎮著。

「你確定不改變心意嗎？」瑪妮問喬，抓起他的手和他十指交握。

「我不能去。」

「為什麼？」

「妳是我的個案。」

「不能也當我的朋友嗎？」

「我不想真的定義這些界線。」

瑪妮難過地噘嘴，露出酒窩。她捧著他的脖子吻他的雙頰，留下一抹唇印。然後她緊緊擁抱他，臉貼在他的胸膛，身體貼著他的腰部，「你想生氣的話儘管生氣，可是讓我這麼做。」

喬聞到她的香水和皮膚的味道。她放開他，挽起父親的臂彎揮手道別。伊萊亞和保母在餐廳等他們。柔伊跟在盧伊茲身邊，他也受邀參加慶祝會。

詹尼亞探長站在喬的後方，從口袋裡拿出一條口香糖慢慢打開，把嚼過的口香糖吐在銀色錫箔紙裡，再緊緊捲成球狀。新的口香糖在他的舌頭上拉扯，他反射性地嚼著。一架民航機在他們上方朝著希斯洛機場降落，留下一絲淡淡的機尾雲，彷彿藍色黑板上的粉筆痕。「從今以後，瑪妮．羅根是你的問題了，」他說，「希望你應付得來。」

「她會沒事的。」

「你確定嗎？」

喬轉向他，等著聽他解釋。詹尼亞聳聳肩，一副只是在聊天的樣子，可是喬知道這位探長從不問沒有意義的問題。

「聽過史蒂芬．魯道夫這個人嗎？」

「沒有。」

「他是個保險經紀人，在保險公司工作，辦公室在托特罕府路。他負責處理瑪妮．羅根她老公的人壽保險理賠案。派翠克．韓尼希被謀殺的幾天前，魯道夫和瑪妮．羅根見過面，他拒絕理賠。第二天，他在西區的停車場從樓梯摔下來，頭部骨折，摔斷腿。」

詹尼亞用牙齒咬著口香糖，拉成一長條，「也許那個傢伙絆倒了，也許他想領錢，那不是很諷刺嗎？」

「我聽不懂。」喬說。

「歐文・卡基爾承認把魯道夫推下樓梯，可是根本不可能。當天他不在西區，街頭監視器畫面和手機通聯記錄都顯示他在很遠的地方。」

喬沒有回應。詹尼亞把外套領口拉直，雙手插進口袋裡。

「如我所說，從今以後她是你的問題了。」

謝詞

我每完成一本小說時都覺得，就這樣了，所有的想法、角色、情節轉折和俏皮話都已經用光。「我已經淘空了，」我告訴妻子，「江郎才盡，徹底枯竭。從現在開始，我得去找真正的工作了。」她會告訴我：「你不會有事的。休息一陣子就好了。」

我會坐下來一小時無所事事，玩填字遊戲，也許掃掃落葉，然後決定整理寫作間（以前稱為爸爸的「絕望之坑」，自從我們搬家後則變成「殘酷密室」。）

薇薇安發現我在這裡興奮地寫筆記，敲著鍵盤。

「你在做什麼？」

「我有一個想法。」

「我還以為你已經江郎才盡，徹底枯竭了。」

「那是之前。」

《守護妳》是我的第九本小說，感謝文思依然泉湧。感謝我的出版社、編輯、經紀人以及親友。我特別想感謝烏蘇拉．麥肯錫、喬治．魯歇林、大衛．雪萊、馬克．魯卡斯、理查．派恩、尼基．甘迺迪、山姆．愛丁堡、賈許．肯達爾、露西．伊克和塔麗雅．普羅克特。

對於我的第二家鄉英國，我對馬克和莎拉．德瑞以及其他朋友有無盡的感謝，使我身在海外卻免於思鄉之苦。最後，我想向二十五年前嫁給我的這位女性致敬，因為薇薇安，我才有時間寫小說、生兒育女、享受人生。她是我寫作的動力。

臉譜小說選 FR6533X

守護妳 Watching You

封面設計	邁可・洛勃森（Michael Robotham）
譯　　者	陳靜妍
封面設計	朱陳毅
責任編輯	廖培穎
行銷企畫	陳彩玉、林詩玟
業　　務	李再星、李振東、林佩瑜
副總編輯	陳雨柔
編輯總監	劉麗真
總 經 理	謝至平
發 行 人	何飛鵬
出　　版	臉譜出版 台北市南港區昆陽街16號4樓 電話：886-2-25007696 傳真：886-2-25001952
發　　行	英屬蓋曼群島商家庭傳媒股份有限公司城邦分公司 台北市南港區昆陽街16號8樓 客服專線：02-25007718；25007719 24小時傳真專線：02-25001990；25001991 服務時間：週一至週五上午09:30-12:00；下午13:30-17:00 劃撥帳號：19863813 戶名：書虫股份有限公司 讀者服務信箱：service@readingclub.com.tw 城邦網址：http://www.cite.com.tw
香港發行	城邦（香港）出版集團有限公司 香港九龍土瓜灣土瓜灣道86號順聯工業大廈6樓A室 電話：852-25086231 傳真：852-25789337
馬新發行	城邦（馬新）出版集團 Cite(M)Sdn. Bhd. (458372U) 41, Jalan Radin Anum, Bandar Baru Sri Petaling, 57000 Kuala Lumpur, Malaysia. 57000 Kuala Lumpur, Malaysia. 電話：603-90563833　傳真：603-90576622 電子信箱：services@cite.my
二版一刷	2024年10月

城邦讀書花園
www.cite.com.tw

ISBN 978-626-315-551-0
售價 490 元
（本書如有缺頁、破損、倒裝，請寄回本社更換）

國家圖書館出版品預行編目資料

守護妳／邁可・洛勃森（Michael Robotham）著；陳靜妍譯. -- 二版. -- 臺北市：臉譜出版：英屬蓋曼群島商家庭傳媒股份有限公司城邦分公司發行, 2024.10
面；　公分. --（臉譜小說選；FR6533X）
譯自：Watching You
ISBN 978-626-315-551-0（平裝）

887.157　　113013000